【典藏本】金庸作品集 23

天龍八部

三

图书在版编目(CIP)数据

天龙八部：典藏本／金庸著. — 广州：广州出版社，2019.10（2020.2重印）
ISBN 978-7-5462-2979-9

Ⅰ.①天… Ⅱ.①金… Ⅲ.①侠义小说－中国－当代 Ⅳ.①I247.5

中国版本图书馆CIP数据核字（2019）第238973号

朗声图书

本书版权由著作权人授权广州市朗声图书有限公司在中国大陆（不包括香港、澳门、台湾地区）专有使用

版权所有·侵权必究

敬告读者

为了维护读者、著作权人和出版发行者的合法权益，本书采用了新型数码防伪技术。正版图书的定价标示处及外包装盒上均贴有完好的防伪标签。刮开涂层，可见到一组数码，您可以通过两种途径查验真伪。

1. 拨打全国免费电话4008301315，按语音提示从左到右依次输入相应数码并按#键结束。

2. 扫描防伪标上的二维码，按提示输入相应数码。

读者如发现盗版图书，可向当地"扫黄打非"办公室、新闻出版局、公安机关、市场监督管理局等部门举报，或直接与我们联系。

联系电话：020-34297719　13570022400

我们对举报盗版、盗印、销售盗版图书等侵权行为的有功人员将予以重奖。

广州市朗声图书有限公司

衬页印章／赵子谦「如今是云散雪消花残月阙」：赵子谦，浙江绍兴人，清朝咸丰年间的大艺术家，诗书画篆刻皆有超凡功力。

左图／吐蕃佛像：西藏在唐宋时代为吐蕃国，崇信佛教，同时受中国及印度文化的影响。图中佛像为阿弥陀佛，是印度画风，背景山水则是中国画风。原图藏三藩市亚洲艺术博物馆。

辽代三彩罗汉坐像:现藏伦敦大英博物馆。

胡瓌《出猎图》：图中之契丹人不携弓箭而带匕首，马鞍下垫兽皮。胡瓌是公元930年前后的契丹人，画风细致，可见其时契丹人在文化上已受汉人重大影响。

胡瓌《卓歇图》：描绘契丹人行旅在途中暂歇之状。画风与上图不同，有人以为非胡瓌之作。

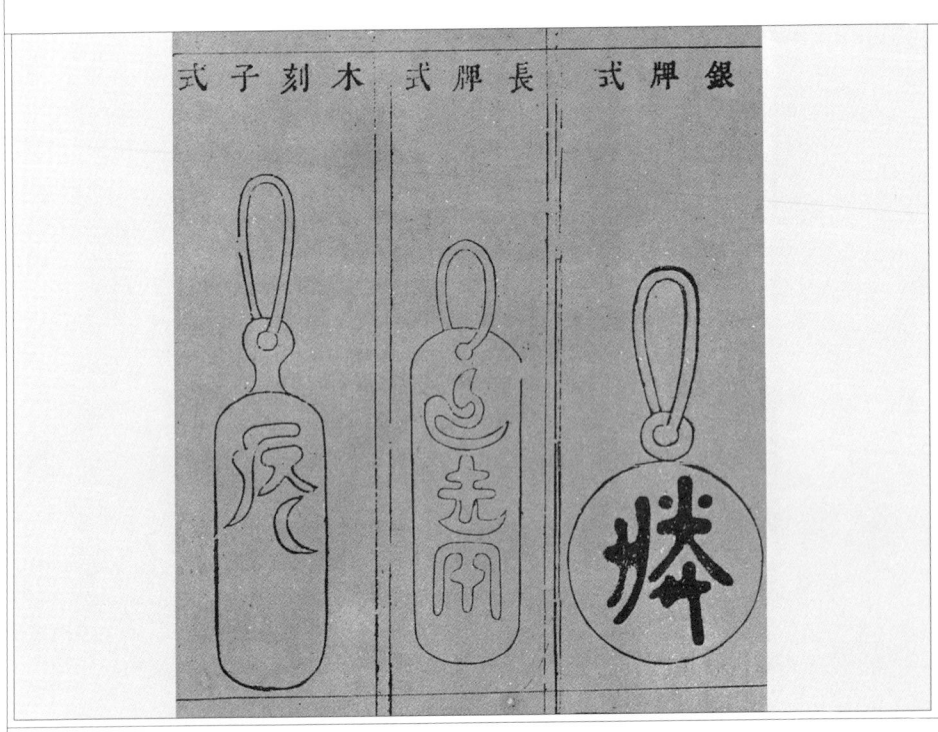

契丹文字：录自宋王易《燕北录》。

据元陶宗仪《书史会要》考据，这三块牌子上的字是「朕」「走马」「急」，当是朝廷传旨或军政长官传令的信符。

契丹文字繁复，有大字、小字两体，由汉字篆书、楷书、行书、草书演变而成。

6

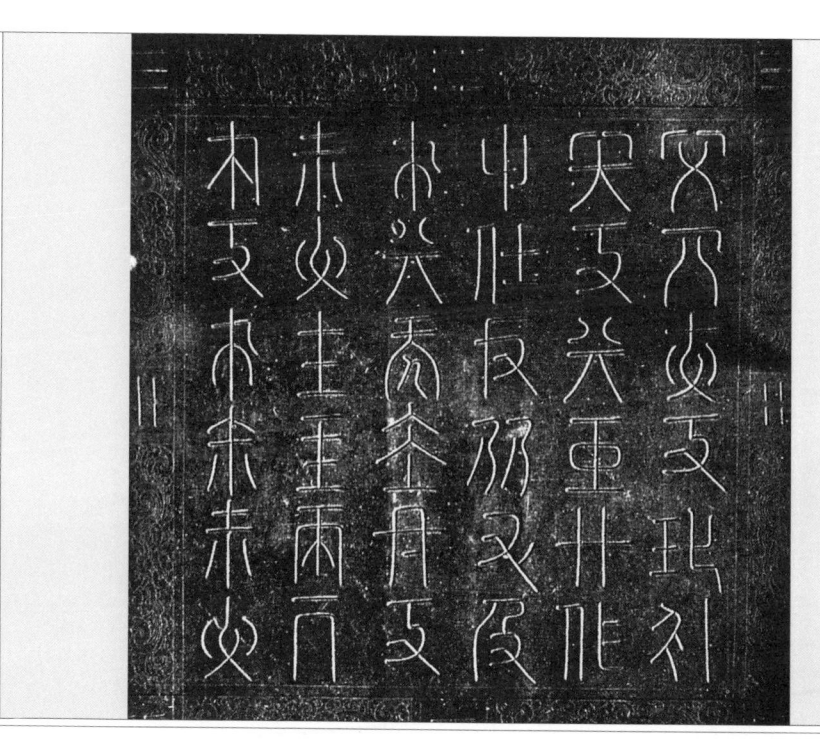

篆体契丹文字（道宗皇帝哀册碑盖）：辽道宗皇帝即耶律洪基，在位四十七年，辽寿昌七年（公元1101年）正月死。「哀册」是耶律洪基死后辽国朝廷哀悼并歌功颂德的纪念文字。这块石碑于1922年在热河省「辽庆陵」发现。

楷书契丹文字（道宗皇帝哀册碑身）：第一行十字为「仁圣大孝文皇帝哀册文」，耶律洪基死后的谥法是「仁圣大孝文皇帝」，庙号「道宗」。碑身上共刻一一三五字，对后世研究契丹文字提供了极丰富的资料。

女真文字（女真进士题名碑）：女真文字模仿契丹文字而制成，是表音文字，字体较简单。图中石碑在河南开封发现，刻于金正大元年（公元1224年）。

东北虎：长白山一带之虎体态雄伟，萧峰和完颜阿骨打所杀之虎即为此类。

宋人《柳塘牧马图》：旧题陈居中作。图中所绘为宋时女真人牧马情状。女真人有辫子，戴瓜皮小帽或尖顶帽，后世满洲人与此相同。

右页图／宋人《番骑归猎图》：旧题赵伯骕作。图中契丹人各种装饰用物，描绘细致异常。契丹骑士闭左目检视羽箭曲直，神态生动。

左页图／陈居中《平皋拊马图》：陈居中，南宋著名画家，图中人物是女真人，神情动作显得对马匹备极爱惜。

辽人的银面具：辽国贵人逝世后，依其真实面形以银子制成。现藏美国费城大学博物馆。性质和游坦之的铁面具不同，但契丹人向有以金属制面具的习俗。

星宿海：星宿老怪丁春秋的旧居。

辽墓出土《深山会棋图》：此图上部峭峰陡起，白云掩映其间，山中高士弈棋，山下一人携二童策杖赴会。不知其所赴之棋局，是否即为「珍珑」。

李赞华《射骑图》：
李赞华，本辽太祖长子，名突欲。后唐长兴二年投奔中国。明宗赐姓李，名赞华。图中所绘为契丹武士及鞍马。

后唐庄宗立像：后唐庄宗李存勖，李克用的儿子，沙陀人，灭梁而建后唐皇朝。李存勖酷爱戏剧，宠信优伶，后为伶人郭从谦所弑。

目　录

二十一　千里茫茫若梦…………………………………… 775

二十二　双眸粲粲如星…………………………………… 815

二十三　塞上牛羊空许约………………………………… 853

二十四　烛畔鬓云有旧盟………………………………… 885

二十五　莽苍踏雪行……………………………………… 925

二十六　赤手屠熊搏虎…………………………………… 971

二十七　金戈荡寇鏖兵…………………………………… 999

二十八　草木残生颅铸铁………………………………… 1037

二十九　虫豸凝寒掌作冰………………………………… 1073

三　十　挥洒缚豪英……………………………………… 1123

（二十一至三十回回目调寄《破阵子》。）

一路上风光骀荡，尽是醉人之意。这数千里的行程，迷迷惘惘，直如一场大梦，若不是这娇俏可喜的小阿朱便在身畔，真要怀疑此刻兀自身在梦中。

二十一

千里茫茫若梦

当下两人折而向南,从山岭间绕过雁门关,来到一个小镇上,找了一家客店。阿朱不等乔峰开口,便命店小二打二十斤酒来。那店小二见他二人夫妻不像夫妻,兄妹不似兄妹,本就觉得希奇,听说打"二十斤"酒,更是诧异,呆呆的瞧着他们二人,既不去打酒,也不答应。乔峰瞪了他一眼,不怒自威。那店小二吃了一惊,这才转身,喃喃的道:"二十斤酒?用酒来洗澡吗?"

阿朱笑道:"乔大爷,咱们去找徐长老,看来再走得两日,便会给人发觉。一路打将过去,杀将过去,虽是好玩,就怕徐长老望风逃走,那便找他不着了。"

乔峰哈哈一笑,道:"你也不用恭维我,一路打将过去,敌人越来越多,咱俩终究免不了送命……"阿朱道:"要说有什么凶险,倒不见得。只不过他们一个个的都望风而遁,可就难办了。"乔峰道:"依你说有什么法子?咱们白天歇店、黑夜赶道如何?"

阿朱微笑道:"要他们认不出,那就容易不过。只是名满天下的乔大侠,不知肯不肯易容改装?"说到头来,还是"易容改装"四字。

乔峰笑道:"我不是汉人,这汉人的衣衫,本就不想穿了。但如穿上契丹人衣衫,在中原却是寸步难行。阿朱,你说我扮作什么人的好？"

阿朱道："你身材魁梧，一站出去就引得人人注目，最好改装成一个形貌寻常、身上没丝毫特异之处的江湖豪士。这一种人在道上一天能撞见几百个，那就谁也不会来向你多瞧一眼。"

乔峰拍腿道："妙极！妙极！喝完了酒，咱们便来改扮罢。"

他二十斤酒一喝完，阿朱当即动手。面粉、浆糊、墨胶，各种各样物事一凑合，乔峰脸容上许多与众不同之处一一隐没。阿朱再在他上唇加了淡淡一撇胡子。乔峰一照镜子，连自己也不认得了。阿朱跟着自己改装，扮成个中年汉子。

阿朱笑道："你外貌是全然变了，但一说话，一喝酒，人家便知道是你。"乔峰点头道："嗯，话要少说，酒须少喝。"

这一路南行，他果然极少开口说话，每餐饮酒，也不过两三斤，稍具意思而已。

这一日来到晋南三甲镇，两人正在一家小面店中吃面，忽听得门外两个乞丐交谈。一个道："徐长老可死得真惨，前胸后背，肋骨尽断，一定又是乔峰那恶贼下的毒手。"乔峰一惊，心道："徐长老死了？"和阿朱对望了一眼。

只听得另一名乞丐道："后天在河南卫辉开吊，帮中长老、弟兄们都去祭奠，总得商量个擒拿乔峰的法子才是。"头一个乞丐说了几句帮中的暗语，乔峰自是明白其意，他说乔峰来势厉害，不可随便说话，莫要被他的手下人听去了。

乔峰和阿朱吃完面后离了三甲镇，到得郊外。乔峰道："咱们该去卫辉瞧瞧，说不定能见到什么端倪。"阿朱道："是啊，卫辉是定要去的。乔大爷，去吊祭徐长老的人，大都是你的旧部，你的言语举止之中，可别露出马脚来。"乔峰点头道："我理会得。"当下折而东行，往卫辉而去。

第三天来到卫辉，进得城来，只见满街满巷都是丐帮子弟。有的在酒楼中据案大嚼，有的在小巷中宰猪屠狗，更有的随街乞讨，强索硬要。乔峰心中难受，眼见号称江湖上第一大帮的丐帮帮规废弛，无复当年自己主掌帮务时的森严兴旺气象，如此过不多时，势将为世人所轻。虽说丐帮与他已经是敌非友，然自己多年心血废于一旦，总觉可惜。

只听几名丐帮弟子说了几句帮中切口，便知徐长老的灵位设于城西一座废园之中。乔峰和阿朱买了些香烛纸钱、猪头三牲，随着旁人来到废园，在徐长老灵位前磕头。

但见徐长老的灵牌上涂满了鲜血，那是丐帮的规矩，意思说死者是为人所害，本帮帮众须得为他报仇雪恨。灵堂中人人痛骂乔峰，却不知他便在身旁。乔峰见身周尽是帮中首脑人物，生怕给人瞧出破绽，不愿多耽，当即辞出，和阿朱并肩而行，寻思："徐长老既死，这世上知道带头大哥之人可就少了一个。"

忽然间小巷尽头处人影一闪，是个身形高大的女子。乔峰眼快，认出正是谭婆，心道："妙极，她定是为祭奠徐长老而来，我正要找她。"只见跟着又是一人闪了过去，也是轻功极佳，却是赵钱孙。

乔峰一怔："这两人鬼鬼祟祟的，有什么古怪？"他知这两人本是师兄妹，情冤牵缠，至今未解，心道："二人都已六七十岁年纪，难道还在干什么幽会偷情之事？"他本来不喜多管闲事，但想赵钱孙知道"带头大哥"是谁，谭公、谭婆夫妇也多半知晓，若能抓到他们一些把柄，便可乘机逼迫他们吐露真相，当下在阿朱耳边道："你在客店中等我。"阿朱点了点头，乔峰立即向赵钱孙的去路追去。

赵钱孙尽拣隐僻处而行，东边墙角下一躲，西首屋檐下一缩，举止诡秘，出了东门。乔峰远远跟随，始终没给他发现，遥见他奔到浚河之旁，弯身钻入了一艘大木船中。乔峰提气疾行，几个起落，赶到船旁，轻轻跃上船篷，将耳朵贴在篷上倾听。

· 779 ·

船舱之中，谭婆长长叹了口气，说道："师哥，你我都这大把年纪了，小时候的事情，悔之已晚，再提旧事，更有何用？"赵钱孙道："我这一生是毁了。后悔也已来不及啦。我约你出来非为别事，小娟，只求你再唱一唱从前那几首歌儿。"谭婆道："唉，你这人总是痴得可笑。我当家的来到卫辉又见到你，已十分不快。他为人多疑，你还是少惹我的好。"赵钱孙道："怕什么？咱师兄妹光明磊落，说说旧事，有何不可？"谭婆叹了口气，轻轻的道："从前那些歌儿，从前那些歌儿……"

赵钱孙听她意动，加意央求，说道："小娟，今日咱俩相会，不知此后何日再得重逢，只怕我命不久长，你便再要唱歌给我听，我也是无福来听的了。"谭婆道："师哥，你别这么说。你一定要听，我便轻声唱一首。"赵钱孙喜道："好，多谢你，小娟，多谢你。"

谭婆曼声唱道："当年郎从桥上过，妹在桥畔洗衣衫……"

只唱得两句，喀喇一声，舱门推开，闯进一条大汉。乔峰易容之后，赵钱孙和谭婆都已认他不出。他二人本来大吃一惊，眼见不是谭公，当即放心，喝问："是谁？"

乔峰冷冷的瞧着他二人，说道："一个轻荡无行，勾引有夫之妇，一个淫荡无耻，背夫私会情郎……"

他话未说完，谭婆和赵钱孙已同时出手，分从左右攻上。乔峰身形微侧，反手便拿谭婆手腕，跟着手肘撞出，后发先至，攻向赵钱孙的左胁。赵钱孙和谭婆都是武林高手，满拟一招之间便将敌人擒拿下来，万万料想不到这个貌不惊人的汉子武功竟是高得出奇，只一招之间便即反守为攻。船舱中地方狭窄，施展不开手脚，乔峰却是大有大斗，小有小打，擒拿手和短打近攻的功夫，在不到一丈见方的船舱中使得灵动之极。斗到第七回合，赵钱孙腰间中指，谭婆一惊，出手稍慢，背心立即中掌，委顿在地。

乔峰冷冷的道："你二位且在这里歇歇，卫辉城内废园之中，有不少英雄好汉，正在徐长老灵前拜祭，我去请他们来评一评这个道理。"

赵钱孙和谭婆大惊，强自运气，但穴道封闭，连小指头儿也动弹不了。二人年纪已老，早无情欲之念，在此约会，不过是说说往事，叙叙旧情，原无什么越礼之事。但其时是北宋年间，礼法之防人人看得极重，而江湖上的英雄好汉如犯了色戒，更为众所不齿。一男一女悄悄在这船中相会，却有谁肯信只不过是唱首曲子？说几句胡涂废话？众人赶来观看，以后如何做人？连谭公脸上，也是大无光采了。

谭婆忙道："这位英雄，我们并无得罪阁下之处，若能手下容情，我……我必有补报。"乔峰道："补报是不用了。我只问你一句话，请你回答三个字。只须你照实说了，在下立即解开你二人穴道，拍手走路，今日之事，永不向旁人提起。"谭婆道："只须老身知晓，自当奉告。"

乔峰道："有人曾写信给丐帮汪帮主，说到乔峰之事，这写信之人，许多人叫他'带头大哥'，此人是谁？"

谭婆踌躇不答，赵钱孙大声叫道："小娟，说不得，千万说不得。"乔峰瞪视着他，问道："你宁可身败名裂，也不说的了？"赵钱孙道："老子一死而已。这位带头大哥于我有恩，老子决不能说他名字出来。"乔峰道："害得小娟身败名裂，你也是不管的了？"赵钱孙道："谭公要是知道了今日之事，我立即在他面前自刎，以死相谢，也就是了。"

乔峰向谭婆道："那人于你未必有恩，你说了出来，大家平安无事，保全了谭公与你的脸面，更保全了你师哥的性命。"

谭婆听他以赵钱孙的性命相胁，不禁打了个寒战，道："好，我跟你说，那人是……"

赵钱孙急叫："小娟，你千万不能说。我求求你，求求你，这人

· 781 ·

多半是乔峰的手下，你一说出来，那位带头大哥的性命就危险了。"

乔峰道："我便是乔峰，你们倘若不说，后患无穷。"

赵钱孙吃了一惊，道："怪不得这般好功夫。小娟，我这一生从来没求过你什么，这是我唯一向你恳求之事，你说什么也得答允。"

谭婆心想他数十年来对自己眷恋爱护，情义深重，自己负他良多，他心中所求，从来不向自己明言，这次为了掩护恩人，不惜一死，自己决不能败坏他的义举，便道："乔帮主，今日之事，行善在你，行恶也在你。我师兄妹俩问心无愧，天日可表。你想要知道之事，恕我不能奉告。"她这几句话虽说得客气，但言辞决绝，无论如何是不肯吐露的了。

赵钱孙喜道："小娟，多谢你，多谢你。"

乔峰知道再逼已然无用，哼了一声，从谭婆头上拔下一根玉钗，跃出船舱，径回卫辉城中，打听谭公落脚的所在。他易容改装，无人识得。谭公、谭婆夫妇住在卫辉城内的"如归客店"，也不是隐秘之事，一问便知。

走进客店，只见谭公双手背负身后，在房中踱来踱去，神色极是焦躁，乔峰伸出手掌，掌心中正是谭婆的那根玉钗。

谭公自见赵钱孙如影随形的跟到卫辉，一直便郁闷不安，这会儿半日不见妻子，正自记挂，不知她到了何处，忽然见到妻子的玉钗，又惊又喜，问道："阁下是谁？是拙荆请你来的么？不知有何事见教？"说着伸手便去取那玉钗。乔峰由他将玉钗取去，说道："尊夫人已为人所擒，危在顷刻。"谭公大吃一惊，道："拙荆武功了得，怎能轻易为人所擒？"乔峰道："是乔峰。"

谭公只听到"是乔峰"三字，便无半分疑惑，却更加焦虑记挂，忙问："乔峰，唉！是他，那就麻烦了，我……我内人，她在哪里？"乔峰道："你要尊夫人生，很是容易，要她死，那也容易。"

谭公性子沉稳，心中虽急，脸上却不动声色，问道："倒要请教。"

乔峰道："乔峰有一事请问谭公，你照实说了，即刻放归尊夫人，不敢损她一根毫发。阁下倘若不说，只好将她处死，将她的尸体，和赵钱孙的尸首同穴合葬。"

谭公听到最后一句，哪里还能忍耐，一声怒喝，发掌向乔峰脸上劈去。乔峰斜身略退，这一掌便落了空。谭公吃了一惊，心想我这一掌势如奔雷，非同小可，他居然行若无事的便避过了，当下右掌斜引，左掌横击而出。乔峰见房中地位狭窄，无可闪避，当即竖起右臂硬接。拍的一声，这一掌打上手臂，乔峰身形不晃，右臂翻过，压将下来，搁在谭公肩头。

霎时之间，谭公肩头犹如堆上了数千斤重的大石，立即运劲反挺，但肩头重压，如山如丘，只压得他脊骨喀喀喀响声不绝，几欲折断，除了曲膝跪下，更无别法。他出力强挺，说什么也不肯屈服，但一口气没能吸进，双膝一软，噗的跪下。那实是身不由主，膝头关节既是软的，这般沉重的力道压将下来，不屈膝也是不成。

乔峰有意挫折他的傲气，压得他屈膝跪倒，臂上劲力仍是不减，更压得他曲背如弓，额头便要着地。谭公满脸通红，苦苦撑持，使出吃奶的力气与之抗拒，用力向上顶去。突然之间，乔峰手臂放开。谭公肩头重压遽去，这一下出其不意，收势不及，登时跳了起来，一纵丈余，砰的一声，头顶重重撞上了横梁，险些儿将横梁也撞断了。

谭公从半空中落将下来，乔峰不等他双足着地，伸出右手，一把抓住他胸口。乔峰手臂极长，谭公却身材矮小，不论拳打脚踢，都碰不到对方身子。何况他双足凌空，再有多高的武功也使不出来。谭公一急之下，登时省悟，喝道："你便是乔峰！"

乔峰道："自然是我！"

谭公怒道："你……你……他妈的，为什么要牵扯上赵钱孙这小子？"他最气恼的是，乔峰居然说将谭婆杀了之后，要将她尸首和赵钱孙合葬。

乔峰道："你老婆要牵扯上他，跟我有什么相干？你想不想知道谭婆此刻身在何处？想不想知道她和谁在一起说情话，唱情歌？"谭公一听，自即料到妻子是和赵钱孙在一起了，忍不住急欲去看个究竟，便道："她在哪里？请你带我去。"乔峰冷笑道："你给我什么好处？我为什么要带你去？"

谭公记起他先前的说话，问道："你说有事问我，要问什么？"

乔峰道："那日在无锡城外杏子林中，徐长老携来一信，乃是写给丐帮前任帮主汪剑通的。这信是何人所写？"

谭公手足微微一抖，这时他兀自被乔峰提着，身子凌空，乔峰只须掌心内力一吐，立时便送了他的性命。但他竟是凛然不惧，说道："此人是你的杀父大仇，我决计不能泄露他的姓名，否则你去找他报仇，岂不是我害了他性命。"乔峰道："你若不说，你自己性命先就送了。"谭公哈哈一笑，道："你当谭某是何等样人？我岂能贪生怕死，出卖朋友？"

乔峰听他顾全义气，心下倒也颇为佩服，倘若换作别事，早就不再向他逼问，但父母之仇，岂同寻常，便道："你不爱惜自己性命，连妻子的性命也不爱惜？谭公谭婆声名扫地，贻羞天下，难道你也不怕？"

武林中人最爱惜的便是声名，重名贱躯，乃是江湖上好汉的常情。谭公听了这两句话，说道："谭某坐得稳，立得正，生平不做半件对不起朋友之事，怎说得上'声名扫地，贻羞天下'八个字？"

乔峰森然道："谭婆可未必坐得稳，立得正，赵钱孙可未必不做对不起朋友之事。"

霎时之间，谭公满脸胀得通红，随即又转为铁青，横眉怒目，狠狠瞪视。

乔峰手一松，将他放下地来，转身走了出去。谭公一言不发的跟随其后。两人一前一后的出了卫辉城。路上不少江湖好汉识得谭公，恭恭敬敬的让路行礼。谭公只哼的一声，便走了过去。不多时，两人已到了那艘大木船旁。

乔峰身形一晃，上了船头，向舱内一指，道："你自己来看罢！"

谭公跟着上了船头，向船舱内看去时，只见妻子和赵钱孙相偎相倚，挤在船舱一角。谭公怒不可遏，发掌猛力向赵钱孙脑袋击去。蓬的一声，赵钱孙身子一动，既不还手，亦不闪避。谭公的手掌和他头顶相触，便已察觉不对，伸手忙去摸妻子的脸颊，着手冰冷，原来谭婆已死去多时。谭公全身发颤，不肯死心，再伸手去探她的鼻息，却哪里还有呼吸？他呆了一呆，一摸赵钱孙的额头，也是着手冰冷。谭公悲愤无已，回过身来，狠狠瞪视乔峰，眼光中如要喷出火来。

乔峰见谭婆和赵钱孙忽然间一齐死于非命，也是诧异之极。他离船进城之时，只不过点了二人的穴道，怎么两个高手竟尔会突然身死？他提起赵钱孙的尸身，粗粗一看，身上并无兵刃之伤，也无血渍；拉着他胸口衣衫，嗤的一声，扯了下来，只见他胸口一大块瘀黑，显然是中了重手掌力，更奇的是，这下重手竟极像是出于自己之手。

谭公抱着谭婆，背转身子，解开她衣衫看她胸口伤痕，便和赵钱孙所受之伤一模一样。谭公欲哭无泪，低声向乔峰道："你人面兽心，这般狠毒！"

乔峰心下惊愕，一时说不出话来，只想："是谁使重手打死了谭婆和赵钱孙？这下手之人功力深厚，大非寻常，难道又是我的老对头到了？可是他怎知这二人在此船中？"

谭公伤心爱妻惨死，劲运双臂，奋力向乔峰击去。乔峰向旁一让，只听得喀喇喇一声大响，谭公的掌力将船篷打塌了半边。乔峰右手穿出，搭上他肩头，说道："谭公，你夫人决不是我杀的，你信不信？"谭公道："不是你还有谁？"乔峰道："你此刻命悬我手，乔某若要杀你，易如反掌，我骗你有何用处？"谭公道："你只不过想查知杀父之仇是谁。谭某武功虽不如你，焉能受你之愚？"乔峰道："好，你将我杀父之仇的姓名说了出来，我一力承担，替你报这杀妻大仇。"

谭公惨然狂笑，连运三次劲，要想挣脱对方掌握，但乔峰一只手掌轻轻搭在他的肩头，随劲变化，谭公挣扎的力道大，对方手掌上的力道相应而大，始终无法挣扎得脱。谭公将心一横，将舌头伸到双齿之间，用力一咬，咬断舌头，满口鲜血向乔峰狂喷过来。乔峰急忙侧身闪避。谭公奔将过去，猛力一脚，将赵钱孙的尸身踢开，双手抱住了谭婆的尸身，头颈一软，气绝而死。

乔峰见到这等惨状，心下也自恻然，颇为抱憾，谭氏夫妇和赵钱孙虽非他亲手所杀，但终究是为他而死。若要毁尸灭迹，只须伸足一顿，在船板上踩出一洞，那船自会沉入江底。但想："我掩藏了三具尸体，反显得做贼心虚。"当下出得船舱，回上岸去，想在岸边寻找什么足迹线索，却全无踪迹可寻。

他匆匆回到客店。阿朱一直在门口张望，见他无恙归来，极是欢喜，但见他神色不定，情知追踪赵钱孙和谭婆无甚结果，低声问道："怎么样？"乔峰道："都死了！"阿朱微微一惊，道："谭婆和赵钱孙？"乔峰道："还有谭公，一共三个。"

阿朱只道是他杀的，心中虽觉不安，却也不便出责备之言，说道："赵钱孙是害死你父亲的帮凶，杀了也……也没什么。"

乔峰摇摇头，道："不是我杀的。"阿朱吁了一口气，道："不是你杀的就好。我本来想，谭公、谭婆并没怎么得罪你，可以饶了。却不知是谁杀的？"

乔峰摇了摇头,说道:"不知道!"他屈指数了数,说道:"知道那元凶巨恶姓名的,世上就只剩下三人了。咱们做事可得赶快,别给敌人老是抢在头里,咱们始终落了下风。"

阿朱道:"不错。那马夫人恨你入骨,无论如何是不肯讲的。何况逼问一个寡妇,也非男子汉大丈夫的行径。智光和尚的庙远在江南。咱们便赶去山东泰安单家罢!"

乔峰目光中流露出一丝怜惜之色,道:"阿朱,这几天累得你苦了。"阿朱大声叫道:"店家,店家,快结帐。"乔峰奇道:"明早结帐不迟。"阿朱道:"不,今晚连夜赶路,别让敌人步步争先。"乔峰心中感激,点了点头。

暮色苍茫中出得卫辉城来,道上已听人传得沸沸扬扬,契丹恶魔乔峰如何忽下毒手,害死了谭公夫妇和赵钱孙。这些人说话之时,东张西望,唯恐乔峰随时会在身旁出现,殊不知乔峰当真便在身旁,若要出手伤人,这些人也真是无可躲避。

两人一路上更换坐骑,日夜不停的疾向东行。赶得两日路,阿朱虽绝口不说一个"累"字,但睡眼惺忪的骑在马上,几次险些摔下马背来,乔峰见她实在支持不住了,于是弃马换车。两人在大车中睡上三四个时辰,一等睡足,又弃车乘马,绝尘奔驰。如此日夜不停的赶路,阿朱欢欢喜喜的道:"这一次无论如何得赶在那大恶人的先头。"她和乔峰均不知对头是谁,提起那人时,总是以"大恶人"相称。

乔峰心中却隐隐担忧,总觉这"大恶人"每一步都始终占了先着,此人武功当不在自己之下,机智谋略更是远胜,何况自己直至此刻,瞧出来眼前始终迷雾一团,但自己一切所作所为,对方却显然清清楚楚。一生之中,从未遇到过这般厉害的对手。只是敌人愈强,他气概愈豪,却也丝毫无惧怕之意。

铁面判官单正世居山东泰安大东门外,泰安境内,人人皆知。

乔峰和阿朱来到泰安时已是傍晚，问明单家所在，当即穿城而过。出得大东门来，行不到一里，只见浓烟冲天，什么地方失了火，跟着锣声当当响起，远远听得人叫道："走了水啦！走了水啦！快救火。"

乔峰也不以为意，纵马奔驰，越奔越近失火之处。只听得有人大声叫道："快救火啊，快救火啊，是铁面单家！"

乔峰和阿朱吃了一惊，一齐勒马，两人对望了一眼，均想："难道又给大恶人抢到了先着？"阿朱安慰道："单正武艺高强，屋子烧了，决不会连人也烧在内。"

乔峰摇了摇头。他自从杀了单氏二虎之后，和单家结仇极深，这番来到泰安，虽无杀人之意，但想单正和他的子侄门人决计放自己不过，原是预拟来大战一场。不料未到庄前，对方已遭灾殃，心中不由得恻然生悯。

渐渐驰近单家庄，只觉热气炙人，红焰乱舞，好一场大火。

这时四下里的乡民已群来救火，提水的提水，泼沙的泼沙。幸好单家庄四周掘有深壕，附近又无人居住，火灾不致蔓延。

乔峰和阿朱驰到灾场之旁，下马观看。只听一名汉子叹道："单老爷这样的好人，在地方上济贫救灾，几十年来积下了多少功德，怎么屋子烧了不说，全家三十余口，竟一个也没能逃出来？"另一人道："那定是仇家放的火，堵住了门不让人逃走。否则的话，单家连五岁小孩子也会武功，岂有逃不出来之理？"先一人道："听说单大爷、单二爷、单五爷在河南给一个叫什么乔峰的恶人害了，这次来放火的，莫非又是这个大恶人？"

阿朱和乔峰说话中提到那对头时，称之为"大恶人"，这时听那两个乡人也口称"大恶人"，不禁互瞧了一眼。

那年纪较轻的人道："那自然是乔峰了。"他说到这里，放低了声音，说道："他定是率领了大批手下闯进庄去，将单家杀得鸡犬不留。唉，老天爷真没眼睛。"那年纪大的人道："这乔峰作恶多端，将来定比单家几位爷们死得惨过百倍。"

阿朱听他诅咒乔峰，心中着恼，伸手在马颈旁一拍，那马吃惊，左足弹出，正好踢在那人臀上。那人"啊"的一声，身子矮了下去。阿朱道："你嘴里不干不净的说些什么？"那人给马蹄踢了一脚，想起"大恶人"乔峰属下人手众多，吓得一声也不敢吭，急急走了。

乔峰微微一笑，但笑容之中，带着三分凄苦的神色，和阿朱走到火场的另一边去。听得众人纷纷谈论，说话一般无异，都说单家男女老幼三十余口，竟没一个能逃出来。乔峰闻到一阵阵焚烧尸体的臭气，从火场中不断冲出来，知道各人所言非虚，单正全家男女老幼，确是尽数葬身在火窟之中了。

阿朱低声道："这大恶人当真辣手，将单正父子害死，也就罢了，何以要杀他全家？更何必连屋子也烧去了？"乔峰哼了一声，说道："这叫做斩草除根。倘若换作了我，也得烧屋。"阿朱一惊，问道："为什么？"乔峰道："那一晚在杏子林中，单正曾说过几句话，你想必也听到了。他说：'我家中藏得有这位带头大哥的几封信，拿了这封信去一对笔迹，果是真迹。'"阿朱叹道："是了，他就算杀了单正，怕你来到单家庄中，找到了那几封书信，还是能知道这人的姓名。一把火将单家庄烧成了白地，那就什么书信也没有了。"

这时救火的人愈聚愈多，但火势正烈，一桶桶水泼到火上，霎时之间化作了白气，却哪里遏得住火头？一阵阵火焰和热气喷将出来，只冲得各人不住后退。众人一面叹息，一面大骂乔峰。乡下人口中的污言秽语，自是难听之极了。

阿朱生怕乔峰听了这些无理辱骂，大怒之下竟尔大开杀戒，这些乡下人可就惨了，偷眼向他瞧去，只见他脸上神色奇怪，似是伤心，又似懊悔，但更多的还是怜悯，好似觉得这些乡下人愚蠢之至,不值一杀。只听他叹了口长气,黯然道:"去天台山罢!"

他提到天台山,那确是无可奈何之事。智光大师当年虽曾参与杀害他父母这一役,但后来智光大发愿心,远赴异域,采集树皮,医治浙闽两广一带百姓的瘴气疟病,活人无数,自己却也因此而身染重病,痊愈后武功全失。这等济世救人的行径,江湖上无人不敬,提起智光大师来,谁都称之为"万家生佛",乔峰若非万不得已,决计不肯去和他为难。

两人离了泰安,取道南行。这一次乔峰却不拼命赶路了,心想自己好整以暇,说不定还可保得智光大师的性命,若是和先前一般的兼程而行,到得天台山,多半又是见到智光大师的尸体,说不定连他所居的禅寺也给烧成了白地。何况智光行脚无定,云游四方,未必定是在天台山的寺院之中。

天台山在浙东。两人自泰安一路向南,这一次缓缓行来,恰似游山玩水一般,乔峰和阿朱谈论江湖上的奇事轶闻,若非心事重重,实足游目畅怀。

这一日来到镇江,两人上得金山寺去,纵览江景,乔峰瞧着浩浩江水,不尽向东,猛地里想起一事,说道:"那个'带头大哥'和'大恶人',说不定便是一人。"阿朱击掌道:"是啊,怎地咱们一直没想到此事?"乔峰道:"当然也或者是两个人,但这两人定然关系异常密切,否则那大恶人决不至于千方百计,要掩饰那带头大哥的身份。但那'带头大哥'既连汪帮主这等人也甘愿追随其后,自是非同小可的人物。那'大恶人'却又如此了得。世上岂难道有这么两个高人,我竟连一个也不知道?以此推想,这两人多半便是一人。只要杀了那'大恶人',便是报了我杀父杀母的大仇。"

阿朱点头称是,又道:"乔大爷,那晚在杏子林中,那些人述说当年旧事,只怕……只怕……"说到这里,声音不禁有些发颤。

乔峰接口道："只怕那大恶人便是在杏子林中？"阿朱颤然道："是啊。那铁面判官单正说道，他家中藏有带头大哥的书信，这番话是在杏子林中说的。他全家被烧成了白地……唉，我想起那件事来，心中很怕。"她身子微微发抖，震在乔峰的身侧。

乔峰道："此人心狠手辣，世所罕有。赵钱孙宁可身败名裂，不肯吐露他的真相，单正又和他交好，这人居然能对他二人下此毒手。那晚杏子林中，又有什么如此厉害的人物？"沉吟半晌，又道："还有一件事我也觉得奇怪。"阿朱道："什么事？"

乔峰望着江中的帆船，说道："这大恶人聪明机谋，处处在我之上，说到武功，似乎也不弱于我。他要取我性命，只怕也不如何为难。他又何必这般怕我得知我仇人是谁？"

阿朱道："乔大爷，你这可太谦了。那大恶人纵然了得，其实心中怕得你要命。我猜他这些日子中心惊胆战，生怕你得知他的真相，去找他报仇。否则的话，他也不必害死乔家二老，害死玄苦大师，又害死赵钱孙、谭婆和铁面判官一家了。"

乔峰点了点头，道："那也说得是。"向她微微一笑，说道："他既不敢来害我，自也不敢走近你身边。你不用害怕。"过了半晌，叹道："这人当真工于心计。乔某枉称英雄，却给人玩弄于掌股之上，竟无还手之力。"

过长江后，不一日又过钱塘江，来到天台县城。乔峰和阿朱在客店中歇了一宿。次日一早起来，正要向店伴打听入天台山的路程，店中掌柜匆匆进来，说道："乔大爷，天台山止观禅寺有一位师父前来拜见。"

乔峰吃了一惊，他住宿客店之时，曾随口说姓关，便问："你干么叫我乔大爷？"那掌柜道："止观寺的师父说了乔大爷的形貌，一点不错。"乔峰和阿朱对瞧一眼，均颇惊异，他二人早已易容改装，而且与在山东泰安时又颇不同，居然一到天台，便给人认了出来。乔峰道："好，请他进来相见。"

掌柜的转身出去，不久带了一个三十来岁的矮胖僧人进来。那僧人合什向乔峰为礼，说道："家师上智下光，命小僧朴者邀请乔大爷、阮姑娘赴敝寺随喜。"乔峰听他连阿朱姓阮也知道，更是诧异，问道："不知师父何以得悉在下姓氏？"

朴者和尚道："家师吩咐，说道天台县城'倾盖客店'之中，住得有一位乔英雄，一位阮姑娘，命小僧前来迎接上山。这位是乔大爷了，不知阮姑娘在哪里？"阿朱扮作个中年男子，朴者和尚看不出来，还道阮姑娘不在此处。

乔峰又问："我们昨晚方到此间，尊师何以便知？难道他真有前知的本领么？"

朴者还未回答，那掌柜的抢着道："止观禅寺的老神僧神通广大，屈指一算，便知乔大爷要来。别说明后天的事瞧得清清楚楚，便是五百年之后的事情，他老人家也算得出个十之六七呢。"

乔峰知道智光大师名气极响，一般愚民更是对他奉若神明，当下也不多言，说道："阮姑娘随后便来，你领我们二人先去拜见尊师罢。"朴者和尚道："是。"乔峰要算房饭钱，那掌柜的忙道："大爷是止观禅寺老神僧的客人，住在小店，我们沾了好大的光，这几钱银子的房饭钱，那无论如何是不敢收的。"

乔峰道："如此叨扰了。"暗想："智光禅师有德于民，他害死我爹娘的怨仇，就算一笔勾销。只盼他肯吐露那'带头大哥'和大恶人是谁，我便心满意足。"当下随着朴者和尚出得县城，径向天台山而来。

天台山风景清幽，但山径颇为险峻，崎岖难行。相传汉时刘晨、阮肇误入天台山遇到仙女，可见山水固极秀丽，山道却盘旋曲折，甚难辨认。乔峰跟在朴者和尚身后，见他脚力甚健，可是显然不会武功，但他并不因此而放松了戒备之意，寻思："对方既知是我，岂有不严加防范之理？智光禅师虽是有德高僧，旁人却未必都和他一般心思。"

岂知一路平安，太平无事的便来到了止观寺外。天台山诸寺院中，国清寺名闻天下，隋时高僧智者大师曾驻锡于此，大兴"天台宗"，数百年来为佛门重地。但在武林之中，却以止观禅寺的名头响得多。乔峰一见之下，原来只是十分寻常的一座小庙，庙外灰泥油漆已大半剥落，若不是朴者和尚引来，如由乔峰和阿朱自行寻到，还真不信这便是大名鼎鼎的止观禅寺了。

朴者和尚推开庙门，大声说道："师父，乔大爷到了。"

只听得智光的声音说道："贵客远来，老衲失迎。"说着走到门口，合什为礼。

乔峰在见到智光之前，一直担心莫要给大恶人又赶在头里，将他杀了，直到亲见他面，这才放心，当下和阿朱都抹去了脸上化装，以本来面目相见。乔峰深深一揖，说道："打扰大师清修，深为不安。"

智光道："善哉，善哉！乔施主，你本是姓萧，自己可知道么？"

乔峰身子一颤，他虽然已知自己是契丹人，但父亲姓什么却一直未知，这时才听智光说他姓"萧"，不由得背上出了一阵冷汗，知道自己的身世真相正在逐步显露，当即躬身道："小可不孝，正是来求大师指点。"

智光点了点头，说道："两位请坐。"

三人在椅上坐定，朴者送上茶来，见两人相貌改变，阿朱更变作了女人，大是惊诧，只是师父在座，不敢多问。

智光续道："令尊在雁门关外石壁之上，留下字迹，自称姓萧，名叫远山。他在遗文中称你为'峰儿'。我们保留了你原来的名字，只因托给乔三槐养育，须得跟他之姓。"

乔峰泪如雨下，站起身来，说道："在下直至今日，始知父亲姓名，尽出大师恩德，受在下一拜。"说着便拜了下去。阿朱也离座站起。

智光合什还礼，道："恩德二字，如何克当？"

辽国的国姓是耶律，皇后历代均是姓萧。萧家世代后族，将相满朝，在辽国极有权势。有时辽主年幼，萧太后执政，萧家威势更重。乔峰忽然获知自己乃是契丹大姓，一时之间，百感交集，出神半响，转头对阿朱喟然道："从今而后，我是萧峰，不是乔峰了。"阿朱道："是，萧大爷。"

智光道："萧大侠，雁门关外石壁上所留的字迹，你想必已经见到了？"萧峰摇头道："没有。我到得关外，石壁上的字迹已给人铲得干干净净，什么痕迹也没留下。"

智光轻叹一声，道："事情已经做下，石壁上的字能铲去，这几十条性命，又如何能够救活？"从袖中取出一块极大的旧布，说道："萧施主，这便是石壁遗文的拓片。"

萧峰心中一凛，接过旧布，展了开来，只见那块大布是许多衣袍碎布缝缀在一起的，布上一个个都是空心白字，笔划奇特，模样与汉字也甚相似，却一字不识，知是契丹文字，但见字迹笔划雄健，有如刀斫斧劈，听智光那日说，这是自己父亲临死前以短刀所刻，不由得眼前模糊，泪水涔涔而下，一点点都滴在布上，说道："还求大师译解。"

智光大师道："当年我们拓了下来，求雁门关内识得契丹文字之人解说，连问数人，意思都是一般，想必是不错的了。萧施主，这一行字说道：'峰儿周岁，偕妻往外婆家赴宴，途中突遇南朝大盗……'"萧峰听到这里，心中更是一酸，听智光继续说道："'……事出仓卒，妻儿为盗所害，余亦不欲再活人世。余受业恩师乃南朝汉人，余在师前曾立誓不杀汉人，岂知今日一杀十余，既愧且痛，死后亦无面目以见恩师矣。萧远山绝笔。'"

萧峰听智光说完，恭恭敬敬的将大布拓片收起，说道："这是萧某先人遗泽，求大师见赐。"智光道："原该奉赠。"

萧峰脑海中一片混乱，体会到父亲当时的伤痛之情，才知他投崖自尽，不但是由于心伤妻儿惨亡，亦因自毁誓言，杀了许多汉人，以致愧对师门。

智光缓缓叹了口气，说道："我们初时只道令尊率领契丹武士，前赴少林劫夺经书，待得读了这石壁遗文，方知道事出误会，大大的错了。令尊既已决意自尽，决无于临死之前再写假话来骗人之理。他若是前赴少林寺夺经，又怎会携带一个不会丝毫武功的夫人、怀抱一个甫满周岁的婴儿？事后我们查究少林夺经这消息的来源，原来是出于一个妄人之口，此人存心戏弄那位带头大哥，要他千里奔波，好取笑他一番。"

萧峰道："嗯，原来是想开玩笑，这个妄人怎样了？"

智光道："带头大哥查明真相，自是恼怒之极，那妄人却逃了个不知去向，从此无影无踪。如今事隔三十年，想来也必不在人世了。"

萧峰道："多谢大师告知这件事的前因后果，使萧峰得能重新为人。萧某只想再问一件事。"智光道："萧施主要问何事？"萧峰道："那位带头大哥，究是何人？"

智光道："老衲听说萧施主为了查究此事，已将丐帮徐长老、谭公、谭婆、赵钱孙四位打死，又杀了铁面判官单正满门，将单家庄烧成了白地，料得施主迟早要来此间。施主请稍候片刻，老衲请施主看一样物事。"说着站起身来。

萧峰待要辩明徐长老等人非自己所杀，智光已头也不回的走入了后堂。

过了一会，朴者和尚走到客堂，说道："师父请两位到禅房说话。"萧峰和阿朱跟着他穿过一条竹荫森森的小径,来到一座小屋之前。朴者和尚推开板门,道:"请!"萧峰和阿朱走了进去。

只见智光盘膝坐在一个蒲团之上,向萧峰一笑,伸出手指,在地下写起字来。小屋地下久未打扫,积尘甚厚,只见他在灰尘中写道:

"万物一般,众生平等。圣贤畜生,一视同仁。汉人契丹,亦幻亦真。恩怨荣辱,俱在灰尘。"

写毕微微一笑,便闭上了眼睛。

萧峰瞧着地下这八句话,怔怔出神,心想:"在佛家看来,不但仁者恶人都是一般,连畜生饿鬼,和帝皇将相亦无差别,我到底是汉人还是契丹人,实在殊不足道。但我不是佛门子弟,怎能如他这般洒脱?"说道:"大师,到底那个带头大哥是谁,还请见示。"连问几句,智光只是微笑不答。

萧峰定睛看时,不由得大吃一惊,见他脸上虽有笑容,却似是僵硬不动。

萧峰连叫两声"智光大师",见他仍无半点动静,伸手一探他的鼻端,原来呼吸早停,已然圆寂。萧峰凄然无语,跪下拜了几拜,向阿朱招招手,说道:"走罢!"

两人悄悄走出止观寺,垂头丧气的回向天台县城。

走出十余里,萧峰说道:"阿朱,我全无加害智光大师之意,他……他……他又何苦如此?"阿朱道:"这位高僧看破红尘,大彻大悟,原已无生死之别。"萧峰道:"你猜他怎能料到咱们要到止观寺来?"阿朱道:"我想……我想,还是那个大恶人所干的好事。"萧峰道:"我也是这么推测,这大恶人先去告知智光大师,说我要找他寻仇。智光大师自忖难逃我的毒手,跟我说了那番话后,便即服毒自尽。"

两人你看看我,我看看你,半响不语。

阿朱忽道："萧大爷，我有几句不知进退的话，说了你可别见怪。"萧峰道："怎地这等客气起来？我当然不会见怪。"阿朱道："我想智光大师写在地下的那几句话，倒也很有道理。什么'汉人契丹，亦幻亦真。恩怨荣辱，俱化灰尘'。其实你是汉人也好，是契丹人也好，又有什么分别？江湖上刀头上的生涯，想来你也过得厌了，不如便到雁门关外去打猎放牧，中原武林的恩怨荣辱，从此再也别理会了。"

萧峰叹了口气，说道："这些刀头上挣命的勾当，我的确过得厌了。在塞外草原中驰马放鹰，纵犬逐兔，从此无牵无挂，当真开心得多。阿朱，我在塞外，你来瞧我不瞧？"

阿朱脸上一红，低声道："我不是说'放牧'么？你驰马打猎，我便放牛放羊。"说到这里，将头低了下去。

萧峰虽是个粗豪汉子，但她这几句话中的含意，却也听得明明白白，她是说要和自己终身在塞外厮守，再也不回中原了。萧峰初时救她，只不过一时意气，待得她追到雁门关外，偕赴卫辉、泰安、天台，千里奔波，日夕相亲，才处处感到了她的温柔亲切，此刻更听到她直言吐露心事，不由得心意激荡，伸出粗大的手掌，握住了她小手，说道："阿朱，你对我这么好，不以我是契丹贱种而厌弃我么？"

阿朱道："汉人是人，契丹人也是人，又有什么贵贱之分？我……我喜欢做契丹人，这是真心诚意，半点也不勉强。"说到后来，声音有如蚊鸣，细不可闻。

萧峰大喜，突然伸掌抓住她腰，将她身子抛上半空，待她跌了下来，然后轻轻接住，放在地下，笑咪咪的向她瞧了一眼，大声道："阿朱，你以后跟着我骑马打猎、牧牛放羊，是永不后悔的了？"

阿朱正色道："便跟着你杀人放火，打家劫舍，也永不后悔。跟着你吃尽千般苦楚，万种熬煎，也是欢欢喜喜。"

萧峰大声道："萧某得有今日，别说要我重当丐帮帮主，就是叫我做大宋皇帝，我也不干。阿朱，这就到信阳找马夫人去，她肯说也罢，不肯说也罢，这是咱们最后要找的一个人了。一句话问过，咱们便到塞外打猎放羊去也！"

阿朱道："萧大爷……"萧峰道："从今而后，你别再叫我什么大爷、二爷了，你叫我大哥！"阿朱满脸通红，低声道："我怎么配？"萧峰道："你肯不肯叫？"阿朱微笑道："千肯万肯，就是不敢。"萧峰笑道："你姑且叫一声试试。"阿朱细声道："大……大哥！"

萧峰哈哈大笑，说道："是了！从今而后，萧某不再是孤孤单单、给人轻蔑鄙视的胡虏贱种，这世上至少有一个人……有一个人……"一时不知如何说才是。

阿朱接口道："有一个人敬重你、钦佩你、感激你，愿意永永远远、生生世世陪在你身边，和你一同抵受患难屈辱、艰险困苦。"说得诚挚无比。

萧峰纵声长笑，四周山谷鸣响，他想到阿朱说"一同抵受患难屈辱、艰险困苦"，她明知前途满是荆棘，却也甘受无悔，心中感激，虽满脸笑容，腮边却滚下了两行泪水。

前任丐帮副帮主马大元的家住在河南信阳乡下。萧峰偕阿朱从江南天台山前赴信阳，千里迢迢，在途非止一日。

两人自从在天台山上互通心曲，两情缱绻，一路上按辔徐行，看出来风光骀荡，尽是醉人之意。阿朱本来不善饮酒，为了助萧峰之兴，也总勉强陪他喝上几杯，娇脸生晕，更增温馨。萧峰本来满怀愤激，但经阿朱言笑晏晏，说不尽的妙语解颐，悲愤之意也就减了大半。这一番从江南北上中州，比之当日从雁门关外趋疾山东，心情是大不相同了。萧峰有时回想，这数千里的行程，迷迷惘惘，直如一场大梦，初时噩梦不断，终于转成了美梦，若不是这娇俏可喜的小阿朱便在身畔，真要怀疑此刻兀自身在梦中。

这一日来到光州，到信阳已不过两日之程。阿朱说道："大哥，你想咱们怎样去盘问马夫人才好？"

那日在杏子林中、聚贤庄内，马夫人言语神态对萧峰充满敌意，萧峰虽甚不快，但事后想来，她丧了丈夫，认定丈夫是他所害，恨极自己原是情理之常，如若不恨，反而于理不合了。又想她是个身无武功的寡妇，若是对她恫吓威胁，不免大失自己豪侠身份，更不用说以力逼问，听阿朱这么问，不禁踌躇难答，怔了一怔，才道："我想咱们只好善言相求，盼她能明白事理，不再冤枉我杀她丈夫。阿朱，不如你去跟她说，好不好？你口齿伶俐，大家又都是女子。只怕她一见我之面，满腔怨恨，立时便弄僵了。"

阿朱微笑道："我倒有个计较在此，就怕你觉得不好。"萧峰忙问："什么计策？"阿朱道："你是大英雄大丈夫，不能向她逼供，却由我来哄骗于她，如何？"

萧峰喜道："如能哄她吐露真相，那是再好也没有了。阿朱，你知道我日思夜想，只盼能手刃这个杀父的大仇。我是契丹人，他揭穿我本来面目，那是应该的，令我得知自己的祖宗是什么人，我原该多谢他才是。可是他为何杀我养父养母？杀我恩师？迫我伤害朋友、背负恶名、与天下英雄为仇？我若不将他砍成肉酱，又怎能定得下心来，一辈子和你在塞上骑马打猎、牧牛放羊？"说到后来，声音越来越高亢。近日来他神态虽已不如往时之郁郁，但对这大恶人的仇恨之心，决不因此而减了半分。

阿朱道："这大恶人如此阴毒的害你，我只盼能先砍他几刀，帮你出一口恶气。咱们捉到他之后，也要设一个英雄大宴，招请普天下的英雄豪杰，当众说明你的冤屈，回复你的清白名声。"

萧峰叹道："那也不必了。我在聚贤庄上杀了这许多人，和天下英雄结怨已深,已不求旁人谅我。萧峰只盼了断此事,自己心中得能平安,然后和你并骑在塞外驰骋,咱二人终生和虎狼牛羊为伍,再也不要见中原这些英雄好汉了。"

阿朱喜道:"那真是谢天谢地、求之不得。"微微一笑,说道:"大哥,我想假扮一个人,去哄得马夫人说出那个大恶人的姓名来。"

萧峰一拍大腿,叫道:"是啊,是啊!我怎地没想到这一节,你的易容神技用在这件事上,真再好也没有了。你想扮什么人?"

阿朱道:"那就要请问你了。马副帮主在世之日,在丐帮中跟谁最为交好?我假扮了此人,马夫人想到是丈夫的知交好友,料来便不会隐瞒。"

萧峰道:"嗯,丐帮中和马大元兄弟最交好的,一个是王舵主,一个是全冠清,一个是陈长老,还有,执法长老白世镜跟他交谊也很深。"阿朱嗯了一声,侧头想像这几人的形貌神态。萧峰又道:"马兄弟为人沉静拘谨,不像我这样好酒贪杯、大吵大闹。因此平时他和我甚少在一起喝酒谈笑。全冠清、白世镜这些人和他性子相近,常在一起钻研武功。"

阿朱道:"王舵主是谁,我不识得。那个陈长老麻袋中装满毒蛇、蝎子,我一见身上就起鸡皮疙瘩,这门功夫可扮他不像。全冠清身材太高,要扮他半天是扮得像的,但如在马夫人家中耽得时候久了,慢慢套问她的口风,只怕露出马脚。我还是学白长老的好。他在聚贤庄中跟我说过几次话,学他最是容易。"

萧峰微笑道:"白长老待你甚好,力求薛神医给你治伤。你扮了他的样子去骗人,不有点对他不起么?"

阿朱笑道:"我扮了白长老后,只做好事,不做坏事,不累及他的名声,也就是了。"

当下在小客店中便装扮起来。阿朱将萧峰扮作了一名丐帮的五袋弟子，算是白长老的随从，叫他越少说话越好，以防马夫人精细，瞧出了破绽。萧峰见阿朱装成白长老后，脸如寒霜，不怒自威，果然便是那个丐帮南北数万弟子既敬且畏的执法长老，不但形貌逼肖，而说话举止更活脱便是一个白世镜。萧峰和白长老相交将近十年，竟然看不出阿朱的乔装之中有何不妥。

两人将到信阳，萧峰沿途见到丐帮人众，便以帮中暗语与之交谈，查问丐帮中首脑人物的动向，再宣示白长老来到信阳，令马夫人先行得到讯息。只要她心中先入为主，阿朱的装扮中便露出了破绽，她也不易知觉。

马大元家住信阳西郊，离城三十余里。萧峰向当地丐帮弟子打听了路途，和阿朱前赴马家。两人故意慢慢行走，挨着时刻，傍晚时分才到，白天视物分明，乔装容易败露，一到晚间，看出来什么都朦朦胧胧，便易混过了。

来到马家门外，只见一条小河绕着三间小小瓦屋，屋旁两株垂杨，门前一块平地，似是农家的晒谷场子，但四角各有一个深坑。萧峰深悉马大元的武功家数，知道这四个坑是他平时练功之用，如今幽明异路，不由得心中一阵酸楚。正要上前打门，突然间啊的一声，板门开了，走出一个全身缟素的妇人出来，正是马夫人。

马夫人向萧峰瞥了一眼，躬身向阿朱行礼，说道："白长老光临寒舍，真正料想不到，请进奉茶。"

阿朱道："在下有一件要事须与弟妹商量，是以作了不速之客，还请恕罪。"

马夫人脸上似笑非笑，嘴角边带着一丝幽怨，满身缟素衣裳。这时夕阳正将下山，淡淡黄光照在她脸上，萧峰这次和她相见，不似过去两次那么心神激荡，但见她眉梢眼角间隐露皱纹，约莫有三十五六岁年纪，脸上不施脂粉，肤色白嫩，竟似不逊于阿朱。

当下两人随着马夫人走进屋去，见厅堂颇为窄小，中间放了张桌子，两旁四张椅子，便甚少余地了。一个老婢送上茶来。马夫人问起萧峰的姓名，阿朱信口胡诌了一个。

马夫人问道："白长老大驾光降，不知有何见教？"阿朱道："徐长老在卫辉逝世，弟妹想已知闻。"马夫人突然一抬头，目光中露出讶异的神色，道："我自然知道。"阿朱道："我们都疑心是乔峰下的毒手，后来谭公、谭婆、赵钱孙三位前辈，又在卫辉城外被人害死，跟着山东泰安铁面判官单家被人烧成了白地。不久之前，我到江南查办一名七袋弟子违犯帮规之事，途中得到讯息，天台山止观寺的智光老和尚突然圆寂了。"马夫人身子一颤，脸上变色，道："这……这又是乔峰干的好事？"

阿朱道："我亲到止观寺中查勘，没得到什么结果，但想十之八九，定是乔峰这厮干的好事，料来这厮下一步多半要来跟弟妹为难，因此急忙赶来，劝弟妹到别的地方去暂住一年半载，免受乔峰这厮加害。"

马夫人泫然欲涕，说道："自从马大爷不幸遭难，我活在人世本来也已多余，这姓乔的要害我，我正求之不得，又何必觅地避祸？"

阿朱道："弟妹说哪里话来？马兄弟大仇未报，正凶尚未擒获，你身上可还挑着一副重担。啊，马兄弟灵位设在何处，我当去灵前一拜。"

马夫人道："不敢当。"还是领着两人，来到后堂。阿朱先拜过了，萧峰恭恭敬敬的在灵前磕下头去，心中暗暗祷祝："马大哥，你死而有灵，今日须当感应你夫人，说出真凶姓名，好让我替你报仇伸冤。"

马夫人跪在灵位之旁还礼，面颊旁泪珠滚滚而下。萧峰磕过了头，站起身来，见灵堂中挂着好几副挽联，徐长老、白长老各人的均在其内，自己所送的挽联却未悬挂。灵堂中白布幔上微积灰尘，

· 802 ·

更增萧索气象,萧峰寻思:"马夫人无儿无女,整日唯与一个老婢为伍,这孤苦寂寞的日子,也真难为她打发。"

只听得阿朱出言劝慰,说什么"弟妹保重身体,马兄弟的冤仇是大家的冤仇。你若有什么为难之事,尽管跟我说,我自会给你作主。"一副老气横秋的模样。萧峰心下暗赞:"这小妞子学得挺到家。丐帮帮主被逐,副帮主逝世,徐长老被人害死,传功长老给我打死,剩下来便以白长老地位最为尊崇了。她以代帮主的口吻说话,身份确甚相配。"马夫人谢了一声,口气极为冷淡。萧峰暗自担心,见她百无聊赖,神情落寞,心想她自丈夫逝世,已无人生乐趣,只怕要自尽殉夫,这女子性格刚强,什么事都做得出来。

马夫人又让二人回到客堂,不久老婢开上晚饭,木桌上摆了四色菜肴,青菜、萝卜、豆腐、胡瓜,全是素菜,热腾腾的三碗白米饭,更无酒浆。阿朱向萧峰望了一眼,心道:"今晚可没酒给你喝了。"萧峰不动声色,捧起饭碗便吃。

马夫人道:"先夫去世之后,未亡人一直吃素,山居没备荤酒,可待慢两位了。"阿朱叹道:"马兄弟人死不能复生,弟妹也不必太过自苦了。"萧峰见马夫人对亡夫如此重义,心下也是好生相敬。

晚饭过后,马夫人道:"白长老远来,小女子原该留客,只是孀居不便,不知长老还有什么吩咐么?"言下便有逐客之意。阿朱道:"我这番来到信阳,是劝弟妹离家避祸,不知弟妹有什么打算?"马夫人叹了口气,说道:"那乔峰已害死了马大爷,他再来害我,不过是叫我从马大爷于地下。我虽是个弱质女子,不瞒白长老说,我既不怕死,那便什么都不怕了。"阿朱道:"如此说来,弟妹是不愿出外避难的了?"马夫人道:"多谢白长老的厚意。小女子实不愿离开马大爷的故居。"

阿朱道:"我本当在这附近住上几日,保护弟妹。虽说白某决计不是乔峰那厮的对手,但缓急之际,总能相助一臂之力,只是我在途中又听到一个重大的机密讯息。"

马夫人道:"嗯,想必事关重大。"本来一般女子总是好奇心极盛,听到有什么重大机密,虽然事不关己,也必知之而后快,就算口中不问,脸上总不免露出急欲一知的神情。岂知马夫人仍是容色漠然,似乎你说也好,不说也好,我丈夫既死,世上已无任何令我动心之事。萧峰心道:"人家形容孀妇之心如槁木死灰,用在马夫人身上,最是贴切不过。"

阿朱向萧峰摆了摆手,道:"你到外边去等我,我有句机密话跟马夫人说。"

萧峰点了点头,走出屋去,暗赞阿朱聪明,心知若盼别人吐露机密,往往须得先说些机密与他,令他先有信任之心,明白阿朱遣开自己,意在取信于马夫人,表示连亲信心腹也不能听闻,则此事之机密可知。

他走出大门,黑暗中门外静悄悄地,但听厨下隐隐传出叮当微声,正是那老婢在洗涤碗筷,当即绕过墙角,蹲在客堂窗外,屏息倾听。马夫人纵然不说那人姓名,只要透露若干蛛丝马迹,也有了追查的线索,不致如眼前这般茫无头绪。何况这假白长老千里告警,示惠于前,临去时再说一件机密大事,他又是本帮的首脑,马夫人多半不会对他隐瞒。

过了良久,才听得马夫人轻轻叹了口气,幽幽的道:"你……你又来做什么?"萧峰生怕坏了大事,不敢贸然探头到窗缝中去窥看客堂中情景,心中却感奇怪:"她这句话是什么用意?"

只听阿朱道:"我确是听到讯息,乔峰那厮对你有加害之意,因此赶来报讯。"马夫人道:"嗯,多谢白长老的好意。"阿朱压低了声音,说道:"弟妹,自从马兄弟不幸逝世,本帮好几位长老纪念他的功绩,想请你出山,在本帮担任长老。"

萧峰听她说得极是郑重，不禁暗暗好笑，但也心赞此计甚高，马夫人倘若答允，"白长老"立时便成了她的上司，有何询问，她自不能拒答，就算不允去当丐帮长老，她得知丐帮对她重视，至少也可暂时讨得她的欢喜。

只听马夫人道："我何德何能，怎可担任本帮长老？我连丐帮的弟子也不是，'长老'的位分极高，跟我是相距十万八千里了。"阿朱道："我和吴长老他们都极力推荐，大伙儿都说，有马夫人帮同出些主意，要擒杀乔峰那厮，便易办得多。我又得到一个重大之极的讯息，与马兄弟被害一事极有关连。"马夫人道："是吗？"声音仍是颇为冷淡。

阿朱道："那日在卫辉城吊祭徐长老，我遇到赵钱孙，他跟我说起一件事，说他知道谁是下手害死马兄弟的真凶。"

突然间呛啷啷一声响，打碎了一只茶碗。马夫人惊呼了一声，接着说道："你……你开什么玩笑？"声音极是愤怒，却又带着几分惊惶之意。

阿朱道："这是正经大事，我怎会跟你说笑？那赵钱孙确是亲口对我说，他知道谁是害死马大元兄弟的真凶。他说决计不是乔峰，也不是姑苏慕容氏，他千真万确的知道，实是另有其人。"

马夫人颤声道："他怎会知道？他怎会知道！你胡说八道，不是活见鬼么？"

阿朱道："真的啊，你不用心急，我慢慢跟你说。那赵钱孙道：'去年八月间……'"她话未说完，马夫人"啊"的一声惊呼，晕了过去。阿朱忙叫："弟妹，弟妹！"用力捏她鼻下唇上的人中。马夫人悠悠醒转，怨道："你……你何必吓我？"

阿朱道："我不是吓你。那赵钱孙确是这么说的，只可惜他已经死了，否则我可以叫他前来对证。他说去年八月中秋，谭公、谭婆、还有那个下手害死马兄弟的凶手，一起在那位'带头大哥'的家里过节。"

马夫人嘘了一口气，道："他真是这么说？"

阿朱道："是啊。我便问那真凶是谁，他却说这人的名字不便从他口中说出来。我便去问谭公。谭公气虎虎的，瞪了我一眼不说。谭婆却道：一点也不错，便是她跟赵钱孙说的。我想怪不得谭公要生气，定是恼他夫人什么事都去跟赵钱孙说了；而赵钱孙不肯说那凶手的名字，原来是为了怕连累到他的老情人谭婆。"马夫人道："嗯，那又怎样？"

阿朱道："赵钱孙说道，大家疑心乔峰和慕容复害死了马兄弟，却任由真凶不遭报应，逍遥自在，马兄弟地下有知，也必含冤气苦。"马夫人道："是啊，只可惜赵钱孙已死，谭公、谭婆也没跟你说罢？"阿朱道："没有，事到如今，我只好问带头大哥去。"马夫人道："好啊，你原该去问问。"阿朱道："说来却也好笑，这带头大哥到底是谁，家住哪里，我却不知。"

马夫人道："嗯，你远兜圈子的，原来是想套问这带头大哥的姓名。"

阿朱道："若是不便，弟妹也不用跟我说，不妨你自己去设法查明，咱们再找那正凶算帐。"萧峰明知阿朱有意显得漫不在乎，以免引起马夫人疑心，心下仍不禁十分焦急。

只听马夫人淡淡的道："这带头大哥的姓名，对别人当然要瞒，免得乔峰知道之后，去找他报杀父杀母之仇，白长老是自己人，我又何必瞒你？他便是……"说了"他便是"这三个字，底下却寂然无声了。

萧峰几乎连自己心跳之声也听见了，却始终没听到马夫人说那"带头大哥"的姓名。过了良久，却听得她轻轻叹了口气，说道："天上月亮这样圆，又这样白。"萧峰明知天上乌黑密布，并无月亮，还是抬头一望，寻思："今日是初二，就算有月亮，也决不会

· 806 ·

圆,她说这话是什么意思?"只听阿朱道:"到得十五,月亮自然又圆又亮,唉,只可惜马兄弟却再也见不到了。"马夫人道:"你爱吃咸的月饼,还是甜的?"萧峰更是奇怪,心道:"马夫人死了丈夫,神智有些不清楚了。"阿朱道:"我们做叫化子的,吃月饼还能有什么挑剔?找不到真凶,不给马兄弟报此大仇,别说月饼,就是山珍海味,入口也是没半分滋味。"

马夫人默然不语,过了半晌,冷冷的道:"白长老全心全意,只是想找到真凶,为你大元兄弟报仇雪恨,真令小女子感激不尽。"阿朱道:"这是我辈份所当为之事。丐帮数万兄弟,哪一个不想报此大仇?"马夫人道:"这位带头大哥地位尊崇,声势浩大,随口一句话便能调动数万人众。他最喜庇护朋友,你去问他真凶是谁,他是无论如何不肯说的。"

萧峰心下一喜,寻思:"不管怎样,咱们已不虚此行。马夫人便不肯说那人的姓名,单凭'地位尊崇,声势浩大,随口一句话便能调动数万人众'这句话,我总可推想得到。武林中具有这等身份的又有几人?"

他正在琢磨这人是谁,只听阿朱道:"武林之中,单是一句话便能调动数万人众的,以前有丐帮帮主。嗯,少林弟子遍天下,少林派掌门方丈一句话,那也能调动数万人众……"马夫人道:"你也不用胡猜了,我再给你一点因头,你只须往西南方去。"阿朱沉吟道:"西南方?西南方有什么大来头的人物?好像没有啊。"

马夫人伸出手指,拍的一声,戳破了窗纸,刺破处就在萧峰的头顶,只听她跟着说道:"小女子不懂武功,白长老你总该知道,天下是谁最擅长这门功夫。"阿朱道:"嗯,这门点穴功夫么?少林派的金刚指,河北沧州郑家的夺魄指,那都是很厉害的了。"

萧峰心中却在大叫:"不对,不对!点穴功夫,天下以大理段氏的一阳指为第一,何况她说的是西南方。"

果然听得马夫人道："白长老见多识广，怎地这一件事却想不起来？难道是旅途劳顿，脑筋失灵，居然连大名鼎鼎的一阳指也忘记了？"话中颇有讥嘲之意。

阿朱道："段家一阳指我自然知道，但段氏在大理称皇为帝，早和中土武林不相往来。若说那位带头大哥和他家有什么干系牵连，定是传闻之误。"

马夫人道："段氏虽在大理称皇，可是段家并非只有一人，不做皇帝之人便常到中原。这位带头大哥，乃大理国当今皇帝的亲弟，姓段名正淳，封为镇南王的便是。"

萧峰听到马夫人说出"段正淳"三字，不由得全身一震，数月来千里奔波、苦苦寻访的名字，终于到手了。

只听阿朱道："这位段王爷权位尊崇，怎么会参与江湖上的斗殴仇杀之事？"马夫人道："江湖上寻常的斗殴仇杀，段王爷自然不屑牵连在内，但若是和大理国生死存亡、国运盛衰相关的大事，你想他会不会过问？"阿朱道："那当然是要插手的。"马夫人道："我听徐长老言道：大宋是大理国北面的屏障，契丹一旦灭了大宋，第二步便非并吞大理不可。因此大宋和大理唇齿相依，大理国决计不愿大宋亡在辽国手里。"阿朱道："是啊，话是不错的。"

马夫人道："徐长老说道，那一年这位段王爷在丐帮总舵作客，和汪帮主喝酒论剑，忽然听到契丹武士要大举到少林寺夺经的讯息，段王爷义不容辞，便率领众人，赶往雁门关外拦截，他此举名为大宋，其实是为了大理国。听说这位段王爷那时年纪虽轻，但武功高强，为人又极仁义。他在大理国一人之下，万人之上，使钱财有如粪土，不用别人开口，几千几百两银子随手便送给朋友。你想中原武人不由他来带头，却又有谁？他日后是要做大理国皇帝的，身份何等尊贵，旁人都是草莽汉子，又怎能向他发号施令？"

阿朱道："原来带头大哥竟是大理国的镇南王，大家死也不肯说出来，都是为了回护于他。"马夫人道："白长老，这个机密，你千万不可跟第二人说，段王爷和本帮交情不浅，倘若泄漏了出去，为祸非小。虽然大理段氏威镇一方，厉害得紧，但若那乔峰蓄意报仇，暗中等上这么十年八年，段正淳却也不易对付。"

阿朱道："弟妹说得是，我守口如瓶，决不泄漏。"马夫人道："白长老，你最好立一个誓，以免我放心不下。"阿朱道："好，段正淳便是'带头大哥'这件事，白世镜倘若说与人知，白世镜身受千刀万剐的惨祸，身败名裂，为天下所笑。"她这个誓立得极重，实则很是滑头，口口声声都推在"白世镜"身上，身受千刀万剐的是白世镜，身败名裂的是白世镜，跟她阿朱可不相干。

马夫人听了却似甚感满意，说道："这样就好了。"

阿朱道："那我便到大理去拜访镇南王，旁敲侧击，请问他去年中秋，在他府上作客的有哪几个人，便可查到害死马兄弟的真凶了。不过此刻我总还认定是乔峰。赵钱孙、谭公、谭婆三人疯疯颠颠，说话不大靠得住。"

马夫人道："查明凶手真相一事，那便拜托白长老了。"阿朱道："马兄弟跟我便如亲兄弟一般，我自当尽心竭力。"马夫人泫然道："白长老情义深重，亡夫地下有知，定然铭感。"阿朱道："弟妹多多保重，在下告辞。"当即辞了出来。马夫人道："小女子孀居，夜晚不便远送，白长老恕罪则个。"阿朱道："好说，好说，弟妹不必客气。"

阿朱到得门外，只见萧峰已站在远处等候，两人对望一眼，一言不发的向来路而行。

一钩新月，斜照信阳古道。两人并肩而行，直走出十余里，萧峰才长吁一声，道："阿朱，多谢你啦。"

阿朱淡淡一笑，不说什么。她脸上虽是满脸皱纹，化装成了白世镜的模样,但从她眼色之中,萧峰还是觉察到她心中深感担心焦虑,便问:"今日大功告成,你为什么不高兴?"

阿朱道:"我想大理段氏人多势众,你孤身前去报仇,实是万分凶险。"

萧峰道:"啊,你是在为我担心。你放心好了,我在暗,他在明,三年五载报不了仇,正如马夫人所说,那就等上十年八载。总有一日,我要将段正淳斩成十七八块喂狗。"说到这里,不由得咬牙切齿,满腔怨毒都露了出来。

阿朱道:"大哥,你千万得小心才好。"萧峰道:"这个自然,我送了性命事小,爹娘的血仇不能得报,我死了也不瞑目。"慢慢伸出手去,拉着她手,说道:"我若死在段正淳手下,谁陪你在雁门关外牧牛放羊呢?"

阿朱道:"唉,我总是害怕得很,觉得这件事情之中有什么不对。那个马夫人,那……马夫人,这般冰清玉洁的模样,我见了她,却不自禁的觉得可怕厌憎。"

萧峰笑道:"这女人很是精明能干,你生恐她瞧破你的乔装改扮,自不免害怕。"

两人到得信阳城客店之中,萧峰立即要了十斤酒,开怀畅饮,心中不住盘算如何报仇,想到大理段氏,自然而然记起了那个新结交的金兰兄弟段誉,不由得心中一凛,呆呆的端着酒碗不饮,脸上神色大变。

阿朱还道他发觉了什么,四下一瞧,不见有异,低声问道:"大哥,怎么啦?"萧峰一惊,道:"没……没什么。"端起酒来,一饮而尽,酒到喉头,突然气阻,竟然大咳起来,将胸口衣襟上喷得都是酒水。他酒量世所罕有,内功深湛,竟然饮酒呛口,那是从所未有之事。阿朱暗暗担心,却也不便多问。

她哪里知道,萧峰饮酒之际,突然想起那日在无锡和段誉赌酒，对方竟以"六脉神剑"的上乘气功，将酒水都从手指中逼了出来。这等神功内力，萧峰自知颇有不及。段誉明明不会武功，内功便已如此了得，那大对头段正淳是大理段氏的首脑之一，比之段誉，想必更加厉害十倍，这父母大仇，如何能报？他不知段巧得神功、吸人内力的种种奇遇，单以内力而论，段誉比他父亲已不知深厚了多少倍，而"六脉神剑"的功夫，当世除段誉一人而外，亦无第二人使得周全。萧峰和阿朱虽均与段誉熟识，但大理国段氏乃是国姓，好比大宋姓赵的、西夏国姓李的、辽国姓耶律的都是成千成万，段誉从来不提自己是大理国王子，萧峰和阿朱决计想不到他是帝皇之裔。

阿朱虽不知萧峰心中所想的详情，但也料到他总是为报仇之事发愁，便道："大哥，报仇大事，不争一朝一夕。咱们谋定而后动，就算敌众我寡，不能力胜，难道不能智取么？"

萧峰心头一喜，想起阿朱机警狡猾，实是一个大大的臂助，当即倒了一满碗酒，一饮而尽，说道："父母之仇，不共戴天。报此大仇，已不用管江湖上的什么规矩道义，多恶毒的手段也使得上。对了，不能力胜，咱们就跟他智取。"

阿朱又道："大哥，除了你亲生父母的大仇，还有你养父养母乔家老先生、老太太的血仇，你师父玄苦大师的血仇。"

萧峰伸手在桌上一拍，大声道："是啊，仇怨重重，岂止一端？"

阿朱道："你从前跟玄苦大师学艺，想是年纪尚小，没学全少林派的精湛内功，否则大理段氏的一阳指便再厉害，也未必在少林派达摩老祖的'易筋经'之上。我曾听慕容老爷谈起天下武功，说道大理段氏最厉害的功夫，还不是一阳指，而是叫作什么'六脉神剑'。"

萧峰皱眉道："是啊，慕容先生是武林中的奇人，所言果然极有见地。我适才发愁，倒不是为了一阳指，而是为了这六脉神剑。"

阿朱道："那日慕容老爷和公子论谈天下武功，我站在旁边斟茶，听到了几句。慕容老爷说道：'少林派七十二项绝技，自然各有精妙之处，但克敌制胜，只须一门绝技便已足够，用不着七十二项。'"

萧峰点头道："慕容前辈所论甚是。"

阿朱又道："那时慕容公子道：'是啊，王家舅母和表妹就爱自夸多识天下武功，可是博而不精，有何用处。'慕容老爷道：'说到这个"精"字，却又谈何容易？其实少林派真正的绝学，乃是一部《易筋经》，只要将这部经书练通了，什么平庸之极的武功，到了手里，都能化腐朽为神奇。'"

根基打好，内力雄强，则一切平庸招数使将出来都能发挥极大威力，这一节萧峰自是深知，那日在聚贤庄上力斗群雄，他以一套众所周知的"太祖长拳"会战天下英雄好汉，任他一等一的高人，也均束手拜服。这时他听阿朱重述慕容先生的言语，不禁连喝了两大碗酒，道："深得我心，深得我心。可惜慕容先生已然逝世，否则萧峰定要到他庄上，见一见这位天下奇人。"

阿朱嫣然一笑，道："慕容老爷在世之日，向来不见外客，但你当然又作别论。"萧峰抬起头来一笑，知他"又作别论"四字之中颇含深意，意思说："你是我的知心爱侣，慕容先生自当另眼相看。"阿朱见到了他目光的神色，不禁低下头去，晕生双颊，芳心窃喜。

萧峰喝了一碗酒，问道："慕容老爷去世时年纪并不太老罢？"阿朱道："五十来岁，也不算老。"萧峰道："嗯，他内功深湛，五十来岁正是武功登峰造极之时，不知如何忽然逝世？"阿朱摇头道："老爷生什么病而死，我们都不知道。他死得很快，忽然早上生病，到得晚间，公子便大声号哭，出来告知众人，老爷死了。"

萧峰道："嗯，不知是什么急症，可惜，可惜。可惜薛神医不在左近，否则好歹也要请了他来，救活慕容先生一命。"他和慕容氏父子虽然素不相识，但听旁人说起他父子的言行性情，不禁颇为钦慕，再加上阿朱的渊源，更多了一层亲厚之意。

阿朱又道："那日慕容老爷向公子谈论这部《易筋经》。他说道：'达摩老祖的《易筋经》我虽未寓目，但以武学之道推测，少林派所以得享大名，当是由这部《易筋经》而来。那七十二门绝技，不能说不厉害，但要说凭此而领袖群伦，为天下武学之首，却还谈不上。'老爷加意告诫公子，说决不可自恃祖传武功，小觑了少林弟子，寺中既有此经，说不定便有天资颖悟的僧人能读通了它。"

萧峰点头称是，心想："姑苏慕容氏名满天下，却不狂妄自大，甚是难得。"

阿朱道："老爷又说，他生平于天下武学无所不窥，只可惜没见到大理段氏的六脉神剑剑谱，以及少林派的易筋经，不免是终身的大憾事。大哥，慕容老爷既将这两套武功相提并论，由此推想，要对付大理段氏的六脉神剑，似乎须从少林易筋经着手。要是能将《易筋经》从少林寺菩提院中盗了出来，花上几年功夫练它一练，那六脉神剑、七脉鬼刀什么的，我瞧也不用放在心上。"她说到这里，脸上露出一副似笑非笑的神色。

萧峰跳起身来，笑道："小鬼头……你……你原来……"

阿朱笑道："大哥，我偷了这部经书出来，本想送给公子，请他看过之后，在老爷墓前焚化，偿他老人家的一番心愿。现今当然是转送给你了。"说着从怀中取出一个油布小包，放在萧峰手里。

那晚萧峰亲眼见她扮作止清和尚，从菩提院的铜镜之后盗取经书，没想到便是少林派内功秘笈的《易筋经》。阿朱在聚贤庄上为群豪所拘，众人以她是女流之辈，并未在她身上搜查，而玄寂、玄难等少林高僧，更是做梦也想不到本寺所失的经书便在她身上。

萧峰摇了摇头，说道："你干冒奇险，九死一生的从少林寺中盗出这部经书来，本意要给慕容公子的，我如何能够据为己有？"

阿朱道："大哥，这就是你的不是了。"萧峰奇道："怎么又是我的不是？"阿朱道："这经书是我自己起意去偷来的，又不是奉了慕容公子之命。我爱送给谁，便送给谁。何况你看过之后，咱们再送给公子，也还不迟。父母之仇不共戴天，只求报得大仇，什么阴险毒辣、卑鄙肮脏之事，那也都干得了，怎地借部书来瞧瞧，也婆婆妈妈起来？"

这一番话只听得萧峰凛然心惊，向她深深一揖，说道："贤妹责备得是，为大事者岂可拘泥小节？"

阿朱抿嘴一笑，说道："你本来便是少林弟子，以少林派的武功，去为恩师玄苦大师报仇雪恨，正是顺理成章之事，又有什么不对了？"

萧峰连声称是，心中又是感激，又是欢喜，当下便将那油布小包打了开来，只见薄薄一本黄纸的小册，封皮上写着几个弯弯曲曲的奇形文字。他暗叫："不好！"翻开第一页来，只见上面写满了字，但这些字歪歪斜斜，又是圆圈，又是钩子，半个也不识得。

阿朱"啊哟"一声，说道："原来都是梵文，这就糟糕了。我本想这本书是要烧给老爷的，我做丫鬟的不该先看，因此经书到手之后，一直没敢翻来瞧瞧。唉，无怪那些和尚给人盗去了武功秘笈，却也并不如何在意，原来是本谁也看不懂的天书……"说着唉声叹气，极是沮丧。

萧峰劝道："得失之际，那也不用太过介意。"将《易筋经》重行包好，交给阿朱。

阿朱道："放在你身边，不是一样？难道咱们还分什么彼此？"

萧峰一笑，将小包收入怀中。他又斟了一大碗酒，正待再喝，忽听得门外脚步声响，有人大声吼叫。萧峰微感诧异，抢到门外，只见大街上一个大汉浑身是血，手执两柄板斧，直上直下的狂舞乱劈。

· 814 ·

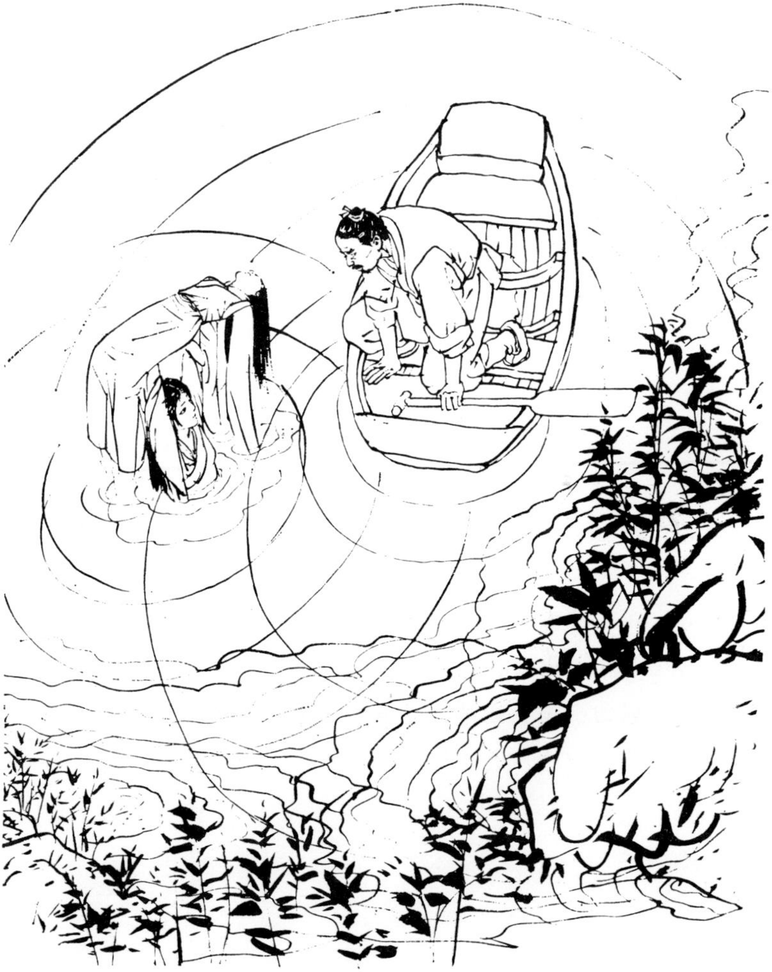

喀喇一响，湖面碎裂，那美妇双手已托着紫衫少女，探头出水。那中年人大喜，忙划回小船去迎接。那美妇喝道："别碰她身子，你这人太也好色，靠不住得很。"

二十二
双眸粲粲如星

这大汉满腮虬髯，神态威猛，但目光散乱，行若颠狂，显是个疯子。萧峰见他手中一对大斧系以纯钢打就，甚是沉重，使动时开阖攻守颇有法度，门户精严，俨然是名家风范。萧峰于中原武林人物相识甚多，这大汉却是不识，心想："这大汉的斧法甚是了得，怎地我没听见过有这一号人物？"

那汉子板斧越使越快，不住大吼："快，快，快去禀告主公，对头找上门来了。"

他站在通衢大道之上，两柄明晃晃的板斧横砍竖劈，行人自是远远避开，有谁敢走近身去？萧峰见他神情惶急，斧法一路路的使下来，渐渐力气不加，但拼命支持，只叫："傅兄弟，你快退开，不用管我，去禀报主公要紧。"

萧峰心想："此人忠义护主，倒是一条好汉，这般耗损精力，势必要受极重内伤。"当下走到那大汉身前，说道："老兄，我请你喝一杯酒如何？"

那大汉向他怒目瞪视，突然大声叫道："大恶人，休得伤我主人！"说着举斧便向他当头砍落。旁观众人见情势凶险，都是"啊哟"一声，叫了出来。

萧峰听到"大恶人"三字，也矍然而惊："我和阿朱正要找大恶人报仇，这汉子的对头原来便是大恶人。虽然他口中的大恶人，未必就是阿朱和我所说的大恶人，好歹先救他一救再说。"当下欺身直进，伸手去点他腰胁的穴道。

不料这汉子神智虽然昏迷，武功不失，右手斧头柄倒翻上来，直撞萧峰的小腹。这一招甚是精巧灵动，萧峰若不是武功比他高出甚多，险些便给击中，当即左手疾探而出，抓住斧柄一夺。那大汉本已筋疲力竭，如何禁受得起？全身一震，立时向萧峰和身扑了过来。他竟然不顾性命，要和对头拼个同归于尽。

萧峰右臂环将过来，抱住了那汉子，微一用劲，便令他动弹不得。街头看热闹的闲汉见萧峰制服了疯子，尽皆喝采。萧峰将那大汉半抱半拖的拉入客店大堂，按着他在座头坐下，说道："老兄，先喝碗酒再说！"命酒保取过酒来。

那大汉双眼目不转睛的直瞪着他，瞧了良久，才问："你……你是好人还是恶人？"

萧峰一怔，不知如何回答。

阿朱笑道："他自然是好人，我也是好人，你也是好人。咱们是朋友，咱们一同去打大恶人。"那大汉向她瞪视一会，又向萧峰瞪视一会，似乎信了，又似不信，隔了片刻，说道："那……那大恶人呢？"阿朱又道："咱们是朋友，一同去打大恶人！"

那大汉猛地站起身来，大声道："不，不！大恶人厉害得紧，快，快去禀告主公，请他急速想法躲避。我来抵挡大恶人，你去报讯。"说着站起身来，抢过了板斧。

萧峰伸手按住他肩头，说道："老兄，大恶人还没到，你主公是谁？他在哪里？"

大汉大叫："大恶人，来来来，老子跟你拼斗三百回合，你休得伤了我家主公！"

萧峰向阿朱对望了一眼，无计可施。阿朱忽然大声道："啊哟不好,咱们得快去向主公报讯。主公到了哪里?他上哪里去啦,别叫大恶人找到才好。"

那大汉道:"对,对,你快去报讯。主公到小镜湖方竹林去了,你……你快去小镜湖方竹林禀报主公,去啊,去啊!"说着连声催促,极是焦急。

萧峰和阿朱正拿不定主意,忽听得那酒保说道:"到小镜湖去吗?路程可不近哪。"萧峰听得"小镜湖"确是有这么一个地名,忙问:"在什么地方?离这儿有多远?"那酒保道:"若问旁人,也还真未必知道。恰好问上了我,这就问得对啦。我便是小镜湖左近之人。天下事情,当真有多巧便有多巧,这才叫做无巧不成话哪!"

萧峰听他啰里啰唆的不涉正题,伸手在桌上一拍,大声道:"快说,快说!"那酒保本想讨几文酒钱再说,给萧峰这么一吓,不敢再卖关子,说道:"你这位爷台的性子可急得很哪,嘿嘿,要不是刚巧撞到了我,你性子再急,那也不管用,是不是?"他定要说上几句闲话,眼见萧峰脸色不善,便道:"小镜湖在这里的西北,你先一路向西,走了七里半路,便见到有十来株大柳树,四株一排,共是四排,一四得四、二四得八、三四一十二、四四一十六,共是一十六株大柳树,那你就赶紧向北。又走出九里半,只见有座青石板大桥,你可千万别过桥,这一过桥便错了,说不过桥哪,却又得要过,便是不能过左首那座青石板大桥,须得过右首那座木板小桥。过了小桥,一忽儿向西,一忽儿向北,一忽儿又向西,总之跟着那条小路走,就错不了。这么走了二十一里半,就看到镜子也似的一大片湖水,那便是小镜湖了。从这里去,大略说说是四十里,其实是三十八里半,四十里是不到的。"

萧峰耐着性子听他说完。阿朱道:"你这位大哥说得清清楚楚,明明白白。一里路一文酒钱,本来想给你四十文,这一给便给错了数啦,说不给呢,却又得要给。一八得八,二八一十六,三八二十四,四八三十二,五八得四十,四十里路除去一里半,该当是三十八文半。"数了三十九个铜钱出来,将最后这一枚在利斧口上磨了一条印痕,双指一夹,拍的一声轻响,将铜钱拗成两半,给了那酒保三十八枚又半枚铜钱。

萧峰忍不住好笑,心想:"这女孩儿遇上了机会,总是要胡闹一下。"

那大汉双目直视,仍是不住口的催促:"快去报讯啊,迟了便来不及啦,大恶人可厉害得紧。"萧峰问道:"你主人是谁?"那大汉喃喃的道:"我主公……我主公……他……他去的地方,可不能让别人知道。你还是别去的好。"萧峰大声道:"你姓什么?"那大汉随口答道:"我姓古。啊哟,我不姓古。"

萧峰心下起疑:"莫非此人有诈,故意引我上小镜湖去?怎么又姓古,又不姓古?"转念又想:"倘若是对头派了他来诓我前去,求之不得,我正要找他。小镜湖便是龙潭虎穴,萧某何惧?"向阿朱道:"咱们便上小镜湖去瞧瞧,且看有什么动静,这位兄台的主人若在那边,想来总能找到。"

那酒保插口道:"小镜湖四周一片荒野,没什么看头的。两位若想游览风景,见识见识咱们这里大户人家花园中的亭台楼阁,包你大开眼界……"萧峰挥手叫他不可啰唆,向那大汉道:"老兄累得很,在这里稍息,我去代你禀报令主人,说道大恶人转眼便到。"

那大汉道:"多谢,多谢!古某感激不尽。我去拦住大恶人,不许他过来。"说着站起身来,伸手想去提板斧,可是他力气耗尽,双臂酸麻,紧紧握住了斧柄,却已无力举起。

萧峰道:"老兄还是歇歇。"付了店钱酒钱,和阿朱快步出门,便依那酒保所说,沿大路向西,走得七八里地,果见大道旁四株一排,一共四四一十六株大柳树。阿朱笑道:"那酒保虽然啰唆,却也有啰唆的好处,这就决计不会走错,是不是?咦,那是什么?"

她伸手指着一株柳树,树下一个农夫倚树而坐,一双脚浸在树旁水沟里的泥水之中。本来这是乡间寻常不过的景色,但那农夫半边脸颊上都是鲜血,肩头抗着一根亮光闪闪的熟铜棍,看来份量着实不轻。

萧峰走到那农夫身前,只听得他喘声粗重,显然是受了沉重内伤。萧峰开门见山的便道:"这位大哥,咱们受了一个使板斧朋友的嘱托,要到小镜湖去送一个讯,请问去小镜湖是这边走吗?"那农夫抬起头来,问道:"使板斧的朋友是死是活?"萧峰道:"他只损耗了些气力,并无大碍。"那农夫吁了口气,说道:"谢天谢地。两位请向北行,送讯之德,决不敢忘。"萧峰听他出言吐谈,绝非寻常的乡间农夫,问道:"老兄尊姓?和那使板斧的是朋友么?"那农夫道:"贱姓傅。阁下请快赶向小镜湖去,那大恶人已抢过了头去,说来惭愧,我竟然拦他不住。"

萧峰心想:"这人身受重伤,并非虚假,倘若真是对头设计诳我入彀,下的本钱倒也不小。"见他形貌诚朴,心生爱惜之意,说道:"傅大哥,你受的伤不轻,大恶人用什么兵刃伤你的?"那汉子道:"是根铁棒。"

萧峰见他胸口不绝的渗出鲜血,揭开他衣服一看,见当胸破了一孔,虽不过指头大小,却是极深。萧峰伸指连点他伤口四周的数处大穴,助他止血减痛。阿朱撕下他衣襟,给他裹好了伤处。

那姓傅的汉子道:"两位大恩,傅某不敢言谢,只盼两位尽快去小镜湖,给敝上报一个讯。"萧峰问道:"尊上人姓甚名谁,相貌如何?"

那人道:"阁下到得小镜湖畔,便可见到湖西有一丛竹林,竹杆都是方形,竹林中有几间竹屋,阁下请到屋外高叫数声:'天下第一大恶人来了,快快躲避!'那就行了,最好请不必进屋。敝上

·821·

之名,日后傅某自当奉告。"

萧峰心道:"什么天下第一大恶人?难道是号称'四大恶人'中的段延庆吗?听这汉子的言语,显是不愿多说,那也不必多问了。"但这么一来,却登时消除了戒备之意,心想:"若是对头有意诓我前去,自然每一句话都会编得入情入理,决计不会令我起疑。这人吞吞吐吐,不肯实说,那就绝非存有歹意。"便道:"好罢,谨遵阁下吩咐。"那大汉挣扎着爬起,跪下道谢。

萧峰道:"你我一见如故,傅兄不必多礼。"他右手扶起了那人,左手便在自己脸上一抹,除去了化装,以本来面目和他相见,说道:"在下契丹人萧峰,后会有期。"也不等那汉子说话,携了阿朱之手,快步而行。

阿朱道:"咱们不用改装了么?"萧峰道:"不知如何,我好生喜欢这个粗豪大汉。既有心跟他结交,便不能以假面目相对。"

阿朱道:"好罢,我也回复了女装。"走到小溪之旁,匆匆洗去脸上化装,脱下帽子,露出一头青丝,宽大的外袍一除下,里面穿的本来便是女子衣衫。

两人一口气便走出九里半路,远远望见高高耸起的一座青石桥。走近桥边,只见桥面伏着一个书生。这人在桥上铺了一张大白纸,便以桥上的青石作砚,磨了一大滩墨汁。那书生手中提笔,正在白纸上写字。萧峰和阿朱都觉奇怪,哪有人拿了纸墨笔砚,到荒野的桥上来写字的?

走将近去,才看到原来他并非写字,却是绘画。画的便是四周景物,小桥流水,古木远山,都入图画之中。他伏在桥上,并非面对萧峰和阿朱,但奇怪的是,画中景物却明明是向着二人,只见他一笔一划,都是倒画,从相反的方向画将过来。

萧峰于书画一道全然不懂。阿朱久在姑苏慕容公子家中,书画精品却见得甚多,见那书生所绘的"倒画"算不得是什么丹青妙笔,但如此倒画,实是难能,正想上前问他几句,萧峰轻轻一拉她衣角,摇了摇头,便向右首那座木桥走去。

那书生说道:"两位见了我的倒画,何以毫不理睬?难道在下这点微末功夫,便有污两位法眼么?"阿朱道:"孔夫子席不正不坐,肉不正不食。正人君子,不观倒画。"那人哈哈大笑,收起白纸,说道:"言之有理,请过桥罢。"

萧峰早料到他的用意,他以白纸铺桥,引人注目,一来是拖延时刻,二来是虚者实之,故意引人走上青石板桥,便道:"咱们要到小镜湖去,一上青石桥,那便错了。"那书生道:"从青石桥走,不过绕个圈子,多走五六十里路,仍能到达,两位还是上青石桥的好。"萧峰道:"好端端的,干什么要多走五六十里?"那书生笑道:"欲速则不达,难道这句话的道理也不懂么?"

阿朱也已瞧出这书生有意阻延,不再跟他多缠,当即踏上木桥,萧峰跟着上去。两人走到木桥当中,突觉脚底一软,喀喇喇一声响,桥板折断,身子向河中堕去。萧峰左手伸出,拦腰抱住阿朱身子,右足在桥板一点,便这么一借势,向前扑出,跃到了彼岸,跟着反手一掌,以防敌人自后偷袭。

那书生哈哈大笑,说道:"好功夫,好功夫!两位急急赶往小镜湖,为了何事?"

萧峰听得他笑声中带有惊惶之意,心想:"此人面目清雅,却和大恶人是一党。"也不理他,径自和阿朱去了。

行不数丈,听得背后脚步声响,回头一看,正是那书生随后赶来。萧峰转过身来,铁青着脸问道:"阁下有何见教?"那书生道:"在下也要往小镜湖去,正好和两位同行。"萧峰道:"如此最好不过。"左手搭在阿朱腰间,提一口气,带着她飘出,当真是滑行无声,轻尘不起。那书生发足急奔,却和萧峰二人越离越远。萧峰见他武功平平,当下也不在意,依旧提气飘行,虽然带着阿

· 823 ·

朱,仍比那书生迅捷得多,不到一顿饭时分,便已将他抛得无影无踪。

自过小木桥后,道路甚是狭窄,有时长草及腰,甚难辨认,若不是那酒保说得明白,这路也还真的难找。又行了小半个时辰,望到一片明湖,萧峰放慢脚步,走到湖前,但见碧水似玉,波平如镜,不愧那"小镜湖"三字。

他正要找那方竹林子,忽听得湖左花丛中有人格格两声轻笑,一粒石子飞了出来。萧峰顺着石子的去势瞧去,见湖畔一个渔人头戴斗笠,正在垂钓。他钓杆上刚钓起一尾青鱼,那颗石子飞来,不偏不倚,正好打在鱼丝之上,嗤的一声轻响,鱼丝断为两截,青鱼又落入了湖中。

萧峰暗吃一惊:"这人的手劲古怪之极。鱼丝柔软,不能受力,若是以飞刀、袖箭之类将其割断,那是丝毫不奇。明明是圆圆的一枚石子,居然将鱼丝打断,这人使暗器的阴柔手法,决非中土所有。"投石之人武功看来不高,但邪气逼人,纯然是旁门左道的手法,心想:"多半是那大恶人的弟子部属,听笑声却似是个年轻女子。"

那渔人的钓丝被人打断,也是吃了一惊,朗声道:"是谁作弄褚某,便请现身。"

瑟瑟几响,花树分开,钻了一个少女出来,全身紫衫,只十五六岁年纪,比阿朱尚小着两岁,一双大眼乌溜溜地,满脸精乖之气。她瞥眼见到阿朱,便不理渔人,跳跳蹦蹦的奔到阿朱身前,拉住了她手,笑道:"这位姊姊长得好俊,我很喜欢你呢!"说话颇有些卷舌之音,咬字不正,就像外国人初学中土言语一般。

阿朱见少女活泼天真,笑道:"你才长得俊呢,我更加喜欢你。"阿朱久在姑苏,这时说的是中州官话,语音柔媚,可也不甚准确。

那渔人本要发怒,见是这样一个活泼可爱的少女,满腔怒气登时消了,说道:"这位姑娘顽皮得紧。这打断鱼丝的功夫,却也了得。"

那少女道:"钓鱼有什么好玩?气闷死了。你想吃鱼,用这钓杆来刺鱼不更好些么?"说着从渔人手中接过钓杆,随手往水中一刺,钓杆尖端刺入一尾白鱼的鱼腹,提起来时,那鱼兀自翻腾扭动,伤口中的鲜血一点点的落在碧水之上,红绿相映,鲜艳好看,但彩丽之中却着实也显得残忍。

萧峰见她随手这么一刺,右手先向左略偏,划了个小小弧形,再从右方向下刺出,手法颇为巧妙,姿式固然美观,但用以临敌攻防,毕竟是慢了一步,实猜不出是哪一家哪一派的武功。

那少女手起杆落,接连刺了六尾青鱼白鱼,在鱼杆上串成一串,随便又是一抖,将那些鱼儿都抛入湖中。那渔人脸有不豫之色,说道:"年纪轻轻的小姑娘,行事恁地狠毒。你要捉鱼,那也罢了,刺死了鱼却又不吃,无端杀生,是何道理?"

那少女拍手笑道:"我便是喜欢无端杀生,你待怎样?"双手用力一拗,想拗断他的钓杆,不料这钓杆甚是牢固坚韧,那少女竟然拗不断。那渔人冷笑道:"你想拗断我的钓杆,却也没这么容易。"那少女向渔人背后一指,道:"谁来了啊?"

那渔人回头一看,不见有人,知道上当,急忙转过头来,已然迟了一步,只见他的钓杆已飞出十数丈外,嗤的一声响,插入湖心,登时无影无踪。那渔人大怒,喝道:"哪里来的野丫头?"伸手便往她肩头抓落。

那少女笑道:"救命!救命!"躲向萧峰背后。那渔人闪身来捉,身法甚是矫捷。萧峰一瞥眼间,见那少女手中多了件物事,似是一块透明的布匹,若有若无,不知是什么东西。那渔人向她扑去，不知怎的，突然间脚下一滑，扑地倒了，跟着身子便变成了一团。萧峰这才看清楚，那少女手中所持的，是一张以极细丝线结成的渔网。丝线细如头发，质地又是透明，但坚韧异常，又且遇物即缩，那渔人身入网中，越是挣扎，渔网缠得越紧，片刻之间，就成为一只大粽子般，给缠得难以动弹。

那渔人厉声大骂："小丫头，你弄什么鬼花样，以这般妖法邪术来算计我。"

萧峰暗暗骇异，知那少女并非行使妖法邪术，但这张渔网却确是颇有妖气。

这渔人不住口的大骂。那少女笑道："你再骂一句，我就打你屁股了。"那渔人一怔，便即住口，满脸胀得通红。

便在此时，湖西有人远远说道："褚兄弟，什么事啊？"湖畔小径上一人快步走来。萧峰望见这人一张国字脸，四十来岁、五十岁不到年纪，形貌威武，但轻袍缓带，装束却颇潇洒。

这人走近身来，见到那渔人被缚，很是诧异，问道："怎么了？"那渔人道："这小姑娘使妖法……"那中年人转头向阿朱瞧去。那少女笑道："不是她，是我！"那中年人哦的一声，弯腰一抄，将那渔人庞大的身躯托在手中，伸手去拉渔网。岂知网线质地甚怪，他越用力拉扯，渔网越收得紧，说什么也解不开。

那少女笑道："只要他连说三声'我服了姑娘啦！'我就放了他。"那中年人道："你得罪了我褚兄弟，没什么好结果的。"那少女笑着道："是么？我就是不想要什么好结果。结果越坏，越是好玩。"

那中年人左手伸出，搭向她肩头。那少女陡地向后一缩，闪身想避，不料她行动虽快，那中年人更快，手掌跟着一沉，便搭上了她肩头。

那少女斜肩卸劲，但那中年人这只左掌似乎已牢牢黏在她肩头。那少女娇斥:"快放开手!"左手挥拳欲打,但拳头只打出一尺,臂上无力,便软软的垂了下来。她大骇之下,叫道:"你使什么妖法邪术?快放开我。"中年人微笑道:"你连说三声'我服了先生啦',再解开我兄弟身上的渔网,我就放你。"少女怒道:"你得罪了姑娘,没什么好结果的。"中年人微笑道:"结果越坏,越是好玩。"

那少女又使劲挣扎了一下,挣不脱身,反觉全身酸软,连脚下也没了力气,笑道:"不要脸,只会学人家的话。好罢,我就说了。'我服了先生啦!我服了先生啦!我服了先生啦!'"她说"先生"的"先"字咬音不正,说成"此生",倒像是说"我服了畜生啦"。那中年人并没察觉,手掌一抬,离开了她肩头,说道:"快解开渔网。"

那少女笑道:"这再容易不过了。"走到渔人身边,俯身去解缠在他身上的渔网,左手在袖底轻轻一扬,一蓬碧绿的闪光,向那中年人激射过去。

阿朱"啊"的一声惊叫,见她发射暗器的手法既极歹毒,中年人和她相距又近,看来非射中不可。萧峰却只微微一笑,他见这中年人一伸手便将那少女制得服服贴贴,显然内力深厚,武功高强,这些小小暗器自也伤不倒他。果然那中年人袍袖一拂,一股内劲发出,将一丛绿色细针都激得斜在一旁,纷纷插入湖边泥里。

他一见细针颜色,便知针上所喂毒药甚是厉害,见血封喉,立时送人性命,自己和她初次见面,无怨无仇,怎地下此毒手?他心下恼怒,要教训教训这女娃娃,右袖跟着挥出,袖力中挟着掌力,呼的一声响,将那少女身子带了起来,扑通一声,掉入了湖中。他随即足尖一点,跃入柳树下的一条小舟,扳桨划了几划,便已到那少女落水之处,只待她冒将上来,便抓了她头发提起。

可是那少女落水时叫了声"啊哟!"落入湖中之后,就此影踪不见。本来一个人溺水之后，定会冒将起来，再又沉下，如此数次，喝饱了水，这才不再浮起。但那少女便如一块大石一般，就此一沉不起。等了片刻，始终不见她浮上水面。

那中年人越等越焦急，他原无伤她之意，只是见她小小年纪，行事如此恶毒，这才要惩戒她一番，倘若淹死了她，却于心不忍。那渔人水性极佳，原可入湖相救，偏生被渔网缠住了无法动弹。萧峰和阿朱都不识水性，也是无法可施。只听得那中年人大声叫道："阿星，阿星，快出来！"

远远竹丛中传来一个女子的声音叫道："什么事啊？我不出来！"

萧峰心想："这女子声音娇媚，却带三分倔强，只怕又是个顽皮脚色，和阿朱及那个堕湖少女要鼎足而三了。"

那中年人叫道："淹死人啦，快出来救人。"那女子叫道："是不是你淹死了？"那中年人叫道："别开玩笑，我淹死了怎能说话？快来救人哪！"那女子叫道："你淹死了，我就来救，淹死了别人，我爱瞧热闹！"那中年人道："你来是不来？"频频在船头顿足，极是焦急。那女子道："若是男子，我就救，倘是女子，便淹死了一百个，我也只拍手喝采，决计不救。"话声越来越近，片刻间已走到湖边。

萧峰和阿朱向她瞧去，只见她穿了一身淡绿色的贴身水靠，更显得纤腰一束，一双乌溜溜的大眼晶光灿烂，闪烁如星，流波转盼，灵活之极，似乎单是一双眼睛便能说话一般，容颜秀丽，嘴角边似笑非笑，约莫三十五六岁年纪。萧峰听了她的声音语气，只道她最多不过二十一二岁，哪知已是个年纪并不很轻的少妇。她身上水靠结束整齐，想是她听到那中年人大叫救人之际，便即更衣，一面逗他着急，却快手快脚的将衣衫换好了。

那中年人见她到来，十分欢喜，叫道："阿星，快快，是我将她失手摔下湖去,哪知便不浮上来了。"那美妇人道:"我先得问清楚,是男人我就救,若是女人,你免开尊口。"

萧峰和阿朱都好生奇怪,心想:"妇道人家不肯下水去救男人,以免水中搂抱纠缠,有失身份,那也是有的。怎地这妇人恰恰相反,只救男人,不救女人?"

那中年人跌足道:"唉,只是个十四五岁的小姑娘,你别多心。"那美妇人道:"哼,小姑娘怎么了?你这人哪,十四五岁的小姑娘,七八十岁的老太婆都是来者不……"她本想说"都是来者不拒",但一瞥眼见到了萧峰和阿朱,脸上微微一红,急忙伸手按住了自己的嘴,这个"拒"字就缩住不说了,眼光中却满是笑意。

那中年人在船头深深一揖,道:"阿星,你快救她起来,你说什么我都依你。"那美妇道:"当真什么都依我?"中年人急道:"是啊。唉,这小姑娘还不浮起来,别真要送了她性命……"那美妇道:"我叫你永远住在这儿,你也依我么?"中年人脸现尴尬之色,道:"这个……这个……"那美妇道:"你就是说了不算数,只嘴头上甜甜的骗骗我,叫我心里欢喜片刻,也是好的。你就连这个也不肯。"说到了这里,眼眶便红了,声音也有些哽咽。

萧峰和阿朱对望一眼,均感奇怪,这一男一女年纪都已不小,但说话行事,却如在热恋中的少年情侣一般,模样却又不似夫妻,尤其那女子当着外人之面,说话仍是无所忌惮,在这旁人生死悬于一线的当口,她偏偏说这些不急之务。

那中年人叹了口气,将小船划了回来,道:"算啦,算啦,不用救了。这小姑娘用歹毒暗器暗算我,死了也是活该,咱们回去罢!"

那美妇侧着头道:"为什么不用救了?我偏偏要救。她用暗器射你吗?那好极了,怎么射你不死?可惜,可惜!"嘻嘻一笑,陡地纵起,一跃入湖。她水性当真了得,嗤的一声轻响,水花不起,

· 829 ·

已然钻入水底。跟着听得喀喇一响，湖面碎裂，那美妇双手已托着那紫衫少女，探头出水。那中年人大喜，忙划回小船去迎接。

那中年人划近美妇，伸手去接那紫衫少女，见她双目紧闭，似已气绝，不禁脸有关注之色。那美妇喝道："别碰她身子，你这人太也好色，靠不住得很。"那中年人佯怒道："胡说八道，我一生一世，从来没好色过。"

那美妇嗤的一声笑，托着那少女跃入船中，笑道："不错，不错，你从来不好色，就只喜欢无盐嫫母丑八怪，啊哟……"她一摸那少女心口，竟然心跳已止。呼吸早已停闭，那是不用说了，可是肚腹并不鼓起，显是没喝多少水。

这美妇熟悉水性，本来料想这一会儿功夫淹不死人，哪知这少女体质娇弱，竟然死了，不禁脸上颇有歉意，抱着她一跃上岸，道："快，快，咱们想法子救她！"抱着那少女，向竹林中飞奔而去。

那中年人俯身提起那渔人，向萧峰道："兄台尊姓大名，驾临此间，不知有何贵干？"

萧峰见他气度雍容，眼见那少女惨死，仍如此镇定，心下也暗暗佩服，道："在下契丹人萧峰，受了两位朋友的嘱托，到此报一个讯。"

乔峰之名，本来江湖上无人不知，但他既知本姓，此刻便自称萧峰，再带上"契丹人"三字，开门见山的自道来历。这中年人对萧峰之名自然甚为陌生，而听了"契丹人"三字，也丝毫不以为异，问道："奉托萧兄的是哪两位朋友？不知报什么讯？"萧峰道："一位使一对板斧，一位使一根铜棍，自称姓傅，两人都受了伤……"

那中年人吃了一惊，问道："两人伤势如何？这两人现在何处？萧兄，这两人是兄弟知交好友，相烦指点，我……我……即刻要去相救。"那渔人道："你带我同去。"萧峰见他二人重义，心下敬佩，道："这两人的伤势虽重，尚无性命之忧，便在那边镇上……"那中年人深深一揖，道："多谢，多谢！"更不打话，提着那渔人，发足往萧峰的来路奔去。

便在此时，只听得竹林中传出那美妇的声音叫道："快来，快来，你来瞧……瞧这是什么？"听她语音，直是惶急异常。

那中年人停住了脚步，正犹豫间，忽见来路上一人如飞赶来，叫道："主公，有人来生事么？"正是在青石桥上颠倒绘画的那个书生。萧峰心道："我还道他是阻挡我前来报讯，却原来和那使板斧的、使铜棍的是一路。他们所说的'主公'，便是这中年人了。"

这时那书生也已看到了萧峰和阿朱，见他二人站在中年人身旁，不禁一怔，待得奔近身来，见到那渔人受制被缚，又惊又怒，问道："怎……怎么了？"

只听得竹林中那美妇的声音更是惶急："你还不来，啊哟，我……我……"

那中年人道："我去瞧瞧。"托着那渔人，便向竹林中快步行去。他这一移动身子，立见功力非凡，脚步轻跨，却是迅速异常。萧峰一只手托在阿朱腰间，不疾不徐的和他并肩而行。那中年人向他瞧了一眼，脸露钦佩之色。

这竹林顷刻即至，果然每一根竹子的竹杆都是方的，在竹林中行了数丈，便见三间竹子盖的小屋，构筑甚是精致。

那美妇听得脚步声，抢了出来，叫道："你……你快来看，那是什么？"手里拿着一块黄金锁片。

萧峰见这金锁片是女子寻常的饰物，并无特异之处，那日阿朱受伤，萧峰到她怀中取伤药，便曾见到她有一块模样差不多的金锁片。岂知那中年人向这块金锁片看了几眼，登时脸色大变，颤声道："哪……哪里来的？"

· 831 ·

那美妇道:"是从她头颈中除下的,我曾在她们左肩上划下记号,你自己……你自己瞧去……"说着已然泣不成声。

那中年人快步抢进屋内。阿朱身子一闪,也抢了进去,比那美妇还早了一步。萧峰跟在那女子身后,直进内堂,但见是间女子卧房,陈设精雅。萧峰也无暇细看,但见那紫衫少女横卧榻上,僵直不动,已然死了。

那中年人拉高少女衣袖,察看她的肩头。他一看之后,立即将袖子拉下。萧峰站在他背后,瞧不见那少女肩头有什么记号,只见到那中年人背心不住抖动,显是心神激荡之极。

那美妇扭住了那中年人衣衫,哭道:"是你自己的女儿,你竟亲手害死了她,你不抚养女儿,还害死了她……你……你这狠心的爹爹……"

萧峰大奇:"怎么?这少女竟是他们的女儿。啊,是了,想必那少女生下不久,便寄养在别处,这金锁片和左肩上的什么记号,都是她父母留下的记认。"突见阿朱泪流满面,身子一晃,向卧榻斜斜的倒了下去。

萧峰吃了一惊,忙伸手相扶,一弯腰间,只见榻上那少女眼珠微微一动。她眼睛已闭,但眼珠转动,隔着眼皮仍然可见。萧峰关心阿朱,只问:"怎么啦?"阿朱站直身子,拭去眼泪,强笑道:"我见这位……这位姑娘不幸惨死,心里难过。"

萧峰伸手去搭那少女的脉搏。那美妇哭道:"心跳也停了,气也绝了,救不活啦。"萧峰微运内力,向那少女腕脉上冲去,跟着便即松劲,只觉那少女体内一股内力反激出来,显然她是在运内力抗御。

萧峰哈哈大笑,说道:"这般顽皮的姑娘,当真天下罕见。"那美妇人怒道:"你是什么人,快快给我出去!我死了女儿,你在这里胡说八道什么?"萧峰笑道:"你死了女儿,我给你医活来如

· 832 ·

何?"一伸手,便向那少女的腰间穴道上点去。

这一指正点在那少女腰间的"京门穴"上,这是人身最末一根肋骨的尾端,萧峰以内力透入穴道,立时令她麻痒难当。那少女如何禁受得住,从床上一跃而起,格格娇笑,伸出左手扶向萧峰肩头。

那少女死而复活,室中诸人无不惊喜交集。那中年人笑道:"原来你吓我……"那美妇人破涕为笑,叫道:"我苦命的孩儿!"张开双臂,便向她抱去。

不料萧峰反手一掌,打得那少女直摔了出去。他跟着一伸手,抓住了她左腕,冷笑道:"小小年纪,这等歹毒!"

那美妇叫道:"你怎么打我孩儿?"若不是瞧在他"救活"了女儿的份上,立时便要动手。

萧峰拉着那少女的手腕,将她手掌翻了过来,说道:"请看。"

众人只见那少女手指缝中夹着一枚发出绿油油光芒的细针,一望而知针上喂有剧毒。她假意伸手去扶萧峰肩头,却是要将这细针插入他身体,幸好他眼明手快,才没着了道儿,其间可实已凶险万分。

那少女给这一掌只打得半边脸颊高高肿起,萧峰当然未使全力,否则便要打得她脑骨碎裂,也是轻而易举。她给扣住了手腕,要想藏起毒针固已不及,左边半身更是酸麻无力,她突然小嘴一扁,放声大哭,边哭边叫:"你欺侮我!你欺侮我!"

那中年人道:"好,好!别哭啦!人家轻轻打你一下,有什么要紧?你动不动的便以剧毒暗器害人性命,原该教训教训。"

那少女哭道:"我这碧磷针,又不是最厉害的。我还有很多暗器没使呢。"

萧峰冷冷的道:"你怎么不用无形粉、逍遥散、极乐刺、穿心钉?"

那少女止住了哭声,脸色诧异之极,颤声道:"你……你怎么

· 833 ·

知道？"

萧峰道："我知道你师父是星宿老怪，便知道你这许多歹毒暗器。"

此言一出，众人都是大吃一惊，"星宿老怪"丁春秋是武林中人人闻之皱眉的邪派高手，此人无恶不作，杀人如麻，"化功大法"专门消人内力，更为天下学武之人的大忌，偏生他武功极高，谁也奈何他不得，总算他极少来到中原，是以没酿成什么大祸。

那中年人脸上神色又是怜惜，又是担心，温言问道："阿紫，你怎地会去拜了星宿老人为师？"

那少女瞪着圆圆的大眼，骨溜溜地向那中年人打量，问道："你怎么又知道我名字？"那中年人叹了口气，说道："咱们适才的话，难道你没听见吗？"那少女摇摇头，微笑道："我一装死，心停气绝，耳目闭塞，什么也瞧不见、听不见了。"

萧峰放开了她手腕，道："哼，星宿老怪的'龟息功'。"少女阿紫瞪着他道："你好像什么都知道。呸！"向他伸伸舌头，做个鬼脸。

那美妇拉着阿紫，细细打量，眉花眼笑，说不出的喜欢。那中年人微笑道："你为什么装死？真吓得我们大吃一惊。"阿紫很是得意，说道："谁叫你将我摔入湖中？你这家伙不是好人。"那中年人向萧峰瞧了一眼，脸有尴尬之色，苦笑道："顽皮，顽皮。"

萧峰知他父女初会，必有许多不足为外人道的言语要说，扯了扯阿朱的衣袖，退到屋外的竹林之中，只见阿朱两眼红红的，身子不住发抖，问道："阿朱，你不舒服么？"伸手搭了搭她脉搏，但觉振跳甚速，显是心神大为激荡。阿朱摇摇头，道："没什么。"随即道："大哥，请你先出去，我……我要解手。"萧峰点点头，远远走了开去。

萧峰走到湖边，等了好一会，始终不见阿朱从竹林中出来，蓦地里听得脚步声响，有三人急步而来，心中一动："莫非是大恶人到了？"远远只见三个人沿着湖畔小径奔来，其中二人背上负得有人，一个身形矮小的人步履如飞，奔行时犹似足不点地一般。他奔出一程，便立定脚步，等候后面来的同伴。那两人步履凝重，武功显然也颇了得。三人行到近处，萧峰见那两个被负之人，正是途中所遇的使斧疯子和那姓傅大汉。只听那身形矮小之人叫道："主公，主公，大恶人赶来了，咱们快快走罢！"

那中年人一手携着美妇，一手携着阿紫，从竹林中走了出来。那中年人和那美妇脸上都有泪痕，阿紫却笑嘻嘻地，洋洋然若无其事。接着阿朱也走出竹林，到了萧峰身边。

那中年人放开携着的两个女子，抢步走到两个伤者身边，按了按二人的脉搏，察知并无性命之忧，登时脸有喜色，说道："三位辛苦，古傅两位兄弟均无大碍，我就放心了。"三人躬身行礼，神态极是恭谨。

萧峰暗暗纳罕："这三人武功气度都着实不凡，若不是独霸一方为尊，便当是一门一派的首领，但见了这中年汉子却如此恭敬，这人又是什么来头？"

那矮汉子说道："启禀主公，臣下在青石桥边故布疑阵，将那大恶人阻得一阻。只怕他迅即便瞧破了机关，请主公即行起驾为是。"那中年人道："我家不幸，出了这等恶逆，既然在此邂逅相遇，要避只怕也避不过，说不得，只好跟他周旋一番了。"一个浓眉大眼的汉子说道："御敌除恶之事，臣子们分所当为，主公务当以社稷为重，早回大理，以免皇上悬念。"另一个中等身材的汉子说道："主公，今日之事，不能逞一时之刚勇。主公若有些微失闪，咱们有何面目回大理去见皇上？只有一齐自刎了。"

萧峰听到这里，心中一凛："又是臣子、又是皇上的，什么早

· 835 ·

回大理？难道这些人竟是大理段家的么？"心中怦怦乱跳，寻思："莫非天网恢恢，段正淳这贼子，今日正好撞在我的手里？"

他正自起疑，忽听得远处一声长吼，跟着有个金属相互磨擦般的声音叫道："姓段的龟儿子，你逃不了啦，快乖乖的束手待缚。老子瞧在你儿子的面上，说不定便饶了你性命。"

一个女子的声音说道："饶不饶他的性命，却也还轮不到你岳老三作主，难道老大还不会发落么？"又有一个阴声阴气的声音道："姓段的小子若是知道好歹，总比不知好歹的便宜。"这个人勉力远送话声，但显是中气不足，倒似是身上有伤未愈一般。

萧峰听得这些人口口声声说什么"姓段的"，疑心更盛，突然之间，一只小手伸过来握住了他手。萧峰斜眼向身畔的阿朱瞧了一眼，只见她脸色苍白，又觉她手心中一片冰凉，都是冷汗，低声问道："你身子怎样？"阿朱颤声道："我很害怕。"萧峰微微一笑，说道："在大哥身边也害怕么？"嘴巴向那中年人一努，轻轻在她耳边说道："这人似乎是大理段家的。"阿朱不置可否，嘴唇微微抖动。

那中年人便是大理国皇太弟段正淳。他年轻时游历中原，风流自赏，不免到处留情。其时富贵人家三妻四妾本属常事，段正淳以皇子之尊，多蓄内宠原亦寻常。只是他段家出自中原武林世家，虽在大理称帝，一切起居饮食，始终遵从祖训，不敢忘本而过份豪奢。段正淳的元配夫人刀白凤，是云南摆夷大酋长的女儿，段家与之结亲，原有拢络摆夷、以固皇位之意。其时云南汉人为数不多，倘若不得摆夷人拥戴，段氏这皇位就说什么也坐不稳。摆夷人自来一夫一妻，刀白凤更自幼尊贵，便也不许段正淳娶二房，为了他不绝的拈花惹草，竟致愤而出家，做了道姑。段正淳和木婉清之母秦红棉、钟万仇之妻甘宝宝、阿紫的母亲阮星竹这些女子，当年各有一段情史。

这一次段正淳奉皇兄之命,前赴陆凉州身戒寺,查察少林寺玄悲大师遭人害死的情形,发觉疑点甚多,未必定是姑苏慕容氏下的毒手,等了半月有余,少林寺并无高僧到来,便带同三公范骅、华赫艮、巴天石,以及四大护卫来到中原访查真相,乘机便来探望隐居小镜湖畔的阮星竹。这些日子双宿双飞,快活有如神仙。

段正淳在小镜湖畔和旧情人重温鸳梦,护驾而来的三公四卫散在四周卫护,殊不想大对头竟然找上门来。

段延庆武功厉害,四大护卫中的古笃诚、傅思归先后受伤。朱丹臣误认萧峰为敌,在青石桥阻拦不果。褚万里复为阿紫的柔丝网所擒。司马范骅、司徒华赫艮、司空巴天石三人救护古、傅二人后,赶到段正淳身旁护驾,共御强敌。

朱丹臣一直在设法给褚万里解开缠在身上的渔网,偏生这网线刀割不断,手解不开,忙得满头大汗,无法可施。段正淳向阿紫道:"快放开褚叔叔,大敌当前,不可再顽皮了。"阿紫笑道:"爹爹,你奖赏我什么?"段正淳皱眉道:"你不听话,我叫妈打你手心。你冒犯褚叔叔,还不快快陪罪?"阿紫道:"你将我抛在湖里,害得我装了半天死,你又不向我陪罪?我也叫妈打你手心!"

范骅、巴天石等见镇南王忽然又多了一个女儿出来,而且骄纵顽皮,对父亲也是没半点规矩,都暗中戒惧,心想:"这位姑娘虽然并非嫡出,总是镇南王的千金,倘若犯到自己身上来,又不能跟她当真,只有自认倒霉了。褚兄弟给她这般绑着,当真难堪之极。"

段正淳怒道:"你不听爹的话,瞧我以后疼不疼你?"阿紫扁了扁小嘴,说道:"你本来就不疼我,否则怎地抛下我十几年,从来不理我?"段正淳一时说不出话来,黯然叹息。阮星竹道:"阿紫乖宝,妈有好东西给你,你快放了褚叔叔。"阿紫伸出手来,道:"你先给我,让我瞧好是不好。"

萧峰在一旁眼见这小姑娘刁蛮无礼,好生着恼,他心敬褚万里是条好汉,心想:"你是他的家臣,不敢发作,我可不用卖这个帐。"一俯身,提起褚万里身子,说道:"褚兄,看来这些柔丝遇水即松,我给你去浸一浸水。"

阿紫大怒,叫道:"又要你这坏蛋来多事!"只是被萧峰打过一个耳光,对他颇为害怕,却也不敢伸手阻拦。

萧峰提起褚万里,几步奔到湖边,将他在水中一浸。果然那柔丝网遇水便即松软。萧峰伸手将渔网解下。褚万里低声道:"多谢萧兄援手。"萧峰微笑道:"这顽皮女娃子甚是难缠,我已重重打了她一记耳光,替褚兄出了气。"褚万里摇了摇头,甚是沮丧。

萧峰将柔丝网收起,握成一团,只不过一个拳头大小,的是奇物。阿紫走近身来,伸手道:"还我!"萧峰手掌一挥,作势欲打,阿紫吓得退开几步。萧峰只是吓她一吓,顺势便将柔丝网收入了怀中。他料想眼前这中年人多半便是自己的大对头,阿紫是他女儿,这柔丝网是一件利器,自不能还她。

阿紫过去扯住段正淳衣角,叫道:"爹爹,他抢了我的渔网!他抢了我的渔网!"段正淳见萧峰行径特异,但想他多半是要小小惩戒阿紫一番,他武功如此了得,自不会贪图小孩子的物事。

忽听得巴天石朗声道:"云兄别来无恙?别人的功夫总是越练越强,云兄怎么越练越差劲了?下来罢!"说着挥掌向树上击去,喀嚓一声响,一根树枝随掌而落,同时掉下一个人来。这人既瘦且高,正是"穷凶极恶"云中鹤。他在聚贤庄上被萧峰一掌打得重伤,几乎送了性命,好容易将养好了,功夫却已大不如前。当日在大理和巴天石较量轻功,两人相差不远,但今日巴天石一听他步履起落之声,便知他轻功反而不如昔时了。

云中鹤一瞥眼见到萧峰,吃了一惊,反身便走,迎向从湖畔小径走来的三人。那三人左边一个蓬头短服，是"凶神恶煞"南海鳄神；右边一个女子怀抱小儿，是"无恶不作"叶二娘。居中一个身披青袍，撑着两根细铁杖，脸如僵尸，正是四恶之首，号称"恶贯满盈"的段延庆。

段延庆在中原罕有露面，是以萧峰和这"天下第一大恶人"并不相识，但段正淳等在大理领教过他的手段，知道叶二娘、岳老三等人虽然厉害，也不难对付，这段延庆委实非同小可。他身兼正邪两派所长，段家的一阳指等武功固然精通，还练就一身邪派功夫，正邪相济，连黄眉僧这等高手都敌他不过，段正淳自知不是他的对手。

范骅大声道："主公，这段延庆不怀好意，主公当以社稷为重，请急速去请天龙寺的众高僧到来。"天龙寺远在大理，如何请得人来？眼下大理君臣面临生死大险，这话是请段正淳即速逃归大理，同时虚张声势，令段延庆以为天龙寺众高僧便在附近，有所忌惮。段延庆是大理段氏嫡裔，自必深知天龙寺僧众的厉害。

段正淳明知情势极是凶险，但大理诸人之中，以他武功最高，倘若舍众而退，更有何面目以对天下英雄？更何况情人和女儿俱在身畔，怎可如此丢脸？他微微一笑，说道："我大理段氏自身之事，却要到大宋境内来了断，嘿嘿，可笑啊可笑。"

叶二娘笑道："段正淳，每次见到你，你总是跟几个风流俊俏的娘儿们在一起。你艳福不浅哪！"段正淳微笑道："叶二娘，你也风流俊俏得很哪！"

南海鳄神怒道："这龟儿子享福享够了，生个儿子又不肯拜我为师，太也不会做老子。待老子剪他一下子！"从身畔抽出鳄嘴剪，便向段正淳冲来。

萧峰听叶二娘称那中年人为段正淳，而他直认不讳，果然所料不错，转头低声向阿朱道："当真是他！"阿朱颤声道："你要……

从旁夹攻，乘人之危吗？"萧峰心情激动，又是愤怒，又是欢喜，冷冷的道："父母之仇，恩师之仇，义父、义母之仇，我含冤受屈之仇，哼，如此血海深仇，哼，难道还讲究仁义道德、江湖规矩不成？"他这几句说得甚轻，却是满腔怨毒，犹如斩钉截铁一般。

范骅见南海鳄神冲来，低声道："华大哥，朱贤弟，夹攻这莽夫！急攻猛打，越快了断越好，先剪除羽翼，大伙儿再合力对付正主。"华赫艮和朱丹臣应声而出。两人虽觉以二敌一，有失身份，而且华赫艮的武功殊不在南海鳄神之下，也不必要人相助，但听范骅这么一说，都觉有理。段延庆实在太过厉害，单打独斗，谁也不是他的对手，只有众人一拥而上，或者方能自保。当下华赫艮手执钢铲，朱丹臣挥动铁笔，分从左右向南海鳄神攻去。

范骅又道："巴兄弟去打发你的老朋友，我和褚兄弟对付那女的。"巴天石应声而出，扑向云中鹤。范骅和褚万里也即双双跃前，褚万里的称手兵刃本是一根铁钓杆，却给阿紫投入了湖中，这时他提起傅思归的铜棍，大呼抢出。

范骅直取叶二娘。叶二娘嫣然一笑，眼见范骅身法，知是劲敌，不敢怠慢，将抱着的孩儿往地下一抛，反臂出来时，手中已握了一柄又阔又薄的板刀，却不知她先前藏于何处。

褚万里狂呼大叫，却向段延庆扑了过去。范骅大惊，叫道："褚兄弟，褚兄弟，到这边来！"褚万里似乎并没听见，提起铜棍，猛向段延庆横扫。

段延庆微微冷笑，竟不躲闪，左手铁杖向他面门点去。这一杖轻描淡写，然而时刻部位却拿捏得不爽分毫，刚好比褚万里的铜棍击到时快了少许，后发先至，势道凌厉。这一杖连消带打，褚万里非闪避不可，段延庆只一招间，便已反客为主。哪知褚万里对铁杖点来竟如不见，手上加劲，铜棍向他腰间疾扫。段延庆吃了一惊，心道："难道是个疯子？"他可不肯和褚万里斗个两败俱伤，就算一杖将他当场戳死,自己腰间中棍,也势必受伤,急忙右杖点地,纵跃避过。

褚万里铜棍疾挺,向他小腹上撞去。傅思归这根铜棍长大沉重,使这兵刃须从稳健之中见功夫。褚万里的武功以轻灵见长,使这铜棍已不顺手,偏生他又蛮打乱砸,每一招都直取段延庆要害,于自己生死全然置之度外。常言道:"一夫拼命,万夫莫当",段延庆武功虽强,遇上了这疯子蛮打拼命,却也被迫得连连倒退。

只见小镜湖畔的青草地上,霎息之间溅满了点点鲜血。原来段延庆在倒退时接连递招,每一杖都戳在褚万里身上,一杖到处,便是一洞。但褚万里却似不知疼痛一般,铜棍使得更加急了。

段正淳叫道:"褚兄弟退下,我来斗这恶徒!"反手从阮星竹手中接过一柄长剑,抢上去要双斗段延庆。褚万里叫道:"主公退开。"段正淳哪里肯听,挺剑便向段延庆刺去。段延庆右杖支地,左杖先格褚万里的铜棍,随即乘隙指向段正淳眉心。段正淳斜斜退开一步。

褚万里吼声如受伤猛兽,突然间扑倒,双手持住铜棍一端,急速挥动,幻成一圈黄光,便如一个极大的铜盘,着地向段延庆拄地的铁杖转过去,如此打法,已全非武术招数。

范骅、华赫艮、朱丹臣等都大声叫嚷:"褚兄弟,褚大哥,快下来休息。"褚万里荷荷大叫,猛地跃起,挺棍向段延庆乱戳。这时范骅诸人以及叶二娘、南海鳄神见他行径古怪,各自罢斗,凝目看着他。朱丹臣叫道:"褚大哥,你下来!"抢上前去拉他,却被他反肘一撞,正中面门,登时鼻青口肿。

遇到如此的对手,却也非段延庆之所愿,这时他和褚万里已拆了三十余招,在他身上刺了十几个深孔,但褚万里兀自大呼酣斗。段延庆和旁观众人都是心下骇然,均觉此事大异寻常。朱丹臣知道再斗下去,褚万里定然不免,眼泪滚滚而下,又要抢上前去相助,

·841·

刚跨出一步，猛听得呼的一声响，褚万里将铜棍向敌人力掷而出，去势甚劲。段延庆铁杖点出，正好点在铜棍腰间，只轻轻一挑，铜棍便向脑后飞出。铜棍尚未落地，褚万里十指箕张，向段延庆扑了过去。

段延庆微微冷笑，平胸一杖刺出。段正淳、范骅、华赫艮、朱丹臣四人齐声大叫，同时上前救助。但段延庆这一杖去得好快，噗的一声，直插入褚万里胸口，自前胸直透后背。他右杖刺过，左杖点地，身子已飘在数丈之外。

褚万里前胸和后背伤口中鲜血同时狂涌，他还待向段延庆追去，但跨出一步，便再也无力举步，回转身来，向段正淳道："主公，褚万里宁死不辱，一生对得住大理段家。"

段正淳右膝跪下，垂泪道："褚兄弟，是我养女不教，得罪了兄弟，正淳惭愧无地。"

褚万里向朱丹臣微笑道："好兄弟，做哥哥的要先去了。你……你……"说了两个"你"字，突然停语，便此气绝而死，身子却仍直立不倒。

众人听到他临死时说"宁死不辱"四字，知他如此不顾性命的和段延庆蛮打，乃是受阿紫渔网缚体之辱，早萌死志。武林中人均知"强中还有强中手，一山还有一山高"的道理，武功上输给旁人，决非奇耻大辱，苦练十年，将来未始没有报复的日子。但褚万里是段氏家臣，阿紫却是段正淳的女儿，这场耻辱终身无法洗雪，是以甘愿在战阵之中将性命拼了。朱丹臣放声大哭，傅思归和古笃诚虽重伤未愈，都欲撑起身来，和段延庆死拼。

忽然间一个清脆的女子声音说道："这人武功很差，如此白白送了性命，那不是个大傻瓜么？"说话的正是阿紫。

段正淳等正自悲伤，忽听得她这句凉薄的讥嘲言语，心下都不禁大怒。范骅等向她怒目而视，碍于她是主公之女，不便发作。段正淳气往上冲,反手一掌,重重向她脸上打去。

阮星竹举手一格,嗔道:"十几年来弃于他人、生死不知的亲生女儿,今日重逢,你竟忍心打她?"

段正淳一直自觉对不起阮星竹,有愧于心,是以向来对她千依百顺,更不愿在下人之前争执,这一掌将要碰到阮星竹的手臂,急忙缩回,对阿紫怒道:"褚叔叔是给你害死的,你知不知道?"

阿紫小嘴一扁,道:"人家叫你'主公',那么我便是他的小主人。杀死一两个奴仆,又有什么了不起了?"神色间甚是轻蔑。

其时君臣分际甚严,所谓"君要臣死,不得不死"。褚万里等在大理国朝中为臣,自对段氏一家极为敬重。但段家源出中土武林,一直遵守江湖上的规矩,华赫艮、褚万里等虽是臣子,段正明、段正淳却向来待他们犹如兄弟无异。段正淳自少年时起,即多在中原江湖上行走,褚万里跟着他出死入生,经历过不少风险,岂同寻常的奴仆?阿紫这几句话,范骅等听了心下更不痛快。只要不是在朝廷庙堂之中,便保定帝对待他们,称呼上也常带"兄弟"两字,何况段正淳尚未登基为帝,而阿紫又不过是他一个名份不正的私生女儿。

段正淳既伤褚万里之死,又觉有女如此,愧对诸人,一挺长剑,飘身而出,指着段延庆道:"你要杀我,尽管来取我性命便是。我段氏以'仁义'治国,多杀无辜,纵然得国,时候也不久长。"

萧峰心底暗暗冷笑:"你嘴上倒说得好听,在这当口,还装伪君子。"

段延庆铁杖一点,已到了段正淳身前,说道:"你要和我单打独斗,不涉旁人,是也不是?"段正淳道:"不错!你不过想杀我一人,再到大理去弑我皇兄,是否能够如愿,要看你的运气。我的部属家人,均与你我之间的事无关。"他知段延庆武功实在太强,自己今日多半要毕命于斯,却盼他不要再向阮星竹、阿紫以及范

· 843 ·

骅诸人为难。段延庆道："杀你家人，赦你部属。当年父皇一念之仁，没杀你兄弟二人，至有今日篡位叛逆之祸。"

段正淳心想："我段正淳当堂堂而死，不落他人话柄。"向褚万里的尸体一拱手，说道："褚兄弟，段正淳今日和你并肩抗敌。"回头向范骅道："范司马，我死之后，和褚兄弟的坟墓并列，更无主臣之分。"

段延庆道："嘿嘿，假仁假义，还在收罗人心，想要旁人给你出死力么？"

段正淳更不言语，左手捏个剑诀，右手长剑递了出去，这一招"其利断金"，乃是"段家剑"的起手招数。段延庆自是深知其中变化，当下平平正正的还了一杖。两人一搭上手，使的都是段家祖传武功。段延庆以杖当剑，存心要以"段家剑"剑法杀死段正淳。他和段正淳为敌，并非有何私怨，乃为争夺大理的皇位，眼前大理三公俱在此间，要是他以邪派武功杀了段正淳，大理群臣必定不服。但如用本门正宗"段家剑"克敌制胜，那便名正言顺，谁也不能有何异言。段氏兄弟争位，和群臣无涉，日后登基为君，那就方便得多了。

段正淳见他铁杖上所使的也是本门功夫，心下稍定，屏息凝神，剑招力求稳妥，脚步沉着，剑走轻灵，每一招攻守皆不失法度。段延庆以铁杖使"段家剑"，剑法大开大阖，端凝自重，纵在极轻灵飘逸的剑招之中，也不失王者气象。

萧峰心想："今日这良机当真难得，我常担心段氏一阳指和'六脉神剑'了得，恰好段正淳这贼子有强敌找上门来，而对手恰又是他本家，段家这两门绝技的威力到底如何，转眼便可见分晓了。"

看到二十余招后，段延庆手中的铁杖似乎显得渐渐沉重，使动时略比先前滞涩，段正淳的长剑每次和之相碰，震回去的幅度却也越来越大。萧峰暗暗点头，心道："真功夫使出来了，将这根轻飘飘的细铁杖,使得犹如一根六七十斤的镔铁禅杖一般,造诣大是非凡。"武功高强之人往往能"举重若轻",使重兵刃犹似无物,但"举轻若重"却又是更进一步的功夫。虽然"若重",却非"真重",须得有重兵器之威猛,却具轻兵器之灵巧。眼见段延庆使细铁棒如运钢杖,而且越来越重,似无止境,萧峰也暗赞他内力了得。

段正淳奋力接招,渐觉敌人铁杖加重,压得他内息运行不顺。段家武功于内劲一道极是讲究,内息不畅,便是输招落败的先兆。段正淳心下倒也并不惊慌,本没盼望这场比拼能侥幸获胜,自忖一生享福已多,今日便将性命送在小镜湖畔,却也不枉了,何况有阮星竹在旁含情脉脉的瞧着,便死也做个风流鬼。

他生平到处留情,对阮星竹的眷恋,其实也不是胜过对元配刀白凤和其余女子,只是他不论和哪一个情人在一起,都是全心全意的相待,就为对方送了性命,也是在所不惜,至于分手后另有新欢,却又另作别论了。

段延庆铁棒上内力不断加重,拆到六十余招后,一路段家剑法堪堪拆完,见段正淳鼻上渗出几粒汗珠,呼吸之声却仍曼长调匀,心想:"听说此人好色,颇多内宠,居然内力如此悠长,倒也不可小觑于他了。"这时他棒上内力已发挥到了极致,铁棒击出时随附着嗤嗤声响。段正淳招架一剑,身子便是一晃,招架第二剑,又是一晃。

他二人所使的招数,都是在十三四岁时便已学得滚瓜烂熟,便范骅、巴天石等人,也是数十年来看得惯了,因此这场比剑,决非比试招数,纯系内力的比拼。范骅等看到这里,已知段正淳支持不住,各人使个眼色,手按兵器,便要一齐出手相助。

忽然一个少女的声音格格笑道:"可笑啊可笑!大理段家号称英雄豪杰,现今大伙儿却想一拥而上、倚多为胜了,那不是变成了无耻小人么?"

·845·

众人都是一愕，见这几句话明明出于阿紫之口，均感大惑不解。眼前遭逢危难的是她父亲，她又非不知，却如何会出言讥嘲？

阮星竹怒道："阿紫你知道什么？你爹爹是大理国镇南王，和他动手的乃是段家叛逆。这些朋友都是大理国的臣子，除暴讨逆，是人人应有之责。"她水性精熟，武功却是平平，眼见情郎迭遇凶险，如何不急，跟着叫道："大伙儿并肩上啊，对付凶徒叛逆，又讲什么江湖规矩？"

阿紫笑道："妈，你的话太也好笑，全是蛮不讲理的强辩。我爹爹如是英雄好汉，我便认他。他倘是无耻之徒，打架要靠人帮手，我认这种爹爹作甚？"

这几句清清脆脆的传进了每个人耳里。范骅和巴天石、华赫艮等面面相觑，都觉上前相助固是不妥，不出手却也不成。

段正淳为人虽然风流，于"英雄好汉"这四个字的名声却甚是爱惜。他常自己解嘲，说道："'英雄难过美人关'，就算过不了美人关，总还是个英雄。岂不见楚霸王有虞姬、汉高祖有戚夫人、李世民有武则天？"卑鄙懦怯之事，那是决不屑为的。他于剧斗之际，听得阿紫的说话，当即大声说道："生死胜败，又有什么了不起？哪一个上来相助，便是跟我段正淳过不去。"

他开口说话，内力难免不纯，但段延庆并不乘机进迫，反而退开一步，双杖拄地，等他说好了再斗。范骅等心下暗惊，眼见段延庆固然风度闲雅，决不占人便宜，但显然也是有恃无恐，无须占此便宜。

段正淳微微一笑，道："进招罢！"左袖一拂，长剑借着袖风递出。

阮星竹道："阿紫，你瞧爹爹剑法何等凌厉，他真要收拾这个僵尸，实是绰绰有余。只不过他是王爷身份，其实尽可交给部属，用不着自己出手。"阿紫道："爹爹能收拾他，那是再好也没有了。我就怕妈妈嘴硬骨头酥,嘴里说得威风十足,心中却怕得要命。"这几句话正说中了她母亲的心情。阮星竹怒目向女儿瞪了一眼,心道:"这小丫头当真不识好歹,说话没轻没重。"

只见段正淳长剑连进三下快招,段延庆铁棒上内力再盛,一一将敌剑逼回。段正淳第四剑"金马腾空"横飞而出,段延庆左手铁棒一招"碧鸡报晓"点了过去,棒剑相交,当即黏在一起。段延庆喉间咕咕作响,猛地里右棒在地下一点,身子腾空而起,左手铁棒的棒头仍是黏在段正淳的剑尖之上。

顷刻之间,这一个双足站地,如渊渟岳峙,纹丝不动;那一个全身临空,如柳枝随风,飘荡无定。

旁观众人都是"哦"的一声,知道两人已至比拼内力的要紧关头,段正淳站在地下,双足能够借力,原是占了便宜,但段延庆居高临下,全身重量都压在对方长剑之上,却也助长了内力。

过得片刻,只见长剑渐渐弯曲,慢慢成为弧形,那细细的铁棒仍然其直如矢。

萧峰见段正淳手中长剑越来越弯曲,再弯得一些,只怕便要断为两截,心想:"两人始终都不使最高深的'六脉神剑'。莫非段正淳自知这门功夫难及对方,不如藏拙不露?但瞧他运使内力的神气,似乎潜力垂尽,并不是尚有看家本领未使的模样。"

段正淳眼见手中长剑随时都会折断,深深吸一口气,右指点出,正是一阳指的手法。他指力造诣颇不及乃兄段正明,难以及到三尺之外。棒剑相交,两件兵刃加起来长及八尺,这一指自是伤不到对手,是以指力并非对向段延庆,却是射向他的铁棒。

萧峰眉头一皱,心道:"此人竟似不会六脉神剑,比之我义弟犹有不如。这一指不过是极高明的点穴功夫而已,又有什么希奇了?"但见他手指到处,段延庆的铁杖一晃,段正淳的长剑便伸直了几分。他连点三指,手中长剑伸展了三次,渐有回复原状之势。

·847·

阿紫却又说起话来："妈,你瞧爹爹又使手指又使剑,也不过跟人家的一根细棒儿打个平手。倘若对方另外那根棒儿又攻了过来,难道爹爹有三只手来对付吗?要不然,便爬在地下起飞脚也好,虽然模样儿难看,总胜于给人家一棒戳死了。"

阮星竹早瞧得忧心忡忡,偏生女儿在旁尽说些不中听的言语,她还未回答,只见段延庆右手铁棒一起,嗤的一声,果然向段正淳的左手食指点了过来。

段延庆这一棒的手法和内劲都和一阳指无异,只不过以棒代指、棒长及远而已。段正淳更不相避,指力和他棒力相交,登觉手臂上一阵酸麻,他缩回手指,准拟再运内劲,第二指跟着点出,哪知眼前黑棒闪动,段延庆第二棒又点了过来。段正淳吃了一惊:"他调运内息如此快法,直似意到即至,这一阳指的造诣,可比我深得多了。"当即一指还出,只是他慢了瞬息,身子便晃了一晃。

段延庆见和他比拼已久,深恐夜长梦多,倘若他群臣部属一拥而上,终究多费手脚,当下运棒如风,顷刻间连出九棒。段正淳奋力抵挡,到第九棒上,真气不继,噗的一声轻响,铁棒棒头插入了他左肩。他身子一晃,拍的一声,右手中长剑跟着折断。

段延庆喉间发出一下怪声,右手铁棒直点对方脑门。这一棒他决意立取段正淳的性命,手下使上了全力,铁棒出去时响声大作。

范骅、华赫艮、巴天石三人同时纵出,分攻段延庆两侧,大理三公眼见情势凶险非常,要救段正淳已万万不及,均是径攻段延庆要害,要逼他回棒自救。段延庆早已料到此着,左手铁棒下落,撑地支身,右手铁棒上贯足了内劲,横将过来,一震之下,将三股兵刃尽数荡开,跟着又直取段正淳的脑门。

阮星竹"啊"的一声尖叫,疾冲过去,眼见情郎要死于非命,她也是不想活了。

段延庆铁棒离段正淳脑门"百会穴"不到三寸,蓦地里段正淳

· 848 ·

的身子向旁飞了出去，这棒竟然点了个空。这时范骅、华赫艮、巴天石三人同时给段延庆的铁棒逼回。巴天石出手快捷，反手抓住了阮星竹手腕，以免她枉自在段延庆手下送了性命。各人的目光齐向段正淳望去。

段延庆这一棒没点中对方，但见一条大汉伸手抓住了段正淳后颈，在这千钧一发的瞬息之间，硬生生将他拉开。这手神功当真匪夷所思，段延庆武功虽强，自忖也难以办到。他脸上肌肉僵硬，虽然惊诧非小，仍是不动声色，只鼻孔中哼了一声。

出手相救段正淳之人，自便是萧峰了。当二段激斗之际，他站在一旁目不转睛的观战，陡见段正淳将为对方所杀，段延庆这一棒只要戳了下去，自己的血海深仇便再也无法得报。这些日子来，他不知已许下了多少愿，立下了多少誓，无论如何非报此仇不可，眼见仇人便在身前，如何容得他死在旁人手里？是以纵身上前，将段正淳拉开。

段延庆心思机敏，不等萧峰放下段正淳，右手铁棒便如狂风暴雨般递出，一棒又一棒，尽是点向段正淳的要害。他决意除去这个挡在他皇位之前的障碍，至于如何对付萧峰，那是下一步的事了。

萧峰提着段正淳左一闪，右一躲，在棒影的夹缝中一一避过。段延庆连出二十七棒，始终没带到段正淳的一片衣角。他心下骇然，自知不是萧峰的敌手，一声怪啸，陡然间飘开数丈，问道："阁下是谁？何以前来搅局？"

萧峰尚未回答，云中鹤叫道："老大，他便是丐帮的前任帮主乔峰，你的好徒弟追魂杖谭青，就是死在这恶徒的手下。"

此言一出，不但段延庆心头一震，连大理群豪也耸然动容。乔峰之名响遍天下，"北乔峰，南慕容"，武林中无人不知。只是他向傅思归及段正淳通名时都自称"契丹人萧峰"，各人不知他便是大名鼎鼎的乔峰。此刻听了云中鹤这话，人人心中均道："原来是他，侠义武勇，果然名不虚传。"

段延庆早听云中鹤详细说过，自己的得意徒儿谭青如何在聚贤庄上害人不成，反为乔峰所杀，这时听说眼前这汉子便是杀徒之人，心下又是愤怒，又是疑惧，伸出铁棒，在地下青石板上写道："阁下和我何仇？既杀吾徒，又来坏我大事。"

但听得嗤嗤嗤响声不绝，竟如是在沙中写字一般，十六个字每一笔都深入石里。他的腹语术和上乘内功相结合，能迷人心魄，乱人神智，乃是一项极厉害的邪术。只是这门功夫纯以心力克制对方，倘若敌人的内力修为胜过自己，那便反受其害。他既知谭青的死法，又见了萧峰相救段正淳的身手，便不敢贸然以腹语术和他说话。

萧峰见他写完，一言不发，走上前去伸脚在地下擦了几擦，登时将石板上这十六个字擦得干干净净。一个以铁棒在石板上写字已是极难，另一个却伸足便即擦去字迹，这足底的功夫，比之棒头内力聚于一点，更是艰难得多。两人一个写，一个擦，一片青石板铺成的湖畔小径，竟显得便如沙滩一般。

段延庆见他擦去这些字迹，知他一来显示身手，二来意思说和自己无怨无仇，过去无意酿成的过节，如能放过不究，那便两家罢手。段延庆自忖不是对手，还是及早抽身，免吃眼前的亏为妙，当下右手铁棒从上而下的划了下来，跟着又是向上一挑，表示"一笔勾销"之意，随即铁棒着地一点，反跃而出，转过身来，飘然而去。

南海鳄神圆睁怪眼，向萧峰上身瞧瞧，下身瞧瞧，满心的不服气，骂道："他妈的，这狗杂种有什么了不起……"一言未毕，突然间身子腾空而起，飞向湖心，扑通一声，水花四溅，落入了小镜湖中。

萧峰最恼恨旁人骂他"杂种"，左手仍然提着段正淳，抢过去右手便将南海鳄神摔入了湖中。这一下出手迅捷无比，不容南海鳄神有分毫抗拒余地。

南海鳄神久居南海，自称"鳄神"，水性自是极精，双足在湖底一蹬，跃出湖面，叫道："你怎么搅的？"说了这句话，身子又落入湖底。他再在湖底一蹬，又是全身飞出水面，叫道："你暗算老子！"这句话说完，又落了下去。第三次跃上时叫道："老子不能和你甘休！"他性子暴躁之极，等不及爬上岸之后再骂萧峰，跳起来骂一句，又落了下去。

阿紫笑道："你们瞧，这人在水中钻上钻下，不是像只大乌龟么？"刚好南海鳄神在这时跃出水面，听到了她说话，骂道："你才是一只小乌……"阿紫手一扬，嗤的一声响，射了他一枚飞锥。飞锥到时，南海鳄神又已沉入了湖底。

南海鳄神游到岸边，湿淋淋的爬了起来。他竟毫不畏惧，楞头楞脑的走到萧峰身前，侧了头向他瞪眼，说道："你将我摔下湖去，用的是什么手法？老子这功夫倒是不会。"叶二娘远远站在七八丈外，叫道："老三快走，别在这儿出丑啦。"南海鳄神怒道："我给人家丢入湖中，连人家用什么手法都不知道，岂不是奇耻大辱？自然要问个明白。"

阿紫一本正经的道："好罢，我跟你说了。他这功夫叫做'掷龟功'。"

南海鳄神道："嗯，原来叫'掷龟功'，我知道了这功夫的名字，求人教得会了，下苦功练练，以后便不再吃这个亏。"说着快步而去。这时叶二娘和云中鹤早走得远了。

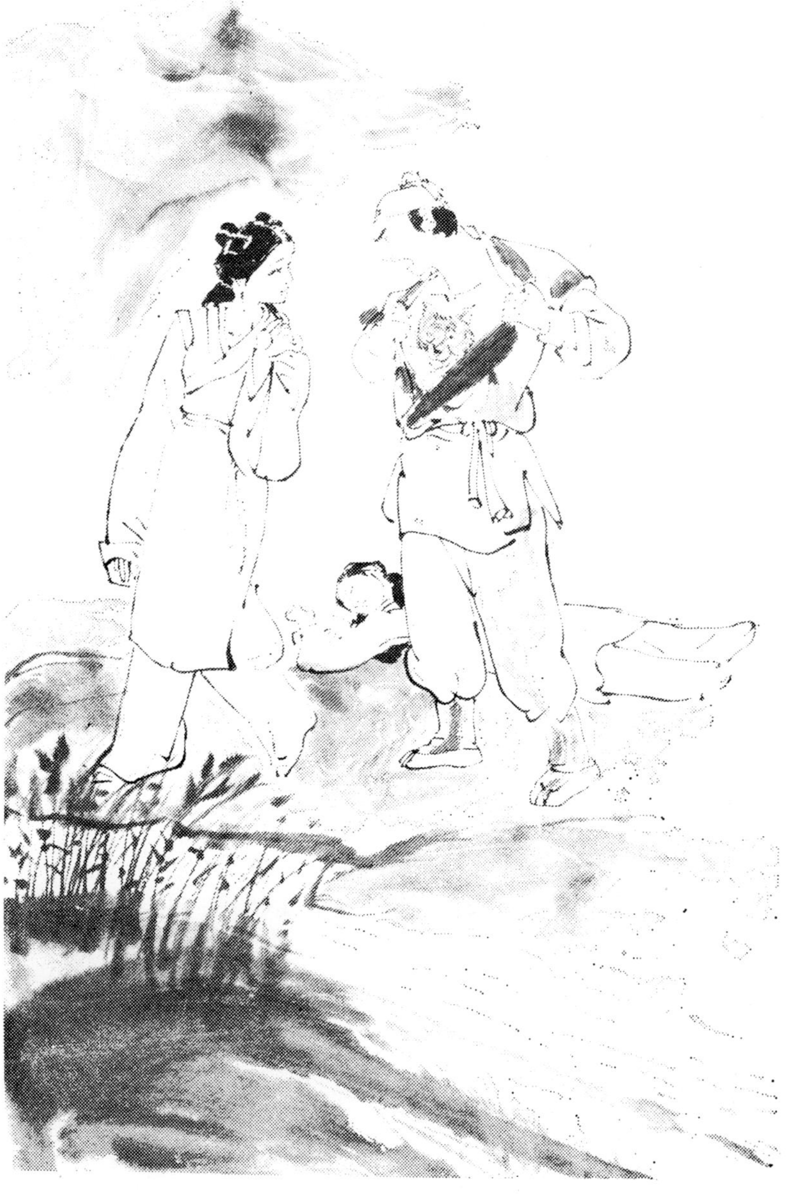

萧峰走上两步，撕破了胸口衣衫，露出肌肤。阿紫见到他胸口所刺那个青郁郁的狼头张牙露齿，形貌凶恶，更是害怕。

二十三

塞上牛羊空许约

萧峰轻轻将段正淳放在地下,退开几步。

阮星竹深深万福道谢,说道:"乔帮主,你先前救我女儿,这会儿又救了他……他……真不知如何谢你才好。"范骅、朱丹臣等也都过来相谢。

萧峰森然道:"萧峰救他,全出于一片自私之心,各位不用谢我。段王爷,我问你一句话,请你从实回答。当年你做过一件于心有愧的大错事,是也不是?虽然此事未必出于你本心,可是你却害得一个孩子一生孤苦,连自己爹娘是谁也不知道,是也不是?"雁门关外父母双双惨亡,此事想及便即心痛,可不愿当着众人明言。

段正淳满脸通红,随即转为惨白,低头道:"不错,段某生平为此事耿耿于心,每当念及,甚是不安。只是大错已经铸成,再也难以挽回。天可怜见,今日让我重得见到一个当年没了爹娘的孩子,只是……只是……唉,我总是对不起人。"

萧峰厉声道:"你既知铸下大错,害苦了人,却何以直到此时,兀自接二连三的又不断再干恶事?"

段正淳摇了摇头,低声说道:"段某行止不端,德行有亏,平生荒唐之事,实在干得太多,思之不胜汗颜。"

萧峰自在信阳听马夫人说出段正淳的名字后,日夕所思,便在找到他而凌迟处死,决意教他吃足零碎苦头之后,这才取他性命。但适才见他待友仁义,对敌豪迈,不像是个专做坏事的卑鄙奸徒,不由得心下起疑,寻思:"他在雁门关外杀我父母,乃是出于误会,这等错误人人能犯。但他杀我义父乔三槐夫妇,害我恩师玄苦师父,那便是绝不可恕的恶行,难道这中间另有别情吗?"他行事绝不莽撞,当下正面相询,要他亲口答覆,再定了断。待见段正淳脸上深带愧色,既说铸成大错,一生耿耿不安,又说今日重得见到一个当年没了爹娘的孩子,至于杀乔三槐夫妇、杀玄苦大师等事,他自承是"行止不端,德行有亏",这才知千真万确,脸上登如罩了一层严霜,鼻中哼了一声。

阮星竹忽道:"他……他向来是这样的,我也没怎……怎么怪他。"萧峰向她瞧去,只见她脸带微笑,一双星眼含情脉脉的瞧着段正淳,心下怒气勃发,哼了一声,道:"好!原来他向来是这样的。"转过头来,向段正淳道:"今晚三更,我在那座青石桥上相候,有事和阁下一谈。"

段正淳道:"准时必到。大恩不敢言谢,只是远来劳苦,何不请到那边小舍之中喝上几杯?"萧峰道:"阁下伤势如何?是否须得将养几日?"他对饮酒的邀请,竟如听而不闻。段正淳微觉奇怪,道:"多谢乔兄关怀,这点轻伤也无大碍。"

萧峰点头道:"这就好了。阿朱,咱们走罢。"他走出两步,回头又向段正淳道:"你手下那些好朋友,那也不用带来了。"他见范骅、华赫艮等人都是赤胆忠心的好汉,若和段正淳同赴青石桥之会,势必一一死在自己手下,不免可惜。

段正淳觉得这人说话行事颇为古怪,自己这种种风流罪过,连皇兄也只置之一笑,他却当众严词斥责,未免过份,但他于己有救命之恩,便道:"一凭尊兄吩咐。"

萧峰挽了阿朱之手,头也不回的径自去了。

萧峰和阿朱寻到一家农家,买些米来煮了饭,又买了两只鸡熬了汤,饱餐了一顿,只是有饭无酒,不免有些扫兴。他见阿朱似乎满怀心事,一直不开口说话,问道:"我寻到了大仇人,你该当为我高兴才是。"

阿朱微微一笑,说道:"是啊,我原该高兴。"萧峰见她笑得十分勉强,说道:"今晚杀了此人之后,咱们即行北上,到雁门关外驰马打猎、牧牛放羊,再也不踏进关内一步了。唉,阿朱,我在见到段正淳之前,本曾立誓要杀得他一家鸡犬不留。但见此人倒有义气,心想一人作事一人当,那也不用找他家人了。"阿朱道:"你这一念之仁,多积阴德,必有后福。"萧峰纵声长笑,说道:"我这双手下不知已杀了多少人,还有什么阴德后福?"

他见阿朱秀眉双蹙,又问:"阿朱,你为什么不高兴?你不喜欢我再杀人么?"阿朱道:"不是不高兴,不知怎样,我肚痛得紧。"萧峰伸手搭了搭她脉搏,果觉跳动不稳,脉象浮燥,柔声道:"路上辛苦,只怕受了风寒。我叫这老妈妈煎一碗姜汤给你喝。"

姜汤还没煎好,阿朱身子不住发抖,颤声道:"我冷,好冷。"萧峰甚是怜惜,除下身上外袍,披在她身上。阿朱道:"大哥,你今晚得报大仇,了却这个大心愿,我本该陪你去的,只盼待会身子好些。"萧峰道:"不!不!你在这儿歇歇,睡了一觉醒来,我已取了段正淳的首级来啦。"

阿朱叹了口气,道:"我好为难,大哥,我真是没有法子。我不能陪你了。我很想陪着你,和你在一起,真不想跟你分开……你……你一个人这么寂寞孤单,我对你不起。"

萧峰听她说来柔情深至,心下感动,握住她手,说道:"咱们只分开这一会儿,又有什么要紧?阿朱,你待我真好,你的恩情我不知怎样报答才是。"

阿朱道："不是分开一会儿，我觉得会很久很久。大哥，我离开了你，你会孤零零的，我也是孤零零的。最好你立刻带我到雁门关外，咱们便这么牧牛放羊去。段正淳的怨仇，再过一年来报不成么？让我先陪你一年。"

萧峰轻轻抚着她头上的柔发，说道："好容易撞见了他，今晚报了此仇，咱们再也不回中原了。段正淳的武功远不及我，他也不会使'六脉神剑'，但若过得一年再来，那便要上大理去。大理段家好手甚多，遇上了精通'六脉神剑'的高手，你大哥就多半要输。不是我不听你的话，这中间实有许多难处。"

阿朱点了点头，低声道："不错，我不该请你过一年再去大理找他报仇。你孤身深入虎穴，万万不可。"

萧峰哈哈一笑，举起饭碗来空喝一口，他惯于大碗大碗的喝酒，此刻碗中空无所有，但这么作个模样，也是好的，说道："若是我萧峰一人，大理段家这龙潭虎穴那也闯了，生死危难，浑不放在心上。但现下有了小阿朱，我要照料陪伴你一辈子，萧峰的性命，那就贵重得很啦。"

阿朱伏在他的怀里，背心微微起伏。萧峰轻轻抚摸她的头发，心中一片平静温暖，心道："得妻如此，复有何憾？"霎时之间，不由得神驰塞上，心飞关外，想起一月之后，便已和阿朱在大草原中骑马并驰，打猎牧羊，再也不必提防敌人侵害，从此无忧无虑，何等逍遥自在？只是那日在聚贤庄中救他性命的黑衣人大恩未报，不免耿耿，然这等大英雄自是施恩不望报，这一生只好欠了他这番恩情。

眼见天色渐渐黑了下来，阿朱伏在他怀中，已然沉沉睡熟。萧峰拿出三钱银子，给了那家农家，请他腾了一间空房出来，抱着阿朱，放在床上，给她盖上了被，放下了帐子，坐在那农家堂上闭目养神,不久便沉沉睡去。

小睡了两个多时辰,开门出来,只见新月已斜挂树顶,西北角上却乌云渐渐聚集,看来这一晚多半会有大雷雨。

萧峰披上长袍,向青石桥走去。行出五里许,到了河边,只见月亮的影子倒映河中,西边半天已聚满了黑云,偶尔黑云中射出一两下闪电,照得四野一片明亮。闪电过去,反而更显得黑沉沉地。远处坟地中磷火抖动,在草间滚来滚去。

萧峰越走越快,不多时已到了青石桥头,一瞧北斗方位,见时刻尚早,不过二更时分,心道:"为了要报大仇,我竟这般沉不住气,居然早到了一个更次。"他一生中与人约会以性命相拼,也不知有过多少次,对方武功声势比之段正淳更强的也着实不少,今晚却异乎寻常的心中不安,少了以往那一股一往无前、决一死战的豪气。

立在桥边,眼看河水在桥下缓缓流过,心道:"是了,以往我独来独往,无牵无挂,今晚我心中却多了一个阿朱。嘿,这真叫做儿女情长、英雄气短了。"想到这里,不由得心底平添了几分柔情,嘴边露出一丝微笑,又想:"若是阿朱陪着我站在这里,那可有多好。"

他知段正淳的武功和自己差得太远,今晚的拼斗不须挂怀胜负,眼见约会的时刻未至,便坐在桥边树下凝神吐纳,渐渐的灵台中一片空明,更无杂念。

蓦地里电光一闪,轰隆隆一声大响,一个霹雳从云堆里打了下来。萧峰睁开眼来,心道:"转眼大雨便至,快三更了罢?"

便在此时,见通向小镜湖的路上一人缓步走来,宽袍缓带,正是段正淳。

他走到萧峰面前,深深一揖,说道:"乔帮主见召,不知有何见教？"

萧峰微微侧头，斜睨着他，一股怒火猛地在胸中烧将上来，说道："段王爷，我约你来此的用意，难道你竟然不知么？"

段正淳叹了口气，说道："你是为了当年雁门关外之事，我误听奸人之言，受人播弄，伤了令堂的性命，累得令尊自尽身亡，实是大错。"

萧峰森然道："你何以又去害我义父乔三槐夫妇，害死我恩师玄苦大师？"

段正淳缓缓摇头，凄然道："我只盼能遮掩此事，岂知越陷越深，终至难以自拔。"

萧峰道："嘿，你倒是条爽直汉子，你自己了断，还是须得由我动手？"

段正淳道："若非乔帮主出手相救，段某今日午间便已命丧小镜湖畔，多活半日，全出阁下之赐。乔帮主要取在下性命，尽管出手便是。"

这时轰隆隆一声雷响，黄豆大的雨点忽喇喇的洒将下来。

萧峰听他说得豪迈，不禁心中一动，他素喜结交英雄好汉，自从一见段正淳，见他英姿飒爽，便生惺惺相惜之意，倘若是寻常过节，便算是对他本人的重大侮辱，也早一笑了之，相偕去喝上几十碗烈酒。但父母之仇不共戴天，岂能就此放过？他举起一掌，说道："为人子弟，父母师长的大仇不能不报。你杀我父亲、母亲、义父、义母、受业恩师，一共五人，我便击你五掌。你受我五掌之后，是死是活，前仇一笔勾销。"

段正淳苦笑道："一条性命只换一掌，段某遭报未免太轻，深感盛情。"

萧峰心道："莫道你大理段氏武功卓绝，只怕萧峰这掌力你一掌也经受不起。"说道："如此看掌。"左手一圈，右掌呼的一声击了出去。

电光一闪,半空中又是轰隆隆一个霹雳打了下来,雷助掌势,萧峰这一掌击出,真具天地风雷之威,砰的一声,正击在段正淳胸口。但见他立足不定,直摔了出去,拍的一声撞在青石桥栏干上,软软的垂着,一动也不动了。

萧峰一怔:"怎地他不举掌相迎?又如此不济?"纵身上前,抓住他后领提了起来,心中一惊,耳中轰隆隆雷声不绝,大雨泼在他脸上身上,竟无半点知觉,只想:"怎地他变得这么轻了?"

这天午间他出手相救段正淳时,提着他身子为时颇久。武功高强之人,手中重量便有一斤半斤之差,也能立时察觉,但这时萧峰只觉段正淳的身子斗然间轻了数十斤,心中蓦地生出一阵莫名的害怕,全身出了一阵冷汗。

便在此时,闪电又是一亮。萧峰伸手到段正淳脸上一抓,着手是一堆软泥,一揉之下,应手而落,电光闪闪之中,他看得清楚,失声大叫:"阿朱,阿朱,原来是你!"

只觉自己四肢百骸再无半点力气,不由自主跪了下来,抱着阿朱的双腿。他知适才这一掌使足了全力,武林中一等一的英雄好汉若不出掌相迎,也必禁受不起,何况是这个娇怯怯的小阿朱?这一掌当然打得她肋骨尽断,五脏震碎,便是薛神医在旁即行施救,那也必难以抢回她的性命了。

阿朱斜倚在桥栏干上,身子慢慢滑了下来,跌在萧峰身上,低声说道:"大哥,我……我……好生对你不起,你恼我吗?"

萧峰大声道:"我不恼你,我恼我自己,恨我自己。"说着举起手来,猛击自己脑袋。

阿朱的左手动了一动,想阻止他不要自击,但提不起手臂,说道:"大哥,你答允我,永远永远,不可损伤自己。"

萧峰大叫:"你为什么?为什么?为什么?"

阿朱低声道："大哥，你解开我衣服，看一看我的左肩。"萧峰和她关山万里，同行同宿，始终以礼自持，这时听她叫自己解她衣衫，倒是一怔。阿朱道："我早就是你的人了，我……我……全身都是你的。你看一看……看一看我左肩，就明白了。"

萧峰眼中含泪，听她说话时神智不乱，心中存了万一的指望，当即左掌抵住她背心，急运真气，源源输入她体内，盼能挽救大错，右手慢慢解开她衣衫，露出她的左肩。

天上长长的一道闪电掠过，萧峰眼前一亮，只见她肩头肤光胜雪，却刺着一个殷红如血的红字："段"。

萧峰又是惊奇，又是伤心，不敢多看，忙将她衣衫拉好，遮住了肩头，将她轻轻搂在怀里，问道："你肩上有个'段'字，那是什么意思？"

阿朱道："我爹爹、妈妈将我送给旁人之时，在我肩上刺的，以便留待……留待他日相认。"萧峰颤声道："这'段'字，这'段'字……"阿朱道："今天日间，他们在那阿紫姑娘的肩头发现了一个记认，就知道是他们的女儿。你……你……看到那记认吗？"萧峰道："没有，我不便看。"阿朱道："她……她肩上刺着的，也是一个红色的'段'字，跟我的一模一样。"

萧峰登时大悟，颤声道："你……你也是他们的女儿？"

阿朱道："本来我不知道，看到阿紫肩头刺的字才知。她还有一个金锁片，跟我那个金锁片，也是一样的，上面也铸着十二个字。她的字是：'湖边竹，盈盈绿，报平安，多喜乐。'我锁片上的字是：'天上星，亮晶晶，永灿烂，长安宁。'我……我从前不知道是什么意思，只道是好口采，却原来嵌着我妈妈的名字。我妈妈便是那女子阮……阮星竹。这对锁片，是我爹爹送给我妈妈的，她生了我姊妹俩，给我们一个人一个，带在颈里。"

萧峰道："我明白啦，我马上得设法给你治伤，这些事，慢慢再说不迟。"

阿朱道："不！不！我要跟你说个清楚，再迟得一会，就来不及了。大哥，你得听我说完。"萧峰不忍违逆她意思，只得道："好，我听你说完，可是你别太费神。"阿朱微微一笑，道："大哥，你真好，什么事情都就着我，这么宠我，如何得了？"萧峰道："以后我更要宠你一百倍，一千倍。"

阿朱微笑道："够了，够了，我不喜欢你待我太好。我无法无天起来，那就没人管了。大哥，我……我躲在竹屋后面，偷听爹爹、妈妈和阿紫妹妹说话。原来我爹爹另外有妻子的，他和妈妈不是正式夫妻，先是生下了我，第二年又生了我妹妹。后来我爹爹要回大理，我妈妈不放他走，两人大吵了一场，我妈妈还打了他，爹爹可没还手。后来……后来……没有法子，只好分手。我外公家教很严，要是知道了这件事，定会杀了我妈妈的。我妈妈不敢把我姊妹带回家去。只好分送了给人家，但盼日后能够相认，在我姊妹肩头都刺了个'段'字。收养我的人只知道我妈妈姓阮，其实，其实，我是姓段……"

萧峰心中更增怜惜，低声道："苦命的孩子。"

阿朱道："妈妈将我送给人家的时候，我还只一岁多一点，我当然不认得爹爹，连见了妈的面也不认得。大哥，你也是这样。那天晚上在杏子林里，我听人家说你的身世，我心里很难过，因为咱们俩都是一样的苦命孩子。"

电光不住闪动，霹雳一个接着一个，突然之间，河边一株大树给雷打中，喀喇喇的倒将下来。他二人于身外之物全没注意，虽处天地巨变之际，也如浑然不觉。

阿朱又道："害死你爹爹妈妈的人，竟是我爹爹，唉，老天爷的安排真待咱们太苦，而且，而且……从马夫人口中，套问出我爹爹名字来的，便是我自己。我若不是乔装了白世镜去骗她，她也决不肯说我爹爹的名字。人家说,冥冥中自有天意,我从来不相信。可是……可是……你说,能不能信呢?"

萧峰抬起头来,满天黑云早将月亮遮得没一丝光亮,一条长长的闪电过去,照得四野通明,宛似老天爷忽然开了眼一般。

他颓然低头,心中一片茫然,问道:"你知道段正淳当真是你爹爹,再也不错么?"

阿朱道:"不会错的。我听到我爹爹、妈妈抱住了我妹子痛哭,述说遗弃我姊妹二人的经过。我爹娘都说,此生此世,说什么也要将我寻了回来。他们哪里猜得到,他们亲生的女儿便伏在窗外。大哥,适才我假说生病,却乔装改扮了你的模样,去对我爹爹说道,今晚青石桥之约作罢,有什么过节,一笔勾销;再装成我爹爹的模样,来和你相会……好让你……好让你……"说到这里,已是气若游丝。

萧峰掌心加运内劲,使阿朱不致脱力,垂泪道:"你为什么不跟我说了?要是我知道他便是你的爹爹……"可是下面的话再也说不下去了,他自己也不知道,如果他事先得知,段正淳便是自己至爱之人的父亲,那便该当如何。

阿朱道:"我翻来覆去,思量了很久很久,大哥,我多么想能陪你一辈子,可是那怎么能够?我能求你不报这五位亲人的大仇么?就算我胡里胡涂的求了你,你又答允了,那……那终究是不成的。"

她声音越说越低,雷声仍是轰轰不绝,但在萧峰听来,阿朱的每一句话,都比震天响雷更是惊心动魄。他揪着自己头发,说道:"你可以叫你爹爹逃走,不来赴这约会!或者你爹爹是英雄好汉,不肯失约,那你可以乔装了我的模样,和你爹爹另订约会,在一个遥远的地方,在一个遥远的日子里再行相会。你何必,何必这样自苦?"

阿朱道："我要叫你知道，一个人失手害死了别人，可以全非出于本心。你当然不想害我，可是你打了我一掌。我爹爹害死你的父母，也是无意中铸成了大错。"

萧峰一直低头凝望着她，电光几下闪烁，只见她眼色中柔情无限。萧峰心中一动，蓦地里体会到阿朱对自己的深情，实出于自己以前的想像之外，心中陡然明白："段正淳虽是她生身之父，但于她并无养育之恩，至于要自己明白无心之错可恕，更不必为此而枉自送了性命。"颤声道："阿朱，阿朱，你一定另有原因，不是为了救你父亲，也不是要我知道那是无心铸成的大错，你是为了我！你是为了我！"抱着她身子站了起来。

阿朱脸上露出笑容，见萧峰终于明白了自己的深意，不自禁的欢喜。她明知自己性命已到尽头，虽不盼望情郎知道自己隐藏在心底的用意，但他终于知道了……

萧峰道："你完全是为了我，阿朱，你说是不是？"阿朱低声道："是的。"萧峰大声道："为什么？为什么？"阿朱道："大理段家有六脉神剑，你打死了他们镇南王，他们岂肯干休？大哥，那《易筋经》上的字，咱们又不识得……"

萧峰恍然大悟，不由得热泪盈眶，泪水跟着便直洒了下来。

阿朱道："我求你一件事，大哥，你肯答允么？"萧峰道："别说一件，百件千件也答允你。"阿朱道："我只有一个亲妹子，咱俩自幼儿不得在一起，求你照看于她，我担心她走入了歧途。"萧峰强笑道："等你身子大好了，咱们找了她来跟你团聚。"阿朱轻轻的道："等我大好了……大哥，我就和你到雁门关外骑马打猎、放牛牧羊，你说，我妹子也肯去吗？"萧峰道："她自然会去的，亲姊姊、亲姊夫邀她，还不去吗？"

忽然间忽喇一声响，青石桥桥洞底下的河水中钻出一个人来，叫道："羞也不羞？什么亲姊姊、亲姊夫了？我偏不去。"这人身

· 865 ·

形娇小，穿了一身水靠，正是阿紫。

萧峰失手打了阿朱一掌之后，全副精神都放在她的身上，以他的功夫，本来定可觉察到桥底水中伏得有人，但一来雷声隆隆，暴雨大作，二来他心神大乱，直到阿紫自行现身，这才发觉，不由得微微一惊，叫道："阿紫，阿紫，你快来瞧瞧你姊姊。"

阿紫小嘴一扁，道："我躲在桥底下，本想瞧你和我爹爹打架，看个热闹，哪知你打的竟是我姊姊。两个人唠唠叨叨的，情话说个不完，我才不爱听呢。你们谈情说爱那也罢了，怎地拉扯到了我身上？"说着走近身来。

阿朱道："好妹妹，以后，萧大哥照看你，你……你也照看他……"

阿紫格格一笑，说道："这个粗鲁难看的蛮子，我才不理他呢。"

萧峰蓦地里觉得怀中的阿朱身子一颤，脑袋垂了下来，一头秀发披在他肩上，一动也不动了。萧峰大惊，大叫："阿朱，阿朱。"一搭她脉搏，已然停止了跳动。他自己一颗心几乎也停止了跳动，伸手探她鼻息，也已没了呼吸。他大叫："阿朱！阿朱！"但任凭他再叫千声万声，阿朱再也不能答应他了，急以真力输入她身体，阿朱始终全不动弹。

阿紫见阿朱气绝而死，也大吃一惊，不再嬉皮笑脸，怒道："你打死了我姊姊，你……你打死了我姊姊！"

萧峰道："不错，是我打死了你姊姊，你该为你姊姊报仇。快，快杀了我罢！"他双手下垂，放低阿朱的身子，挺出胸膛，叫道："你快杀了我。"真盼阿紫抽出刀来，插入自己的胸膛，就此一了百了，解脱了自己无穷无尽的痛苦。

阿紫见他脸上肌肉痉挛，神情可怖，不由得十分害怕，倒退了两步，叫道："你……你别杀我。"

萧峰跟着走上两步，伸手至胸，嗤的一声响，撕破胸口衣衫，露出肌肤，说道："你有毒针、毒刺、毒锥……快快刺死我。"

阿紫在闪电一亮之际，见到他胸口所刺的那个青郁郁的狼头，张牙露齿，形貌凶恶，更是害怕，突然大叫一声，转身飞奔而去。

萧峰呆立桥上，伤心无比，悔恨无穷，提起手掌，砰的一声，拍在石栏干上，只击得石屑纷飞。他拍了一掌，又拍一掌，忽喇喇一声大响，一片石栏干掉入了河里，要想号哭，却说什么也哭不出来。一条闪电过去，清清楚楚映出了阿朱的脸。那深情关切之意，仍然留在她的眉梢嘴角。

萧峰大叫一声："阿朱！"抱着她身子，向荒野中直奔。

雷声轰隆，大雨倾盆，他一会儿奔上山峰，一会儿又奔入了山谷，浑不知身在何处，脑海中一片混沌，竟似是成了一片空白。

雷声渐止，大雨仍下个不停。东方现出黎明，天慢慢亮了。萧峰已狂奔了两个多时辰，但他丝毫不知疲倦，只是想尽量折磨自己，只是想立刻死了，永远陪着阿朱。他嘶声呼号，狂奔乱走，不知不觉间，忽然又回到了那青石桥上。

他喃喃说道："我找段正淳去，找段正淳，叫他杀了我，给他女儿报仇。"当下迈开大步，向小镜湖畔奔去。

不多时便到了湖边，萧峰大叫："段正淳，我杀了你女儿，你来杀我啊，我决不还手，你快出来，来杀我。"他横抱阿朱，站在方竹林前，等了片刻，林中寂然无声，无人出来。

他踏步入林，走到竹屋之前，踢开板门，走进屋去，叫道："段正淳，你快来杀我！"屋中空荡荡地，竟一个人也没有。他在厢房、后院各处寻了一遍，不但没见段正淳和他那些部属，连竹屋主人阮星竹和阿紫也都不在。屋中用具陈设一如其旧，倒似是各人匆匆离去，仓卒间什么东西也不及携带。

他心道："是了，阿紫带来了讯息，只道我还要杀她父亲报仇。段正淳就算不肯逃，那姓阮的女人和他部属也必逼他远走高飞。嘿嘿，我不是来杀你，是要你杀我，要你杀我。"又大叫了几声："段正淳，段正淳！"声音远远传送出去，但听得疾风动竹，簌簌声响，却无半点人声。

小镜湖畔、方竹林中，寂然无人，萧峰似觉天地间也只剩下了他一人。自从阿朱断气之后，他从没片刻放下她身子，不知有多少次以真气内力输入她体内，只盼天可怜见，又像上次她受了玄慈方丈一掌那样，重伤不死。但上次是玄慈方丈以大金刚掌力击在萧峰手中铜镜之上，阿朱不过波及受震，这次萧峰这一掌却是结结实实的打正在她胸口，如何还能活命？不论他输了多少内力过去，阿朱总是一动也不动。

他抱着阿朱，呆呆的坐在堂前，从早晨坐到午间，从午间又坐到了傍晚。这时早已雨过天青，淡淡斜阳，照在他和阿朱的身上。

他在聚贤庄上受群雄围攻，虽然众叛亲离，情势险恶之极，却并未有丝毫气沮，这时自己亲手铸成了难以挽回的大错，越来越觉寂寞孤单，只觉再也不该活在世上了。"阿朱代她父亲死了，我也不能再去找段正淳报仇。我还有什么事情可做？丐帮的大业，当年的雄心壮志，都已不值得关怀。我是契丹人，又能有什么大业雄心？"

走到后院，见墙角边放着一柄花锄，心想："我便永远在这里陪着阿朱罢？"左手仍是抱着阿朱，说什么也舍不得放开她片刻，右手提起花锄，走到方竹林中，掘了一个坑，又掘了一个坑，两个土坑并列在一起。

心想："她父母回来，多半要挖开坟来看个究竟。须得在墓前竖上块牌子才是。"折了一段方竹，剖而为二，到厨房中取厨刀削平了，走到西首厢房。见桌上放着纸墨笔砚。他将阿朱横放在膝头，研了墨,提起笔来,在一块竹片上写道:"契丹莽夫萧峰之墓"。

拿起另一块竹片,心下沉吟:"我写什么?'萧门段夫人之墓'么?她虽和我有夫妇之约,却未成婚,至死仍是个冰清玉洁的姑娘,称她为'夫人',不亵渎她么?"

心下一时难决,抬起头来思量一会,目光所到之处,只见壁间悬着一张条幅,写得有好几行字,顺着看下去:

"含羞倚醉不成歌,纤手掩香罗。偎花映烛,偷传深意,酒思入横波。　看朱成碧心迷乱,翻脉脉,敛双蛾。相见时稀隔别多。又春尽,奈愁何?"

他读书无多,所识的字颇为有限,但这阕词中没什么难字,看得出是一首风流艳词,好似说喝醉了酒含羞唱歌,怎样怎样,又说相会时刻少,分别时候多,心里发愁。他含含糊糊的看去,也没心情去体会词中说些什么,随口茫茫然的读完,见下面又写着两行字道:

"书少年游付竹妹补壁。星眸竹腰相伴,不知天地岁月也。大理段二醉后狂涂。"

萧峰喃喃的道:"他倒快活。星眸竹腰相伴,不知天地岁月也。大理段二醉后狂涂。大理段二,嗯,这是段正淳写给他情人阮星竹的,也就是阿朱她爹爹妈妈的风流事。怎地堂而皇之的挂在这里,也不怕丑?啊,是了,这间屋子,段正淳的部属也不会进来。"

当下也不再理会这个条幅,只想:"我在阿朱的墓碑上怎样写?"自知文字上的功夫太也粗浅,多想也想不出什么,便写了"阿朱之墓"四个字。放下了笔,站起身来,要将竹牌插在坑前,先埋好了阿朱,然后自杀。

他转过身来,抱起阿朱身子,眼光又向壁上的条幅一瞥,蓦地里跳将起来,"啊哟"一声叫,大声道:"不对,不对!这件事不对!"

· 869 ·

走近一步，再看条幅中的那几行字，只见字迹圆润，儒雅洒脱。他心中似有一个声音在大声道："那封信！带头大哥写给汪帮主的信，信上的字不是这样的，完全不同。"

他只粗通文字，原是不会辨认笔迹，但这条幅上的字秀丽圆熟，间格整齐，那封信上的字却歪歪斜斜、瘦骨棱棱，一眼而知出于江湖武人之手。两者的差别实在太大，任谁都看得出来。他双眼睁得大大的，盯住了那条幅上的字，似乎要从这几行字中，寻觅出这中间隐藏着的大秘密、大阴谋。

他脑海中盘旋的，尽是那晚在无锡城外杏子林中所见到的那封书信，那封带头大哥写给汪帮主的信。智光大师将信尾的署名撕下来吞入了肚中，令他无法知道写信之人是谁，但信上的字迹，却已深深印入他脑海之中，清楚之极。写信之人，和写这张条幅的"大理段二"绝非一人，决无可疑。

但那信是不是"带头大哥"托旁人代写？他略一思索，便知决无可能。段正淳能写这样一笔好字，当然是拿惯笔杆之人，要写信给汪帮主，谈论如此大事，岂有叫旁人代笔之理？而写一首风流艳词给自己情人，更无叫旁人代笔之理。

他越想疑窦越大，不住的想："莫非那带头大哥不是段正淳？莫非这幅字不是段正淳写的？不对，不对，除了段正淳，怎能有第二个'大理段二'，写了这种风流诗词挂在此处？难道马夫人说的是假话？那也不会。她和段正淳素不相识，一个地北，一个天南，一个是草莽匹夫的孀妇，一个是王公贵人，能有什么仇怨，会故意捏造假话来骗我。"

他自从知道了"带头大哥"是段正淳后，心中的种种疑团本已一扫而空，所思虑的只是如何报仇而已，这时陡然间见到了这个条幅，各种各样的疑团又涌上心头："那封书信若不是段正淳写的，那么带头大哥便不是他。如果不是他，却又是谁？马夫人为什么要说假话骗人，这中间有什么阴谋诡计？我打死阿朱，本是误杀，阿朱为我而死却是心甘情愿。这么一来，她的不白之冤之上，再加上一层不白之冤。我为什么不早些见到这个条幅？可是这条幅挂在厢房之中，我又怎能见到？倘若始终不见，我殉了阿朱而死，那也是一了百了，为什么偏偏早不见，迟不见，在我死前片刻又见到了？"

夕阳即将落山，最后的一片阳光正渐渐离开他脚背，忽听得小镜湖畔有两人朝着竹林走来。这两人相距尚远，他凝神听去，辨出来者是两个女子，心道："多半是阿紫和她妈妈来了。嗯，我要问明段夫人，这幅字是不是段正淳写的。她当然恨极我杀了阿朱，她一定要杀我，我……我……"他本来是要"决不还手"，但立时转念："如果阿朱确是冤枉而死，杀我爹爹、妈妈的另有其人，那么这大恶人身上又多负了一笔血债，又多了一条人命。阿朱难道不是他害死的么？我若不报此仇，怎能轻易便死？"

只听得那两个女子渐行渐近，走进了竹林。又过片刻，两人说话的声音也听见了。只听得一人道："小心了，这贱人武功虽然不高，却是诡计多端。"另一个年轻的女子道："她只孤身一人，我娘儿俩总收拾得了她。"那年纪较大的女子道："别说话了，一上去便下杀手，不用迟疑。"那少女道："要是爹爹知道了……"那年长女子道："哼，你还顾着你爹爹？"接着便没了话声。但听得两人蹑足而行，一个向着大门走来，另一个走到了屋后，显是要前后夹攻。

萧峰颇为奇怪，心想："听口音这两人不是阮星竹和阿紫，但也是母女两个，要来杀一个孤身女子，嗯，多半是要杀阮星竹，而那少女的父亲却不赞成此事。"这件事在他脑中一闪而过，再不理会，仍是怔怔的坐着出神。

过得半晌，呀的一声，有人推开板门，走了进来。萧峰并不抬头,只见一双穿着黑鞋的纤脚走到他身前,相距约莫四尺,停住了步。跟着旁边的窗门推开,跃进一个人来,站在他身旁。他听了那人纵跃之声,知道武功也不高强。

他仍不抬头,手中抱着阿朱,自管苦苦思索:"到底'带头大哥'是不是段正淳?智光大师的言语中有什么古怪?徐长老有什么诡计?马夫人的话中有没有破绽?"当真是思涌如潮,心乱如麻。

只听得那年轻女子说道:"喂,你是谁?姓阮的那贱人呢?"她话声冷冷的,语调更是十分的无礼。萧峰不加理会,只想着种种疑窦。那年长女子道:"尊驾和阮星竹那贱人有什么瓜葛?这女子是谁?快快说来。"萧峰仍是不理。那年轻女子大声道:"你是聋子呢还是哑巴,怎地一声不响?"语气中已充满了怒意。萧峰仍是不理,便如石像般坐着不动。

那年轻女子一跺脚,手中长剑一颤,剑刃震动,嗡嗡作响,剑尖斜对萧峰的太阳穴,相距不过数寸,喝道:"你再装傻,便给点苦头你吃吃。"

萧峰于身外凶险,半分也没放在心上,只是思量着种种解索不开的疑团。那少女手臂向前一送,长剑刺出,在他头颈边寸许之旁擦了过去。萧峰听明白剑势来路,不闪不避,浑若不知。两个女子相顾惊诧。那年轻女子道:"妈,这人莫非是个白痴?他抱着的这个姑娘好像死了。"那妇人道:"他多半是装傻。在这贱人家中,还能有什么好东西。先劈他一刀,再来拷打查问。"话声甫毕,左手刀便向萧峰肩头砍了下去。

萧峰待得刀刃离他肩头尚有半尺,右手翻出,疾伸而前,两根手指抓住了刀背,那刀便如凝在半空,砍不下来。他手指向前一送,刀柄撞中那妇人肩下要穴,登时令她动弹不得,顺手一抖,内力到处,拍的一声响,一柄钢刀断为两截。他随手抛在地下,始终没抬头瞧那妇人。

那年轻女子见母亲被他制住,大惊之下,向后反跃,嗤嗤之声连响,七枝短箭连珠价向他射来。萧峰拾起断刀,一一拍落,跟着手一挥,那断刀倒飞出去,拍的一声,刀柄撞在她腰间。那年轻女子"啊"的一声叫,穴道正被撞中,身子也登时给定住了。

那妇人惊道:"你受了伤吗?"那少女道:"腰里撞得好痛,倒没受伤,妈,我给封住了'京门穴'。"那妇人道:"我给点中了'中府穴'。这……这人武功厉害得很哪。"那少女道:"妈,这人到底是谁?怎么他也不站起身来,便制住了咱娘儿俩,我瞧他啊,多半是有邪术。"

那妇人不敢再凶,口气放软,向萧峰道:"咱母女和尊驾无怨无仇,适才妄自出手,得罪了尊驾,是咱二人的不对了。还请宽洪大量,高抬贵手。"那少女忙道:"不,不,咱们输了便输了,何必讨饶?你有种就将姑娘一刀杀了,我才不希罕呢。"

萧峰隐隐约约听到了她母女的说话,只知母亲在求饶,女儿却十分倔强,但到底说些什么话,却一句也没听入心中。

这时屋中早已黑沉沉地,又过一会,天色全黑。萧峰始终抱着阿朱坐在原处,一直没有移动。他平时头脑极灵,遇上了疑难之事,总是决断极快,倘若一时之间无法明白,便即搁在一旁,暂不理会,决不会犹豫迟疑,但今日失手打死了阿朱,悲痛已极,痴痴呆呆,浑浑噩噩,倒似是失心疯一般。

那妇人低声道:"你运气再冲冲环跳穴看,说不定牵动经脉,能冲开被封的穴道。"那少女道:"我早冲过了,一点用处也没……"那妇人忽道:"嘘!有人来了!"

只听得脚步细碎,有人推门进来,也是一个女子。那女子擦擦几声,用火刀火石打火,点燃纸煤,再点亮了油灯,转过身来,突然见到萧峰、阿朱以及那两个女子,不禁"啊"的一声惊呼。她绝未料到屋中有人，蓦地里见到四个人或坐或站，都是一动也不动，登时大吃一惊。她手一松，火刀、火石铮铮两声，掉在地下。

先前那妇人突然厉声叫道："阮星竹，是你！"

刚进屋来的那女子正是阮星竹。她回过头来，见说话的是个中年女子，她身旁另有一个全身黑衣的少女，两人相貌颇美，那少女尤其秀丽，都是从未见过。阮星竹道："不错，我姓阮，两位是谁？"

那中年女子不答，只是不住的向她端相，满脸都是怒容。

阮星竹转头向萧峰道："乔帮主，你已打死了我女儿，还在这里干什么？我……我……我苦命的孩儿哪！"说着放声大哭，扑到了阿朱的尸身上。

萧峰仍是呆呆的坐着，过了良久，才道："段夫人，我罪孽深重，请你抽出刀来，将我杀了。"

阮星竹泣道："便一刀将你杀了，也已救不活我那苦命的孩儿。乔帮主，你说我和阿朱的爹爹做了一件于心有愧的大错事，害得孩子一生孤苦，连自己爹娘是谁也不知道。这话是不错的，可是……你要打抱不平，该当杀段王爷，该当杀我，为什么却杀了我的阿朱？"

这时萧峰的脑筋颇为迟钝，过了片刻，才心中一凛，问道："什么一件于心有愧的大错事？"阮星竹哭道："你明明知道，定要问我，阿朱……阿朱和阿紫都是我的孩儿，我不敢带回家去，送了给人。"

萧峰颤声道："昨天我问段正淳，是否做了一件于心有愧的大错事，他直认不讳。这件亏心事，便是将阿朱……和阿紫两个送与旁人吗？"阮星竹怒道："我做了这件亏心事，难道还不够？你当我是什么坏女人，专门做亏心事？"萧峰道："段正淳昨天又说：'天可怜见，今日让我重得见到一个……一个当年没了爹娘的孩子。'他说今日重见这个没了爹娘的孩子，是说阿紫，不是说……

· 874 ·

不是说我？"阮星竹怒道："他为什么要说你？你是他抛弃了送人的孩子吗？你……你胡说八道什么？我又怎生得出你这畜生？"她恨极了萧峰，但又忌惮他武功了得，不敢动手，只一味斥骂。

萧峰道："那么我问他，为什么直到今日，兀自接二连三的再干恶事，他却自己承认行止不端，德行有亏？"阮星竹满是泪水的面颊上浮上淡淡红晕，说道："他生性风流，向来就是这样的。他要了一个女子，又要第二个，第三个，第四个，接二连三的荒唐，又……要你来多管什么闲事？"

萧峰喃喃道："错了，错了，全然错了！"出神半晌，蓦地里伸出手来，拍拍拍拍，猛打自己耳光。阮星竹吃了一惊，一跃而起，倒退了两步，只见萧峰不住的出力殴打自己，每一掌都落手极重，片刻间双颊便高高肿起。

只听得"呀"的一声轻响，又有人推门进来，叫道："妈，你已拿了那幅字……"正是阿紫。她话未说完，见到屋中有人，又见萧峰左手抱着阿朱，右手不住的击打自己，不禁惊得呆了。

萧峰的脸颊由肿而破，跟着满脸满手都是鲜血，跟着鲜血不断的溅了开来，溅得墙上、桌上、椅上……都是点点鲜血，连阿朱身上、墙上所悬着的那张条幅上，也溅上了殷红色的点点滴滴。

阮星竹不忍再看这残酷的情景，双手掩目，但耳中仍不住听到拍拍之声，她大声叫道："不要打了！不要打了！"

阿紫尖声道："喂，你弄脏了我爹爹写的字，我要你赔。"跃上桌子，伸手去摘墙上所悬的那张条幅。原来她母女俩去而复回，便是来取这张条幅。

萧峰一怔，住手不打，问道："这个'大理段二'，果真便是段正淳么？"阮星竹道："除了是他，还能有谁？"说到段正淳时，脸上不自禁的露出了一往情深的骄傲。

这两句话又给萧峰心中解开了一个疑团：这条幅确是段正淳写

· 875 ·

的，那封给汪帮主的信就不是他写的，带头大哥便多半不是段正淳。

他心中立时便生出一个念头："马夫人所以冤枉段正淳，中间必有极大隐情。我当先解开了这个结，总会有水落石出、真相大白之日。"这么一想，当即消了自尽的念头，适才这一顿自行殴击，虽打得满脸鲜血，但心中的悔恨悲伤，却也得了个发泄之所，于是抱着阿朱的尸身，站了起来。

阿紫已见到桌上他所写的那两块竹片，笑道："嘿嘿，怪不得外边掘了两个坑，我正在奇怪，原来你是想和姊姊同死合葬，啧啧啧，当真多情得很哪！"

萧峰道："我误中奸人毒计，害死了阿朱，现下要去找这奸人，先为阿朱报仇，再追随她于地下。"阿紫道："奸人是谁？"萧峰道："此刻还无眉目，我这便去查。"说着抱了阿朱，大踏步出去。阿紫笑道："你这么抱了我姊姊，去找那奸人么？"

萧峰一呆，一时没了主意，心想抱着阿朱的尸身千里迢迢而行，终究不妥，但要放开了她，却实是难分难舍，怔怔瞧着阿朱的脸，眼泪从他血肉模糊的脸上直滚下来，泪水混和着鲜血，淡红色的水点，滴在阿朱惨白的脸上，当真是血泪斑斑。

阮星竹见了他伤心的情状，憎恨他的心意霎时之间便消解了，说道："乔帮主，大错已经铸成，那已无可挽回，你……你……"她本想劝他节哀，但自己却忍不住放声大哭起来，哭道："都是我不好，都是我不好……好好的女儿，为什么要去送给别人？"

那被萧峰定住了身形的少女忽然插口道："当然都是你不好啦！人家好好的夫妻，为什么你要去拆散他们？"

阮星竹抬起头来，问那少女道："姑娘为什么说这话？你是谁？"

那少女道："你这狐狸精，害得我妈妈好苦，害得我……害得我……"

·876·

阿紫一伸手，便向她脸上掴去。那少女动弹不得，眼见这一掌难以躲开。

阮星竹忙伸手拉住阿紫手臂，道："阿紫，不可动粗。"向那中年美妇又看了两眼，再瞧瞧她右手中的一柄钢刀，地下的一柄断刀，恍然大悟，道："是了，你使双刀，你……你是修罗刀秦……秦红棉……秦姊姊。"

这中年美妇正是段正淳的另一个情人修罗刀秦红棉，那黑衣少女便是她的女儿木婉清。秦红棉不怪段正淳拈花惹草，到处留情，却恨旁的女子狐媚妖淫，夺了她的情郎，因此得到师妹甘宝宝传来的讯息后，便和女儿木婉清同去行刺段正淳的妻子刀白凤和他另一个情人，结果都没成功。待得知悉段正淳又有一个相好叫阮星竹，隐居在小镜湖畔的方竹林中，便又带了女儿赶来杀人。

秦红棉听阮星竹认出了自己，喝道："不错，我是秦红棉，谁要你这贱人叫我姊姊？"

阮星竹一时猜不到秦红棉到此何事，又怕这个情敌和段正淳相见后旧情复燃，便笑道："是啊，我说错了，你年纪比我轻得多，容貌又这等美丽，难怪段郎对你这么着迷。你是我妹子，不是姊姊。秦家妹子，段郎每天都想念你，牵肚挂肠的，我真羡慕你的好福份呢。"

秦红棉一听阮星竹称赞自己年轻貌美，心中的怒气已自消了三成，待听她说段正淳每天思念自己，怒气又消了三成，说道："谁像你这么甜嘴蜜舌的，惯会讨人欢喜。"

阮星竹道："这位姑娘，便是令爱千金么？啧啧啧，生得这么俊，难为你秦家妹子生得出来……"

萧峰听她两个女人叽哩咕噜的尽说些风月之事，不耐烦多听，他是个拿得起、放得下的汉子，一度肠为之断、心为之碎的悲伤过去之后，便思索如何处理日后的大事。

· 877 ·

他抱起阿朱的尸身，走到土坑旁将她放了下去，两只大手抓起泥土，慢慢撒在她身上，但在她脸上却始终不撒泥土。他双眼一瞬不瞬的瞧着阿朱，只要几把泥土一撒下去，那便是从此不能再见到她了。耳中隐隐约约的似乎听到她的话声，约定到雁门关外骑马打猎、牧牛放羊，要陪他一辈子。不到一天之前，她还在说着这些有时深情、有时俏皮、有时正经、有时胡闹的话，从今而后再也听不到了。在塞上牧牛放羊的誓约，从此成空了。

萧峰跪在坑边，良久良久，仍是不肯将泥土撒到阿朱脸上。

突然之间，他站起身来，一声长啸，再也不看阿朱，双手齐推，将坑旁的泥土都堆在她身上脸上。回转身来，走入厢房。

只见阮星竹和秦红棉仍在絮絮谈论。阮星竹虽在伤心之际，仍是巧舌如簧，哄得秦红棉十分欢喜，两个女人早就去了敌意。阮星竹道："乔帮主，这位妹妹得罪了你，事出无心，请你解开了她二人的穴道罢。"

阮星竹是阿朱之母，她说的话，萧峰自当遵从几分，何况他本就想放了二人，当下走近身去，伸手在秦红棉和木婉清的肩头各拍一下。二人只觉一股热气从肩头冲向被封穴道，四肢登时便恢复了自由。母女对望一眼，对萧峰功力之深，心下好生佩服。

萧峰向阿紫道："阿紫妹子，你爹爹的条幅，请你借给我看一看。"

阿紫道："我不要你叫我妹子长、妹子短。"话是这么说，却也不敢违拗，还是将卷起的条幅交了给他。

萧峰展了开来，再将段正淳所写的字仔细看了两遍。阮星竹满脸通红，忸怩道："这些东西，有什么好看？"萧峰道："段王爷现下到了何处？"阮星竹脸色大变，退了两步，颤声道："不……不……你别再去找他了。"萧峰道："我不是去跟他为难，只是想问他几件事。"阮星竹哪里肯信，说道："你既已失手打死了阿朱,不能再去找他。"

萧峰料知她决不肯说,便不再问,将条幅卷起,还给阿紫,说道:"阿朱曾有遗言,命我照料她的妹子。段夫人,日后阿紫要是遇上了为难之事,只要萧峰能有效力之处,尽管吩咐,决不推辞。"

阮星竹大喜,心想:"阿紫有了这样一个大本领的靠山,这一生必能逢凶化吉、遇难成祥了。"说道:"如此多谢了。阿紫,快谢谢乔大哥。"她将"乔帮主"的称呼改成了"乔大哥",好令阿紫跟他的干系亲密些。

阿紫却扁了扁嘴,神色不屑,说道:"我有什么为难之事要他帮手?我有天下无敌的师父,这许多师哥,还怕谁来欺侮我?他泥菩萨过江,自身难保,自己的事还办不了,尽出乱子,还想帮我忙?哼,那不是越帮越忙吗?"她咭咭咯咯的说来,清脆爽朗。阮星竹数次使眼色制止,阿紫只假装不见。

阮星竹顿足道:"唉,这孩子,没大没小的乱说,乔帮主,你瞧在阿朱的脸上,千万不要介意。"萧峰道:"在下姓萧,不是姓乔。"阿紫说道:"妈,这个人连自己姓什么也弄不清楚,是个大大的浑人……"阮星竹喝道:"阿紫!"

萧峰拱手一揖,说道:"就此别过。"转头向木婉清道:"段姑娘,你这种歹毒暗器,多用无益,遇上了本领高强过你的对手,你不免反受其害。"

木婉清还未答话,阿紫道:"姊姊,别听他胡说八道,这些暗器最多打不中对方,还能有什么害处?"

萧峰再不理会,转身出门,左足跨出门口时,右手袍袖一拂,呼的一阵劲风,先前木婉清向他发射而被击落的七枝短箭同时飞起,猛向阿紫射出,去势犹似闪电。阿紫只叫得一声"哎唷",哪里还来得及闪避?七枝小箭从她头顶、颈边、身旁掠过,拍的一声响,同时钉在她身后墙上,直没至羽。

· 879 ·

阮星竹急忙抢上，搂住阿紫，惊叫："秦家妹子，快取解药来。"秦红棉道："伤在哪里？伤在哪里？"木婉清忙从怀中取出解药，去察看阿紫的伤势。

过得片刻，阿紫惊魂稍定，才道："没……没射中我。"四个女子一齐瞧着墙上的七枝短箭，无不骇然，相顾失色。

原来萧峰记着阿朱的遗言，要他照顾阿紫，却听得阿紫说"我有天下无敌的师父，这许多师哥，还怕谁来欺侮我？"因此用袖风拂箭，吓她一吓，免得她小小年纪不知天高地厚，有恃无恐，小觑了天下英雄好汉，将来不免大吃苦头。

他走出竹林，来到小镜湖畔，在路旁寻到一株枝叶浓密的大树，纵身上树。他要找到段正淳问个明白，何以马夫人故意陷害于他，但阮星竹决不肯说他的所在，只有暗中跟随。

过不多时，只见四人走了出来，秦红棉母女在前，阮星竹母女在后，瞧模样是阮星竹送客。

四人走到湖边，秦红棉道："阮姊姊，你我一见如故，前嫌尽释，消去了我心头一桩恨事，现下我要去找那姓康的贱婢。你可知道她的所在？"阮星竹一怔，问道："妹子，你去找她干什么？"秦红棉恨恨的道："我和段郎本来好端端地过快活日子，都是这贱婢使狐狸精勾当……"阮星竹沉吟道："那康……康敏这贱人，嗯，可不知在哪里。妹子找到了她，你帮我在她身上多刺几刀。"秦红棉道："那还用说？就只怕不容易寻着。好啦，再见了！嗯，你若见到段郎……"阮星竹一凛，道："怎么啦？"秦红棉道："你给我狠狠的打他两个耳括子，一个耳光算在我的帐上，一个算在咱姑娘帐上。"

阮星竹轻声一笑，道："我怎么还会见到这没良心的死人？妹子你几时见到他，也给我打他两个耳光，一个是代我打的，一个是代阿紫打的。不，打耳光不够，再给我踢上两脚。生了女儿不照看，任由我们娘儿俩孤苦伶仃的……"说着便落下泪来。秦红棉安慰道："姊姊你别伤心。待我们杀了那姓康的贱人，回来跟你作伴儿。"

萧峰躲在树上，对两个女人的话听得清清楚楚，心想段正淳武功不弱，待朋友也算颇为仁义，偏偏喜爱女色，不算英雄。只见秦红棉拉着木婉清，向阮星竹母女行了一礼，便即去了，阮星竹携着阿紫的手，又回入竹林。

萧峰寻思："阮星竹必会去找段正淳，只是不肯和秦红棉同去而已，先前她说来取这条幅，段正淳定在前面不远之处相候。我且在这里守着。"

只听得树丛中发出微声，两个黑影悄悄走来，却是秦红棉母女去而复回。听得秦红棉低声道："婉儿，你怎地如此粗心大意，轻易上人家的当？阮家姊姊卧室中的榻下，有双男人鞋子，鞋头上用黄线绣着两个字，左脚鞋上绣个'山'字，右脚鞋上绣个'河'字，那自然是你爹爹的鞋子。鞋子很新，鞋底湿泥还没干，可想而知，你爹爹便在左近。"木婉清道："啊！原来这姓阮的女人骗了咱们。"秦红棉道："是啊，她又怎肯让这负心汉子跟咱们见面？"木婉清道："爹爹没良心，妈，你也不用见他了。"

秦红棉半晌不语，隔了一会，才道："我想瞧瞧他，只是不想他见到我。隔了这许多日子，他老了，你妈也老了。"这几句话说得很是平淡，但话中自蕴深情。

木婉清道："好罢！"声音十分凄苦。她与段誉分手以来，思念之情与日俱增，但明知是必无了局的相思，在母亲面前却还不敢流露半点心事。

秦红棉道："咱们只须守在这里，料想你爹爹不久就会到来。"说着便拨开长草，隐身其中。木婉清跟着躲在一株树后。

淡淡星光之下，萧峰见到秦红棉苍白的脸上泛着微红，显是甚

·881·

为激动，心道："情之累人，一至于斯。"但随即便又想到了阿朱，胸口不由得一阵酸楚。

过不多时，来路上传来奔行迅捷的脚步之声，萧峰心道："这人不是段正淳，多半是他的部属。"果然那人奔到近处，认出是那个在桥上画倒画的朱丹臣。

阮星竹听到了脚步声，却分辨不出，一心只道是段正淳，叫道："段郎，段郎！"快步迎出。阿紫跟了出来。

朱丹臣一躬到地，说道："主公命属下前来禀报，他身有急事，今日不能回来了。"

阮星竹一怔，问道："什么急事？什么时候回来？"朱丹臣道："这事与姑苏慕容家有关，好像是发现了慕容公子的行踪。主公万里北来，为的便是找寻此人。主公言道：只待他大事一了，便来小镜湖畔相聚，请夫人不用挂怀。"阮星竹泪凝于眶，哽咽道："他总是说即刻便回，每一次都是三年、五年也不见人面。好容易盼得他来了，又……"

朱丹臣于阿紫气死褚万里一事，极是悲愤，段正淳的话既已传到，便不愿多所逗留，微一躬身，掉头便行，自始至终没向阿紫瞧上一眼。

阮星竹待他走远，低声向阿紫道："你轻功比我好得多，快悄悄跟着他，在道上给我留下记认，我随后便来。"阿紫抿嘴笑道："你叫我追爹爹，有什么奖赏？"阮星竹道："妈有什么东西，全都是你的，还要什么奖赏？"阿紫道："好罢，我在墙角上写个'段'字，再画个箭头，你便知道了。"阮星竹搂着她肩头，喜道："乖孩子！"阿紫笑道："痴心妈妈！"拔起身子，追赶朱丹臣而去。

阮星竹在小镜湖畔悄立半响，这才沿着小径走去。她一走远，秦红棉母女便分别现身，两人打了个手势，蹑足跟随在后。

萧峰心道："阿紫既在沿途做下记认，要找段正淳可容易不过了。"走了几步,蓦地在月光下见到自己映在湖中的倒影,凄凄冷冷,甚是孤单,心中一酸,便欲回向竹林,到阿朱墓前再去坐上一会,但只一沉吟间,豪气陡生,手出一掌,劲风到处,击得湖水四散飞溅,湖中影子也散成了一团碎片。一声长啸,大踏步便走了。

此后这几日中晓行夜宿,多喝酒而少吃饭,每到一处市镇,总在墙脚边见到阿紫留下的"段"字记号,箭头指着方向。有时是阮星竹看过后擦去了,但痕迹宛然可寻。

一路向北行来,天气渐渐寒了,这一日出门不久,天上便飘飘扬扬的下起大雪来。萧峰行到午间,在一间小酒店中喝了十二三碗烈酒,酒瘾未杀,店中却没酒了。他好生扫兴,迈开大步疾走了一阵,来到一座大城,走到近处,心头微微一震,原来已到了信阳。

一路上他追寻阿紫留下的记号,想着自己的心事,于周遭人物景色,全没在意,竟然重回信阳。他真要追上段正淳,原是轻而易举,加快脚步疾奔得一天半日,自非赶上不可。但自阿朱死后,心头老是空荡荡地,不知如何打发日子才好,心里总是想:"追上了段正淳,却又如何?找到了正凶,报了大仇,却又如何?我一个人回到雁门关外,在风沙大漠之中打猎牧羊,却又如何?"是以一直并未急追。

进了信阳城,见城墙脚下用炭笔写着个"段"字,字旁的箭头指而向西。他心头又是一阵酸楚,想起那日和阿朱并肩而行,到信阳城西马夫人家去套问讯息,今日回想,当时每走一步,便是将阿朱向阴世推了一步。

只行出五六里,北风劲急,雪更下得大了。

循着阿紫留下的记号,径向西行,那些记号都是新留下不久,有些是削去了树皮而画在树上的,树干刀削之处树脂兀自未凝,记号所向,正是马大元之家。萧峰暗暗奇怪,寻思:"莫非段正淳知道马夫人陷害于他,因而找她算帐去了?是了,阿朱临死时在青石桥上跟我说话,曾提到马夫人,都给阿紫听了去,定是转告她爹爹了。可是我们只说马夫人,他怎知就是这个马夫人?"

他一路上心情郁郁,颇有点神不守舍,这时逢到特异之事,登时精神一振,回复了昔日与劲敌交锋时的警觉。见道旁有座破庙,当即进去,掩上山门,放头睡了三个时辰,到二更时分,这才出庙,向马大元家中行去。

将到临近时,隐身树后,察看周遭形势,只看了一会,嘴角边便微露笑容,但见马家屋子东北侧伏有二人,瞧身形是阮星竹和阿紫。接着又见秦红棉母女伏在屋子的东南角上。这时大雪未停,四个女子身上都堆了一层白雪。东厢房窗中透出淡淡黄光,寂无声息。萧峰折了一根树枝,投向东方,拍的一声轻响,落在地下。阮星竹等四人都向出声处望去,萧峰轻轻一跃,已到了东厢房窗下。

天寒地冻,马家窗子外都上了木板,萧峰等了片刻,听得一阵朔风自北方呼啸而来,待那阵风将要扑到窗上,他轻轻一掌推出,掌力和那阵风同时击向窗外的木板,喀喇一声响,木板裂开,连里面的窗纸也破了一条缝。秦红棉和阮星竹等虽在近处,只因掌风和北风配得丝丝入扣,并未察觉,房中若是有人自也不会知觉。萧峰凑眼到破缝之上,向里张去,一看之下,登时呆了,几乎不信自己的眼睛。

只见段正淳短衣小帽,盘膝坐在炕边,手持酒杯,笑嘻嘻的瞅着炕桌边打横而坐的一个妇人。

那妇人身穿缟素衣裳,脸上薄施脂粉,眉梢眼角,皆是春意,一双水汪汪的眼睛便如要滴出水来,似笑非笑、似嗔非嗔的斜睨着段正淳,正是马大元的遗孀马夫人。

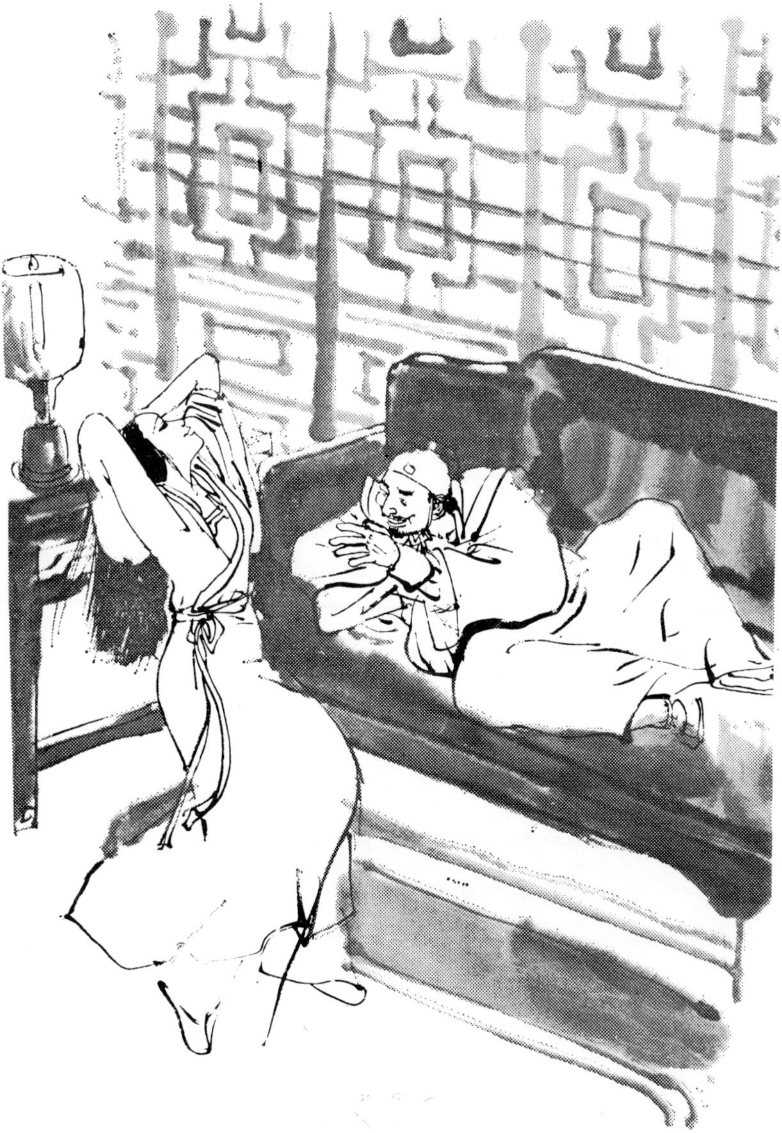

马夫人颈中的扣子松开了，露出雪白的项颈和一条红缎子的抹胸边缘，站起身来，慢慢打开了绑着头发的白头绳，长发直垂到腰间，柔丝如漆，娇媚无限的腻声道："段郎，你来抱我！"

二十四

烛畔鬓云有旧盟

　　此刻室中的情景,萧峰若不是亲眼所见,不论是谁说与他知,他必斥之为荒谬妄言。他自在无锡城外杏子林中首次见到马夫人后,此后两度相见,总是见她冷若冰霜,凛然有不可犯之色,连她的笑容也是从未一见,怎料得到竟会变成这般模样。更奇的是,她以言语陷害段正淳,自必和他有深仇大恨,但瞧小室中的神情,酒酣香浓,情致缠绵,两人四目交投,惟见轻怜密爱,哪里有半分仇怨?

　　桌上一个大花瓶中插满了红梅。炕中想是炭火烧得正旺,马夫人颈中扣子松开了,露出雪白的项颈,还露出了一条红缎子的抹胸边缘。炕边点着的两枝蜡烛却是白色的,红红的烛火照在她红扑扑的脸颊上。屋外朔风大雪,斗室内却是融融春暖。

　　只听段正淳道:"来来来,再陪我喝一杯,喝够一个成双成对。"

　　马夫人哼了一声,腻声道:"什么成双成对?我独个儿在这里孤另另、冷清清的,日思夜想,朝盼晚望,总是记着你这个冤家,你……你……却早将人抛在脑后,哪里想到来探望我一下?"说到这里,眼圈儿便红了。

　　萧峰心想:"听她说话,倒与秦红棉、阮星竹差不多,莫非……莫非……她也是段正淳的旧情人么？"

段正淳低声细气的道："我在大理，哪一天不是牵肚挂肠的想着我的小康？恨不得插翅飞来，将你搂在怀里，好好的怜你惜你。那日听到你和马副帮主成婚的讯息，我接连三日三夜没吃一口饭。你既有了归宿，我若再来探你，不免累了你。马副帮主是丐帮中大有身份的英雄好汉，我再来跟你这个那个，可太也对他不起，这……这不是成了卑鄙小人么？"

马夫人道："谁希罕你来向我献殷勤了？我只是记挂你，身子安好么？心上快活么？大事小事都顺遂么？只要你好，我就开心了，做人也有了滋味。你远在大理，我要打听你的讯息，不知可有多难。我身在信阳，这一颗心，又有哪一时、哪一刻不在你的身边？"

她越说越低，萧峰只觉她的说话腻中带涩，软洋洋地，说不尽的缠绵宛转，听在耳中当真是荡气回肠，令人神为之夺，魂为之消。然而她的说话又似纯系出于自然，并非有意的狐媚。他平生见过的人着实不少，真想不到世上竟会有如此艳媚入骨的女子。萧峰虽感诧异，脸上却也不由自主的红了。他曾见过段正淳另外两个情妇，秦红棉明朗爽快，阮星竹俏美爱娇，这位马夫人却是柔到了极处，腻到了极处，又是另一种风流。

段正淳眉花眼笑，伸手将她拉了过来，搂在怀里。马夫人"唔"的一声，半推半就，伸手略略撑拒。

萧峰眉头一皱，不想看他二人的丑态，忽听得身侧有人脚下使劲踏着积雪，发出擦的一声响。他暗叫："不好，这两位打翻醋坛子，可要坏了我的大事。"身形如风，飘到秦红棉等四人身后，一一点了她四人背心上的穴道。

这四人也不知是谁做的手脚，便已动弹不得，这一次萧峰点的是哑穴，令她们话也说不出来。秦红棉和阮星竹耳听得情郎和旁的女子如此情话连篇,自是怒火如焚,妒念似潮,倒在雪地之中,双双受苦煎熬。

萧峰再向窗缝中看去,只见马夫人已坐在段正淳身旁,脑袋靠在他肩头,全身便似没了半根骨头,自己难以支撑,一片漆黑的长发披将下来,遮住了段正淳半边脸。她双眼微开微闭,只露出一条缝,说道:"我当家的为人所害,你总该听到传闻,也不赶来瞧瞧我?我当家的已死,你不用再避什么嫌疑了罢?"语音又似埋怨,又似撒娇。

段正淳笑道:"我这可不是来了么?我一得讯息,立即连夜动身,一路上披星戴月、马不停蹄的从大理赶来,生怕迟到了一步。"马夫人道:"怕什么迟到了一步?"段正淳笑道:"怕你熬不住寂寞孤单,又去嫁了人。我大理段二岂不是落得一场白白的奔波?教我十年相思,又付东流。"马夫人啐了一口,道:"呸,也不说好话,编排人家熬不住寂寞孤单,又去嫁人?你几时想过我了,说什么十年相思,不怕烂了舌根子。"

段正淳双臂一收,将她抱得更加紧了,笑道:"我要是不想你,又怎会巴巴的从大理赶来?"马夫人微笑道:"好罢,就算你也想我。段郎,以后你怎生安置我?"说到这里,伸出双臂,环抱在段正淳颈中,将脸颊挨在他面上,不住轻轻的揉擦,一头秀发如水波般不住颤动。

段正淳道:"今朝有酒今朝醉,往后的事儿,提他干么?来,让我抱抱你,别了十年,你是轻了些呢,还是重了些?"说着将马夫人抱了起来。

马夫人道:"那你终究不肯带我去大理了?"段正淳眉头微皱,说道:"大理有什么好玩?又热又湿,又多瘴气,你去了水土不服,会生病的。"马夫人轻轻叹了口气,低声道:"嗯,你不过是又来哄我空欢喜一场。"段正淳笑道:"怎么是空欢喜?我立时

· 889 ·

便要叫你真正的欢喜。"

马夫人微微一挣，落下地来，斟了杯酒，道："段郎，再喝一杯。"段正淳道："我不喝了，酒够啦！"马夫人左手伸过去抚摸他脸，说道："不，我不依，我要你喝得迷迷糊糊的。"段正淳笑道："迷迷糊糊的，有什么好？"说着接过了酒杯，一饮而尽。

萧峰听着二人尽说些风情言语，好生不耐，眼见段正淳喝酒，忍不住酒瘾发作，轻轻吞了口馋涎。

只见段正淳打了个呵欠，颇露倦意。马夫人媚笑道："段郎，我说个故事给你听，好不好？"萧峰精神一振，心想："她要说故事，说不定有什么端倪可寻。"

段正淳却道："且不忙说，来，我给你脱衣衫，你在枕头边轻轻的说给我听。"

马夫人白了他一眼，道："你想呢！段郎，我小时候家里很穷，想穿新衣服，爹爹却做不起，我成天就是想，几时能像隔壁江家姊姊那样，过年有花衣花鞋穿，那就开心了。"段正淳道："你小时候一定长得挺俊，这么可爱的一个小姑娘，就是穿一身破烂衣衫，那也美得很啊。"马夫人道："不，我就是爱穿花衣服。"段正淳道："你穿了这身孝服，雪白粉嫩，嗯，又多了三分俏，花衣服有什么好看？"

马夫人抿着嘴一笑，又轻又柔的说道："我小时候啊，日思夜想，生的便是花衣服的相思病。"段正淳道："到得十七岁上呢？"马夫人目露光采，悄声道："段郎，我就为你害相思病了。这病根子老是不断，一直害到今日，还是没害完，也不知今生今世，想着我段郎的这相思病儿，能不能好。"

段正淳听得心摇神驰，伸手又想去搂她，只是酒喝得多了，手足酸软，抬了抬手臂，又放了下来，笑道："你劝我喝了这许多酒，待会要是……要是……哈哈，小康，后来你到几岁上，才穿上

·890·

了花衣花鞋？"

　　马夫人道："你从小大富大贵，自不知道穷人家孩子的苦处。那时候啊，我便是有一双新鞋穿，那也开心得不得了。我七岁那一年上，我爹爹说，到腊月里，把我家养的三头羊、十四只鸡拿到市集上去卖了过年，再剪块花布，回家来给我缝套新衣。我打从八月里爹爹说了这句话那时候起，就开始盼望了，我好好的喂鸡、放羊……"

　　萧峰听到"放羊"这两个字，忍不住热泪盈眶。

　　马夫人继续说道："好容易盼到了腊月，我天天催爹爹去卖羊、卖鸡。爹爹总说：'别这么心急，到年近岁晚，鸡羊卖得起价钱。'过得几天，下起大雪来，接连下了几日几晚。那一天傍晚，突然垮喇喇几声响，羊栏屋给大雪压垮啦。幸好羊儿没压死。爹将羊儿牵在一旁，说道这可得早些去将羊儿卖了。不料就是这天半夜里，忽然羊叫狼嗥，吵了起来。爹爹说：'不好，有狼！'提了标枪出去赶狼。可是三头羊都给饿狼拖去啦，十几只鸡也给狼吃了大半。爹爹大叫大嚷，出去赶狼，想把羊儿夺回来。

　　"眼见他追入了山里，我着急得很，不知道爹爹能不能夺回羊儿。等了好久好久，才见爹爹一跛一拐的回来。他说在山崖上雪里滑了一交，摔伤了腿，标枪也摔到了崖底下，羊儿自然夺不回了。

　　"我好生失望，坐在雪地里放声大哭。我天天好好放羊，就是想穿花衣衫，到头来却是一场空。我又哭又叫，只嚷：'爹，你去把羊儿夺回来，我要穿新衣，我要穿新衣！'"

　　萧峰听到这里，一颗心沉了下去："这女人如此天性凉薄！她爹爹摔伤了，她不关心爹爹的伤势，尽记着自己的花衣，何况雪夜追赶饿狼，那是何等危险的事？当时她虽年幼不懂事，却也不该。"

　　只听她又说下去："我爹爹说道：'小妹，咱们赶明儿再养几头羊，到明年卖了，一定给你买花衣服。'我只是大哭不依。可是不依又有什么法子呢？不到半个月便过年了，隔壁江家姊姊穿了一件黄底红花的新棉袄，一条葱绿色黄花的裤子。我瞧得真是发了痴啦，气得不肯吃饭。爹爹不断哄我，我只不睬他。"

段正淳笑道："那时候要是我知道了，一定送十套、二十套新衣服给你。"说着伸了个懒腰，烛火摇晃，映得他脸上尽是醺醺酒意，浓浓情欲。

马夫人道："有十套、二十套，那就不希罕啦。那天是年三十，到了晚上，我在床上翻来覆去的睡不着，就悄悄起来，摸到隔壁江伯伯家里。大人在守岁，还没睡，蜡烛点得明晃晃地，我见江家姊姊在炕上睡着了，她的新衣新裤盖在身上，红艳艳的烛火照着，更加显得好看。我呆呆的瞧着，瞧了很久很久，我悄悄走进房去，将那套新衣新裤拿了起来。"

段正淳笑道："偷新衣么？哎唷，我只道咱们小康只会偷汉子，原来还会偷衣服呢。"

马夫人星眼流波，嫣然一笑，说道："我才不是偷新衣新裤呢！我拿起桌上针线篮里的剪刀，将那件新衣裳剪得粉碎，又把那条裤子剪成了一条条的，永远缝补不起来。我剪烂了这套新衣新裤之后，心中说不出的欢喜，比我自己有新衣服穿还要痛快。"

段正淳一直脸蕴笑意，听到这里，脸上渐渐变色，颇为不快，说道："小康，别说这些旧事啦，咱们睡罢！"

马夫人道："不，难得跟你有几天相聚，从今而后，只怕咱俩再也不得见面了，我要跟你说多些话。段郎，你可知道我为什么要跟你说这故事？我要叫你明白我的脾气，从小就是这样，要是有一件物事我日思夜想，得不到手，偏偏旁人运气好得到了，那么我说什么也得毁了这件物事。小时候使的是笨法子，年纪慢慢大起来，人也聪明了些，就使些巧妙点的法子啦。"

段正淳摇了摇头，道："别说啦。这些煞风景的话，你让我听了,叫我没了兴致,待会可别怪我。"

马夫人微微一笑,站起身来,慢慢打开了绑着头发的白头绳,长发直垂到腰间,柔丝如漆。她拿起一只黄杨木的梳子,慢慢梳着长发,忽然回头一笑,脸色娇媚无限,说道:"段郎,你来抱我!"声音柔腻之极。

萧峰虽对这妇人心下厌憎,烛光下见到她的眼波,听到她"你来抱我"这四个字,也不自禁的怦然心动。

段正淳哈哈一笑,撑着炕边,要站起来去抱她,却是酒喝得多了,竟然站不起身,笑道:"也只喝了这六七杯酒儿,竟会醉得这么厉害。小康,你的花容月貌,令人一见心醉,真抵得上三斤烈酒,嘿嘿。"

萧峰一听,吃了一惊:"只喝了六七杯酒,如何会醉?段正淳内力非同泛泛,就算没半点酒量,也决没这个道理,这中间大有蹊跷。"

只听马夫人格格娇笑,腻声道:"段郎,你过来哟,我没半点力气,你……你……你快来抱我。"

秦红棉和阮星竹卧在窗外,马夫人这等撒娇使媚,一句句传入耳来,均是妒火攻心,几欲炸裂了胸膛,偏又提不起手来塞住耳朵。

段正淳左手撑在炕边,用力想站起身来,但身子刚挺直,双膝酸软,又即坐倒,笑道:"我也是没半点力气,真是奇怪了。我一见到你,便如耗子见了猫,全身都酸软啦。"

马夫人轻笑道:"我不依你,只喝了这一点儿,便装醉哄人。你运运气,使动内力,不就得了?"

段正淳调运内息,想提一口真气,岂知丹田中空荡荡地,便如无边无际,什么都捉摸不着,他连提三口真气,不料修培了数十年的深厚内力陡然间没影没踪,不知已于何时离身而去。这一来可就慌了,知道事情不妙。但他久历江湖风险,脸上丝毫不动声色,笑

· 893 ·

道："只剩下一阳指和六脉神剑的内劲，这可醉得我只会杀人，不会抱人了。"

萧峰心道："这人虽然贪花好色，却也不是个胡涂脚色。他已知身陷危境，说什么'只会杀人，不会抱人'。其实他一阳指是会的，六脉神剑可就不会，显是在虚声恫吓。他若没了内力，一阳指也使不出来。"

马夫人软洋洋的道："啊哟，我头晕得紧，段郎，莫非……莫非这酒中，给你作了手脚么？"段正淳本来疑心她在酒中下药，听她这么说，对她的疑心登时消了，招了招手，说道："小康，你过来，我有话跟你说。"马夫人似要举步走到他身边，但却站不起来，伏在桌上，脸泛桃花，只是喘气，媚声道："段郎，我一步也动不了啦，你怕我不肯跟你好，在酒里下了春药，是不是？你这小不正经的。"

段正淳摇了摇头，打个手势，用手指蘸了些酒，在桌上写道："已中敌人毒计，力图镇静。"说道："现下我内力提上来啦，这几杯毒酒，却也迷不住我。"马夫人在桌上写道："是真是假。"段正淳写道："不可示弱。"大声道："小康，你有什么对头，却使这毒计来害我？"

萧峰在窗外见到他写"不可示弱"四字，暗叫不妙，心道："饶你段正淳精明厉害，到头来还是栽在女人手里。这毒药明明是马夫人下的，她听你说'只会杀人，不会抱人'，忌惮你武功了得，这才假装自己也中了毒，探问你的虚实，如何这么容易上了当？"

马夫人脸现忧色，又在桌上写道："内力全失是真是假？"口中却道："段郎，若有什么下三滥的奸贼想来打咱们主意，那是再好也没有了。闲着无聊，正好拿他来消遣。你只管坐着别理会，瞧他可有胆子动手。"

段正淳写道："只盼药性早过，敌人缓来。"说道："是啊，有人肯来给咱们作耍,正是求之不得。小康,你要不要瞧瞧我凌空点穴的手段?"

马夫人笑道:"我可从来没见过,你既内力未失,便使一阳指在纸窗上戳个窟窿,好不好?"段正淳眉头微蹙,连使眼色,意思说:"我内力全无,哪里还能凌空点穴?我是在恐吓敌人,你怎地不会意?"马夫人却连声催促,道:"快动手啊,你只须在纸窗上戳个小窟窿,便能吓退敌人,否则那可糟了,别让敌人瞧出了破绽。"

段正淳又是一凛:"她向来聪明机伶,何以此刻故意装傻?"正沉吟间,只听马夫人柔声道:"段郎,你中了'十香迷魂散'的烈性毒药,任你武功登天,那也必内力全失。你如果还能凌空点穴,能在纸窗上用内力真气刺一个小孔,那可就奇妙得紧了。"段正淳失惊道:"我……我是中了'十香迷魂散'的歹毒迷药?你怎么……怎么知道?"

马夫人娇声笑道:"我给你斟酒之时,嘻嘻,好像一个不小心,将一包毒药掉入酒壶中了。唉,我一见到你,就神魂颠倒,手足无措,段郎,你可别怪我。"

段正淳强笑道:"嗯,原来如此,那也没什么。"这时他已心中雪亮,知道已被马夫人制住,若是狂怒喝骂,决计无补于事,脸上只好装作没事人一般,竭力镇定心神,设法应付危局,寻思:"她对我一往情深,决不致害我性命,想来不过是要我答允永不回家,和她一辈子厮守,又或是要我带她同回大理,名正言顺的跟我做长久夫妻。那是她出于爱我的一片痴心,手段虽然过份,总也不是歹意。"言念及此,便即宽心。

果然听得马夫人问道:"段郎,你肯不肯和我做长久夫妻?"

段正淳笑道:"你这人忒是厉害,好啦,我投降啦。明儿你跟我一起回大理去,我娶你为镇南王的侧妃。"

·895·

秦红棉和阮星竹听了，又是一阵妒火攻心，均想："这贱人有什么好？你不答允我，却答允了她。"

马夫人叹了一口气，道："段郎，早一阵我曾问你，日后拿我怎么样，你说大理地方湿热多瘴，我去了会生病，你现下是被迫答允，并非出于本心。"

段正淳叹了口气，道："小康，我跟你说，我是大理国的皇太弟。我哥哥没有儿子，他千秋万岁之后，便要将皇位传给我。我在中原不过是一介武夫，可是回到大理，便不能胡作非为，你说是不是呢？"马夫人道："是啊，那又怎地？"段正淳道："这中间本来颇有为难之处，但你对我这等情切，竟不惜出到下毒的手段，我自然回心转意了。天天有你这样一个好人儿陪在身边，我又不是不想。我既答允了带你去大理，自是决无反悔。"

马夫人轻轻"哦"了一声，道："话是说得有理。日后你做了皇上，能封我为皇后娘娘么？"段正淳踌躇道："我已有元配妻室，皇后是不成的……"马夫人道："是啊，我是个不祥的寡妇，怎能做皇后娘娘？那不是笑歪了通大理国千千万万人的嘴巴么？"她又拿起木梳，慢慢梳头，笑道："段郎，刚才我说那个故事给你听，你明白了我的意思罢？"

段正淳额头冷汗涔涔而下，勉力镇慑心神，可是数十年来勤修苦练而成的内功，全不知到了何处，便如一个溺水之人，双手拼命乱抓，却连一根稻草也抓不到。

马夫人问道："段郎，你身上很热，是不是，我给你抹抹汗。"从怀中抽出一块素帕，走到他身前，轻轻给他抹去了额头的冷汗，柔声道："段郎，你得保重身子才好，酒后容易受凉，要是有什么不适，那不是教我又多担心么？"

窗内段正淳和窗外萧峰听了，都是感到一阵难以形容的惧意。

段正淳强作微笑，说道："那天晚上你香汗淋漓，我也曾给你抹了汗来,这块手帕,我十几年来一直带在身边。"

马夫人神色腼腆,轻声道:"也不怕丑,十多年前的旧事,亏你还好意思说?你取出来给我瞧瞧。"

段正淳说十几年来身边一直带着那块旧手帕,那倒不见得,不过此刻却倒真便在怀里。他容易讨得女子欢心,这套本事也是重要原因,令得每个和他有过风流孽缘的女子,都信他真正爱的便是自己,只因种种难以抗拒的命运变故,才无法结成美满姻缘。他想将这块手巾从怀中掏出来,好令她顾念旧情,哪知他只手指微微一动,手掌以上已全然麻木,这"十香迷魂散"的毒性好不厉害,竟然无力去取手巾。

马夫人道:"你拿给我瞧啊!哼,你又骗人。"段正淳苦笑道:"哈哈,醉得手也不能动了,你给我取了出来罢。"马夫人道:"我才不上当呢。你想骗我过来,用一阳指制我死命。"段正淳微笑道:"似你这般俏丽无比的绝世美人,就算我是十恶不赦的凶徒,也舍不得在你脸上轻轻划半道指甲痕。"

马夫人笑道:"当真?段郎,我可总有点儿不放心,我得用绳子绑住你双手,然后……然后,再用一缕柔丝,牢牢绑住你的心。"段正淳道:"你早绑住我的心了,否则我怎么会乖乖的送上门来?"马夫人嗤的一笑,道:"你原是个好人儿,也难怪我对你害上了这身永远治不好的相思病。"说着拉开炕床旁的抽屉,取出一根缠着牛筋的丝绳来。

段正淳心下更惊:"原来她早就一切预备妥当,我却一直犹似蒙在鼓里,段正淳啊段正淳,今日你命送此处,可又怨得谁来?"马夫人道:"我先将你的手绑一绑,段郎,我可真是说不出的喜欢你。你生不生我的气?"

段正淳深知马夫人的性子,她虽是女子,却比寻常男子更为坚毅,恶毒辱骂不能令她气恼,苦苦哀恳不能令她回心,眼下只好拖

·897·

延时刻,且看有什么机会能转危为安,脱此困境,便笑道:"我一见到你水汪汪的眼睛,天大的怒气也化为乌有了。小康,你过来,给我闻闻你头上那朵茉莉花香不香?"

十多年前,段正淳便由这一句话,和马夫人种下了一段孽缘,此刻旧事重提,马夫人身子一斜,软答答的倒在他的怀中,风情无限,娇羞不胜。她伸手轻轻抚摸段正淳的脸蛋,腻声道:"段郎,段郎,那天晚上我将身子交了给你,我跟你说,他日你若三心两意,那便如何?"段正淳只觉眼前金星乱冒,额上黄豆大的汗珠一粒粒的渗了出来。马夫人道:"没良心的好郎君,亲亲郎君,你赌过的咒,转眼便忘了吗?"

段正淳苦笑道:"我说让你把我身上的肉,一口口的咬了下来。"本来这句誓语盟约纯系戏谑,是男女欢好之际的调情言语,但段正淳这时说来,却不由得全身肉为之颤。

马夫人媚笑道:"你跟我说过的话,隔了这许多年,居然没忘记,我的段郎真有良心。段郎,我想绑绑你的手,跟你玩个新鲜花样儿,你肯不肯?你肯,我就绑;你不肯,我就不绑。我向来对你千依百顺,只盼能讨你欢心。"

段正淳知道就算自己说不让她绑,她定会另行想出古怪法子来,苦笑道:"你要绑,那就绑罢。我是牡丹花下死,做鬼也风流,死在你的手里,那是再快活也没有了。"

萧峰在窗外听着,也不禁佩服他定力惊人,在这如此危急的当口,居然还说得出调笑的话来。只见马夫人将他双手拉到背后,用牛筋丝绳牢牢的缚住,接连打了七八个死结,别说段正淳这时武功全失,就是内力无损,也非片刻间所能挣脱。

马夫人又娇笑道:"我最恨你这双腿啦,迈步一去,那就无影无踪了。"说着在他大腿上轻轻扭了一把。段正淳笑道:"那年我和你相会,却也是这双腿带着我来的。这双腿儿罪过虽大,功劳可也不小。"马夫人道："好罢！我也把它绑了起来。"说着拿起另一条牛筋丝绳，将他双脚又绑住了。

她取过一把剪刀，慢慢剪破了他右肩几层衣衫，露出雪白的肌肤来。段正淳年纪已然不轻，但养尊处优，一生过的是荣华富贵日子，又兼内功深厚，肩头肌肤仍是光滑结实。

马夫人伸手在他肩上轻轻抚摸，凑过樱桃小口，吻他的脸颊，渐渐从头颈而吻到肩上，口中唔唔唔的腻声轻哼，说不尽的轻怜密爱。

突然之间，段正淳"啊"的一声大叫，声音刺破了寂静的黑夜。马夫人抬起头来，满嘴都是鲜血，竟已将他肩头一块肉咬了下来。

马夫人将咬下来的那小块肉吐在地下，媚声道："打是情，骂是爱，我爱得你要命，这才咬你。段郎，是你自己说的，你若变心，就让我把你身上的肉儿，一口口的咬下来。"

段正淳哈哈一笑，说道："是啊，小康，我说过的话，怎能不作数？我有时候想，我将来怎样死才好呢？在床上生病而死，未免太平庸了。在战场上卫国战死，当然很好，只不过虽英勇而不风流，有点儿美中不足，不似段正淳平素为人。小康，今儿你想出来的法子可了不起，段正淳命丧当代第一美人的樱桃小口之中，珍珠贝齿之下，这可偿了我的心愿啦。你想，若不是我段正淳跟你有过这么一段刻骨相思之情，换作了第二个男人，就算给你满床珠宝，你也决计不肯在他身上咬上一口。小康，你说是不是呢？"

秦红棉和阮星竹早已吓得六神无主，知道段郎已是命在顷刻，但见萧峰仍蹲在窗下观看动静，并不出手相救，心中千百遍的骂他。

萧峰却还捉摸不定马夫人的真意，不知她当真是要害死段正淳，还不过是吓他一吓，教他多受些风流罪过，然后再饶了他，好让他此后永作裙边不贰之臣。倘若她这些作为只是情人间闹一些别扭，自己却莽莽撞撞闯进屋去救人，那可失却了探听真相的良机，是以仍然沉住了气,静以观变。

马夫人笑道:"是啊,就算大宋天子,契丹皇帝,他要杀我容易,却也休想叫我咬他一口。段郎,我本想慢慢的咬死你,要咬你千口万口,但怕你部属赶来相救。这样罢,我将这把小刀插在你心口,只刺进半寸,要不了你的性命,倘若有人来救,我在刀柄上一撞,你就不用吃那零碎苦头了。"说着取出一柄明晃晃的匕首,割开了段正淳胸前衣衫,将刀尖对准他心口,纤纤素手轻轻一送,将匕首插进了他胸膛,果真只刺进少许。

这一次段正淳却一哼也不哼,眼见胸口鲜血流出,说道:"小康,你的十根手指,比你十七岁时更加雪白粉嫩了。"

萧峰当马夫人用匕首刺进段正淳身子之时,眼睛一瞬也不瞬的瞧着她手,若见她用力过大,有危及段正淳性命之虞,便立即一掌拍了进去,将她身子震开,待见她果只轻轻一插,当下仍是不加理会。

马夫人道:"我十七岁那时候,要洗衣烧饭,手指手掌自然粗些。这些年来不用做粗重生活,皮肉倒真的娇贵些了。段郎,我第二口咬在你哪里好?你说咬哪里,我便咬哪里,我一向听你的话。"

段正淳笑道:"小康,你咬死我后,我也不离开你身边。"马夫人道:"干什么?"段正淳道:"凡是妻子谋害了丈夫,死了的丈夫总是阴魂不散,缠在她身边,以防第二个男人来跟她相好。"

段正淳这句话,原不过吓她一吓,想叫她不可太过恶毒,不料马夫人听了之后,脸色大变,不自禁的向背后瞧了一眼。段正淳乘机道:"咦!你背后那人是谁?"

马夫人吃了一惊,道:"我背后有什么人?胡说八道。"段正淳道:"嗯,是个男人,裂开了嘴向你笑呢,他摸着自己的喉咙,好像喉头很痛,那是谁啊,衣服破破烂烂的,眼中不住的流泪……"

马夫人急速转身,哪见有人,颤声道:"你骗人,你……你骗人!"

段正淳初时随口瞎说,待见她惊恐异常,登时心下起疑,一转念间,隐隐约约觉得马大元之死这事中间,只怕有什么蹊跷。他知马大元是死于"锁喉擒拿手"之下,当下故意说那人似乎喉头很痛,眼中有泪,衣服破烂,果然马夫人大是惊恐。段正淳更猜到了三分,说道:"啊,奇怪,怎么这男子一晃眼又不见了,他是谁?"

马夫人脸色惊惶已极,但片刻间便即宁定如常,说道:"段郎,今日到了这步田地,你吓我又有什么用?你也知道不应咒是不成的了,咱俩相好一场,我给你来个爽爽快快的了断罢。"说着走前一步,伸手便要往匕首柄上推去。

段正淳眼见再也延挨不得,双目向她背后直瞪,大声呼叫:"马大元,马大元,快捏死你老婆!"

马夫人见他脸上突然现出可怖异常的神色,又大叫"马大元",不由得全身一颤,回头瞧了一眼。段正淳奋力将脑袋一挺,撞中她的下颏,马夫人登时摔倒,晕了过去。

段正淳这一撞并非出自内力,马夫人虽昏晕了一阵,片刻间便醒,款款的站了起来,抚着自己的下颚,笑道:"段郎,你便是爱这么蛮来,撞得人家这里好生疼痛。你编这些话吓我,我才不上你的当呢。"

段正淳这一撞已用竭了他聚集半天的力气,暗暗叹了口气,心道:"命该如此,夫复何言!"一转念间,说道:"小康,你这就杀我么?那么丐帮中人来问你谋杀亲夫的罪名时,谁来帮你?"

马夫人嘻嘻一笑,说道:"谁说我谋杀亲夫了?你又不是我的亲夫。倘若你当真是我的丈夫,我怜你爱你还来不及,又怎舍得害你?我杀了你之后,远走高飞,也不会再耽在这里啦。你大理国的臣子们寻来,我对付得了么?"她幽幽的叹了口气,说道:"段郎，我实在非常非常的想你、爱你，只盼时时刻刻将你抱在怀里亲你、疼你，只因为我要不了你，只好毁了你，这是我天生的脾气，那也没有法子。"

段正淳道："嗯，是了，那天你故意骗那个小姑娘，要假手乔峰杀我，就是为此。"

马夫人道："是啊，乔峰这厮也真没用，居然杀你不了，给你逃了出来。"

萧峰心中不住的想："阿朱乔装白世镜，其技如神，连我也分辨不出，马夫人和白世镜又不相稔，如何会识破其中的机关？"

只听马夫人道："段郎，我要再咬你一口。"段正淳微笑道："你来咬罢，我再喜欢也没有了。"萧峰见不能再行延搁，伸出拳头，抵在段正淳身后的土墙之上，暗运劲力，土墙本不十分坚牢，他拳头慢慢陷了进去，终于无声无息的穿破一洞，手掌抵住段正淳背心。

便在此时，马夫人又在段正淳肩头咬下一块肉来。段正淳纵声大叫，身子颤动，忽觉双手已得自由，原来缚住他手腕的牛筋丝绳已给萧峰用手指扯断，同时一股浑厚之极的内力涌入了他各处经脉。

段正淳一怔之间，已知外面来了强援，气随意转，这股内力便从背心传到手臂，又传到手指，嗤的一声轻响，一阳指神功发出。马夫人胁下中指，"哎哟"一声尖叫，倒在炕上。

萧峰见段正淳已将马夫人制住，当即缩手。

段正淳正想开口相谢，忽见门帘掀开，走进一个人来。只听那人说道："小康，你对他旧情未断，是不是？怎地费了这大功夫，还没料理干净？"

萧峰隔窗见到那人，心中一呆，又惊又怒，片刻之间，脑海中存着的许许多多疑团，一齐都解开了。马夫人那日在无锡杏子林中，取出自己常用的折扇，诬称是他赴马家偷盗书信而失落，这柄折扇她从何处得来？如是有人盗去，势必是和自己极为亲近之人，然则是谁？自己是契丹人这件大秘密，隐瞒了这么多年，何以突然又翻了出来？阿朱乔装白世镜，本是天衣无缝，马夫人如何能够识破机关？

原来，走进房来的，竟是丐帮的执法长老白世镜。

马夫人惊道："他……他……武功未失，点……点了我的穴道。"

白世镜一跃而前，抓住了段正淳双手，喀喇、喀喇两响，扭断了他腕骨。段正淳全无抗拒之力，萧峰输入他体内的真气内力只能支持得片刻，萧峰一缩手，他又成了废人。

萧峰见到白世镜后，一霎时思涌如潮，没想到要再出手相助段正淳，同时也没想到白世镜竟会立时便下毒手，待得惊觉，段正淳双腕已断。他想："此人风流好色，今日让他多吃些苦头，也是好的，瞧在阿朱的面上，最后我总是救他性命便了。"

白世镜道："姓段的，瞧你不出倒好本事，吃了十香迷魂散，功夫还剩下三成。"

段正淳虽不知墙外伸掌相助之人是谁，但必定是个大有本领的人物，眼前固然多了个强敌，但大援在后，心下并不惊慌，听白世镜口气，显是不知自己来了帮手，便问道："尊驾是丐帮中的长老么？在下和尊驾素不相识，何以遽下毒手？"

白世镜走到马夫人身边，在她腰间推拿了几下，段氏一阳指的点穴功夫极为神妙，白世镜虽武功不弱，却也无法解开她的穴道，皱眉道："你觉得怎样？"语气甚是关切。

马夫人道："我便是手足酸软，动弹不得。世镜，你出手料理了他，咱们快些走罢。这间屋子……这间屋子，我不想多耽了。"

段正淳突然纵声大笑，说道："小康，你……你……怎地如此

· 903 ·

不长进？哈哈，哈哈！"

马夫人微笑道："段郎，你兴致倒好，死在临头，居然还笑得这么欢畅。"

白世镜怒道："你还叫他'段郎'？你这贱人。"反手拍的一下，重重打了她一记耳光。马夫人雪白的右颊登时红肿，痛得流下泪来。

段正淳怒喝："住手，你干么打她？"白世镜冷笑道："凭你也管得着么？她是我的人，我爱打便打，爱骂便骂。"段正淳道："这么如花如玉的美人儿，亏你下得了手？就算是你的人，你也该低声下气的讨她欢心、逗她高兴才是啊。"

马夫人向白世镜横了一眼，说道："你听听人家怎么待我，你却又怎样待我？你也不害臊。"语音眼色，仍然尽是媚态。

白世镜骂道："小淫妇，瞧我不好好炮制你。姓段的，我可不听你这一套，你会讨女人欢心，怎么她又来害你？请了，明年今日，是你的周年祭。"说着踏上一步，伸手便去推插在他胸口的那柄匕首。

萧峰右掌又从土墙洞口中伸进，只要白世镜再走近半步，掌风立发。

便在此时，突然房门帘子给一股疾风吹了起来，呼的一声，劲风到处，两根蜡烛的烛火一齐熄灭，房中登时黑漆一团。

马夫人啊的一声惊叫。白世镜知道来了敌人，这时已不暇去杀段正淳，迎敌要紧，喝道："什么人？"双掌护胸，转过身来。

吹灭烛火的这一阵劲风，明明是一个武功极高之人所发，但烛火熄灭之后，更无动静。白世镜、段正淳、马夫人、萧峰四人一凝神间，隐隐约约见到房中已多了一人。

马夫人第一个沉不住气，尖声叫了起来："有人，有人！"只见这人挡门而立，双手下垂，面目却瞧不清楚，一动不动的站着。

· 904 ·

白世镜喝问："是谁？"向前跨了一步。那人不言不动。白世镜喝道："再不答话，在下可要不客气了。"他从来者扑灭烛火的掌力之中，知他武功极强，不敢贸然动手。那人仍是不动，黑暗之中，更显得鬼气森森。

段正淳和萧峰见了来人模样，心下也均起疑："这人武功了得，那是谁啊？"

马夫人尖声叫道："你点了烛火，我怕，我怕！"

白世镜喝道："这淫妇，别胡说八道！"这当口他若转身去点烛火，立时便将背心要害卖给了敌人，他双掌护胸，要待对方先动。不料那人始终不动。两人如此相对，几乎有一盏茶时分。萧峰当然不会发出声息，段正淳不开口说话。四下里万籁无声，连雪花飘下来的声音几乎也听得见了。

白世镜终于沉不住气，叫道："阁下既不答话，我可要得罪了。"他停了片刻，见对方仍是一无动静，当即翻手从怀中取出一柄破甲钢锥，纵身而上，黑暗中青光闪动，钢锥向那人胸口疾刺过去。

那人斜身一闪，让了开去。白世镜只觉一阵疾风直逼过来，对方手指已抓向自己喉头，这一招来得快极，自己钢锥尚未收回，敌人手指尖便已碰到了咽喉，这一来当真吓得魂不附体，急忙后跃避开，颤声道："你……你……"

他真正害怕的倒还不是对方武功奇高，而是适才那人所出的招数竟是"锁喉擒拿手"。这门功夫是马大元的家传绝技，除了马家子弟之外，无人会使。白世镜和马大元相交已久，自是明白他的武功家数。白世镜背上出了一身冷汗，凝目向那人望去，但见他身形甚高，和马大元一般，只是黑暗中瞧不清他相貌。那人仍是不言不动，阴森森的一身鬼气，白世镜觉得颈中隐隐生疼，想是被他指甲刺破了。他定了定神，问道："尊驾可是姓马？"那人便如是个聋子,全不理会。

白世镜道:"小淫妇,点亮了蜡烛。"马夫人道:"我动不得,你来点罢。"白世镜却怎敢随便行动,授人以隙?又想:"这人的武功明明比我为高,他要救段正淳,不用等旁人前来相帮,为何一招之后,不再追击?"

这般又是良久寂静无声,白世镜突然之间察觉到一件怪事,房中虽是谁都不言不动,呼吸之声却是有的,马夫人的呼吸、段正淳的呼吸、自己的呼吸,可是对面站着的那人却没发出呼吸之声。

白世镜屏住呼吸,侧耳静听,以他的内力修为,该当听得到屋中任何人的透气之声,可是对面那人便没有呼吸。隔了好久好久,那人仍是没有呼吸。若是生人,岂有不透气之理?白世镜听到了自己的心跳声音:扑、扑、扑、扑……他听到自己心跳的声音越来越响,感到自己胸口在剧烈颤动,这颗心似乎要从口腔中跳出来,再也忍耐不住,大喝一声,向那人扑去,破甲锥连连晃动,刺向那人面门。

那人左手一掠,将白世镜的右臂格在外门,右手疾探而出,抓向他咽喉。白世镜已防到他会再施"锁喉擒拿手",一低头,从他腋下闪了开去。那人却不追击,就此呆呆的站在门口。白世镜举锥向他腿上戳去,那人直挺挺的向上一跃避开。

马夫人见这人身形僵直,上跃时膝盖不弯,不禁脱口而呼:"僵尸,僵尸!"

只听得腾的一声,那人重重的落了下来。白世镜心中更是发毛:"这人若是武学高手,纵起落下的身手怎会如此笨拙?难道世间真有僵尸么?"

白世镜微一犹豫,猱身又上,嗤嗤嗤三声,破甲锥三招都刺向那人下盘。那人的膝盖果真不会弯曲,只直挺挺的一跳一跳闪避,看来他连迈步也不会。白世镜刺向左,他便右跃闪开,刺向右,他

· 906 ·

就躲向左。白世镜发觉了对手的弱点,心中惧意略去,可是越来越觉得他不是生人。又刺数锥,对方身法虽拙,但自己几下变化精妙的锥法,却也始终没能伤到他。

突然之间,后颈一冷,一只冰凉的大手摸了上来。白世镜大吃一惊,挥锥猛力反刺,嗤的一声轻响,刺了个空,那人的大手却已抓住了他后颈。白世镜全身酸软,再也动弹不得,只有呼呼呼的不住喘气。马夫人大叫:"世镜,世镜,你怎么啦?"白世镜如何还有余力答话,只觉体中的内力,正在被后颈上这只大手一丝丝的挤将出来。

蓦地里一只冰凉如铁的大手摸到了他脸上,这只手当真不是人手,半分暖气也无。白世镜也忍不住叫道:"僵尸!僵尸!"声音凄厉可怖。那只大手从他额头慢慢摸将下来,摸到他的眼睛,手指在他眼珠上滑来滑去。白世镜吓得几欲晕去,对方的手指只须略一使劲,自己一对眼珠立时便给他挖了出来,这只冷手却又向下移,摸到了他鼻子,再摸向他嘴巴,一寸一寸的下移,终于叉住了他喉咙,两根冰冷的手指夹住了他喉结,渐渐收紧。

白世镜惊怖无已,叫道:"大元兄弟,饶命!饶命!"马夫人尖声大呼:"你……你说什么?"白世镜叫道:"大元兄弟,都是这贱淫妇出的主意,是她逼我干的,跟我……跟我可不相干。"马夫人怒道:"是我出的主意又怎么?马大元,你活在世上是个脓包,死了又能作什么怪?老娘可不怕你。"

白世镜觉得自己刚才出言推诿罪责之时,喉头的手指便松了些,自己一住口,冰冷的手指又慢慢收紧,心中慌乱,听得马夫人叫他"马大元",更认定这怪物便是马大元的僵尸,叫道:"大元兄弟饶命!你老婆偷看到了汪帮主的遗令,再三劝你揭露乔峰的身世秘密,你一定不肯……她……她这才起意害你……"

萧峰心头一凛,他可不信世间有什么鬼神,料定来人是个武学

· 907 ·

名家，故意装神弄鬼，使得白世镜和马夫人心中慌乱，以便乘机逼问他二人的口供。果然白世镜心力交瘁，吐露了出来，从他话中听来，马大元乃是给他二人害死，马夫人更是主谋。马夫人所以要谋杀亲夫，起因在于要揭露自己的身世之秘，而马大元不允，"她为什么这样恨我？为什么非推倒我的帮主之位不可？她如为了想要丈夫当帮主，就不该害了丈夫。"

马夫人尖声叫道："马大元，你来捏死我好了，我就是看不惯你这副脓包样子！半点大事也担当不起的胆小鬼！"

只听得喀喇一声轻响，白世镜的喉头软骨已被捏碎了一块。白世镜拼命挣扎，说什么也逃不脱那人的手掌，跟着又是喀喇一声响，喉管碎裂。他大声呼了几口气，口中吸的气息再也吸不进胸中，手脚一阵痉挛，便即气绝。

那人一捏死白世镜，转身出门，便即无影无踪。

萧峰心念一动："此人是谁？须得追上去查个明白。"当下飘身来到前门，白雪映照之下，只见淡淡一个人影正向东北角上渐渐隐去，若不是他眼力奇佳，还真没法见到。

萧峰心道："此人身法好快！"俯身在躺在脚边的阿紫肩头拍了一下，内力到处，解开了她的穴道，心想："马夫人不会武功，这小姑娘已足可救她父亲。"一时不及再为阮星竹等人解穴，迈开大步，急向前面那人追去。

一阵疾冲之下，和他相距已不过十来丈，这时瞧得清楚，那人果然是个武学高手，这时已不是直着腿子蹦跳，脚步轻松，有如在雪上滑行一般。萧峰的轻功源出少林，又经丐帮汪帮主陶冶，纯属阳刚一派，一大步迈出，便是丈许，身子跃在空中，又是一大步迈出，姿式虽不如何潇洒优雅，长程赶路却甚是实在。再追一程，跟那人又近了丈许。

约莫奔得半炷香时分,前面那人脚步突然加快,如一艘吃饱了风的帆船,顺流激驶,霎时之间,和萧峰之间相距又拉长了一段。萧峰暗暗心惊:"此人当真了得,实是武林中数一数二的高手,若非是这等人物,原也不能于举手之际便杀死了白世镜。"

他天生异禀,实是学武的奇才,受业师父玄苦大师和汪帮主武功已然甚高,萧峰却青出于蓝,更远远胜过了两位师父,任何一招平平无奇的招数到了他手中,自然而然发出巨大无比的威力。熟识他的人都说这等武学天赋实是与生俱来,非靠传授与苦学所能获致。萧峰自己也说不出所以然来,只觉什么招数一学即会,一会即精,临敌之际,自然而然有诸般巧妙变化。但除了武功之外,读书、手艺等等都只平平而已,也与常人无异。他生平罕逢敌手,许多强敌内力比他深厚,招数比他巧妙,但一到交手,总是在最要紧的关头,以一招半式之差而败了下来,而且输得心服口服,自知终究无可匹敌,从来没人再去找他寻仇雪耻。

他此刻遇上了一个轻功如此高强的对手,不由得雄心陡起,加快脚步,又抢了上去。两人一前一后的向东北疾驰,萧峰始终无法追上,那人却也无法抛得脱他。一个时辰过去,两个时辰过去,两人已奔出一百余里,仍是这般的不即不离。

又过得大半个时辰,天色渐明,大雪已止,萧峰远远望见山坡下有个市镇,房屋栉比鳞次,又听得报晓鸡声此起彼落,他酒瘾忽起,叫道:"前面那位兄台,我请你喝二十碗酒,咱俩再比脚力如何?"那人不答,仍是一股劲儿的急奔。萧峰笑道:"你手诛白世镜这等奸徒,实是英雄了得,萧峰甘拜下风,轻功不如你。咱二人去沽酒喝罢,不比了,不比了。"他一面说话,一面奔跑,脚下丝毫不缓。

那人突然止步,说道:"乔峰威震江湖,果然名不虚传。你口中说话,真气仍然运使自如,真英雄,真豪杰!"

萧峰听他话声模糊，但略显苍老，年纪当比自己大得多，说道："前辈过奖了。晚辈高攀，想跟前辈交个朋友，不知会嫌弃么？"

那人叹道："老了，不中用了！你别追来，再跑一个时辰，我便输给你啦！"说着缓缓向前行去。

萧峰想追上去再跟他说话，但只跨出一步，心道："他叫我别追。"又想起自己为中原群豪所不齿，只怕这人也是个鄙视仇恨契丹之人，当即停步，目送那人的背影渐渐远去，没入树林之后，心下感叹："此人轻功佳妙，内力悠长，可惜不能和他见上一面！"又想："他话声模糊，显是故意压低了嗓子，好让我认不出他口音。他连声音也不想给我听清楚，何况见面？"

凝思半晌，这才进了市镇，到一家小酒店沽酒而饮，每喝得一两碗，便拍桌赞叹："好男儿，好汉子，唉，可惜，可惜！"

他说"好男儿，好汉子"，是称赞那人武功了得，杀死白世镜一事又处置得十分妥善；连称"可惜"，是感叹没能交上这个朋友。他素来爱朋友如命，这一次被逐出丐帮，更与中原群豪结下了深仇，以前的朋友都断了个干净，心下自是十分郁闷，今日无意中遇上一位武功堪与自己相匹的英雄，偏又无缘结识，只得以酒浇愁。但心中长期积着的不少疑团已然解开，却也大感舒畅。

喝了二十余碗，付了酒资，扬长出门，心想："段正淳不知如何了？阮星竹、秦红棉她们被我点了穴道，须得回去解救。"于是迈开大步，又回马家。

回去时未曾施展全力，脚程便慢得多了，回到马家，时已过午。只见屋外雪地中一人也无，阮星竹等都已不在，料想阿紫已将她们抱进了屋中。推门进屋，只见白世镜的尸身仍倒在门边，段正淳人已不在，炕边伏着一个女人，满身是血，正是马夫人。

她听到脚步声，转过头来，低声道："行行好，快，你快杀了我罢！"萧峰见她脸色灰败，只一夜之间，便如老了二三十年一般，变得十分丑陋，便问："段正淳呢？"马夫人道："救了他去啦，这……这恶人！啊！"突然之间，她一声大叫，声音尖锐刺耳之极。萧峰出其不意，倒给她吓了一跳，退后一步，问道："你干什么？"

马夫人喘息道："你……你是乔……帮主？"萧峰苦笑道："我早不是丐帮的帮主了。难道你又不知？"马夫人道："是的，你是乔帮主。乔帮主，请你行行好，快杀了我。"萧峰皱眉道："我不想杀你。你谋杀亲夫，丐帮中自有人来料理你。"

马夫人哀求道："我……我实在抵不住啦，那小贱人手段这般毒辣，我……我做了鬼也不放过她。你……你看……我身上。"

她伏在阴暗之处，萧峰看不清楚，听她这么说，便过去推开窗子，亮光照进屋来，一瞥之下，不由得微微一颤，只见马夫人肩头、手臂、胸口、大腿，到处给人用刀子划成一条条伤口，伤口中竟密密麻麻的爬满了蚂蚁。萧峰看了她伤处，知她四肢和腰间关节处的筋络全给人挑断了，再也动弹不得。这不同点穴，可以解开穴道，回复行动，筋脉既断，那就无可医治，从此成了软瘫的废人。但怎么伤口中竟有这许多蚂蚁？

马夫人颤声道："那小贱人，挑断了我的手筋脚筋，割得我浑身是伤，又……又在伤口中倒了蜜糖水……蜜糖水，说要引得蚂蚁来咬我全身，让我疼痛麻痒几天几夜，受尽苦楚，说叫我求生不得，求……求死不能。"

萧峰只觉再看她的伤口一次，便要作呕。他绝不是软心肠之人，但杀人放火，素喜爽快干脆，用恶毒法子折磨敌人，实所不取，叹了口气，转身到厨房中去提了一大桶水来，泼在她身上，令她免去群蚁啮体之苦。

马夫人道:"谢谢你,你良心好。我是活不成了。你行行好,一刀将我杀了罢。"萧峰道:"是谁……谁割伤你的?"马夫人咬牙切齿,道:"是那个小贱人,瞧她年纪幼小,不过十五六岁,心肠手段却这般毒辣……"萧峰失惊道:"是阿紫?"马夫人道:"不错,我听得那个贱女人这么叫她,叫她快将我杀了。可是这阿紫,这小贱人,偏要慢条斯理的整治我,说要给她父亲报仇,代她母亲出气,要我受这等无穷苦楚……"

萧峰心想:"我生怕秦红棉和阮星竹喝醋,一出手便杀了马夫人,没了活口,不能再向她盘问。哪知阿紫这小丫头这般的残忍恶毒。"皱眉道:"段正淳昔日和你有情,虽然你要杀他,但他见到女儿如此残酷的折磨你,难道竟不阻止?"

马夫人道:"那时他已昏迷不醒,人事不知,那是……那是十香迷魂散之故。"

萧峰点头道:"这就是了。想他也是个明辨是非的好汉,岂能纵容女儿如此胡作非为?嗯,那几个女子呢?"马夫人呻吟道:"别问了,别问了,快杀了我罢。"萧峰哼了一声,道:"你不好好回答,我在你伤口上再倒些蜜糖水,撒手而去,任你自生自灭。"马夫人道:"你们男人……都这般狠心恶毒……"萧峰道:"你谋害马大哥的手段便不毒辣?"马夫人奇道:"你……你怎地什么都知道?是谁跟你说的?"

萧峰冷冷的道:"是我问你,不是你问我。是你求我,不是我求你。快说!"

马夫人道:"好罢,什么都跟你说。阿紫这小贱人这般整治我,她母亲不住喝止,小贱人只是笑嘻嘻的不听。她母亲已给人点了穴道,却动弹不得。过不多久,段正淳手下有五六个人到来。阿紫这小贱人将她父亲、母亲,还有秦红棉母女俩,一个个抱出屋去,却不许人进屋来,免得他们见到了我。段正淳手下那些人骑得有马，便接了她们去啦。"

萧峰点了点头，寻思："段正淳由部属接了去，阮星竹她们三人身上穴道被封，再过得几个时辰便即自解，这干人便不必理会了。"马夫人道："我都跟你说了，你……你快杀了我。"萧峰道："你什么都说了，不见得罢？要死，还不容易？要活就难了。你为什么要害死马大哥？"

马夫人目露凶光，恨恨的道："你非问不可么？"

萧峰道："不错，非问不可。我是个硬心肠的男子，不会对你可怜的。"

马夫人呸了一声，道："你当然心肠刚硬，你就不说，难道我不知道？我今日落到这个地步，都是你害的。你这傲慢自大、不将人家瞧在眼里的畜生！你这猪狗不如的契丹胡虏，你死后堕入十八层地狱，天天让恶鬼折磨你。用蜜糖水泼我伤口啊，为什么又不敢了？你这狗杂种，王八蛋……"她越骂越狠毒，显然心中积蓄了满腔怨愤，非发泄不可，骂到后来，尽是市井秽语，肮脏龌龊，匪夷所思。

萧峰自幼和群丐厮混，什么粗话都听得惯了，他酒酣耳热之余，也常和大伙儿一块说粗话骂人，但见马夫人一向斯文雅致，竟会骂得如此泼辣悍恶，实大出意料之外，而这许多污言秽语，居然有许多是他从来没听见过的。

他一声不响，待她骂了个畅快，只见她本来脸色惨白，经过这场兴奋的毒骂，已挣得满脸通红，眼中发出喜悦的神色。又骂了好一阵，她声音才渐渐低了下来，最后说道："乔峰你这狗贼，你害得我今日到这步田地，瞧你日后有什么下梢。"萧峰平心静气的道："骂完了么？"马夫人道："暂且不骂了，待我休息一会再骂。你这没爹没娘的狗杂种！老娘只消有一口气在，永远就不会骂完。"

萧峰道："很好，你骂就是。我首次和你会面，是在无锡城外的杏子林中,那时马大哥已给你害死了,以前我跟你素不相识,怎说是我害得你到今日这步田地?"

马夫人恨恨的道:"哈,你说在无锡城外这才首次和我会面,就是这句话,不错,就为了这句话。你这自高自大,自以为武功天下第一的傲慢家伙,直娘贼!"

她这么一连串的大骂,又是半晌不绝。

萧峰由她骂个畅快,直等她声嘶力竭,才问:"骂够了么?"马夫人恨恨的道:"我永远不会够的,你……你这眼高于顶的家伙,就算你是皇帝,也不见得有什么了不起。"萧峰道:"不错,就算是皇帝,又有什么了不起?我从来不以为自己天下无敌,刚才……刚才那个人,武功就比我高。"

马夫人也不去理会他说的是谁,只是喃喃咒骂,又骂了一会,才道:"你说在无锡城外首次见到我,哼,洛阳城里的百花会中,你就没见到我么?"

萧峰一怔,洛阳城开百花会,那是两年前的事了,他与丐帮众兄弟同去赴会,猜拳喝酒,闹了个畅快,可是说什么也记不起在会上曾见过她,便道:"那一次马大哥是去的,他可没带你来见我啊。"

马夫人骂道:"你是什么东西?你不过是一群臭叫化的头儿,有什么神气了?那天百花会中,我在那黄芍药旁这么一站,会中的英雄好汉,哪一个不向我呆望?哪一个不是瞧着我神魂颠倒?偏生你这家伙自逞英雄好汉,不贪女色,竟连正眼也不向我瞧上一眼。倘若你当真没见到我,那也罢了,我也不怪你。你明明见到我的,可就是视而不见,眼光在我脸上掠过,居然没停留片刻,就当我跟庸脂俗粉没丝毫分别。伪君子,不要脸的无耻之徒。"

萧峰渐明端倪,道:"是了,我记起来了,那日芍药花旁,好像确有几个女子,那时我只管顾着喝酒,没功夫去瞧什么牡丹芍

· 914 ·

药、男人女人。倘若是前辈的女流英侠,我当然会上前拜见。但你是我嫂子,我没瞧见你,又有什么大不了的失礼?你何必记这么大的恨?"

马夫人恶狠狠的道:"你难道没生眼珠子么?任他是多出名的英雄好汉,都要从头至脚的向我细细打量。有些德高望重之人,就算不敢向我正视,乘旁人不觉,总还是向我偷偷的瞧上几眼。只有你,只有你……哼,百花会中一千多个男人,就只你自始至终没瞧我。你是丐帮的大头脑,天下闻名的英雄好汉。洛阳百花会中,男子汉以你居首,女子自然以我为第一。你竟不向我好好的瞧上几眼,我再自负美貌,又有什么用?那一千多人便再为我神魂颠倒,我心里又怎能舒服?"

萧峰叹了口气,说道:"我从小不喜欢跟女人在一起玩,年长之后,更没功夫去看女人了,又不是单单的不看你。比你再美貌百倍的女子,我起初也没去留意,到得后来,可又太迟了……"

马夫人尖声道:"什么?比我更美貌百倍的女人?那是谁?那是谁?"萧峰道:"是段正淳的女儿,阿紫的姊姊。"马夫人吐了口唾沫,道:"呸,这种贱女人,也亏你挂在嘴上……"她一言未毕,萧峰抓住她的头发,提起她身子重重往地下一摔,说道:"你敢再说半句不敬她的言语,哼,教你尝尝我的毒辣手段。"

马夫人给他这么一摔,几乎昏晕过去,全身骨骼格格作响,突然纵声大笑,说道:"原来……原来咱们的乔大英雄,乔大帮主,是给这小蹄子迷上啦,哈哈,哈哈,笑死人啦。你做不成丐帮帮主,便想做大理国公主的驸马爷。乔帮主,我只道你是什么女人都不看的。"

萧峰双膝一软,坐入椅中,缓缓的道:"我只盼再能看她一眼,可是……可是……再也看不到了。"

马夫人冷笑道:"为什么?你想要她,凭你这身武功,难道还

· 915 ·

抢她不到？"

萧峰摇头不语，过了良久，才道："就是有天大的本事，也抢她不回来了。"马夫人大喜，问道："为什么？哈哈，哈哈。"萧峰低声道："她死了。"

马夫人笑声陡止，心中微感歉意，觉得这个自大傲慢的乔帮主倒也有三分可怜，但随即脸露微笑，笑容越来越欢畅。

萧峰瞥眼见到她的笑容，登时明白，她是为自己伤心而高兴，站起身来，说道："你谋杀亲夫，死有余辜，还有什么说话？"马夫人听到他要出手杀死自己，突然害怕起来，求道："你……你饶了我，别杀死我。"萧峰道："好，本来不用我动手。"迈步出去。

马夫人见他头也不回的跨步出房，心中忿怒又生，大声道："乔峰，你这狗贼，当年我恼你正眼也不瞧我一眼，才叫马大元来揭你的疮疤。马大元说什么也不肯，我才叫白世镜杀了马大元。你……你今日对我，仍是丝毫也不动心。"

萧峰回过身来，冷冷的道："你谋杀亲夫，就只为了我不曾瞧你一眼。哼，撒这等漫天大谎，有谁能信？"

马夫人道："我立刻便要死了，更骗你作甚？你瞧我不起，我本来有什么法子？那也只有心中恨你一辈子罢了。别说丐帮那些臭叫化对你奉若天神，普天下又有谁敢得罪你？也是老天爷有眼，那一日让我在马大元的铁箱中发现了汪帮主的遗书。要偷拆这么一封书信，不损坏封皮上火漆，看了重行封好，又是什么难事？我偷看那信，得知了其中过节，你想我那时可有多开心？哈哈，那正是我出了心中这口恶气的良机，我要你身败名裂，再也逞不得英雄好汉。我便要马大元当众揭露，好叫天下好汉都知你是契丹的胡虏，要你别说做不成丐帮帮主，更在中原无法立足，连性命也是难保。"

萧峰明知她全身已不能动弹，再也无法害人，但这样一句句恶毒的言语钻进耳来，却也背上感到一阵寒意，哼了一声，说道：

· 916 ·

"马大哥不肯依你之言,你便将他杀了?"

马夫人道:"是啊,他非但不听我话,反而狠狠骂了我一顿,说道从此不许我出门,我如吐露了只字,要把老娘斩成肉酱。他向来对我千依百顺,几时有过这样的疾言厉色?我向来便没将他放在心上,瞧在眼里,他这般得罪我,老娘自有苦头给他吃的。过了一个多月,白世镜来作客,那日是八月十四,他到我家来过中秋节,他瞧了我一眼,又是一眼,哼哼,这老色鬼!我糟蹋自己身子,引得这老色鬼为我着了迷。我叫老色鬼杀了马大元这脓包,他不肯,我就要抖露他强奸我。这老贼对着旁人,一脸孔的铁面无私,在老娘跟前,什么丑样少得了?我跟他说:'你杀了马大元,我自然成世跟你。要不然,你就爽爽快快一掌打死了我罢!'他不舍得杀我,只好杀马大元啦。"

萧峰吁了口气,道:"白世镜铁铮铮的一条好汉子,就这样活活的毁在你手中。你……你也是用十香迷魂散给马兄弟吃了,然后叫白世镜捏碎他的喉骨,装作是姑苏慕容氏以'锁喉擒拿手'杀了他,是不是?"

马夫人道:"是啊,哈哈,怎么不是?不过'姑苏慕容'什么的,我可不知道,是老色鬼想出来的。"

萧峰点了点头。马夫人又道:"我叫老色鬼出头揭露你的身世秘密。呸,这老色鬼居然跟你讲义气,给我逼得狠了,拿起刀子来要自尽。好啦,我便放他一马,找上了全冠清这死样活气的家伙。老娘只跟他睡了三晚,他什么全听我的了,胸膛拍得老响,说一切包在他身上,必定成功。老娘料想,单凭全冠清这家伙一人,可扳你不倒,于是再去找徐长老出面。以后的事你都知道了,不用我再说了罢?"

萧峰终于心中最后一个疑窦也揭破了,为什么全冠清主谋反叛自己,而白世镜反遭叛党擒获,问道:"我那把扇子,是白世镜

· 917 ·

盗来的？"马夫人道："那倒不是。老色鬼说什么也不肯做对不起你的事。是全冠清说动了陈长老，等你出门之后，在你房里盗出来的。"

萧峰道："段姑娘假扮白世镜，虽然天衣无缝，却也因此而给你瞧出破绽？"

马夫人奇道："这小妮子就是段正淳的女儿？是你的心上人？她当真美得不得了？"

萧峰不答，抬头向着天边。

马夫人道："这小……小妮子，也真吓了我一跳，还说什么八月十五的，那正是马大元的死忌。可是后来我说了两句风情言语，我说天上的月亮又圆又白，那天老色鬼说：'你身上有些东西，比天上月亮更圆更白。'我问她月饼爱吃咸的还是甜的，那天老色鬼说：'你身上的月饼，自然是甜过了蜜糖。'你那位段姑娘却答得牛头不对马嘴，立时便给我瞧出了破绽。"

萧峰恍然大悟，才明白那晚马夫人为什么突然提到月亮与月饼，原来是去年八月十四晚上，她与白世镜私通时的无耻之言。马夫人哈哈一笑，说道："乔峰，你的装扮可差劲得紧了，我一知道那小妮子是西贝货，再想一想你的形状说话，嘿嘿，怎么还能不知道你便是乔峰？我正要杀段正淳，恰好假手于你。"

萧峰咬牙切齿的道："段家姑娘是你害死的，这笔帐都要算在你身上。"

马夫人道："是她先来骗我的，又不是我去骗她。我只不过是将计就计。倘若她不来找我，等白世镜当上了丐帮帮主，我自有法子叫丐帮和大理段氏结上了怨家，这段正淳嘛，嘿嘿，迟早逃不出我的手掌。"

萧峰道："你好狠毒！自己的丈夫要杀，跟你有过私情的男人，你要杀；没来瞧瞧你容貌的男人，你也要杀。"

马夫人道:"美色当前,为什么不瞧?难道我还不够美貌?世上哪有你这种假道学的伪君子。"她说着自己得意之事,两颊潮红,甚是兴奋,但体力终于渐渐不支,说话已有些上气不接下气。

萧峰道:"我最后问你一句话,那个写信给汪帮主的带头大哥,到底是谁?你看过那封信,见过信上的署名。"

马夫人冷笑道:"嘿嘿,嘿嘿,乔峰,最后终究是你来求我呢,还是我求你?马大元死了,徐长老死了,赵钱孙死了,铁面判官单正死了,谭公谭婆死了,天台山智光大师死了。世上就只剩下我和那个带头大哥自己,才知道他是谁。"

萧峰心跳加剧,说道:"不错,毕竟是乔峰向你求恳,请你将此人的姓名告知。"

马夫人道:"我命在顷刻,你又有什么好处给我?"

萧峰道:"乔某但教力所能及,夫人有何吩咐,无有不遵。"

马夫人微笑道:"我还想什么?乔峰,我恼恨你不屑细细瞧我,以致酿成这种种祸事,你要我告知那带头大哥的名字,那也不难,只须你将我抱在怀里,好好的瞧我半天。"

萧峰眉头紧蹙,实是老大不愿,但世上确是只有她一人才知这个大秘密,自己的血海深仇,都着落在她口唇中吐出来的几个字,别说她所说的条款并不十分为难,就算当真是为难尴尬之极的事,也只有勉强照做。她命系一线,随时均能断气,威逼利诱,全无用处。心想:"倘若我执意不允,她一口气转不过来,那么我杀父杀母的大仇人到底是谁,从此再也不会知道了。我抱着她瞧上几眼,又有何妨?"便道:"好,我答允你就是。"弯腰将她抱在怀中,双目炯炯,凝视着她的脸颊。

这时马夫人满脸血污,又混着泥土灰尘,加之这一晚中她饱受折磨,容色憔悴,甚是难看。萧峰抱着她本已十分勉强,瞧着她这副神情,不自禁的皱起了眉头。

·919·

马夫人怒道:"怎么?你瞧着我挺讨厌吗?"萧峰只得道:"不是!"这两个字实是违心之论,平时他就算遇到天大的危难,也不肯心口不一,此刻却实在是无可奈何了。

马夫人柔声道:"你要是不讨厌我,那就亲亲我的脸。"萧峰正色道:"万万不可。你是我马大哥的妻子,萧峰义气为重,岂可戏侮朋友的孀妇。"马夫人甜腻腻的道:"你要讲义气,怎么又将我抱在怀里呢……"

便在此时,只听得窗外有人噗哧一笑,说道:"乔峰,你这人太也不要脸啦!害死了我姊姊,又来抱住了我爹爹的情人亲嘴偷情,你害不害臊?"正是阿紫的声音。

萧峰问心无愧,于这些无知小儿的言语,自亦不放在心上,对马夫人道:"你快说,说那个带头大哥是谁?"

马夫人腻声道:"我叫你瞧着我,你却转过了头,干什么啊?"声音中竟是不减娇媚。

阿紫走进房来,笑道:"怎么你还不死?这么丑八怪的模样,有哪个男人肯来瞧你?"

马夫人道:"什么?你……你说我是丑八怪的模样?镜子,镜子,我要镜子!"语调中显得十分惊惶。萧峰道:"快说,快说啊,你说了我就给你镜子。"

阿紫顺手从桌上拿起一面明镜,对准了她,笑道:"你自己瞧瞧,美貌不美貌?"

马夫人往镜中看去,只见一张满是血污尘土的脸,惶急、凶狠、恶毒、怨恨、痛楚、恼怒,种种丑恶之情,尽集于眉目唇鼻之间,哪里还是从前那个俏生生、娇怯怯、惹人怜爱的美貌佳人?她睁大了双目,再也合不拢来。她一生自负美貌,可是在临死之前,却在镜中见到了自己这般丑陋的模样。

萧峰道:"阿紫,拿开镜子,别惹恼她。"

阿紫格格一笑，说道："我要叫她知道自己的相貌可有多丑！"

萧峰道："你要是气死了她，那可糟糕！"只觉马夫人的身子已一动不动，呼吸之声也不再听到，忙一探她鼻息，已然气绝。萧峰大惊，叫道："啊哟，不好，她断了气啦！"这声喊叫，直如大祸临头一般。

阿紫扁了扁嘴，道："你当真挺喜欢她？这样的女人死了，也值得大惊小怪。"萧峰跌足道："唉，小孩子知道什么？我要问她一件事。这世上只有她一个人知道。若不是你来打岔，她已经说出来了。"阿紫道："哎哟，又是我不好啦，是我坏了你的大事，是不是？"

萧峰叹了口气，心想人死不能复生，发脾气也已无济于事，阿紫这小丫头骄纵成性，连她父母也管她不得，何况旁人？瞧在阿朱的份上，什么也不能和她计较，当下将马夫人放在榻上，说道："咱们走罢！"

四处一查，屋中更无旁人，那老婢已逃得不知去向，便取出火种，到柴房中去点燃了，片刻间火焰升起。

两人站在屋旁，见火焰从窗子中窜了出来。萧峰道："你还不回爹爹、妈妈那里去？"阿紫道："不，我不去爹爹、妈妈那里。爹爹手下那些人见了我便吹胡子瞪眼睛，我叫爹爹将他们都杀了，爹爹真胡闹，偏不答允。"

萧峰心想："你害死了褚万里，他的至交兄弟们自然恨你，段正淳又怎能为你而杀他忠心耿耿的部属？你自己胡闹，反说爹爹胡闹，真是小孩儿家胡说八道。"便道："好罢，我要去了！"转过身子，向北而去。

阿紫道："喂，喂，慢着，等一下我。"萧峰立定脚步，回过身来，道："你去哪里？是不是回师父那里？"阿紫道："不，现下我不回师父那里，我不敢。"萧峰奇道："为什么不敢？又闯了什么祸啦？"阿紫道："不是闯祸，我拿了师父的一部书，这一回去，他就抢过去啦。等我练成之后再回去，那时给师父拿去，就不怕了。"萧峰道："是练武功的书罢？既是你师父的，你求他给你瞧瞧，他总不会不答允。何况你自己练，一定有很多不明白的地方，由你师父在旁指点，岂不是好？"

阿紫扁扁小嘴，道："师父说不给，就是不给，多求他也没用。"

萧峰对这个给骄纵惯了的小姑娘很是不喜，又想她师父星宿海老怪丁春秋恶名昭彰，不必跟这种人多生纠葛，说道："好罢，你爱怎样便怎样，我不来管你。"

阿紫道："你到哪里去？"

萧峰瞧着马家这几间屋子烧起熊熊火焰，长叹了一声，道："我本该前去报仇，可是不知仇人是谁。今生今世，这场大仇是再也不能报的了。"

阿紫道："啊，我知道了，马夫人本来知道，可惜给我气死了，从此你再不知道仇人是谁。真好玩，真好玩！乔帮主威名赫赫，却给我整治得一点法子也没有。"

萧峰斜眼瞧着她，只见她满脸都是幸灾乐祸的喜悦之情，熊熊火光照射在她脸上，映得脸蛋有如苹果般鲜红可爱，哪想得到这天真无邪的脸蛋之下，隐藏着无穷无尽的恶意。霎时间怒火上冲，顺手便想重重给她一个耳光，但随即想起，阿朱临死时求恳自己，要他照料她这个世上唯一的同胞妹子，心想："阿朱一生只求我这件事，我岂可不遵？这小姑娘就算是大奸大恶，我也当尽力纠正她的过误，何况她只不过是年轻识浅、胡闹顽皮？"

阿紫昂起了头，道："怎么？你要打死我吗？怎么不打了？我姊姊已给你打死了，再打死我又有什么打紧？"

· 922 ·

这几句话便如尖刀般刺入萧峰心中,他胸口一酸,无言可答,掉头不顾,大踏步便往雪地中走去。

阿紫笑道:"喂,慢着,你去哪里?"萧峰道:"中原已非我可居之地,杀父杀母的大仇也已报不了啦。我要到塞北之地,从此不回来了。"阿紫侧头道:"你取道何处?"萧峰道:"我先去雁门关。"

阿紫拍手道:"那好极了,我要到晋阳去,正好跟你同路。"萧峰道:"你到晋阳去干什么?千里迢迢,一个小姑娘怎么单身赶这远路。"阿紫笑道:"嘿,怕什么千里迢迢?我从星宿海来到此处,不是更加远么?我有你作伴,怎么又是单身了?"萧峰摇头道:"我不跟你作伴。"阿紫道:"为什么?"萧峰道:"我是男人,你是个年轻姑娘,行路投宿,诸多不便。"

阿紫道:"那真是笑话奇谈了,我不说不便,你又有什么不便?你跟我姊姊,也不是一男一女的晓行夜宿、长途跋涉么?"

萧峰低沉着声音道:"我跟你姊姊已有婚姻之约,非同寻常。"阿紫拍手笑道:"哎哟,真瞧不出,我只道姊姊倒是挺规矩的,哪知道你就跟我爹爹一样,我姊姊就像我妈妈一般,没拜天地结成夫妻,却早就相好成双了。"

萧峰怒喝道:"胡说八道!你姊姊一直到死,始终是个冰清玉洁的好姑娘,我对她严守礼法,好生敬重。"

阿紫叹道:"你大声吓我,又有什么用?姊姊总之是给你打死了。咱们走罢。"

萧峰听到她说"姊姊总之是给你打死了"这句话,心肠软了下来,说道:"你还是回到小镜湖畔去跟着你妈妈,要不然找个僻静的所在,将那本书上的功夫练成了,再回到师父那里去。到晋阳去有什么好玩?"

阿紫一本正经的道:"我不是去玩的,有要紧的大事要办。"

萧峰摇摇头，道："我不带你去。"说着迈开大步便走。阿紫展开轻功，随后追来，叫道："等等我，等等我！"萧峰不去理她，径自去了。

行不多时，北风转紧，又下起雪来。萧峰冲风冒雪，快步行走，想起从此冤沉海底，大仇也无法得报，心下自是郁郁，但无可奈何之中抛开了满怀心事，倒也是一场大解脱。

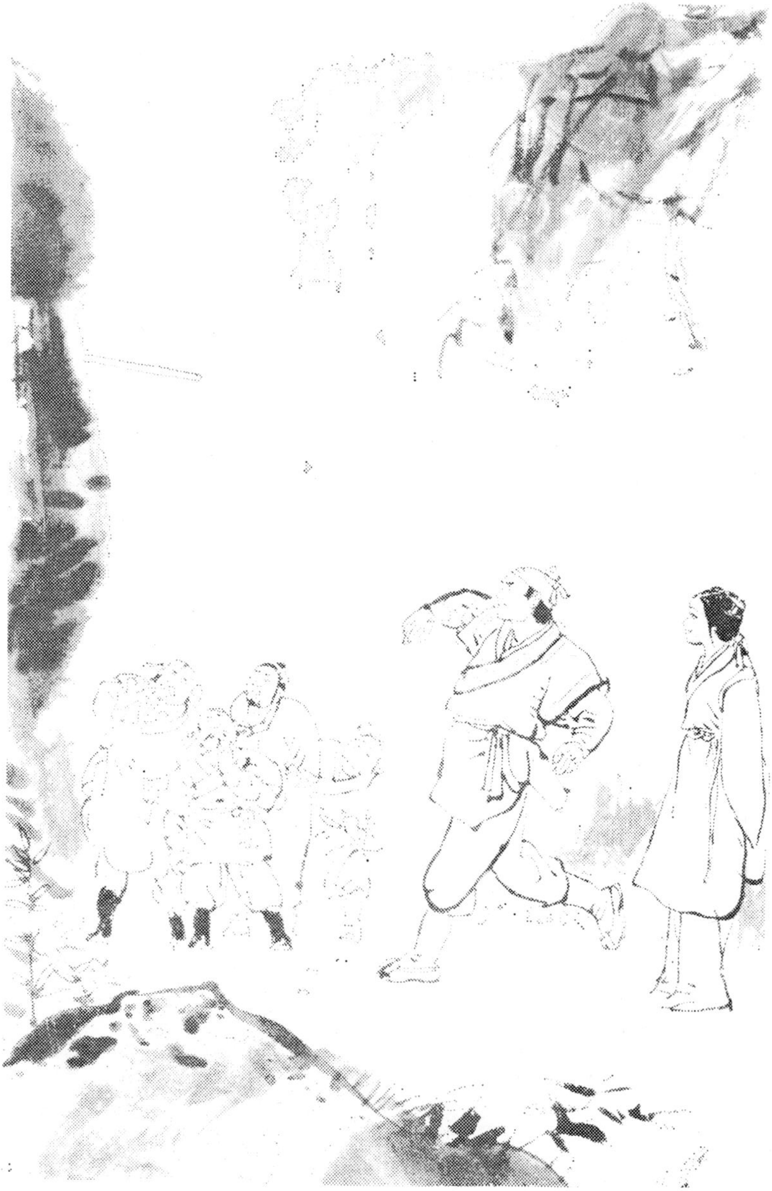

萧峰提起钢杖,对准了山壁用力一掷,当的一声响,直插入山壁之中。一根八尺来长的钢杖,倒有五尺插入了石岩。

二十五
莽苍踏雪行

萧峰行出十余里，见路畔有座小庙，进去在殿上倚壁小睡了两个多时辰，疲累已去，又向北行。再走四十余里，来到北边要冲长台关。

第一件事自是找到一家酒店，要了十斤白酒，两斤牛肉，一只肥鸡，自斟自饮。十斤酒喝完，又要了五斤，正饮间，脚步声响，走进一个人来，正是阿紫。萧峰心道："这小姑娘来败我酒兴。"转过了头，假装不见。

阿紫微微一笑，在他对面一张桌旁坐了下来，叫道："店家，店家，拿酒来。"酒保走过来，笑道："小姑娘，你也喝酒吗？"阿紫斥道："姑娘就是姑娘，为什么加上个'小'字？我干么不喝酒？你先给我打十斤白酒，另外再备五斤，给侍候着，来两斤牛肉，一只肥鸡，快，快！"

酒保伸出了舌头，半晌缩不进去，叫道："哎唷，我的妈呀！你这位姑娘是当真，还是说笑，你小小人儿，吃得了这许多？"一面说，一面斜眼向萧峰瞧去，心道："人家可是冲着你来啦！你喝什么，她也喝什么；你吃什么，她也吃什么。"

阿紫道："谁说我是小小人儿？你不生眼睛，是不是？你怕我吃了没钱付帐？"说着从怀中取出一锭银子，当的一声，掷在桌上,说道:"我吃不了,喝不了,还不会喂狗么?要你担什么心?"酒保陪笑道:"是,是!"又向萧峰横了一眼,心道:"人家可真跟你干上了,绕着弯儿骂人哪。"

一会儿酒肉送了上来,酒保端了一只大海碗,放在她面前,笑道:"姑娘,我这就跟你斟酒啦。"阿紫点头道:"好啊。"酒保给她满满斟了一大碗酒,心中说:"你若喝干了这碗酒,不醉倒在地下打滚才怪。"

阿紫双手端起酒碗,放在嘴边舐了一点,皱眉道:"好辣,好辣。这劣酒难喝得很。世上若不是有这么几个大蠢才肯喝,你们的酒又怎卖得掉?"酒保又向萧峰斜睨了一眼,见他始终不加理睬,不觉暗暗好笑。

阿紫撕了只鸡腿,咬了一口,道:"呸,臭的!"酒保叫屈道:"这只香喷喷的肥鸡,今儿早上还在咯咯咯的叫呢。新鲜热辣,怎地会臭?"阿紫道:"嗯,说不定是你身上臭,要不然便是你店中别的客人臭。"其时雪花飞飘,途无行旅,这酒店中就只萧峰和她两个客人。酒保笑道:"是我身上臭,当然是我身上臭哪。姑娘,你说话留神些,可别不小心得罪了别的爷们。"

阿紫道:"怎么啦?得罪了人家,还能一掌将我打死么?"说着举筷夹了块牛肉,咬了一口,还没咀嚼,便吐了出来,叫道:"哎唷,这牛肉酸的,这不是牛肉,是人肉。你们卖人肉,黑店哪,黑店哪!"

酒保慌了手脚,忙道:"哎哟,姑娘,你行行好,别尽捣乱哪。这是新鲜的黄牛肉,怎么说是人肉?人肉哪有这么粗的肌理?哪有这么红艳艳的颜色?"阿紫道:"好啊,你知道人肉的肌理颜色。我问你,你们店里杀过多少人?"酒保笑道:"你这位姑娘就爱开玩笑。信阳府长台关好大的市镇,我们是六十多年的老店,哪有杀人卖肉的道理?"

阿紫道："好罢，就算不是人肉，也是臭东西，只有傻瓜才吃。哎哟，我靴子在雪地里弄得这么脏。"说着从盘中抓起一大块煮得香喷喷的红烧牛肉，便往左脚的皮靴上擦去。靴帮上本来溅满了泥浆，这么一擦，半边靴帮上泥浆去尽，牛肉的油脂涂将上去，登时光可鉴人。

酒保见她用厨房中大师父着意烹调的牛肉来擦靴子，大是心痛，站在一旁，不住的唉声叹气。

阿紫问道："你叹什么气？"酒保道："小店的红烧牛肉，向来算得是长台镇上一绝，远近一百里内提起来，谁都要大拇指一翘，喉头咕咕咕的直吞馋涎，姑娘却拿来擦皮靴，这个……这个……"阿紫瞪了他一眼，道："这个什么？"酒保道："似乎太委屈了一点。"阿紫道："你说委屈了我的靴子？牛肉是牛身上来的，皮靴也是牛身上来的，也不算什么委屈。喂，你们店中还有什么拿手菜肴？说些出来听听。"酒保道："拿手小菜自然是有的，不过价钱不这么便宜。"阿紫从怀中又取出一锭银子，当的一声，抛在桌上，问道："这够了么？"

酒保见这锭银子足足有五两重，两整桌的酒菜也够了，忙陪笑道："够啦，够啦，怎么不够？小店拿手的菜肴，有酒糟鲤鱼、白切羊羔、酱猪肉……"阿紫道："很好，每样给煮三盆。"

酒保道："姑娘要尝尝滋味嘛，我瞧每样有一盆也够了……"阿紫沉着脸道："我说要三盆便是三盆，你管得着么？"酒保道："是，是！"拉长了声音，叫道："酒糟鲤鱼三盆哪！白切羊羔三盆哪……"

萧峰在一旁冷眼旁观，知道这小姑娘明着和酒保捣蛋，实则是逗引自己插嘴，当下偏给她来个不理不睬，自顾自的喝酒赏雪。

过了一会，白切羊羔先送上来了。阿紫道："一盆留在这里，一盆送去给那位爷台，一盆放在那张桌上。那边给放上碗筷，斟上好酒。"酒保道："还有客人来么？"阿紫瞪了他一眼，道："你这么多嘴，小心我割了你的舌头！"酒保伸了伸舌头，笑道："要割我的舌头么，只怕姑娘没这本事。"

萧峰心中一动，向他横了一眼，心道："你这可不是自己找死？胆敢向这小魔头说这种话？"

酒保将羊羔送到萧峰桌上，萧峰也不说话，提筷就吃。又过一会，酒糟鲤鱼、酱猪肉等陆续送上，仍是每样三盆，一盆给萧峰，一盆给阿紫，一盆放在另一桌上。萧峰来者不拒，一一照吃。阿紫每盆只尝了一筷，便道："臭的、烂的，只配给猪狗吃。"抓起羊羔、鲤鱼、猪肉，去擦靴子。酒保虽然心痛，却也无可奈何。

萧峰眼望窗外，寻思："这小魔头当真讨厌，给她缠上了身，后患无穷。阿朱托我照料她，这人是个鬼精灵，她要照料自己绰绰有余，压根儿用不着我操心。我还是避之则吉，眼不见为净。"

正想到此处，忽见远处一人在雪地中走来。隆冬腊月，这人却只穿一身黄葛布单衫，似乎丝毫不觉寒冷。片刻间来到近处，但见他四十来岁年纪，双耳上各垂着一只亮晃晃的黄金大环，狮鼻阔口，形貌颇为凶狠诡异，显然不是中土人物。

这人来到酒店门前，掀帘而入，见到阿紫，微微一怔，随即脸有喜色，要想说话，却又忍住，便在一张桌旁坐了下来。

阿紫道："有酒有肉，你如何不吃？"那人见到一张空着座位的桌上布满酒菜，说道："是给我要的么？多谢师妹了。"说着走过去坐下，从怀中取出一把金柄小刀，切割牛肉，用手抓起来便吃，吃几块肉，喝一碗酒，酒量倒也不弱。

萧峰心道："原来这人是星宿海老怪的徒儿。"他本来不喜此人的形貌举止，但见他酒量颇佳，便觉倒也并不十分讨厌。

阿紫见他喝干了一壶酒，对酒保道："这些酒拿过去，给那位爷台。"说着双手伸到面前的酒碗之中，搅了几下，洗去手上的油腻肉汁，然后将酒碗一推。酒保心想："这酒还能喝么？"

阿紫见他神情犹豫，不端酒碗，催道："快拿过去啊，人家等着喝酒哪。"酒保笑道："姑娘你又来啦，这碗酒怎么还能喝？"阿紫板起了脸道："谁说不能喝？你嫌我手脏么？这么着，你喝一口酒，我给你一锭银子。"说着从怀中取出一锭一两重的小元宝来，放在桌上。酒保大喜，说道："喝一口酒便给一两银子，可太好了。别说姑娘不过洗洗手，就是洗过脚的洗脚水，我也喝了。"说着端起酒碗，呷了一大口。

不料酒水入口，便如一块烧红的热铁炙烙舌头一般，剧痛难当，酒保"哇"的一声，口一张，酒水乱喷而出，只痛得他双脚乱跳，大叫："我的娘呀！哎唷，我的娘呀！"萧峰见他这等神情，倒也吃了一惊，只听得他叫声越来越模糊，显是舌头肿了起来。

酒店中掌柜的、大师父、烧火的、别的酒保听得叫声，都涌了过来，纷纷询问："什么事？什么事？"那酒保双手扯着自己面颊，已不能说话，伸出舌头来，只见舌头肿得已比平常大了三倍，通体乌黑。萧峰又是一惊："那是中了剧毒。这小魔头的手指只在酒中浸了一会，这碗酒就毒得如此厉害。"

众人见到那酒保舌头的异状，无不惊惶，七张八嘴的乱嚷："碰到了什么毒物？""是给蝎子螫上了么？""哎唷，这可不得了，快，快去请大夫！"

那酒保伸手指着阿紫，突然走到她面前，跪倒在地，咚咚咚磕头。阿紫笑道："哎唷，这可当不起，你求我什么事啊？"酒保仰起头来，指指自己舌头，又不住磕头。阿紫笑道："要给你治治，是不是？"酒保痛得满头大汗，两只手在身上到处乱抓乱捏，又是磕头，又是拱手。

阿紫伸手入怀，取出一把金柄小刀，和那狮鼻人所持的刀子全然相同，她左手抓住了那酒保后颈，右手金刀挥去，嗤的一声轻响，将他舌尖割去了短短一截。旁观众人失声大叫,只见断舌处血如泉涌。那酒保大吃一惊,但鲜血流出,毒性便解,舌头上的痛楚登时消了,片刻之间,肿也退了。阿紫从怀中取出一个小瓶,拔开瓶塞,用小指指甲挑了些黄色药末,弹在他舌尖上,伤口血流立缓。

那酒保怒既不敢,谢又不甘,神情极是尴尬,只道:"你……你……"舌头给割去了一截,自然话也说不清楚了。

阿紫将那小锭银子拿在手里,笑道:"我说你喝一口酒,就给一两银子,刚才这口酒你吐了出来,那可不算,你再喝啊。"酒保双手乱摇,含含糊糊的道:"我……我不要了,我不喝。"阿紫将银子收入怀中,笑道:"你刚才说什么来着?你好像是说,'要割我的舌头么?只怕姑娘没这本事。'是不是?这会儿可是你磕头求我割的,我问你:姑娘有没有这本事呢?"

那酒保这才恍然,原来此事全因自己适才说错了一句话而起,恼恨到了极处,登时便想上前动手,狠狠的打她一顿,可是见另外两张桌上各坐着一个魁梧雄壮的男人,显是和她一路,便又胆怯。阿紫又道:"你喝不喝啊?"酒保怒道:"老……老子不……"想起随口骂人,只怕又要着她道儿,又惊又怒,发足奔向内堂,再也不出来了。

掌柜等众人纷纷议论,向阿紫怒目而视,各归原处,换了个酒保来招呼客人。这酒保见了适才这一场情景,只吓得胆战心惊,一句话也不敢多说。

萧峰大是恼怒:"那酒保只不过说了句玩话,你就整治得他终身残废,以后说话再也无法清楚。小小年纪,行事可忒也歹毒。"

只听阿紫道:"酒保,把这碗酒送去给那位爷台喝。"说着向那狮鼻人一指。那酒保见她伸手向酒碗一指,已是全身一震,待听她说要将这酒送去给人喝,更加惊惧。阿紫笑道:"啊,是了,你不肯拿酒给客人,定是自己想喝了。那也可以,这就自己喝罢。"

那酒保吓得面无人色，忙道："不，不，小人……小人不喝。"阿紫道："那你快拿去啊。"那酒保道："是，是。"双手牢牢捧着酒碗，战战兢兢的移到那狮鼻人桌上，唯恐不小心溅了半滴出来，双手发抖，酒碗碗底碰到桌面时，嗒嗒嗒的直响。

那狮鼻人两手端起酒碗，定睛凝视，瞧着碗中的酒水，离口约有一尺，既不再移近，也不放回桌上。阿紫笑道："二师哥，怎么啦？小妹请你喝酒，你不给面子吗？"

萧峰心想："这碗酒剧毒无比，这人当然不会受激，白白送了性命。内功再强之人，也未必能抵挡酒中的剧毒。"

哪知狮鼻人又凝思半晌，举碗就唇，骨嘟骨嘟的直喝下肚。萧峰吃了一惊，心道："这人难道竟有深厚无比的内力，能化去这等剧毒？"正惊疑间，只见他已将一大碗酒喝干，把酒碗放回桌上，两只大拇指上酒水淋漓，随手便在衣襟上一擦。萧峰微一沉思，便知其理："是了，他喝酒之前两只大拇指插入酒中，端着碗半晌不饮，多半他大拇指上有解毒药物，以之化去了酒中剧毒。"

阿紫见他饮干毒酒，登时神色惊惶，强笑道："二师哥，你化毒的本领大进了啊，可喜可贺。"狮鼻人并不理睬，狼吞虎咽的一顿大嚼，将桌上菜肴吃了十之八九，拍拍肚皮，站起身来，说道："走罢。"阿紫道："你请便罢，咱们后会有期。"狮鼻人瞪着一对怪眼，道："什么后会有期？你跟我一起去。"阿紫摇头道："我不去。"走到萧峰身边，说道："我和这位大哥有约在先，要到江南去走一遭。"

狮鼻人向萧峰瞪了一眼，问道："这家伙是谁？"阿紫道："什么家伙不家伙的？你说话客气些。他是我姊夫，我是他小姨，我们二人是至亲。"狮鼻人道："你出下题目来，我做了文章，你就得听我话。你敢违反本门的门规不成？"

萧峰心道："原来阿紫叫他喝这毒酒，乃是出一个难题，却不料这人居然接下了。"

阿紫道:"谁说我出过题目了?你说是喝这碗酒么?哈哈,笑死人啦,这碗酒是我给酒保喝的。想不到你堂堂星宿派门人,却去喝臭酒保喝过的残酒。人家臭酒保喝了也不死,你再去喝,又有什么了不起?我问你,这臭酒保死了没有?连这种人也喝得,我怎么会出这等容易题目?"这番话委实强辞夺理,可是要驳倒她却也不易。

那狮鼻人强忍怒气,说道:"师父有命,要我传你回去,你违抗师命么?"阿紫笑道:"师父最疼我啦,二师哥,请你回去禀告师父,就说我在道上遇见了姊夫,要一同去江南玩玩,给他老人家买些好玩的古董珠宝,然后再回去。"狮鼻人摇头道:"不成,你拿了师父的……"说到这里,斜眼向萧峰相睨,似乎怕泄露了机密,顿了一顿,才道:"师父大发雷霆,要你快快回去。"阿紫央求道:"二师哥,你明知师父在大发雷霆,还要逼我回去,这不是有意要我吃苦头吗?下次师父责罚你起来,我可不给你求情啦。"

这句话似令狮鼻人颇为心动,脸上登时现出犹豫之色,想是星宿老怪对她颇为宠爱,在师父跟前很能说得上话。他沉吟道:"你既执意不肯回去,那么就把那件东西给我。我带回去缴还给师父,也好有个交代,他老人家的怒气也会平息了些。"

阿紫道:"你说什么?那件什么东西?我可全不知道。"狮鼻人脸一沉,说道:"师妹,我不动手冒犯于你,乃是念在同门之谊,你可得知道好歹。"阿紫笑道:"我当然知道好歹,你来陪我吃饭吃酒,那是好;你要逼我回去师父那里,那便是歹。"狮鼻人道:"到底怎样?你如不交出那件物事,便得跟我回去。"阿紫道:"我不回去,也不知道你说些什么。你要我身上的物事?好罢……"说着从头发上拔下一枚珠钗,说道:"你要拿个记认,好向师父交代,就拿这根珠钗去罢。"狮鼻人道:"你真要逼得我非动手不可,是不是?"说着走上了一步。

阿紫眼见他不动声色的喝干毒酒,使毒本领比自己高出甚多,至于内力武功,更万万不是他敌手。星宿派武功阴毒狠辣,出手没一招留有余地,敌人只要中了,非死也必重伤,伤后受尽荼毒,死时也必惨酷异常,师兄弟间除了争夺本门排名高下而性命相搏,从来不相互拆招练拳,因拆招必分高下,一分高下便有死伤。师父徒弟之间,也从不试演功夫。星宿老怪传授功诀之后,各人便分头修练,高下深浅,唯有各人自知,逢到对敌之时,才显出强弱来。按照星宿派门中规矩,她既以毒酒相示,等于同门较艺,已是非同小可之事,狮鼻人倘若认输,一辈子便受她之制,现下毫不犹豫的将这碗毒酒喝下肚去,阿紫若非另有反败为胜之道,就该服服贴贴的听令行事,否则立有杀身大祸。她见情势紧迫,左手拉着萧峰衣袖,叫道:"姊夫,他要杀我呢。姊夫,你救救我。"

萧峰给她左一声"姊夫",右一声"姊夫",只听得怦然心动,念起阿朱相嘱托的遗言,便想出手将那狮鼻人打发了。但一瞥眼间,见地下一滩鲜血,心想阿紫对付那酒保如此辣手,让她吃些苦头、受些惩戒也是好的,便眼望窗外,不加理睬。

那狮鼻人不愿就此对阿紫痛下杀手,只想显一显厉害,教她心中害怕,就此乖乖的跟他回去,当下右手一伸,抓住了萧峰的左腕。

萧峰见他右肩微动,便知他要向自己出手,却不理会,任由他抓住手腕,腕上肌肤和他掌心一碰到,便觉炙热异常,知道对方掌心蕴有剧毒,当即将一股真气运到手腕之上,笑道:"怎么样?阁下要跟我喝一碗酒,是不是?"伸右手斟了两大碗酒,说道:"请!"

那狮鼻人连运内力,却见萧峰泰然自若,便如没有知觉一般,心道:"你别得意,待会就要你知道我毒掌的厉害。"说道:"喝

· 935 ·

酒便喝酒，有什么不敢？"举起酒碗，一大口喝了下去。不料酒到咽喉，突然一股内息的逆流从胸口急涌而上，忍不住"哇"的一声，满口酒水喷出，襟前酒水淋漓，跟着便大声咳嗽，半晌方止。

这一来，不由得大惊失色，这股内息逆流，显是对方雄浑的内力传入了自己体内所致，倘若他要取自己性命，适才已是易如反掌，一惊之下，忙松指放开萧峰手腕。不料萧峰手腕上竟如有一股极强黏力，手掌心胶着在他腕上，无法摆脱。狮鼻人大惊，用力一摔。萧峰一动不动，这一摔便如是撼在石柱上一般。

萧峰又斟了碗酒，道："老兄适才没喝到酒，便喝干了这碗，咱们再分手如何？"

狮鼻人又是用力一挣，仍然无法摆脱，左掌当即猛力往萧峰面门打来。掌力未到，萧峰已闻到一阵腐臭的腥气，犹如大堆死鱼相似，当下右手推出，轻轻一拨。那狮鼻人这一掌使足了全力，哪知掌力来到中途，竟然歪了，但其时已然无法收力，明知掌力已被对方拨歪，还是不由自主的一掌击落，重重打在自己右肩，喀喇一声，连肩骨关节也打脱了。

阿紫笑道："二师哥，你也不用客气，怎么打起自己来？可教我太也不好意思了。"

狮鼻人恼怒已极，苦于右手手掌黏在萧峰手腕之上，无法得脱，左手也不敢再打，第三次挣之不脱，当下催动内力，要将掌心中蕴积着的剧毒透入敌人体内。岂知这股内力一碰到对方手腕，立时便给撞回，而且并不止于手掌，竟不住向上倒退，狮鼻人大惊，忙运内力与抗。但这股挟着剧毒的内力犹如海潮倒卷入江，顷刻间便过了手肘关节，跟着冲向腋下，慢慢涌向胸口。狮鼻人自然明白自己掌中毒性的厉害，只要一侵入心脏，立即毙命，只急得满头大汗，一滴滴的流了下来。

阿紫笑道："二师哥，你内功当真高强。这么冷的天气，亏你还能大汗淋漓,小妹委实佩服得紧。"

狮鼻人哪里还有余暇去理会她的嘲笑?明知已然无幸,却也不愿就此束手待毙,拼命催劲,能够多撑持一刻,便好一刻。

萧峰心想:"这人和我无怨无仇,虽然他一上来便向我痛下毒手,却又何必杀他?"突然间内力一收。

狮鼻人陡然间觉得掌心黏力已去,快要迫近心脏那股带毒内力,立时疾冲回向掌心,惊喜之下,急忙倒退两步,脸上已全无血色,呼呼喘气,再也不敢走近萧峰身边。

他适才死里逃生,到鬼门关去走了一遭又再回来。那酒保却全然不知,过去给他斟酒。狮鼻人手起一掌,打在他脸上。那酒保啊的一声,仰天便倒。狮鼻人冲出大门,向西南方疾驰而去,只听得一阵极尖极细的哨子声远远传了出去。

萧峰看那酒保时,见他一张脸全成黑色,顷刻间便已毙命,不禁大怒,说道:"这厮好生可恶,我饶了他性命,怎地他反而出手伤人?"一按桌子,便要追出。

阿紫叫道:"姊夫,姊夫,你坐下来,我跟你说。"

阿紫若是叫他"喂",或是"乔帮主"、"萧大哥"什么的,萧峰一定不加理睬,但这两声"姊夫"一叫,他登时想起阿朱,心中一酸,问道:"怎么?"

阿紫道:"二师哥不是可恶,他出手没伤到你,毒不能散,便非得另杀一人不可。"萧峰也知道邪派武功中原有"散毒"的手法,毒聚于掌之后,若不使在敌人身上,便须击牛击马,打死一只畜生,否则毒气回归自身,说道:"要散毒,他不会去打一头牲口吗?怎地无缘无故的杀人?"阿紫瞧着地下酒保的尸体,笑道:"这种蠢人跟牛马有什么分别,杀了他还不是跟杀一头牲口一样?"她随口而出,便如是当然之理。

萧峰心中一寒:"这小姑娘的性子好不狠毒,何必多去理她?"见酒店中掌柜等又再涌出,不愿多惹麻烦,闪身便出店门,径向北行。

他耳听得阿紫随后跟来,当下加快脚步,几步跨出,便已将她抛得老远。忽听得阿紫娇声说道:"姊夫,姊夫,你等等我,我……我跟不上啦。"

萧峰先此一直和她相对说话,见到她的神情举止,心下便生厌恶之情,这时她在背后相呼,竟宛如阿朱生时娇唤一般。这两个同胞姊妹自幼分别,但同父同母,居然连说话的音调也十分相像。萧峰心头大震,停步回过身来,泪眼模糊之中,只见一个少女从雪地中如飞奔来,当真便如阿朱复生。他张开双臂,低声叫道:"阿朱,阿朱!"

一霎时间,他迷迷糊糊的想到和阿朱从雁门关外一同回归中原、道上亲密旖旎的风光,蓦地里一个温软的身子扑进怀中,叫道:"姊夫,你怎么不等我?"

萧峰一惊,醒觉过来,伸手将她轻轻推开,说道:"你跟着我干什么?"阿紫道:"你替我逐退了我师哥,我自然要来谢谢你。"萧峰淡然道:"那也不用谢了。我又不是存心助你,是他向我出手,我只好自卫,免得死在他手里。"说着转身又行。

阿紫扑上去拉他手臂。萧峰微一斜身,阿紫便抓了个空。她一个踉跄,向前一扑,以她的武功,自可站定,但她乘机撒娇,一扑之下,便摔在雪地之中,叫道:"哎唷,哎唷!摔死人啦。"

萧峰明知她是装假,但听到她的娇呼之声,心头便涌出阿朱的模样,不自禁感到一阵温馨,当即转身,伸手抓住她后领拉起,却见阿紫正自娇笑。她道:"姊夫,我姊姊要你照料我,你怎么不听她话?我一个小姑娘,孤苦伶仃的,这许多人要欺负我,你也不理不睬。"

这几句话说得楚楚可怜，萧峰明知她九成是假，心中却也软了，问道："你跟着我有什么好？我心境不好，不会跟你说话的。你胡作非为，我要管你的。"

阿紫道："你心境不好，有我陪着解闷，心境岂不是慢慢可以好了？你喝酒的时候，我给你斟酒，你替换下来的衣衫，我给你缝补浆洗。我行事不对，你肯管我，当真再好也没有了。我从小爹娘就不要我，没人管教，什么事也不懂……"说到这里，眼眶儿便红了。

萧峰心想："她姊妹俩都有做戏天才，骗人的本事当真炉火纯青，高明之至。可幸我早知她行事歹毒，决计不会上她的当。她定要跟着我，到底有什么图谋？是她师父派她来害我吗？"心中一凛："莫非我的大仇人和星宿老怪有所牵连？甚至便是他本人？"随即转念："萧峰堂堂男子，岂怕这小女孩向我偷下毒手？不如将计就计，允她随行，且看她有何诡计施将出来，说不定着落在她身上，得报我的大仇，亦未可知。"便道："既然如此，你跟我同行便了。咱们话说明在先，你如再无辜伤人杀人，我可不能饶你。"

阿紫伸了伸舌头，道："倘若人家先来害我呢？要是我所杀伤的是坏人呢？"

萧峰心想："这小女孩狡猾得紧，她若出手伤了人，便会花言巧语，说作是人家先向她动手，对方明明是好人，她又会说看错了人。"说道："是好人坏人，你不用管。你既和我同行，人家自然伤不了你，总而言之，不许你跟人家动手。"

阿紫喜道："好！我决不动手，什么事都由你来抵挡。"跟着叹道："唉，你不过是我姊夫，就管得我这么紧。我姊姊倘若不死而嫁了你，还不是给你管死了。"

萧峰怒气上冲，待要大声呵斥，但跟着心中一阵难过，又见阿紫眼中闪烁着一丝狡狯的神色，寻思："我说了那几句话，她为什么这样得意?"一时想之不透,便不理会,拔步径行,走出里许,猛地想起:"啊哟,多半她有什么大对头、大仇人要跟她为难,是以骗得我来保驾。我说'你既和我同行,人家自然伤不了你。'便是答允保护她了。其实不论她是对是错,我就算没说过这句话,只要她在我身边,也决不会让她吃亏。"

又行里许,阿紫道:"姊夫,我唱支曲儿给你听,好不好?"萧峰打定了主意:"不管她出什么主意,我一概不允。给她钉子碰得越多,越对她有益。"便道:"不好。"阿紫嘟起了嘴道:"你这人真专横得紧。那么我说个笑话给你听,好不好?"萧峰道:"不好。"阿紫道:"我出个谜语请你猜,好不好?"萧峰道:"不好。"阿紫道:"那么你说个笑话给我听,好不好?"萧峰道:"不好。"阿紫道:"你唱支曲儿给我听,好不好?"萧峰道:"不好。"她连问十七八件事,萧峰想也不想,都是一口回绝。阿紫又道:"那么我不吹笛儿给你听,好不好?"萧峰仍道:"不好!"

这两字一出口,便知是上了当,她问的是"我不吹笛儿给你听",自己说"不好",那就是要她吹笛了。他话已出口,也就不加理会,心想你要吹笛,那就吹罢。

阿紫叹了口气,道:"你这也不好,那也不好,真难侍候,可偏偏要我吹笛,也只有依你。"说着从怀中取出一根玉笛。

这玉笛短得出奇,只不过七寸来长,通体洁白,晶莹可爱。阿紫放到口边,轻轻一吹,一股尖锐的声音便远远送了出去。适才那狮鼻人离去之时,也曾发出这般尖锐的哨声,本来笛声清扬激越,但这根白玉笛中发出来的声音却十分凄厉,全非乐调。

萧峰心念微动之际,已知其理,暗暗冷笑:"是了,原来你早约下同党,埋伏左近,要来袭击于我,萧某岂惧你这些狐群狗党?只是不可大意了。"他知星宿老怪门下武功极是阴毒,莫要一个疏

· 940 ·

神,中了暗算。只听阿紫的笛子吹得高一阵,低一阵,如杀猪,如鬼哭,难听无比。这样一个活泼美貌的小姑娘,拿着这样一枝晶莹可爱的玉笛,而吹出来的声音竟如此凄厉,愈益显得星宿派的邪恶。

萧峰也不去理她,自行赶路,不久走上一条长长的山岭,山路狭隘,仅容一人,心道:"敌人若要伏击,定在此处。"果然上得岭来,只转过一个山坳,便见前面拦着四人。那四人一色穿的黄葛布衫,服饰打扮和酒店中所遇的狮鼻人一模一样,四人不能并列,前后排成一行,每人手中都拿着一根长长的钢杖。

阿紫不再吹笛,停了脚步,叫道:"三师哥、四师哥、七师哥、八师哥,你们都好啊。怎么这样巧,大家都在这里聚会?"

萧峰也停了脚步,倚着山壁,心想:"且看他们如何装神弄鬼?"

四人中当先一人是个胖胖的中年汉子,先向萧峰上上下下的打量了半响,才道:"小师妹,你好啊,你怎么伤了二师哥?"阿紫失惊道:"二师哥受了伤吗?是谁伤他的?伤得重不重?"

排在最后那人大声道:"你还假惺惺什么?他说是你叫人伤了他的。"那人是个矮子,又排在最后,全身给前面三人挡住了,萧峰瞧不见他模样,听他说话极快,显然性子甚急,这人所持的钢杖偏又最长最大,想来膂力不弱,只缘身子矮了,便想在别的地方出人头地。

阿紫道:"八师哥,你说什么?二师哥说是你叫人伤他的?哎哟,你怎可以下这毒手?师父他老人家知道了,怎肯放过你,你难道不怕?"那矮子暴跳如雷,将钢杖在山石上撞得当当乱响,大声道:"是你伤的,不是我伤的。"阿紫道:"什么?'是你伤的,不是我伤的',好啊,你招认了。三师哥、四师哥、七师哥,你们三位都亲耳听见了,八师哥说是他害死二师哥的,是了,他定是使'三阴蜈蚣爪'害死了二师哥。"

· 941 ·

那矮子叫道："谁说二师哥死了！他没死，受的伤也不是'三阴蜈蚣爪'……"阿紫抢着道："不是三阴蜈蚣爪么？那么定是'抽髓掌'了，这是你的拿手本领，二师哥不小心中了你的暗算，你……你可太厉害了。"

那矮子暴跳如雷，怒叫："三师哥快动手，把这小贱人拿了回去，请师父发落，她……她……她，胡说八道的，不知说些什么，什么东西……"他口音本已难听，这一着急，说得奇快，更是不知所云。那胖子道："动手倒也不必了，小师妹向来好乖、好听话的。小师妹，你跟我们去罢。"这胖子说话慢条斯理，似乎性子甚是随和。阿紫笑道："好啊，三师哥说什么，我就干什么，我向来是听你话的。"那胖子哈哈一笑，说道："那再好也没有了，咱们这就走罢。"阿紫道："好啊，你们这就请便。"

后面那矮子又叫了起来："喂，喂，什么你们请便？要你跟我们一起去。"阿紫笑道："你们先走一步，我随后便来。"那矮子道："不成，不成！得跟我们一块儿走。"阿紫道："好倒也好，就可惜我姊夫不肯。"说着向萧峰一指。

萧峰心道："来了，来了，这出戏做得差不多了。"懒洋洋的倚在山壁之上，双手围在胸前，对眼前之事似乎全不关心。

那矮子道："谁是你姊夫，怎么我看不见？"阿紫笑道："你身材太高了，他也看不见你。"只听得当的一声响，那矮子钢杖在地下一撑，身子便即飞起，连人带杖越过三个师兄头顶，落在阿紫之前，叫道："快随我们回去！"说着便向阿紫肩头抓去。这人身材虽矮，却是腰粗膀阔，横着看去，倒颇为雄伟，动作也甚敏捷。阿紫不躲不闪，任由他抓。那矮子一只大手刚要碰到她肩头，突然微一迟疑，停住不动，问道："你已动用了么？"阿紫道："动用什么？"那矮子道："自然是神木王鼎了……"

他这"神木王鼎"四个字一出口，另外三人齐声喝道："八师弟，你说什么？"声音十分严峻，那矮子退了一步，脸现惶惧之色。

萧峰心下琢磨："神木王鼎是什么东西？这四人神色十分郑重，决非做戏。他们埋伏在这里，怎么并不出手，尽是自己斗口，难道担心敌我不过，还在等什么外援不成？"

只见那矮子伸出手来，说道："拿来！"阿紫道："拿什么来？"那矮子道："就是神……神……那个东西。"阿紫向萧峰一指，道："我送了给我姊夫啦。"她此言一出，四人的目光齐向萧峰射来，脸上均现怒色。

萧峰心道："这些人当真讨厌，我也懒得多跟他们理会了。"他慢慢站直身子，突然间双足一点，陡地跃起，从四人头顶飞纵而过。这一下既奇且快，那四人也没见他奔跑跳跃或是曲膝作势，只眼前一花，头顶风声微动，萧峰已在四人身后。四人大声呼叫，随后追来，但一霎眼间，萧峰已在数丈之外。

忽听得呼的一声猛响，一件沉重的兵刃掷向他后心。萧峰不用转头，便知是有人以钢杖掷到，他左手反转，接住钢杖。那四人大声怒喝，又有两根钢杖掷来，萧峰又反手接住。每根钢杖都有五十来斤，三根钢杖捧在手中，已有一百六七十斤，萧峰脚下丝毫不缓，只听得呼的一声，又有一根钢杖掷到。这一根飞来时声音最响，显然最为沉重，料是那矮子掷来的。萧峰心想："这几个蛮子不识好歹，须得让他们知道些厉害。"但听得那钢杖飞向脑后，相距不过两尺，他反过左手，又轻轻接住了。

那四人飞掷钢杖，本来敌人要闪身避开也十分不易，料知四杖之中，必有一两根打中了他，否则兵刃岂肯轻易脱手？岂知萧峰竟行若无事的一一接去，无不又惊又怒，大呼大叫的急赶。萧峰待他们追了一阵，陡地立住脚步。这四人正自发力奔跑，收足不定，险些冲到他身上，急忙站住，呼呼喘气。

萧峰从他们投掷钢杖和奔跑之中，已估量到四人武功平平。他微微一笑，说道："各位追赶在下，有何见教？"

那矮子道："你……你……你是谁？你……你武功很厉害啊。"萧峰笑道："也没什么厉害。"一面说，一面运劲于掌，将一根钢杖无声无响的按入了雪地之中。那山道是极坚的硬土，却见钢杖渐渐缩短，没到离地二尺许之处，萧峰放开了手，右脚踏落，将钢杖踏得上端竟和地平。

这四人有的双目圆睁，有的张大了口合不拢来。

萧峰一根接着一根，又将两根钢杖踏入地中，待插到第四根钢杖时，那矮子纵身上前，喝道："别动我的兵刃！"

萧峰笑道："好，还你！"右手提起钢杖，对准了山壁用力一掷，当的一声响，直插入山壁之中。一根八尺来长的钢杖，倒有五尺插入岩中。这钢杖所插处乃是极坚极硬的黑岩。萧峰这么运劲一掷，居然入岩如此之深，自己也觉欣然，寻思："这几个月来备历忧劳，功夫倒没搁下，反而更长进了。半年之前，我只怕还没能插得如此深入。"

那四个人不约而同的大声惊呼，脸露敬畏之色。

阿紫自后赶到，叫道："姊夫，你这手功夫好得很啊，快教教我。"那矮子怒道："你是星宿派门下弟子，怎么去请外人教艺？"阿紫道："他是我姊夫，怎么是外人了？"

那矮子急于收回自己兵刃，纵身一跃，伸手去抓钢杖。岂知萧峰早已估量出他轻身功夫的深浅，钢杖横插在石壁之上，离地一丈四五尺，那矮子的手指差了尺许，碰不到钢杖。

阿紫拍手笑道："好啊，八师哥，只要拔了你的兵刃到手，我便跟你去见师父，否则便不用想了。"那矮子这么一跃，使足平生之力，乃是他轻身功夫的极限，便再跃高一寸，也已艰难万分，听阿紫这么出言相激，心下恼怒，又是用力一纵，中指指尖居然碰到了钢杖。阿紫笑道："碰到不算数，要拔了出来。"

那矮子怒极之下，功夫竟然比平时大进，双足力蹬，一个矮矮阔阔的身躯疾升而上，双手急抓，竟然抓住了钢杖，但这么一来，身子可就挂在半空，摇摇晃晃的无法下来。他使力撼动钢杖，但这根八尺来长的钢杖倒有五尺陷入了坚岩之中，如此摇撼，便摇上三日三夜，也未必摇得下来，这模样自是滑稽可笑之极。

萧峰笑道："萧某可要失陪了！"说着转身便行。

那矮子却说什么也不肯放手，他对自己的武功倒也有自知之明，适才一跃而攀上钢杖，实属侥幸，松手落下之后，第二次再跃，多半不能再攀得到。这钢杖是他十分爱惜的兵刃，轻重合手，再要打造，那就难了，他又用力摇了几下，钢杖仍是纹丝不动，叫道："喂，你将神木王鼎留下，否则的话，那可后患无穷。"

萧峰道："神木王鼎，那是什么东西？"

星宿派门下的三弟子上前一步，说道："阁下武功出神入化，我们都是很佩服的。那座小鼎嘛，本门很是看重，外人得之却是无用，还请阁下赐还。我们必有酬谢。"

萧峰见他们的模样不似作假，也不似埋伏了要袭击自己的样子，便道："阿紫，将那个神木王鼎拿出来，给我瞧瞧，到底是什么东西。"

阿紫道："哎唷，我交了给你啦，肯不肯交出来，可全凭你了。姊夫，还是你自己留着罢。"萧峰一听，已猜到她盗了师门宝物，说已交在自己手中，显是为了要自己为她挡灾，当下将计就计，哈哈一笑，说道："你交给我的物事很多，我也弄不清哪一件叫做'神木王鼎'。"

那矮子身子吊在半空，当即接口道："那是一只六寸来高的小小木鼎，深黄颜色。"萧峰道："嗯，这只东西么？我见倒见过，那只是件小小玩意儿，又有什么用处？"那矮子道："你懂得什么？怎么是一件小小玩意儿？这木鼎……"他还待说下去，那胖子喝道："师弟别胡说八道。"转头向萧峰道："这虽是件没用的玩意儿，但这是家师……家师……那个父亲所赐，因此不能失却，务请阁下赐还，我们感激不尽。"

萧峰道："我随手一丢，不知丢到哪里去啦，是不是还找得到，那也难说。倘若真是要紧物事，我就回信阳去找找，只不过路程太远，再走回头路可就太也麻烦。"

那矮子抢着道："要紧得很。怎么不要紧？咱们快……快……回信阳去拿。"他说到这里，纵身而下，连自己的就手兵刃也不要了。

萧峰伸手轻敲自己额角，说道："唉，这几天没喝够酒，记性不大好，这只小木鼎嘛，也不知是放在信阳呢，还是在大理，嗯，要不然是在晋阳……"

那矮子大叫："喂，喂，你说什么？到底是在大理，还是晋阳？天南地北，这可不是玩的。"那胖子却看出萧峰是故意为难，说道："阁下不必出言戏耍，但教此鼎完好归还，咱们必当重重酬谢，决不食言。"

萧峰突然失惊道："啊哟，不好，我想起来了。"那四人齐声惊问："什么？"萧峰道："那木鼎是在马夫人家里，刚才我放了一把火，将她家烧得片瓦无存，这只木鼎嘛，给大火烧上一烧，不知道会不会坏？"那矮子大声道："怎么不坏，这个……这个……三师哥、四师哥，那如何是好。我不管，师父要责怪，可不关我的事。小师妹，你自己去跟师父说，我，我可管不了。"

阿紫笑道："我记得好像不在马夫人家里。众位师哥，小妹失陪了，你们跟我姊夫理论理论罢。"说着斜身一闪，抢在萧峰身前。

萧峰转了过来，张臂拦住四人，道："你们倘若说明白那神木王鼎的用途来历，说不定我可以帮你们找找，否则的话，在下恕不奉陪了。"

·946·

那矮子不住搓手,说道:"三师哥,没法子啦,只好跟他说了罢?"那胖子道:"好,我便跟阁下说……"

萧峰突然身形一晃,纵到那矮子身边,一伸手托在他腋下,道:"咱们到上面去,我只听你说,不听他的。"他知那胖子貌似忠厚,其实十分狡狯,没半句真话,倒是这矮子心直口快,不会说谎。他托着那矮子的身躯,发足便往山壁上奔去。山壁陡峭之极,本来无论如何攀援不上,但萧峰提气直上,一口气便冲上了十来丈,见有一块凸出的石头,便将那矮子放在石上,自己一足踏石,一足凌空,说道:"你跟我说罢!"

那矮子身在半空,向下一望,不由得头晕目眩,忙道:"快……快放我下去。"萧峰笑道:"你自己跳下去罢。"那矮子道:"胡说八道,这一跳岂不跌个粉身碎骨?"萧峰见他性子直率,倒生了几分好感,问道:"你叫什么名字?"那矮子道:"我是出尘子!"萧峰微微一笑,心道:"这名字倒风雅,只可惜跟你老兄的身材似乎不大相配。"说道:"我可要失陪了,后会有期。"

出尘子大声道:"不能,不能,哎唷,我……我要摔死了。"双手紧贴山壁,暗运内劲,要想抓住石头,但触手处尽是光溜溜地,哪里依附得住?他武功虽然不弱,但处身这三面凌空的高处,不由得十分惊恐。

萧峰道:"快说,神木王鼎有什么用!你要是不说,我就下去了。"

出尘子急道:"我……我非说不可么?"萧峰道:"不说也成,那就再见了。"出尘子一把拉住他衣袖,道:"我说,我说。这座神木王鼎是本门的三宝之一,用来修习'化功大法'的。师父说,中原武人一听到我们的'化功大法',便吓得魂飞魄散,要是见到这座神木王鼎,非打得稀烂不可,这……这是一件希世奇珍,非同小可……"

萧峰久闻"化功大法"之名，知是一门污秽阴毒的邪术，听得这神木王鼎用途如此，也懒得再问，伸手托在出尘子腋下，顺着山壁直奔而下。

在这陡峭如墙的山壁疾冲下来，比之上去时更快更险，出尘子吓得大声呼叫，一声呼叫未息，双脚已经着地，只吓得脸如土色，双膝发战。

那胖子道："八师弟，你说了么？"出尘子牙关格格互击，兀自说不出话来。

萧峰向着阿紫道："拿来！"阿紫道："拿什么来啊？"萧峰道："神木王鼎！"阿紫道："你不是说放在马夫人家里么？怎么又向我要？"萧峰向她打量，见她纤腰细细，衣衫也甚单薄，身边不似藏得有一座六寸来高的木鼎，心想：这小姑娘狡猾得紧，她门户中事，原本不用我理会，这些邪魔外道难缠得紧，阴魂不散的跟着自己，也很讨厌，便道："这种东西萧某得之无用，决计不会拿了不还。你们信也好，不信也好，萧某失陪了。"说着迈开大步，几个起落，已将五人远远抛在后面。

那四人震于他的神威，要追还是不追，议论未定，萧峰早已走得不知去向。

萧峰一口气奔出七十余里，这才找到饭店，饮酒吃饭。这天晚上，他在周王店歇宿，运了一会功，便即入睡。到得半夜，睡梦中忽然听到几响尖锐的哨声，当即惊醒。过得片刻，西南角上有几下哨声，跟着东南角上也有几下哨声相应，哨声尖锐凄厉，正是星宿海一派门人所吹的玉笛。萧峰心道："这一干人赶到左近了，不必理会。"

突然之间，两下"叽，叽"的笛声响起，相隔甚近，便发自这小客店中，跟着有人说道："快起身，大师哥到了，多半已拿住了小师妹。"另一人道："拿住了，你说她能不能活命？"先前那人道："谁知道呢？快走，快走！"听得两人推开窗子，纵跃出房。

萧峰心想："又是两个星宿派门下弟子，没料到这小客店中也伏得有这种人，想是他们比我先到，在客店中一声不出，是以我并未发觉。那二人说不知阿紫能否活命，这小姑娘虽然歹毒，我总不能让她死于非命，否则如何对得起阿朱？"当下也跃出房去。

但听得笛声不断，此起彼应，渐渐移向西南方。他循声赶去，片刻间便已赶上了从客店中出来的那二人。他在二人身后十余丈处不即不离的跟着，翻过两个山头。只见前面山谷中生着一堆火焰。火焰高约五尺，色作纯碧，鬼气森森，和寻常火焰大异。那二人直向火焰处奔去，到得火焰之前，拜倒在地。

萧峰悄悄走近，隐身石后，望将出去，只见火焰旁聚集了十多人，一色的麻葛布衫，绿油油的火光照映之下，人人均有凄惨之色。绿火左首站着一人，一身紫衫，正是阿紫。她双手已被铁铐铐住，雪白的脸给绿火一映，看上去也甚诡异。众人默不作声的注视火焰，左掌按胸，口中喃喃的不知说些什么。萧峰知道这些邪魔外道各有各的怪异仪式，也不去理会。他听适才那两名星宿弟子说"大师哥到了，多半已拿住了小师妹"，见这十余人有老有少，服饰一般无二，动作神态之中，也无哪一个特别显出颐指气使的模样。

忽听得"呜呜呜"几下柔和的笛声从东北方飘来，众人转过身子，齐向着笛声来处躬身行礼。阿紫小嘴微翘，却不转身。萧峰向着笛声来处瞧去，只见一个白衣人影飘行而来，脚下甚是迅捷，片刻间便走到火焰之前，将一枝二尺来长的玉笛一端放到嘴边，向着火焰鼓气一吹，那火焰陡地熄灭，随即大亮，蓬的一声响，腾向半空，升起有丈许来高，这才缓缓低降。众人高呼："大师兄法力神奇，令我等大开眼界。"

萧峰瞧那"大师兄"时，微觉诧异，此人既是众人的大师兄，

· 949 ·

该是个五六十岁的老者,岂知竟是个二十七八岁的年轻人,身材高瘦,脸色青中泛黄,面目却颇英俊。萧峰适才见了他飘行而至的轻功和吹火之技,知道他内力不弱,但这般鼓气吹熄绿火,重又点旺,却非内功,料想是笛中藏着什么引火的特异药末。

只听他向阿紫道:"小师妹,你面子不小啊,这许多人为你劳师动众,从星宿海千里迢迢的赶到中原来。"

阿紫道:"连大师哥也出马,师妹的面子自然不小了,不过要是算上我的靠山,只怕你们大伙儿的份量还有点儿不够。"那大师兄道:"师妹还有靠山么?却不知是谁?"阿紫道:"靠山么,自然是我的爹爹、伯父、妈妈、姊夫这些人。"那大师兄哼了一声,道:"师妹从小由咱们师父抚养长大,无父无母,打从哪里忽然间又钻了许多亲戚出来?"阿紫道:"啊哟,一个人没爹没娘,难道是从石头里崩出来的?只不过我爹爹、妈妈的姓名是个大秘密,不能让人随便知道而已。"那大师兄道:"那么师妹的父母是谁?"阿紫道:"说出来吓你一跳。你要我说么,快开了我的手铐。"

那大师兄道:"开你手铐,那也不难,你先将神木王鼎交出来。"阿紫道:"王鼎在我姊夫那里。三师哥、四师哥、七师哥、八师哥他们不肯向我姊夫要,我又有什么法子?"

那大师兄向萧峰日间所遇的那四人瞧去,脸露微笑,神色温和,那四人却脸色大变,显得害怕之极。出尘子道:"大……大……大师哥,这可不关我事。她……她姊夫本事太大,我……我们追他不上。"那大师兄道:"三师弟,你来说。"

那胖子道:"是,是!"便将如何遇见萧峰,他如何接去四人钢杖,如何将出尘子提上山壁迫问等情一一说了,竟没半点隐瞒。他本来行事说话都是慢吞吞地泰然自若,但这时对着那大师兄,说话声音发颤,宛如大祸临头一般。

那大师兄待他说完,点了点头,向出尘子道:"你跟他说了什么？"

出尘子道："我……我……"那大师兄道："你说了些什么？跟我说好了。"出尘子道："我说……我说……这座神木王鼎，是本门的三宝之一，是……是……练那个大法的。我又说，师父说道，中原武人一听到我们的化功大法，便吓得魂飞魄散，若是见到这座神木王鼎，非打得稀烂不可。我说这是一件稀世奇珍，非同小可，因此……因此请他务必归还。"那大师兄道："很好，他说什么？"出尘子道："他……他什么也不说，就放我下来了。"

那大师兄道："你很好。你跟他说，这座神木王鼎是练咱们'化功大法'之用，深恐他不知道'化功大法'是什么东西，特别声明中原武人一听其名，便吓得魂飞魄散。妙极，妙极，他是不是中原武人？"出尘子道："我不……知……知道。"

那大师兄道："到底是知道，还是不知道？"他话声温和，可是出尘子这么一个刚强暴躁之人，竟如吓得魂不附体一般，牙齿格格打战，道："我……格格……我……格格……不……不知……格格……知……格格……知道。"这"格格"之声，是他上齿和下齿相击，自己难以制止。

那大师兄道："那么他是吓得魂飞魄散呢，还是并不惧怕？"出尘子道："好像他……他……格格……没怎样……怎么……也不害怕。"那大师兄道："你猜他为什么不害怕？"出尘子道："我猜不出，请……大……师哥告知。"那大师兄道："中原武人最怕咱们的化功大法，而要练这门化功大法，非这座神木王鼎不可。这座王鼎既然落入他手中，咱们的化功大法便练不成，因此他就不怕了。"出尘子道："是，是大师哥明见万里，料敌如神，师弟……师弟万万不及。"

萧峰日间和星宿派诸弟子相遇，觉得诸人之中倒是这出尘子爽直坦白，对他较有好感，见他对那大师兄怕得如此厉害，颇有出手相救之意，哪知越听越不成话，这矮子吐言卑鄙，拼命的奉承献媚。萧峰便想："这人不是好汉子，是死是活，不必理会。"

那大师兄转向阿紫，问道："小师妹，你姊夫到底是谁？"阿紫道："他吗？说出来只恐吓你一跳。"那大师兄道："但说不妨，倘若真是鼎鼎大名的英雄人物，我摘星子留意在心便了。"

萧峰听他自报道号，心道："摘星子！好大的口气！瞧他适才飘行而来的身法，轻功虽然甚佳，却也胜不过大理国的巴天石、四大恶人中的云中鹤。"

只听阿紫道："他吗？大师哥，中原武人以谁为首？"那大师兄摘星子道："人人都说'北乔峰，南慕容'，难道这二人都是你姊夫么？"

萧峰气往上冲，心道："你这小子胡言乱语，瞧我叫你知道好歹。"

阿紫格格一笑，说道："大师哥，你说话也真有趣，我只有一个姊姊，怎么会有两个姊夫？"摘星子微笑道："我不知道你只一个姊姊。嗯，就算只一个姊姊，有两个姊夫也不希奇啊。"阿紫道："我姊夫脾气大得很，下次我见到他时，将你这句话说与他知，你就有苦头吃了。我跟你说，我姊夫便是丐帮帮主、威震中原的'北乔峰'便是。"

此言一出，星宿派中见过萧峰之人都是一惊，忍不住一齐"哦"的一声。那二师兄狮鼻人道："怪不得，怪不得。折在他的手里，我也服气了。"

摘星子眉头微蹙，说道："神木王鼎落入了丐帮手中，可不大好办了。"

出尘子虽然害怕，多嘴多舌的脾气却改不了，说道："大师哥，这乔峰早不是丐帮的帮主了，你刚从西边来，想来没听到中原武林最近这件大事。那乔峰，那乔峰，已给丐帮大伙儿逐出帮

· 952 ·

啦!"他事不关己,说话便顺畅了许多。

摘星子吁了口气,绷紧的脸皮登时松了,问道:"乔峰给逐出丐帮了么?是真的么?"

那胖胖的三弟子道:"江湖上都这么说,还说他不是汉人,是契丹人,中原英雄人人要杀他而甘心呢。听说此人杀父、杀母、杀师父、杀朋友,卑鄙下流,无恶不作。"

萧峰藏身山石之后,听着他述说自己这几个月来的不幸遭遇,不由得心中一酸,饶是他武功盖世,胆识过人,但江湖间声名如此难听,为天下英雄所不齿,毕竟无味之极。

只听摘星子问阿紫道:"你姊姊怎么会嫁给这种人?难道天下人都死光了?还是给他先奸后娶、强逼为妻?"

阿紫轻轻一笑,说道:"怎么嫁他,我可不知,不过我姊姊是给他一掌打死了的。"

众人又都"哦"的一声。这些人心肠刚硬,行事狠毒,但听乔峰杀父、杀母、杀师父、杀朋友之余,又杀死了妻子,手段之辣,天下少有,却也不禁自愧不如,甘拜下风。

摘星子道:"丐帮人多势众,确有点不易对付,既然这乔峰已被逐出帮,咱们还忌惮他什么?嘿嘿!"冷笑两声,说道:"什么'北乔峰,南慕容',那是他们中原武人自相标榜的言语,我就不信这两个家伙,能抵挡得了我星宿派的神功妙术!"

那胖子道:"正是,正是,师弟们也都这么想。大师哥武功超凡入圣,这次来到中原,正好将'北乔峰,南慕容'一起给宰了,挫折一下中原武人的锐气,好让他们知道我星宿派的厉害。"

摘星子问道:"那乔峰去了哪里?"

阿紫道:"他说是要到雁门关外,咱们一直追去,好歹要寻到他。"

摘星子道:"是了!二、三、四、七、八五位师弟,这次临敌失机,你们该当何罪?"那五人躬身道:"恭领大师哥责罚。"摘星子道:"咱们来到中原,要办的事甚多,要是依罪施罚,不免减弱了人手。嗯,我瞧,这样罢……"说话未毕,左手一扬,衣袖中飞出五点蓝印印的火花,便如五只飞萤一般,扑过去分别落在五人肩头,随即发出嗤嗤声响。

萧峰鼻中闻到一阵焦肉之气,心道:"好家伙,这可不是烧人么?"火光不久便熄,但五人脸上痛苦的神色却越来越厉害。萧峰寻思:"这人所掷的是硫磺硝磷之类的火弹,料来其中藏有毒物,是以火焰熄灭之后,毒性钻入肌肉,反而令人更加痛楚难当。"

只听摘星子道:"这是小号的'炼心弹'。你们经历一番磨练,耐力更增,下次再遇到劲敌,也不会一战便即屈服,丢了我星宿派的脸面。"狮鼻人和那胖子道:"是,是,多谢大师哥教诲。"其余三人运内力抗痛,无法开口说话。过了一炷香时分,五人的低声呻吟和喘声才渐渐止歇,这一段时刻之中,星宿派众弟子瞧着这五人咬牙切齿、强忍痛楚的神情,无不胆战心惊。

摘星子的眼光慢慢转向出尘子,说道:"八师弟,你泄漏本派重大机密,令本派重宝面临破灭之险,该受如何处罚?"出尘子脸色大变,突然间双膝一屈,跪倒在地,求道:"大师……大师哥,我……我那时胡里胡涂的随口说了出来……你……你饶了我一命,以后……以后给你做牛做马,不敢有半句怨言,不……不……敢有半分怨心。"说着连连磕头。

摘星子叹了口气,说道:"八师弟,你我同门一场,若是我力之所及,原也想饶了你。只不过……唉,要是这次饶了你,以后还有谁肯遵守师父的戒令?你出手罢!本门的规矩,你是知道的,只要你能打败执法尊者,什么罪孽便都免去了。你站起来,这就出手罢!"

出尘子却怎敢和他放对?只不住磕头,咚咚有声。

摘星子道:"你不肯先出手,那么就接我招罢。"

出尘子一声大叫,俯身从地下拾起两块石头,使劲向摘星子掷去,叫道:"大师哥,得罪了!"跟着又拾起两块石头掷出,身子已跃向东北角上,呼呼两响,又掷出两块石头,一个肉球般的身子已远远纵开。他自知武功与摘星子差得太远,只盼这六块石头能挡得一挡,便可脱身逃走,此后隐姓埋名,让星宿派的门人再也找寻不到。

摘星子右袖挥动,在最先飞到的石头上一带,石头反飞而出,向出尘子后心砸去。

萧峰心想:"这人借力打力的功夫倒也了得,这是真实本领,并非邪法。"

出尘子听到背后风声劲急,斜身左跃躲过。但摘星子拂出的第二块石头跟着又到,竟不容他有喘息余地。出尘子左足刚在地下一点,劲风袭背,第三块石头又已赶了过来。每一块石头掷去,都是逼得出尘子向左跳了一大步,六大步跳过,他又已回到火焰之旁。

只听得拍的一声猛响,第六块石头远远落下。出尘子脸色苍白,手一翻,从怀中取出一柄匕首,便往自己胸口插入。摘星子衣袖轻挥,一朵蓝色火花扑向他手腕,嗤嗤声响,烧炙他腕上穴道。出尘子手一松,匕首落地。他大声叫道:"大师哥慈悲!大师哥慈悲!"

摘星子衣袖一挥,一股劲风扑出,射向那堆绿色火焰。火焰中分出一条细细的绿火,射向出尘子身上,着体便燃,衣服和头发首先着火。只见他在地下滚来滚去,厉声惨叫,一时却又不死,焦臭四溢,情状可怖。星宿派众门人只吓得连大气也不敢透一口。

摘星子道:"大家都不说话,嗯,你们觉得我下手太辣,出尘子死得冤枉,是不是?"

众人立即抢着说道:"出尘子死有余辜,大师哥帮他炼体化骨,对他真是仁至义尽。""大师哥英明果断,处置得适当之极,既不宽纵,又不过份,咱们敬佩万分。""这家伙泄露本派的机密,使师尊的练功至宝遭逢危难,本当凌迟碎割,让他吃上七日七夜的苦头这才处死。大师哥顾全同门义气,这家伙做鬼也感激大师哥的恩惠。""咱们人人有罪,请大师哥宽恕。"

无数卑鄙无耻的言语,夹杂在出尘子的惨叫狂号声中。萧峰只觉说不出的厌憎,转过身来,右足一弹,已悄没声的落在二丈以外,以摘星子如此功夫,竟也没有察觉。

萧峰正要离去,忽听得摘星子柔声问道:"小师妹,你偷盗师尊的宝鼎,交与旁人,该受什么处罚?"萧峰一惊,心道:"只怕阿紫所受的刑罚,比之出尘子更要惨酷十倍,我若袖手而去,心中何安?"当即转身,悄没声的又回到原来隐身之处。

只听阿紫说道:"我犯了师父的规矩,那不错,大师哥,你想不想拿回宝鼎?"摘星子道:"这是本门的三宝之一,当然非收回不可,如何能落入外人之手?"阿紫道:"我姊夫的脾气,并不怎么太好。这宝鼎是我交给他的,如果我向他要回,他当然完整无缺的还我。倘若外人向他要,你想他给不给呢?"

摘星子"嗯"了一声,说道:"那很难说。要是宝鼎有了些微损伤,你的罪孽可就更加大了。"阿紫道:"你们向他要,他无论如何是不肯交还的。大师哥武功虽高,最多也不过将他杀了,要想取回宝鼎,那可千难万难。"摘星子沉吟道:"依你说那便如何?"阿紫道:"你们放开我,让我独自到雁门关外,去向姊夫把宝鼎要回。这叫做将功赎罪,不过你得答允,以后也不能向我施用什么刑罚。"

摘星子道:"这话听来倒也有理。不过,小师妹啊,这么一来,做大师哥的脸皮,可就给你剥得干干净净了,从此之后,我再也不能做星宿派的大师兄了。我一放了你,你远走高飞,跟着你姊夫逃之夭夭，我又到哪里去找你？这宝鼎嘛，咱们是志在必得，只要不泄漏风声，那姓乔的未必便敢贸然毁去。小师妹，你出手罢，只要你打胜了我，你便是星宿派的大师姊，反过来我要听你号令，凭你处分。"

萧峰这才明白："原来他们的排行是以功夫强弱而定，不按照入门先后，是以他年纪轻轻，却是大师兄，许多比他年长之人，反而是师弟。这么说来，这些人相互间常常要争夺残杀，那还有什么同门之情、兄弟之义？"

他却不知，这个规矩正是星宿派武功一代比一代更强的法门。大师兄权力极大，做师弟的倘若不服，随时可以武力反抗，那时便以功夫定高低。倘若大师兄得胜，做师弟的自然是任杀任打，绝无反抗余地。要是师弟得胜，他立即一跃而升为大师兄，转手将原来的大师兄处死。师父眼睁睁的袖手旁观，决不干预。在这规矩之下，人人务须努力进修，借以自保，表面上却要不动声色，显得武功低微，以免引起大师兄的疑忌。出尘子膂力厉害，所铸钢杖又长又粗，十分沉重，虽然排行第八，早已引起摘星子的嫉忌，这次便借故剪除了他。别派门人往往练到一定造诣便即停滞不进，星宿派门人却半天也不敢偷懒，永远勤练不休。做大师兄的固然提心吊胆，怕每个师弟向自己挑战，而做师弟的，也老是在担心大师兄找到自己头上来，但只要功夫练得强了，大师兄没有必胜把握，就不会轻易启衅。

阿紫本以为摘星子瞧在宝鼎份上，不会便加害自己，哪知他竟不上当，立时便要动手，这一来可吓得花容失色，但听出尘子呻吟叫唤之声兀自未息，这命运转眼便降到自己身上，只得颤声道："我手足都被他们铐住了，如何跟你动手过招？你要害我，不光明正大的干，却使这等阴谋诡计。"

摘星子道："很好！我先放你。"说着衣袖一拂，一股劲气直射入火焰之中。火焰中又分出一道细细的绿火，便如一根水线般，向阿紫双手之间的铁铐上射去。

萧峰看得甚准，这一条绿火确不是去烧阿紫身体。但听得嗤嗤轻响，过不多时，阿紫两手往外一分，铁铐已从中分断，但两个铁圈还是套在她手上。那绿火倏地缩回，跟着又向前射出，这次却是指向她足踝上的铁镣。也只片刻功夫，铁镣已自烧断。萧峰初见绿火烧熔铁铐，不禁暗自惊异摘星子内力好生了得，待再看到那绿火去烧脚镣时，这次瞧得清楚，绿火所到之处，铁镣便即变色，看来还是那火焰中颇有古怪，并非纯系出于内力。

星宿派众门人不住口的称赞："大师哥的内功当真超凡入圣，非同小可。""我等见所未见，闻所未闻。当今之世，除了师尊之外，大师哥定然是天下无敌。""什么'北乔峰，南慕容'，叫他们来给大师哥提鞋子也不配。""小师妹，现下你知道厉害了罢？只可惜懊悔已经迟了。"你一言，我一语，抢着说个不停。摘星子听着这些谄谀之言，脸带笑容，微微点头，斜眼瞧着阿紫。阿紫虽然心思灵巧，却也想不出什么妙计来脱出眼前的大难，只盼他们说之不休，摘星子越迟出手越好，但这些人翻来覆去说了良久，再也想不出什么新鲜意思来了，声音终于渐渐低下去。

摘星子缓缓的道："小师妹，你这就出招罢！"阿紫颤声道："我不出招。"摘星子道："为什么？我看还是出招的好。"

阿紫道："我不跟你打，明知打你不过，又何必多费气力？你要杀我，尽管杀好了。"

摘星子叹道："我并不想杀你。你这样一位美貌可爱的小姑娘，杀了你实在可惜，不过这叫做无法可施。小师妹，你出招罢，你杀了我，你就可以做大师姊了。星宿派中，除了师父之外，谁都要听你的号令了。"

阿紫道："我小小女子，一生一世永远不会武功盖过你，你其实不用忌我。"

摘星子叹道："要是你不犯这么大的罪孽，我自然永远不会跟你为难，现下……嗯……我是爱莫能助了。小师妹，你接招罢！"说着袖子一挥，一股劲风扑向火焰，一道绿色火线便向阿紫缓缓射去，似乎他不想一时便杀了她，是以火焰去势甚缓。

阿紫惊叫一声，向右跃开两步。那道火焰跟着迫来。阿紫又退一步，背心已靠到萧峰藏身的大石之前。摘星子催动内力，那道火焰跟着逼了过来。阿紫已退无可退，正要想向旁纵跃，摘星子衣袖挥动，两股劲风分袭左右，令她无法闪避，正面这道绿火却越逼越近。

萧峰眼见绿火离她脸孔已不到两尺，近了一寸，又近一寸，便低声道："不用怕，我来助你。"说着从大石后面伸手过去，抵住她背心，又道："你运掌力向火焰击过去。"

阿紫正吓得魂飞魄散，突然听到萧峰的声音，当真喜出望外，想也不想，便一掌拍出，其时萧峰的内力已注入她体内，她这一掌劲力雄浑。那道绿色火焰倏地缩回两尺。

摘星子大吃一惊，眼见阿紫已成为俎上之肉，正想卖弄功夫，逼得绿火在她脸旁盘旋来去，吓得她大声惊叫，在众同门前显足了威风之后这才取她性命，哪想到她小小年纪，居然有这等厉害内力，实是大出意料之外。他星宿派的武功，师父传授之后，各人自行修练，到底造诣如何，不等临敌相斗或是同门自残，那是谁也不知道的。因此阿紫这一掌拍出，竟能将绿火逼回，众人都是"哦"的一声，虽均感惊讶，却谁也没疑心有人暗助，只道阿紫天资聪明，暗中将功夫练得造诣极深。

摘星子运力送回，绿火又向阿紫脸上射去，这一次使力极猛，绿火去势奇快。阿紫"嘤咛"一声，不知如何抵挡才是，忙向左一避。幸好这时摘星子拍向她左右两侧的劲力已消，她身子避开，

· 959 ·

绿火射到石上，嗤嗤直响。萧峰低声道："左掌拍过去，隔断火焰！"阿紫心道："这法儿挺妙！"左手一扬，一股掌力推向绿火中腰，绿火登时断为两截，前半截火焰无后力相继，在岩石上烧了一回，便渐渐弱了下去。

摘星子心想："这股火焰倘若熄了，那便是在众同门前输了一阵，这锐气如何能挫？"当即催动掌力，又将绿火射向岩石，要将那股断了根本的绿火接应回来。

阿紫只觉背上手掌中内力源源送来，若不拍出，说不定自己身子也要炸裂了，当下右手急挥，直击出去。萧峰内力浑厚无比，输到阿紫体内后威力虽减，但若她能善于运用，对摘星子攻个出其不意，极可能便一击而胜。只是她惊恐之余，这一掌拍出去匆匆忙忙，呼的一声响，这道细细的绿火应手而灭，虽是胜了一仗，却未损到摘星子分毫。

但这么一来，星宿派众同门已相顾失色。那七师弟不识时务，还要向大师哥捧场，说道："大师哥，你功力真强，小师妹这一掌拍来，最多也不过将'神火'拍熄一些，却哪里奈何得了你？"这几句话他是有心拍大师兄马屁，但摘星子听来，却是有如向他讽刺一般，突然间衣袖一拂，绿火斜出，嗤的一声响，如一枝箭般射到了七师弟脸上。绿火略一烧炙，便即缩回，那人已双手掩面，蹲在地下，杀猪也似的叫将起来。

摘星子刚将七师弟整治了一下，随即左掌斜拍，一道绿火又向阿紫射来。这次的绿火却粗得多了，声势汹汹，照映得阿紫头脸皆碧。

阿紫拍出掌力，抵住绿火，不令近前。那绿火登时便在半空僵住，焰头前进得一两寸，又向后退了一两寸。黑暗之中，便似一条绿色长蛇横卧空际，轻轻摆动，颜色又是鲜艳，又是诡异，光芒闪烁不定。

摘星子连催三次掌力,都给阿紫挡回,不由得又是焦躁,又是愤怒,再催两次掌力仍是不得前进,蓦地里一股凉意从背脊上升向后颈:"她,她……她余力未尽,原来一直在作弄我。难道师父偏心,暗中将本门最上乘的功夫传了她?我……我这可上了她的当啦!"想到此处,心下登时怯了,手上掌力便即减弱,那条绿色长蛇快如闪电般退向火堆。

摘星子厉声大喝,掌力加盛,绿火突然化作一个斗大的火球,向阿紫疾冲过来。阿紫右掌急拍,却挡不住火球的冲势,左掌忙又推出,双掌并力,才挡住火球。

只见一个碧绿的火球在空中骨碌碌的迅速转动,众弟子喝起采来,都说:"大师哥功力神妙,这一次小丫头可就糟糕啦!""小师妹,你还逞什么强?乘早服输,说不定大师哥还能给你一条生路。"

阿紫不住催动掌力,但萧峰送来的掌力虽强,终究是外来之物,她运用之际不能得心应手。摘星子和她僵持片刻,已发觉了她内力弱点所在,突然间双眉往上一竖,右手食指点了两点,火焰堆中嗤嗤两声轻响,爆出几朵火花,犹如流星一般,分从左右袭向阿紫,来势迅速之极。阿紫叫声"啊哟!"她双手掌力已凝聚在火球之上,再也分不出手来抵挡,无可奈何之中,只得侧身闪避。但两朵火花在摘星子内力催动之下,立即追来。

萧峰眼见阿紫已无力与抗,当下左掌微扬,一股掌力轻轻推出,阿紫身形闪动之际,两条腰带飘将起来,一飘一拂,两朵火花迅速无伦的向摘星子激射回去。

摘星子只吓得目瞪口呆,一怔之间,两朵火花已射到身前,急忙跃起,一朵火花从他足底下飞过。两名师弟喝采:"好功夫,大师兄了不起!"采声未歇,第二朵火花已奔向他小腹。摘星子身在半空,如何还能向上拔高?嗤的一声响,火花已烧上他肚腹。摘星子"啊"的一声大叫,落了下来。那团大火球也即回入火焰堆中。

众弟子眼望阿紫,脸上都现出敬畏之色,均想:"看来小师妹功力不弱,大师兄未必一定能够取胜,我喝采可不要喝得太响了。"

摘星子神色惨淡,伸手打开发髻,长发下垂,覆在脸上,跟着力咬舌尖,一口鲜血向火焰中喷去。那火焰忽地一暗,随即大为明亮,耀得众人眼睛也不易睁开。众弟子还是忍不住大声喝采:"大师哥好功力,令我们大开眼界。"摘星子猛地身子急旋,如陀螺般连转了十多个圈子,大袖拂动,整个火焰堆陡地拔起,便如一座火墙般向阿紫压来。

萧峰知摘星子所使的是一门极厉害的邪术,平生功力已尽数凝聚在这一击之中。这人虽然奸恶,但和他无怨无仇,何必跟他大斗,当下反掌为抓,抓住阿紫背心,便想拉了她就此离去。忽听得阿紫叫道:"阿朱姊姊,阿朱姊姊,你亲妹子给人家这般欺侮,你也不给我出气?"萧峰一怔:"她在叫唤阿朱,我……我……就此一走了事么?"

萧峰微一迟疑,那绿火来得快极,便要扑到阿紫身上,只得双掌齐出,两股劲风拍向阿紫的衣袖。碧焰映照之下,阿紫两只紫色的衣袖鼓风飘起,向外送出,萧峰的劲力已推向那堵绿色的光墙。

这片碧焰在空中略一停滞,便缓缓向摘星子面前退去。摘星子大惊,又在舌尖上一咬,一口鲜血再向火焰喷去,火焰一盛,回了过来,但只进得两尺,便给萧峰的内力逼转。众弟子见阿紫的衣袖鼓足了劲风,便如是风帆一般,都道这位小师妹的内功高强之极,哪想得到她背后另外有人。

摘星子此时脸上已无半点血色,一口口鲜血不住向火焰中吐去。他喷出一口鲜血,功力便减弱一分,这已是骑虎难下,只得硬拼到底,但盼将阿紫烧死了,立即离去,慢慢再修练复元,否则给其他师弟瞧出破绽,说不定乘机便来拣这现成便宜,又来向他挑战。他不断喷出鲜血，但在萧峰雄浑的内力之前，碧焰又怎能再冲前半尺？

萧峰从对方内劲之中，察觉他真气越来越弱，即将油尽灯枯，便凝气向阿紫道："你叫他认输便是，不用斗了。"

阿紫叫道："大师哥，你斗不过我啦，只须跪下求饶，我不杀你便是。你认输罢！"摘星子惶急异常，自知命在顷刻，听了阿紫的话，忙点了点头。阿紫道："你干么不开口？你不说话，便是不肯认输。"摘星子又连连点头，却始终不说话，他凝运全力与萧峰相抗，只要一开口，停送真气，碧焰卷将过来，立时便将他活活烧死。

众同门纷纷嘲骂起来："摘星子，你打输了，何不跪下磕头！""这等脓包货色，也出来现世，星宿派的脸也给你丢光啦！""小师妹宽洪大量，饶你性命，你还硬撑什么面子？开口说话啊，开口说话啊！""摘星子，十年之前，我就知道你是星宿派中最大的败类。小师妹今日清理门户，立下丰功伟绩，当真是我星宿派中兴的大功臣。""你阴谋暗算师尊，企图投靠少林派，幸好小师妹拆穿了你的奸谋。你这混帐畜生，无耻之尤！""小师妹神功奇妙，除了师尊，普天下要算她最为厉害，我早就看了出来。""摘星子，你自己偷盗了神木王鼎，却反咬一口，诬赖小师妹，当真是活得不耐烦了。"

萧峰听这干人见风使帆，捧强欺弱，一见摘星子处于下风，立即翻脸相向，还在片刻之前，这些人将大师兄赞成是并世无敌的大英雄，这时却骂得他狗血淋头，比猪狗也还不如，心想："星宿老魔收的弟子，人品都这么奇差，阿紫自幼和这些人为伍，自然也是行止不端了。"见摘星子狼狈之极，当下也不为已甚，内劲一收，阿紫的一双衣袖便即垂下。

摘星子神情委顿，身子摇摇晃晃，突然间双膝一软，坐倒在地。

阿紫道："大师哥，你怎么啦？服了我么？"摘星子低声道："我认输啦。你……你别……别叫我大师哥，你是咱们的大师姊！"

众弟子齐声欢呼："妙极，妙极！大师姊武功盖世，星宿派有这样一位传人，咱们星宿派更加要名扬天下了。""大师姊，你快去宰了那什么'北乔峰，南慕容'，咱星宿派在中原唯我独尊。"另一人道："你胡说八道！北乔峰是大师姊的姊夫，怎么杀得？""有什么杀不得？除非他投入咱们星宿派门下，甘愿服输。"

阿紫斥道："你们瞎说些什么？大家别作声。"众弟子登时鸦雀无声。

阿紫笑咪咪的向摘星子道："本门规矩，更换传人之后，旧的传人该当如何处置？"摘星子额头冷汗涔涔而下，颤声道："大大……大师姊，求你……求你……"阿紫格格娇笑，说道："我真想饶你，只可惜本门规矩，不能坏在我的手里。你出招罢！有什么本事，尽力向我施展好了。"

摘星子知道自己命运已决，不再哀求，凝气双掌，向火堆平平推出，可是他内力已尽，双掌推出，火焰只微微颤动了两下，更无动静。

阿紫笑道："好玩，好玩，真好玩！大师哥，你的法术怎么忽然不灵了？"向前跨出两步，双掌拍出，一道碧焰吐出，射向摘星子身上。阿紫内力平平，这道碧焰去势既缓，也甚是松散黯淡，但摘星子此刻已无丝毫还手余地，连站起来逃命的力气也无。碧焰一射到他身上，霎时间头发衣衫着火，狂叫惨号声中，全身都裹入烈焰之中。

众弟子颂声大起，齐赞大师姊功力出神入化，替星宿派除去了一个为祸多年的败类，禀承师尊意旨，立下了大功。

萧峰虽在江湖上见过不少惨酷凶残之事，但阿紫这样一个秀丽清雅、天真可爱的少女，行事竟这般毒辣。他心中只感说不出的厌恶，轻轻叹了口气，拔足便行。

阿紫叫道："姊夫，姊夫，你别走，等一等我。"星宿派诸弟子见岩石之后突然有人现身，而二弟子、三弟子等人认得便是萧峰，都是愕然失色。

阿紫又叫："姊夫，你等等我。"抢步走到萧峰身边。这时摘星子的惨叫声越来越响，他嗓音尖锐，加上山谷中的回声，更是难听。萧峰皱眉道："你跟着我干什么？你做了星宿派传人，成了这一群人的大师姊，不是心满意足了么？"阿紫笑道："不成。"压低声音道："我这大师姊是混来的，有什么希罕？姊夫，我跟你一起到雁门关外去。"萧峰听着摘星子的呼号之声，不愿在这地方多耽，快步向北行去。

阿紫和他并肩而走，回头叫道："二师弟，我有事去北方。你们在这里附近等我回来，谁也不许擅自离开，听见了没有？"众弟子一齐抢上几步，恭恭敬敬的躬身说道："谨领大师姊法旨，众师弟不敢有违。"随即纷纷称颂："恭祝大师姊一路平安。""恭祝大师姊事事如意。""恭祝大师姊旗开得胜，马到功成。""大师姊身负如此神功，天下事有什么办不了？这般恭祝，那也是多余的了。"

阿紫回手挥了几下，脸上忍不住露出得意的笑容。

萧峰在白雪映照之下，见到她秀丽的脸上满是天真可爱的微笑，便如新得了个有趣的玩偶或是好吃的糖果一般，若非适才亲眼目睹，有谁能信她是刚杀了大师兄、新得天下第一大邪派传人之位。萧峰轻轻叹息一声，只觉尘世之间，事事都是索然无味。

阿紫问道："姊夫，你叹什么气？说我太也顽皮么？"萧峰道："你不是顽皮，是太过残忍凶恶。咱们成年男子，这么干那也罢了，你是个小姑娘，怎么也这般下手不容情？"阿紫奇道："你是明知故问，还是真的不知道？"说着侧过了头，瞧着萧峰，脸上满是好奇的神色。萧峰道："我怎么会明知故问？"

阿紫道："这就奇了，你怎么会不知道？我这个大师姊是假的，是你给我挣来的，只不过他们都瞧不出来而已。要是我不杀他，终有一日会给他瞧出破绽，那时候你又未必在我身边，我的性命自然势必送在他手里。我要活命，便非杀他不可。"

萧峰道："好罢！那你定要跟我去雁门关，又干什么？"阿紫道："姊夫，我对你说老实话了，好不好？你听不听？"萧峰心道："好啊，原来你一直没跟我说老实话，这时候才说。"说道："当然好，我就怕你不说老实话。"阿紫格格的笑了几声，伸手挽住他臂膀，道："你也有怕我的事？"萧峰叹道："我怕你的事多着呢，怕你闯祸，怕你随便害人，怕你做出古里古怪的事来……"阿紫道："你怕不怕我给人家欺侮，给人家杀了？"萧峰道："我受你姊姊重托，当然要照顾你。"阿紫道："要是我姊姊没托过你呢？倘若我不是阿朱的妹子呢？"萧峰哼了一声，道："那我又何必睬你？"

阿紫道："我姊姊就那么好？你心中就半点也瞧我不起？"萧峰道："你姊姊比你好上千倍万倍，阿紫，你一辈子永远比不上她。"说到这里，眼眶微红，语音颇为酸楚。

阿紫嘟起小嘴，悻悻的道："既然阿朱样样都比我好，那么你叫她来陪你罢，我可不陪你了。"说了转身便走。

萧峰也不理睬，自管迈步而行，心中却不由得伤感："倘若阿朱陪我在这雪地中行走，倘若她突然发嗔，转身而去，我当然立刻便追赶前去，好好的陪个不是。不，我起初就不会惹她生气，什么事都会顺着她。唉，阿朱对我柔顺体贴，又怎会向我生气？"

忽听得脚步声响，阿紫又奔了回来，说道："姊夫，你这人也忒狠心，说不等便不等，没半点仁慈心肠。"萧峰嘿的一声，笑了出来，说道："你也来说什么仁慈心肠。阿紫，你听谁说过'仁慈'两字？"阿紫道："听我妈妈说的，她说对人不要凶狠霸道，要仁慈些才是。"萧峰道："你妈妈的话不错，只可惜你从小没跟妈妈在一起，却跟着师父学了一肚子的坏心眼儿。"阿紫笑道："好罢！姊夫，以后我跟你在一起，多向你学些好心眼儿。"

萧峰吓了一跳，连连摇手，忙道："不成，不成！你跟着我这个粗鲁匹夫有什么好？阿紫，你走罢！你跟我在一起，我老是心烦意乱，要静下来好好想一下事情也不行。"阿紫道："你要想什么事情，不如说给我听，我帮你想想。你这人太好，挺容易上人家的当。"萧峰又是好气，又是好笑，说道："你一个小女孩儿，懂得什么？难道我想不到的事，你反而想到了？"阿紫道："这个自然，有许多事情，你说什么也想不到的。"

她从地下抓起一把雪来，捏成一团，远远的掷了出去，说道："姊夫，你到雁门关外去干什么？"萧峰摇头道："不干什么。打猎牧羊，了此一生，也就是了。"阿紫道："谁给你做饭吃？谁给你做衣穿？"萧峰一怔，他可从来没想过这种事情，随口道："吃饭穿衣，那还不容易？咱们契丹人吃的是羊肉牛肉，穿的是羊皮牛皮，到处为家，随遇而安，什么也不用操心。"阿紫道："你寂寞的时候，谁陪你说话？"萧峰道："我回到自己族人那里，自会结识同族的朋友。"阿紫道："他们说来说去，尽是打猎、骑马、宰牛、杀羊，这些话听得多了，又有什么味道？"

萧峰叹了口气，知道她的话不错，无言可答。

阿紫道："你非去辽国不可么？你不回去，在这里喝酒打架，死也好，活也好，岂不是轰轰烈烈、痛快得多么？"

萧峰听她说"在这里喝酒打架，死也好，活也好，岂不是轰轰烈烈、痛快得多么"这句话，不由得胸口一热，豪气登生，抬起头来，一声长啸，说道："你这话不错！"

阿紫拉拉他臂膀，说道："姊夫，那你就别去啦，我也不回星宿海去，只跟着你喝酒打架。"萧峰笑道："你是星宿派的大师姊，人家没了传人，没了大师姊，那怎么成？"阿紫道："我这个大师姊是混骗来的，一露出马脚，立时就性命不保，虽说好玩，也不怎么了不起。我还是跟着你喝酒打架的好玩。"萧峰微笑道："说到喝酒，你酒量太差，只怕喝不到一碗便醉了。打架的本事也不行，帮不了我忙，反而要我帮你。"

阿紫闷闷不乐，锁起了眉头，来回走了几步，突然坐倒在地，放声大哭。萧峰倒给她吓了一跳，忙问："你……你……你干什么？"阿紫不理，仍是大哭，甚为哀切。

萧峰一向见她处处占人上风，便是给星宿派擒住之时，也是倔强不屈，没想到她竟会如此苦恼的大哭，不由得手足无措，又问："喂，喂，阿紫，你怎么啦？"阿紫抽抽噎噎的道："你走开，别来管我，让我在这里哭死了，你才快活。"萧峰微笑道："好端端一个人，哭是哭不死的。"阿紫哭道："我偏要哭死，偏要哭死给你看！"

萧峰笑道："你慢慢在这里哭罢，我可不能陪你了。"说着拔步便行，只走出几步，忽听她止了啼哭，全无声息。萧峰有些奇怪，回头一望，只见她俯伏雪地之中，一动也不动。萧峰心中暗笑："小女孩儿撒痴撒娇，我若去理睬她，终究理不胜理。"当下头也不回的径自去了。

他走出数里，回头再望，这一带地势平旷，一眼瞧去并无树木山坡阻挡，似乎阿紫仍是一动不动的躺着。萧峰心下犹豫："这女孩儿性子古怪之极，说不定真的便这么躺着，就此不再起来。"又想："我已害死了她姊姊，就算不听阿朱的话，不去照料她，保护她，终不能激死了她。"一想到阿朱，不由得胸口一热，当即快步从原路回来。

奔到阿紫身边，果见她俯伏于地，仍和先前一模一样，半分也没移动地位，萧峰走上两步，突然一怔，只见她嵌在数寸厚的积雪之中，身旁积雪竟全不融化，莫非果然死了？他一惊之下，伸手去摸她脸颊，着手处肌肤上一片冰冷，再探她鼻息，也是全无呼吸。萧峰见过她诈死欺骗自己亲生父母，知道她星宿派中有一门龟息功夫，可以闭住呼吸，倒也并不如何惊慌，于是伸指在她胁下点了两点，内力自她穴道中透了进去。

阿紫嘤咛一声，缓缓睁开眼来，突然间樱口一张，一枚蓝晃晃的细针急喷而出，射向萧峰眉心。

萧峰和她相距不过尺许，说什么也想不到她竟会突施暗算，这根毒针来得甚是劲急，他武功再高，在仓卒之际、咫尺之间要想避去，也已万万不能。他想也不想，右手一扬，一股浑厚雄劲之极的掌风劈了出去。

这一掌实是他生平功力之所聚，这细细的一枚钢针在尺许之内急射过来，要以无形无质的掌风将之震开，所使的掌力自是大得惊人。他一掌击出，身子同时尽力向右斜出，只闻到一阵淡淡的腥臭之气，毒针已从他脸颊旁擦过，相距不过寸许，委实凶险绝伦。

便在此时，阿紫的身躯也被他这一掌推了出去，哼也不哼，身子平平飞出，拍的一声，摔在十余丈外。她身子落下后又在雪地上滑了数丈，这才停住。

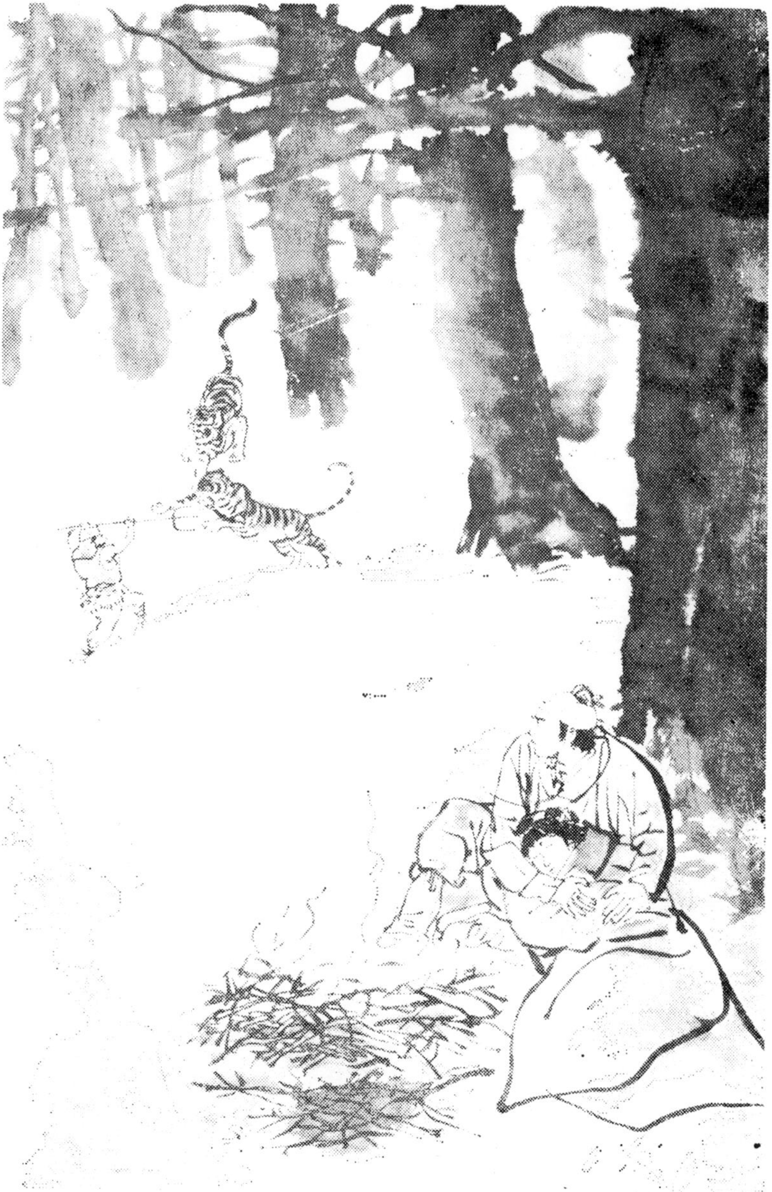

雪地中一条大汉身披兽皮，挺着一柄大铁叉，追逐两头猛虎。其中一头回头咆哮，向那猎人扑去。那汉子虎叉挺出，对准猛虎的咽喉刺去。

二十六

赤手屠熊搏虎

萧峰于千钧一发中逃脱危难，暗叫一声："惭愧！"第一个念头便是："这妖女心肠好毒，竟使这歹招暗算于我。"想到星宿派的暗器定是厉害无比，毒辣到了极点，倘若这一下给射中了，活命之望微乎其微，不由得心中怦怦乱跳。

待见阿紫给自己一掌震出十余丈，不禁又是一惊："啊哟，这一掌她怎经受得起？只怕已给我打死了。"身形一晃，纵到她身边，只见她双目紧闭，两道鲜血从嘴角流了出来，脸如金纸，这一次是真的停了呼吸。

萧峰登时呆了，心道："我又打死了她，又打死了阿朱的妹妹。她……她临死时叫我照顾她的妹妹，可是……可是……我又打死了她。"这一怔本来只是霎息之间的事，但他心神恍惚，却如经历了一段极长的时刻。他摇了摇头，忙伸掌按住阿紫后心，将真气内力拼命送将过去。过了好一会，阿紫身子微微一动。萧峰大喜，叫道："阿紫，阿紫，你别死，我说什么也要救活你。"

但阿紫只动了这么一下，又不动了。萧峰甚是焦急，当即盘膝坐在雪地，将阿紫轻轻扶起，放在自己身前，双掌按住她背心，将内力缓缓输入她体内。他知阿紫受伤极重，眼下只有令她保住一口气，暂得不死，徐图挽救，因此以真气输入她的体内，也是缓缓而行。过得一顿饭时分,他头上冒出丝丝白气,已是全力而为。

这么连续不断的行功,隔了小半个时辰,阿紫身子微微一动,轻轻叫了声:"姊夫!"萧峰大喜,继续行功,却不跟她说话。只觉她身子渐渐温暖,鼻中也有了轻微呼吸。萧峰心怕功亏一篑,丝毫不停的运送内力,直至中午时分,阿紫气息稍匀,这才将她横抱怀中,快步而行,却见她脸上已没半点血色。

他迈开脚步,走得又快又稳,左手仍是按在阿紫背心,不绝的输以真气。走了一个多时辰,来到一个小市镇,镇上并无客店,只得再向北行,奔出二十余里,才寻到一家简陋的客店。这客店也无店小二,便是店主自行招呼客人。萧峰要店主取来一碗热汤,用匙羹舀了,慢慢喂入阿紫口中。但她只喝得三口,便尽数呕了出来,热汤中满是紫血。

萧峰甚是忧急,心想阿紫这一次受伤,多半治不好了,那阎王敌薛神医不知到了何处,就算薛神医便在身边,也未必能治。当日阿朱为少林寺掌门方丈掌力震荡,并非亲身所受,也已惊险万状,既敷了太行山谭公的治伤灵膏,又蒙薛神医施救,方得治愈。他虽知阿紫性命难保,却不肯就此罢手,只是想:"我就算累得筋疲力尽,真气内力全部耗竭,也要支持到底。我不是为了救她,只是要不负阿朱的嘱托。"

他明知阿紫出手暗算于他在先,当此处境,这一掌若不击出,自己已送命在她手中。他这等武功高强之人,一遇危难,心中想也不想,自然而然的便出手御害解难。他被迫打伤阿紫,就算阿朱在场,也决不会有半句怪责的言语,这是阿紫自取其祸,与旁人无干,但就因阿朱不能知道,萧峰才觉得万分对她不起。

这一晚他始终没合眼安睡,直到次日,不断以真气维系阿紫的性命。当日阿朱受伤,萧峰只在她气息渐趋微弱之时,这才出手,这时阿紫却片刻也离不开他手掌,否则气息立时断绝。

第二晚仍是如此。萧峰功力虽强，但两日两晚的劳顿下来，毕竟也已疲累之极。小客店中所藏的两坛酒早给他喝得坛底向天，要店主到别处去买，偏生身边又没带多少银两。他一天不吃饭毫不要紧，一天不喝酒就难过之极，这时渐渐的心力交瘁，更须以酒提神，心想："阿紫身上想必带有金钱。"

解开她衣囊，果见有三只小小金元宝、几锭碎银子。他取了一锭银子，包好衣囊，见衣囊上连有一根紫色丝带，另一端系在她腰间。萧峰心想："这小姑娘谨慎得很，生怕衣囊掉了。这些叮叮当当的东西系在身上，可挺不舒服。"伸手去解系在她腰带上的丝带扭结。这结打得很实，单用一只手，费好一会功夫这才解开，一抽之下，只觉丝带的另一端另行系得有物。那物却藏在她裙内。

他一放手，拍的一声，一件物事落下地来，竟是一座色作深黄的小小木鼎。

萧峰叹了口气，俯身拾起，放在桌上。木鼎雕琢甚是精细，木质坚润似玉，木理之中隐隐约约的泛出红丝。萧峰知道这是星宿派修炼"化功大法"之用，心生厌憎，只看了两眼，也便不加理会，心想："这小姑娘当真狡狯，口口声声说这神木王鼎已交了给我，哪知却系在自己裙内。料得她同门一来相信确是在我手中，二来也不便搜及她的裙子，是以始终没有发觉。唉，今日她性命难保，要这等身外之物何用？"

当下招呼店主进来，命他持银两去买酒买肉，自己继续以内力保住阿紫的性命。

到第四日早上，实在支持不住了，只得双手各握阿紫一只手掌，将她搂在怀里，靠在自己胸前，将内力从她掌心传将过去，过不多时，双目再也睁不开来，迷迷糊糊的终于合眼睡着了。但总是挂念着阿紫的生死，睡不了片刻，便又惊醒，幸好他入睡之后，真气一般的流动，只要手掌不与阿紫的手掌相离，她气息便不断绝。

·975·

这般又过了两天,眼见阿紫一口气虽得勉强吊住,伤势却没半点好转之象,如此困居于这家小客店中,如何了局?阿紫偶尔睁开眼来,目光迷茫无神,显然仍是人事不知,更是一句话也不会说。萧峰苦思无策,心道:"只得抱了她上路,到道上碰碰运气,在这小客店中苦耽下去,终究不是法子。"

当下左手抱了阿紫,右手拿了她的衣囊塞在怀中,见到桌上那木鼎,寻思:"这等害人的物事,打碎了罢!"待要一掌击出,转念又想:"阿紫千辛万苦的盗得此物。眼看她的伤是好不了啦。临死之时回光返照,会有片刻时分的神智清醒,定会问起此鼎,那时我取出来给她瞧上一瞧,让她安心而死,胜于抱恨而终。"

于是伸手取过木鼎,鼎一入手,便觉内中有物蠕蠕而动,他好生奇怪,凝神一看,只见鼎侧有五个铜钱大的圆孔,木鼎齐颈处有一道细缝,似乎分为两截。他以小指与无名指夹住鼎身,以大拇指与中指夹住上半截木鼎向左一旋,果然可以转动。转了几转,旋开鼎盖,向鼎中瞧去,不禁又是惊奇,又有些恶心,原来鼎中有两只毒虫正在互相咬啮,一只是蝎子,另一只是蜈蚣,翻翻滚滚,斗得着实厉害。

数日前将木鼎放到桌上时,鼎内显然并无毒虫,这蜈蚣与蝎子自是不久之前才爬入鼎中的。萧峰料知这是星宿派收集毒虫毒物的古怪法门,将木鼎一侧,把蜈蚣和蝎子倒在地下,一脚踏死,然后旋上鼎盖,包入衣囊。结算了店帐,抱着阿紫,冲风冒雪的向北行走。

他与中原豪杰结仇已深,却又不愿改装易容,这一路向北,越行越近大宋京城汴梁,非与中土武林人物相遇不可,一来不愿再结怨杀人,二来这般抱着阿紫,与人动手着实不便,是以避开了大路,尽拣荒僻的山野行走。这般奔行数百里,居然平安无事。

这一日来到一个大市镇，见一家药材店外挂着"世传儒医王通治赠诊"的木牌，寻思："小地方也不会有什么名医，但也不妨去请教一下。"于是抱了阿紫，入内求医。

那儒医王通治搭搭阿紫的脉息，瞧瞧萧峰，又搭搭阿紫的脉息，再瞧瞧萧峰，脸上神色十分古怪，忽然伸出手指，来搭萧峰的腕脉。

萧峰怒道："大夫，是请你看我妹子的病，不是在下自己求医。"王通治摇了摇头，说道："我瞧你有病，神智不清，心神颠倒错乱，要好好治一治。"萧峰道："我有什么神智不清？"王通治道："这位姑娘脉息已停，早就死了，只不过身子尚未僵硬而已。你抱着她来看什么医生？不是心神错乱么？老兄，人死不能复生，你也不可太过伤心，还是抱着令妹的尸体，急速埋葬，这叫做入土为安。"

萧峰哭笑不得，但想这医生的话也非无理，阿紫其实早已死了，全仗自己的真气维系着她的一线生机，寻常医生如何懂得？他站起身来，转身出门。

只见一个管家打扮的人匆匆奔进药店，叫道："快，快，要最好的老山人参。我家老太爷忽然中风，要断气了，要人参吊一吊性命。"药店掌柜忙道："是，是！有上好的老山人参。"

萧峰听了"老山人参，吊一吊性命"这话，登时想起，一个人病重将要断气之时，如果喂他几口浓浓的参汤，往往便可吊住气息，多活得一时三刻，说几句遗言，这情形他本也知道，只是没想到可以用在阿紫身上。但见那掌柜取出一只红木匣子，珍而重之的推开匣盖，现出三枝手指粗细的人参来。萧峰曾听人说过，人参越粗大越好，表皮上皱纹愈多愈深，便愈名贵，如果形如人身，头手足俱全，那便是年深月久的极品了。这三枝人参看来也只寻常之物，并没什么了不起。那管家拣了一枝，匆匆走了。

萧峰取出一锭金子,将余下的两枝都买了。药店中原有代客煎药之具,当即熬成参汤,慢慢喂给阿紫喝了几口。她这一次居然并不吐出。又喂她喝了几口后,萧峰察觉到她脉搏跳动略有增强,呼吸似也顺畅了些,不由得心中一喜。

那儒医王通治在一旁瞧着,却连连摇头,说道:"老兄,人参得来不易,糟蹋了甚是可惜。人参又不是灵芝仙草,如果连死人也救得活,有钱之人就永远不死了。"

萧峰这几日来片刻也不能离开阿紫,心中郁闷已久,听得这王通治在一旁啰里啰唆,冷言冷语,不由得怒从心起,反手便想一掌击出,但手臂微动之际,立即克制:"乱打不会武功之人,算什么英雄好汉?"当即收住了手,抱起阿紫,奔出药店,隐隐听到王通治还在冷笑而言:"这汉子真是胡涂,抱着个死人奔来奔去,看来他自己也是命不久矣!"这大夫却不知自己适才已到鬼门关去转了一遭,萧峰这一掌若是一怒击出,便是十个王通治,也统通不治了。

萧峰出了药店,寻思:"素闻老山人参产于长白山一带苦寒之地,不如便去碰碰运气。虽然要救活阿紫是千难万难,但只要能使她在人间多留一日,阿朱在天之灵,心中也必多一分喜慰。"

当下折而向右,取道往东北方而去。一路上遇到药店,便进去购买人参,后来金银用完了,老实不客气的闯进店去,伸手便取,几名药店伙计又如何阻得他住?阿紫服食大量人参之后,居然偶尔能睁开眼来,轻轻叫声:"姊夫!"晚间入睡之时,若有几个时辰不给她接续真气,她也能自行微微呼吸。

如此渐行渐寒,萧峰终于抱着阿紫,来到长白山中。虽说长白山中多产人参,但若不是熟知地势和采参法门的老年参客,便是寻上一年半载,也未必能寻到一枝。萧峰不断向北,路上行人渐稀,到得后来,满眼是森林长草,高坡堆雪,连行数日,竟一个人也见不到。不由得暗暗叫苦："糟了，糟了！遍地积雪，却如何挖参？还是回到人参的集散之地，有钱便买，无钱便抢。"于是抱着阿紫，又走了回来。

其时天寒地冻，地下积雪数尺，难行之极，若不是他武功卓绝，这般抱着一人行走，就算不冻死，也早陷在大雪之中，脱身不得了。

行到第三日上，天色阴沉，看来大风雪便要刮起，一眼望将出去，前后左右尽是皑皑白雪，雪地中别说望不见行人足印，连野兽的足迹也无。萧峰四顾茫然，便如处身于无边无际的大海之中。风声尖锐，在耳边呼啸来去。

萧峰知道早已迷路，数次跃上大树瞭望，四下里尽是白雪覆盖的森林，又哪里分得出东西南北？他生怕阿紫受寒，解开自己长袍将她裹在怀里。他虽然向来天不怕、地不怕，但这时茫茫宇宙之间，似乎便剩下他孤另另一人，也不禁颇有惧意。倘若真的只是他一人，那也罢了，雪海虽大，终究困他不住，可是他怀中还抱着个昏昏沉沉、半生不死的小阿紫！

他已接连三天没有吃饭，想打只松鸡野兔，却也瞧不见半点影子，寻思："这般乱闯，终究闯不出去，且在林中憩息一宵，等雪住了，瞧到日月星辰，便能辨别方向。"在林中找了个背风处，捡些枯柴，生起火来。火堆烧得大了，身上便颇有暖意。他只饿得腹中咕咕直响，见树根处生着些草菌，颜色灰白，看来无毒，便在火堆旁烤了一些，聊以充饥。

吃了二十几只草菌后，精神略振，扶着阿紫靠在自己胸前烤火。正要闭眼入睡，猛听得"呜哗"一声大叫，却是虎啸之声。萧峰大喜："有大虫送上门来，可有虎肉吃了。"侧耳听去，共有两头老虎从雪地中奔驰而来，随即又听到吆喝之声，似是有人在追逐老虎。

他听到人声，更是喜欢，耳听得两头大虫向西急奔，当即把阿紫轻轻放在火堆旁，展开轻功，从斜路上迎了过去。这时雪下得正大，北风又劲，卷得漫天尽是白茫茫的一团。

只奔出十余丈，便见雪地中两头斑斓猛虎咆哮而来，后面一条大汉身披兽皮，挺着一柄长大铁叉，急步追逐。两头猛虎躯体巨大，奔跑了一阵，其中一头便回头咆哮，向那猎人扑去。那汉子虎叉挺出，对准猛虎的咽喉刺去。这猛虎行动便捷，一掉头，便避开了虎叉，第二头猛虎又向那人扑去。

那猎人身手极快，倒转铁叉，拍的一响，叉柄在猛虎腰间重重打了一下。那猛虎吃痛，大吼一声，夹着尾巴，掉头便奔。另一头老虎也不再恋战，跟着走了。萧峰见这猎人身手矫健，膂力雄强，但不似会什么武功，只是熟知野兽习性，猛虎尚未扑出，他铁叉已候在虎头必到之处，正所谓料敌机先，但要一举刺死两头猛虎，看来却也不易。

萧峰叫道："老兄，我来帮你打虎。"斜刺里冲将过去，拦住了两头猛虎的去路。那猎人见萧峰斗然冲出，吃了一惊，大声呼喝叫嚷，说的不是汉人语言。萧峰不知他说些什么，当下也不理会，提起右手，对准一头老虎额脑门便是一掌，砰的一声响，那头猛虎翻身摔了个筋斗，吼声如雷，又向萧峰扑来。

萧峰适才这一掌使了七成力，纵是武功高强之士，受在身上也非脑浆迸裂不可，但猛虎头坚骨粗，这一记裂石开碑的掌力打在头上，居然只不过摔了个筋斗，又即扑上。萧峰赞道："好家伙，真有你的！"侧身避开，右手自上向下斜掠，擦的一声，斩在猛虎腰间。这一斩他加了一成力，那猛虎向前冲出几步，脚步蹒跚，随即没命价纵跃奔逃。萧峰抢上两步，右手一挽，已抓住了虎尾，大喝一声，左手也抓到了虎尾之上，奋起神力，双手使劲回拉，那猛虎正自发力前冲，被他这么一拉，两股劲力一迸，虎身直飞向半空。

· 980 ·

那猎人提着铁叉,正在和另一头猛虎厮斗,突见萧峰竟将猛虎摔向空中,这一惊当真非同小可。只见那猛虎在半空中张开大口,伸出利爪,从空扑落。萧峰一声断喝,双掌齐出,拍的一声闷响,击在猛虎的肚腹之上。虎腹是柔软之处,这一招"排云双掌"正是萧峰的得意功夫,那大虫登时五脏碎裂,在地下翻滚一会,倒在雪中死了。

那猎人心下好生敬佩,人家空手毙虎,自己手有铁叉,倘若连这头老虎也杀不了,岂不叫人小觑了?当下左刺一叉,右刺一叉,一叉又一叉往老虎身上招呼。那猛虎身中数叉,更激发了凶性,露出白森森的牙齿,纵身向那人扑去。

那猎人侧身避开,铁叉横戳,噗的一声,刺入猛虎的头颈,双手往上一抬,那猛虎惨号声中,翻倒在地。那人双臂使力,将猛虎牢牢的钉在雪地之中。但听得喀喇喇一声响,他上身的兽皮衣服背上裂开一条大缝,露出光秃秃的背脊,肌肉虬结,甚是雄伟。萧峰看了,暗赞一声:"好汉子!"只见那头猛虎肚腹向天,四只爪子凌空乱搔乱爬,过了一会,终于不动了。

那猎人提起铁叉,哈哈大笑,转过身来,向萧峰双手大拇指一翘,说了几句话。萧峰虽不懂他的言语,但瞧这神情,知道他是称赞自己英雄了得,于是学着他样,也是双手大拇指一翘,说道:"英雄!英雄!"

那人大喜,指指自己鼻尖,说道:"完颜阿骨打!"萧峰料想这是他的姓名,便也指指自己的鼻尖,道:"萧峰!"那人道:"萧峰?契丹?"萧峰点点头,道:"契丹!你?"伸手指着他询问。那人道:"完颜阿骨打!女真!"

萧峰素闻辽国之东、高丽之北有个部族,名叫女真,族人勇悍善战,原来这完颜阿骨打便是女真人。虽然言语不通,但茫茫雪海中遇到一个同伴,总是欢喜,当下比划手势,告诉他还有一个同伴，提起死虎，向阿紫躺卧之处走去。阿骨打拖了死虎，跟随其后。

猛虎新死，血未凝结，萧峰倒提虎身，割开虎喉，将虎血灌入阿紫口中。阿紫睁不开眼来，却能吞咽虎血，喝了十余口才罢。萧峰甚喜，撕下两条虎腿，便在火堆上烤了起来。阿骨打见他空手撕烂虎身，如撕熟鸡，这等手劲实是见所未见，闻所未闻，呆呆的瞧着他一双手，看了半晌，伸出手掌去轻轻抚摸他手腕手臂，满脸敬仰之色。

虎肉烤熟后，萧峰和阿骨打吃了个饱。阿骨打做手势问起来意，萧峰打手势说是挖掘人参替阿紫医病，以致迷路。阿骨打哈哈大笑，一阵比划，说道要人参容易得紧，随我去要多少有多少。萧峰大喜，站起身来，左手抱起了阿紫，右手便提起了一头死虎。阿骨打又是拇指一翘，赞他："好大的气力！"

阿骨打对这一带地势甚熟，虽在大风雪中也不会迷路。两人走到天黑，便在林中住宿，天明又行。如此一路向西，走了两天，到第三天午间，萧峰见雪地中脚印甚多。阿骨打连打手势，说道离族人已近。果然转过两个山坳，只见东南方山坡上黑压压的扎了数百座兽皮营帐。阿骨打撮唇作哨，营帐中便有人迎了出来。

萧峰随着阿骨打走近，只见每一座营帐前都生了火堆，火堆旁围满女人，在缝补兽皮、腌腊兽肉。阿骨打带着萧峰走向中间一座最大的营帐，挑帐而入。萧峰跟了进去。帐中十余人围坐，正自饮酒，一见阿骨打，大声欢呼起来。阿骨打指着萧峰，连比带说，萧峰瞧着他的模样，料知他是在叙述自己空手毙虎的情形。众人纷纷围到萧峰身边，伸手翘起大拇指，不住口的称赞。

正热闹间，走了一个买卖人打扮的汉人进来，向萧峰道："这位爷台，会说汉话么？"萧峰喜道："会说，会说。"

问起情由，原来此处是女真人族长的帐幕。居中那黑须老者便是族长和哩布。他共有十一个儿子，个个英雄了得。阿骨打是他次子。这汉人名叫许卓诚,每年冬天到这里来收购人参、毛皮,直到开春方去。许卓诚会说女真话,当下便做了萧峰的通译。女真人与契丹人本来时相攻战,但最敬佩的是英雄好汉。那完颜阿骨打精明干练,极得父亲喜爱,族人对他也都甚是爱戴,他既没口子的赞誉萧峰,人人便也不以萧峰是契丹人为嫌,待以上宾之礼。

阿骨打让出自己的帐幕给萧峰和阿紫居住。萧峰推谢了几句,阿骨打执意不肯。萧峰见对方意诚,也就住了进去。

当晚女真族人大摆筵席,欢迎萧峰,那两头猛虎之肉,自也作了席上之珍。萧峰半月来唇不沾酒,这时女真族人一皮袋、一皮袋的烈酒取将出来,萧峰喝了一袋又是一袋,意兴酣畅。女真人所酿的酒入口辛辣,酒味极劣,但性子猛烈,常人喝不到小半袋便就醉了,萧峰连尽十余袋,却仍是面不改色。女真人以酒量宏大为真好汉,他如何空手杀虎,众人并不亲见,但这般喝酒,便十个女真大汉加起来也比不过,自是人人敬畏。

许卓诚见女真人对他敬重,便也十分的奉承于他。萧峰闲居无事,日间和阿骨打同去打猎,天黑之后,便跟着许卓诚学说女真话。学得四五成后,心想自己是契丹人,却不会说契丹话,未免说不过去,于是又跟他学契丹话。许卓诚多在各地行走,不论契丹话、西夏话或女真话都说得十分流利。萧峰学话的本事并不聪明,但女真话和契丹话都远较汉话简易,时日既久,终于也能辞可达意,不必再需通译了。

忽忽数月,冬尽春来,阿紫每日以人参为粮,伤势颇有起色。女真人在荒山野岭中挖得的人参,都是年深月久的上品,真比黄金也还贵重。萧峰出猎一次,定能打得不少野兽,换了人参来给阿紫当饭吃。纵是豪富之家,如有一位小姐这般吃参,只怕也要吃穷了。萧峰每日仍须以内力助她运气,其时每天一两次已足,不必像先前那般掌不离身。阿紫有时勉强也可说几句话,但四肢乏力,无法动弹,一切起居饮食,全由萧峰照料。他念及阿朱的深情,甘任其劳,反觉多服侍阿紫一次,便多报答了阿朱一分,心下反觉欣慰。

这一日阿骨打率领了十余名族人,要到西北山岭去打大熊,邀萧峰同去,说道大熊毛皮既厚,油脂又多,熊掌肥美,熊胆更于治伤极具灵效。萧峰见阿紫精神甚好,自己尽可放心出猎,便欣然就道。一行人天没亮便出发了,直趋向北。

其时已是初夏,冰雪消融,地下泥泞,森林中满是烂枝烂叶,甚是难行,但这些女真人脚力轻健,仍走得极快。到得午间,一名老猎人叫了起来:"熊!熊!"各人顺着他所指之处瞧去,只见远处烂泥地中一个大大的脚印,隔不多远,又是一个,正是大熊的足迹。众人兴高采烈,跟着脚印追去。

大熊的脚掌踏在烂泥之中,深及数寸,便小孩也会跟踪,一行人大声吆喝,快步而前。只见脚印一路向西,后来离了泥泞的森林,来到草原之上,众人奔得更加快了。

正奔驰间,忽听得马蹄声大作,前面尘头飞扬,一大队人马疾驰而来。但见一头大黑熊转身奔来,后面七八十人各乘高头大马,吆喝追逐,这些人有的手执长矛,有的拿着弓箭,个个神情剽悍。

阿骨打叫道:"是契丹人!他们人多,快走!快走!"萧峰听说是自己族人,心起亲近之意,见阿骨打等转身奔跑,他却并不便行,站着要看个明白。

那些契丹人却叫了起来:"女真蛮子,放箭!放箭!"只听得飕飕之声不绝,羽箭纷纷射来。萧峰心下着恼:"怎地没来由的一见面便放箭,也不问个清楚。"几枝箭射到身前,都给他伸手拨落。却听得"啊"的一声惨叫,那女真老猎人背心中箭,伏地而死。

阿骨打领着众人奔到一个土坡之后,伏在地下,弯弓搭箭,也射倒了两名契丹人。萧峰处身其间,不知帮哪一边才好。

契丹人的羽箭却不住向萧峰射来。萧峰接住一枝箭,随手挥舞,将来箭一一拍落,大声叫道:"干什么啊?为什么话也没说,便动手杀人!"阿骨打在土坡后叫道:"萧峰,萧峰,快来,他们不知你是契丹人!"

便在此时,两名契丹人挺着长矛,纵马向萧峰直冲过来,双矛齐起,分从左右刺到。

萧峰不愿伤害自己族人,双手分别抓住矛杆,轻轻一抖,两名契丹人倒撞下马。萧峰以矛杆挑起二人身子掷出。那二人在半空中啊啊大叫,飞回本阵,摔在地下,半晌爬不起来。阿骨打等女真人大声叫好。

契丹人中一个红袍中年汉子大声吆喝,发施号令。数十名契丹人展开两翼,包抄过来,去拦截阿骨打等人的后路。那红袍人身周,尚拥着数十人。

阿骨打见势头不妙,大声呼啸,招呼族人和萧峰逃走。契丹人箭如雨下,又射倒了几名女真人。女真猎人强弓硬弩,箭无虚发,顷刻间也射死了十来名契丹骑士,只是寡不敌众,边射边逃。

萧峰见这些契丹人蛮不讲理,虽说是自己族人,却也顾不得了,抢过一张硬弓,飕飕飕飕,连发四箭,每一枝箭都射在一名契丹人的肩头或是大腿,四人都摔下马来,却没送命。这红袍人几声吆喝,那些契丹人纵马追来,极是勇悍。

萧峰眼见同来的伙伴之中,只有阿骨打和五名青年汉子还在一面奔逃,一面放箭,其余的都已被契丹人射死。大草原上无处隐蔽,看来再斗下去,连阿骨打都要被杀。这些时候来女真人对自己待若上宾,倘连好朋友遇到危难也不能保护,还说什么英雄好汉?但若大杀一阵,将这些契丹人杀得知难而退,势必多伤本族族人的性命,只有擒住这个为首的红袍人,逼他下令退却,方能使两下罢斗。

他心念已定,以契丹语大声叫道:"喂,你们快退回去!如果再不退兵，我可要不客气了。"呼呼呼三声响处，三枝长矛迎面掷来。萧峰心道："你们这些人当真不知好歹！"身形一矮，向那红袍人疾冲过去。

阿骨打见他涉险，叫道："使不得，萧峰快回来！"

萧峰不理，一股劲的向前急奔。众契丹人纷纷呼喝，长矛羽箭都向他身上招呼。萧峰接过一枝长矛，折为两截，拿了半截矛身，便如是一把长剑一般，将射来的兵刃一一拨开，步履如飞，直抢到那红袍人马前。

那红袍人满腮虬髯，神情威武，见萧峰攻到，竟毫不惊慌，从左右护卫手中接过三枝标枪，飕的一枪向萧峰掷来。萧峰一伸手，便接住了标枪，待第二枝枪到，又已接住。他双臂一振，两枝标枪激射而出，将红袍人的左右护卫刺下马来。红袍人喝道："好本事！"第三枪迎面又已掷到。萧峰左掌上伸，拨转枪头，借力打力，那标枪激射如风，插入了红袍人坐骑的胸口。

那红袍人叫声"啊哟！"跃离马背。萧峰猱身而上，左臂伸出，已抓住他右肩。只听得背后金刃刺风，他足下一点，向前弹出丈余，托托两声响，两枝长矛插入了地下。萧峰抱着那红袍人向左跃起，落在一名契丹骑士身后，将他一掌打落马背，便纵马驰开。

那红袍人挥拳殴击萧峰面门。萧峰左臂只一夹，那人便动弹不得。萧峰喝道："你叫他们退去，否则当场便夹死了你。"红袍人无奈，只得叫道："大家退开，不用斗了。"

契丹人纷纷抢到萧峰身前，想要救人。萧峰以断矛矛头对准红袍人的右颊，喝道："要不要刺死了他？"

一名契丹老者喝道："快放开咱们首领，否则立时把你五马分尸。"

萧峰哈哈大笑，呼的一掌，向那老者凌空劈了过去。他这一掌意在立威，吓倒众人，以免多有杀伤，是以手上的劲力使得十足，但听得砰的一声巨响,那契丹老汉为掌力所激,从马背上直飞了出去,摔出数丈之外,口中狂喷鲜血,眼见不活了。

众契丹人从未见过这等劈空掌的神技,掌力无影无踪,犹如妖法,不约而同的一齐勒马退后,神色惊恐异常,只怕萧峰向自己一掌击了过来。

萧峰叫道:"你们再不退开,我先将他一掌打死!"说着举起手掌,作势要向那红袍人头顶击落。

红袍人叫道:"你们退开,大家后退!"众人勒马向后退了几步,但仍不肯就此离去。

萧峰寻思:"这一带都是平原旷野,倘若放了他们的首领,这些契丹人骑马追来,终究不能逃脱。"向红袍人道:"你叫他们送八匹马过来。"红袍人依言吩咐。契丹骑士牵了八匹马过来,交给阿骨打。

阿骨打恼恨这些契丹人杀他同伴,砰的一拳,将一名牵马的契丹骑士打了个筋斗。契丹虽然人众,竟不敢还手。

萧峰又道:"你再下号令,叫各人将坐骑都宰了,一匹也不能留。"

那红袍人倒也爽快,竟不争辩,大声传令:"人人下马,将坐骑宰了。"众骑士毫不思索的跃下马背,或用佩刀,或用长矛,将自己的马匹都杀死了。

萧峰没料到众武士竟如此驯从,暗生赞佩之意,心想:"这红袍人看来位望着实不低,随口一句话,众武士竟半分违拗的意思也无。契丹人如此军令严明,无怪和宋人打仗,总是胜多败少。"说道:"你叫各人回去,不许追来。有一个人追来,我斩去你一只手;有两个人追来,我斩你双手;四个人追来,斩你四肢!"

红袍人气得须髯戟张,但在他挟持之下,无可奈何,只得传令道:"各人回去,调动人马,直捣女真人巢穴!"众武士齐声道:

· 987 ·

"遵命！"一齐躬身。

萧峰掉转马头，等阿骨打等六人都上了马，一行人向东来原路急驰回去。驰出数里后，萧峰见契丹人果然并不追来，便跃到另一匹坐骑鞍上，让那红袍人自乘一马。

八人马不停蹄的回到大营。阿骨打向父亲和哩布禀告如何遇敌、如何得蒙萧峰相救、如何擒得契丹的首领。和哩布甚喜，道："好，将那契丹狗子押上来。"

那红袍人进入帐内，仍是神态威武，直立不屈。和哩布知他是契丹的贵人，问道："你叫什么名字？在辽国官居何职？"那人昂然道："我又不是你捉来的，你怎配问我？"契丹人和女真人都有惯例，凡俘虏了敌人，便是属于俘获者私人的奴隶。和哩布哈哈一笑，道："也说得是！"

那红袍人走到萧峰身前，右腿一曲，单膝下跪，右手加额，说道："主人，你当真英雄了得，我打你不过，何况我们人多，仍然输了。我为你俘获，绝无怨言。你若放我回去，我以黄金五十两、白银五百两、骏马三十匹奉献。"

阿骨打的叔父颇拉苏道："你是契丹大贵人，这样的赎金大大不够，萧兄弟，你叫他送黄金五百两、白银五千两、骏马三百匹来赎取。"这颇拉苏精明能干，将赎金加了十倍，原是漫天讨价之意。本来黄金五十两、白银五百两、骏马三十匹，以女真人生活之简陋，已是罕有的巨财，女真人和契丹人交战数十年，从未听见过如此巨额的赎款，如果这红袍贵人不肯再加，那么照他应许的数额接纳，也是一笔大横财了。

不料那红袍人竟不踌躇，一口答允："好，就是这么办！"

帐中一千女真人听了都是大吃一惊，几乎不相信自己的耳朵。契丹、女真两族族人撒谎骗人，当然也不是没有，但交易买卖，或是许下诺言，却向来说一是一，说二是二，从无说过后不作数的，何况这时谈论的是赎金数额,倘若契丹人缴纳不足,或是意欲反悔,这红袍人便不能回归本族,因此空言许诺根本无用。颇拉苏还怕他被俘后惊慌过甚,神智不清,说道:"喂,你听清楚了没有?我说的是黄金五百两、白银五千两、骏马三百匹!"

红袍人神态傲慢,冷冷的道:"黄金五百两、白银五千两、骏马三百匹,何足道哉?我大辽国富有天下,也不会将这区区之数放在眼内。"他转身对着萧峰,神色登然转为恭谨,道:"主人,我只听你一人吩咐,别人的话,我不再理了。"颇拉苏道:"萧兄弟,你问问他,他到底是辽国的什么贵人大官?"萧峰还未出口,那人道:"主人,你若定要问我出身来历,我只有胡乱捏造,欺骗于你,谅你也难知真假。但你是英雄好汉,我也是英雄好汉,我不愿骗你,因此你不用问了。"

萧峰左手一翻,从腰间拔出佩刀,右掌击向刀背,拍的一声,一柄刀登时弯了下来,厉声喝道:"你胆敢不说?我手掌在你脑袋上这么一劈,那便如何?"

红袍人却不惊惶,右手大拇指一竖,说道:"好本领,好功夫!今日得见当世第一的大英雄,真算不枉了。萧英雄,你以力威逼,要我违心屈从,那可办不到。你要杀便杀。契丹人虽然斗你不过,骨气却跟你是一般的硬朗。"

萧峰哈哈大笑,道:"好,好!我不在这里杀你。若是我一刀将你杀了,你未必心服,咱们走得远远的,再去恶斗一场。"

和哩布和颇拉苏齐声劝道:"萧兄弟,这人杀了可惜,不如留着收取赎金的好。你若生气,不妨用木棍皮鞭狠狠打他一顿。"

萧峰道:"不!他要充好汉,我偏不给他充。"向女真人借了两枝长矛,两副弓箭,拉着红袍人的手腕,同出大帐,自己翻身上马,说道:"上马罢!"红袍人毫不畏缩,明知与萧峰相斗是必死无疑,他说要再斗一场,直如猫儿捉住了耗子,要戏弄一番再杀而

· 989 ·

已,却也凛然不惧,一跃上马,径向北去。

萧峰纵马跟随其后,两人驰出数里。萧峰道:"转向西行!"红袍人道:"此地风景甚佳,我就死在这里好了。"萧峰道:"接住!"将长矛、弓箭掷了过去。那人一一接住,大声道:"萧英雄,我明知不是对手,但契丹人宁死不屈!我要出手了!"萧峰道:"且慢,接住!"又将自己手中的长矛和弓箭掷了过去,两手空空,按辔微笑。红袍人大怒,叫道:"嘿,你要空手和我相斗,未免辱人太甚!"

萧峰摇头道:"不是!萧某生平敬重的是英雄,爱惜的是好汉。你武功虽不如我,却是大大的英雄好汉,萧某交了你这个朋友!你回自族去罢。"

红袍人大吃一惊,问道:"什……什么?"萧峰微笑道:"我说萧某当你是好朋友,让你平安回家!"红袍人从鬼门关中转了过来,自是喜不自胜,问道:"你真的放我回去?你……你到底是何用意?我回去后将赎金再加十倍,送来给你。"萧峰怫然道:"我当你是朋友,你如何不当我是朋友?萧峰是堂堂汉子,岂贪身外的财物?"

红袍人道:"是,是!"掷下兵刃,翻身下马,跪倒在地,俯首下拜,说道:"多谢恩公饶命。"萧峰跪下还礼,说道:"萧某不杀朋友,也不敢受朋友跪拜。倘若是奴隶之辈,萧某受得他的跪拜,也就不肯饶他性命。"

红袍人更加喜欢,站起身来,说道:"萧英雄,你口口声声当我是朋友,我就跟你结义为兄弟,如何?"

萧峰艺成以后,便即入了丐帮。帮中辈份分得甚严,自帮主、副帮主以下,有传功、执法长老,四大护法长老,以及各舵香主、八袋弟子、七袋弟子以至不负布袋的弟子。他只有积功递升,却没和人拜把子结兄弟,只有在无锡与段誉一场赌酒,相互倾慕,这才结为金兰之交。这时听那红袍人这般说,想起当年在中原交遍天下英豪,今日落得蛮邦索居,委实落魄之极,居然有人提起此事,不禁感慨,又见这红袍人气度豪迈,着实是条好汉子,便道:"甚好,甚好,在下萧峰,今年三十一岁。尊兄贵庚?"那人笑道:"在下耶律基,却比恩公大了一十三岁。"萧峰道:"兄长如何还称小弟为恩公?你是大哥,受我一拜。"说着便拜了下去。耶律基急忙还礼。

两人当下将三枝长箭插在地下,点燃箭尾羽毛,作为香烛,向天拜了八拜,结为兄弟。

耶律基心下甚喜,说道:"兄弟,你姓萧,倒似是我契丹人一般。"萧峰道:"不瞒兄长说,小弟原是契丹人。"说着解开衣衫,露出胸口刺着的那个青色狼头。

耶律基一见大喜,说道:"果然不错,你是我契丹的后族族人。兄弟,女真之地甚是寒苦,不如随我同赴上京,共享富贵。"萧峰道:"多谢哥哥好意,可是小弟素来贫贱,富贵生活是过不来的。小弟在女真人那里居住,打猎吃酒,倒也逍遥快活。日后思念哥哥,自当前来辽国寻访。"他和阿紫分别已久,记挂她伤势,道:"哥哥,你早些回去罢,以免家人和部属牵挂。"当下两人行礼而别。

萧峰掉转马头回来,只见阿骨打率领了十余名族人前来迎接。原来阿骨打见萧峰久去不归,深恐中了那红袍人的诡计,放心不下,前来接应。萧峰说起已释放他回辽。阿骨打也是个大有见识的英雄,对萧峰的轻财重义,豁达大度,深为赞叹。

一日,萧峰和阿骨打闲谈,说起阿紫所以受伤,乃系误中自己掌力所致,虽用人参支持性命,但日久不愈,甚是烦恼。阿骨打道:"萧大哥,原来你妹子的病是外伤,咱们女真人医治打伤跌损,向来用虎筋、虎骨和熊胆三味药物,很有效验,你怎么不试一试?"萧峰大喜,道:"别的没有,这虎筋、虎骨,这里再多不过,至于熊胆吗,我出力去杀熊便是。"当下问明用法,将虎筋、虎骨熬成了膏,喂阿紫服下。

次日一早,萧峰独自往深山大泽中去猎熊。他孤身出猎,得以尽量施展轻功,比之随众打猎方便得多。第一日没寻到黑熊踪迹,第二日便猎到了一头。他剖出熊胆,奔回营地,喂着阿紫服了。这虎筋、虎骨、熊胆与老山远年人参,都是珍贵之极的治伤药物,尤其新鲜熊胆更是难觅。薛神医虽说医道如神,终究非药物不可,将老山人参给病人当饭吃,固非他财力所能,而要像萧峰那样,隔不了几天便去弄一两副新鲜熊胆来给阿紫服下,却也决计难以办到。

这一日,他正在帐前熬虎筋虎骨膏药,一名女真人匆匆过来,说道:"萧大哥,有十几个契丹人给你送礼物来啦。"萧峰点点头,心知是义兄耶律基遣来。只听得马蹄声响,一列马缓缓过来,马背上都驮满了物品。

为首的那契丹队长听耶律基说过萧峰的相貌,一见到他,老远便跳下马来,快步抢前,拜伏在地,说道:"主人自和萧大爷别后,想念得紧,特命小人室里送上薄礼,并请萧大爷赴上京盘桓。"说着磕了几个头,双手呈上礼单,神态恭谨之极。

萧峰接了礼单,笑道:"费心了,你请起罢!"打开礼单,见是契丹文字,便道:"我不识字,不用看了。"室里道:"这薄礼是黄金五千两、白银五万两、锦缎一千匹、上等麦子一千石、肥牛一千头、肥羊五千头、骏马三千匹,此外尚有诸般服饰器用。"

萧峰愈听愈惊,这许多礼物,比之颇拉苏当日所要的赎金更多了十倍,他初见十余匹马驮着物品,已觉礼物太多,倘若照这队长所言,不知要多少马匹车子才装得下。

室里躬身道:"主人怕牲口在途中走散损失,是以牛羊马匹,均多备了一成。托赖主人和萧大爷洪福,小人一行路上没遇上风雪野兽,牲口损失很小。"萧峰叹道:"耶律哥哥想得这等周到,我若不受,未免辜负了他的好意,但若尽数收受,却又如何过意得去。"室里道:"主人再三嘱咐,萧大爷要是客气不受,小人回去必受重罚。"

忽听得号角声呜呜吹起,各处营帐中的女真人执了刀枪弓箭,纷纷奔出。有人大呼传令:"敌人来袭,预备迎敌。"萧峰向号角声传来之处望去,只见尘头大起,似有无数军马向这边行进。

室里大声叫道:"各位勿惊,这是萧大爷的牛羊马匹。"他用女真话连叫数声,但一干女真人并不相信,和哩布、颇拉苏、阿骨打等仍是分率族人,在营帐之西列成队伍。

萧峰第一次见到女真人布阵打仗,心想:"女真族人数不多,却个个凶猛矫捷。耶律哥哥手下的那些契丹骑士虽然亦甚了得,似乎尚不及这些女真人的剽悍,至于大宋官兵,那是更加不如了。"

室里叫道:"我去招呼部属暂缓前进,以免误会。"转身上马,向西驰去。阿骨打手一挥,四名女真猎人上马跟随其后。五人纵马缓缓向前,驰到近处,但见漫山遍野都是牛羊马匹,一百余名契丹牧人手执长杆吆喝驱打,并无兵士。

四名女真人一笑转身,向和哩布禀告。过不多时,牲口队来到近处,只听得牛鸣马嘶,吵成一片,连众人说话的声音也淹没了。

当晚萧峰请女真族人杀羊宰牛,款待远客。次日从礼物中取出金银锦缎,赏了送礼的一行人众。待契丹人告别后,他将金银锦缎、牛羊马匹尽数转送了阿骨打,请他分给族人。女真人聚族而居,各家并无私产,一人所得,便是同族公有,是以萧峰如此慷慨,各人倒也不以为奇,但平白无端的得了这许多财物,自是皆大欢喜。全族大宴数日,人人都感激萧峰。

· 993 ·

夏去秋来，阿紫的病又好了几分。她神智一清，每日躺在营帐中养伤便觉厌烦，常要萧峰带她出外骑马散心。两人并骑，她倚在萧峰胸前，不花半点力气。萧峰对她千依百顺，此后数月之中，除了大风大雪，两人总是在外漫游。后来近处玩得厌了，索性带了帐篷，在外宿营，数日不归。萧峰乘机打虎猎熊、挖掘人参。只因阿紫偷射了一枚毒针，长白山边的黑熊、猛虎可就倒足了大霉，不知道有多少为此而丧生在萧峰掌底。

萧峰为了便于挖参，每次都是向东或向北。这一日阿紫说东边、北边的风景都看过了，要往西走走。萧峰道："西边是一片大草原，没什么山水可看。"阿紫道："大草原也很好啊，像大海一般，我就是没见过真正的大海。我们的星宿海虽说是海，终究有边有岸。"

萧峰听她提到"星宿海"三字，心中一凛，这一年来和女真人共居，竟将武林中的种种情事都淡忘了。阿紫不能行动，要做坏事也无从做起，只是顾着给她治伤救命，竟没想到她伤愈之后，恶性又再发作，却便如何？

他回过头来，向阿紫瞧去，只见她一张雪白的脸蛋仍是没半点血色，面颊微陷，一双大大的眼珠也凹了进去，容色极是憔悴，身子更是瘦骨伶仃。萧峰不禁内疚："她本来是何等活泼可爱的一个小姑娘，却给我打得半死不活，变得和骷髅相似，怎地我仍是只念着她的坏处？"便即笑道："你既喜欢往西，咱们便向西走走。阿紫，等你病大好了，我带你到高丽国边境，去瞧瞧真的大海，碧水茫茫，一望无际，这气象才了不起呢。"

阿紫拍手笑道："好啊，好啊，其实不用等我病好全，咱们就可去了。"萧峰"咦"的一声，又惊又喜，道："阿紫，你双手能自由活动了。"阿紫笑道："十四五天前，我的两只手便能动了，今天更加灵活了好多。"萧峰喜道："好极了！你这顽皮姑娘，怎么一直瞒着我？"阿紫眼中闪过一丝狡猾的神色，微笑道："我宁可永远动弹不得，你便天天这般陪着我。等我伤好了，你又要赶我走了。"

萧峰听她说得真诚，怜惜之情油然而生，道："我是个粗鲁汉子，那次一不小心，便将你打成这生模样。你天天陪着我，又有什么好？"

阿紫不答，过了好一会，低声道："姊夫，你那天为什么这么大力的出掌打我？"萧峰不愿重提旧事，摇头道："这件事早就过去了，再提干么？阿紫，我将你伤成这般，好生过意不去，你恨不恨我？"阿紫道："我自然不恨。我为什么恨你？我本来要你陪着我，现下你可不是陪着我了么？我开心得很呢。"

萧峰听她这么说，虽觉这小姑娘的念头很是古怪，但近来她为人确实很好，想是自己尽心服侍，已将她的戾气化去了不少，当下回去预备马匹、车辆、帐幕、干粮等物。

次日一早，两人便即西行。行出十余里，阿紫问道："姊夫，你猜到了没有？"萧峰道："猜到了什么？"阿紫道："那天我忽然用毒针伤你，你知道是什么缘故？"萧峰摇了摇头，道："你的心思神出鬼没，我怎猜得到？"阿紫叹了口气，道："你既猜不到，那就不用猜了。姊夫，你看这许多大雁，为什么排成了队向南飞去？"

萧峰抬起头来，只见天边两队大雁，排成了"人"字形，正向南疾飞，便道："天快冷了，大雁怕冷，到南方去避寒。"阿紫道："到了春天，它们为什么又飞回来？每年一来一去，岂不辛苦得很？它们要是怕冷，索性留在南方，便不用回来了。"

萧峰自来潜心武学，从来没去想过这些禽兽虫蚁的习性，给她这么一问，倒答不出来，摇头笑道："我也不知它们为什么不怕辛苦，想来这些雁儿生于北方，留恋故乡之故。"

阿紫点头道："定是这样了。你瞧最后这头雁儿，身子不大，却也向南飞去。将来它的爹爹、妈妈、姊姊、姊夫都回到北方，它自然也要跟着回来。"

萧峰听她说到"姊姊、姊夫"四字，心念一动，侧头向她瞧去，但见她抬头呆望着天边雁群，显然适才这句话是无心而发，寻思："她随口一句话，便将我和她的亲生爹娘连在一起，可见在她心中，已将我当作了最亲的亲人。我可不能再随便离开她。待她病好之后，须得将她送往大理，交在她父母手中，我肩上的担子方算是交卸了。"

两人一路上谈谈说说。阿紫一倦，萧峰便从马背上将她抱了下来，放入后面车中，让她安睡。到得傍晚，便在树林中宿营。如此走了数日，已到大草原的边缘。

阿紫放眼遥望，大草原无边无际，十分高兴，说道："咱们向西望是瞧不到边了，可是真要像茫茫大海，须得东南西北望出去都见不到边才成。"萧峰知她意思是要深入大草原的中心，不忍拂逆其意，鞭子一挥，驱马便向西行。

在大草原中西行数日，当真四方眺望，都已不见草原尽处。其时秋高气爽，闻着长草的青气，甚是畅快。草丛间诸般小兽甚多，萧峰随猎随食，无忧无虑。

又行了数日，这日午间，远远望见前面竖立着无数营帐，又有旌旗旄节，似是兵营，又似部落聚族而居。萧峰道："前面好多人，不知是干什么的，咱们回去罢，不用多惹麻烦了。"阿紫道："不！不！我要去瞧瞧。我双脚不会动，怎能给你多惹麻烦？"萧峰一笑，说道："麻烦之来，不一定是你自己惹来的，有时候人家惹将过来，你要避也避不脱。"阿紫笑道："咱们过去瞧瞧，那也不妨。"

萧峰知她小孩心性，爱瞧热闹，便纵马缓缓行去。草原上地势平坦，那些营帐虽然老远便已望见，但走将过去，路程也着实不近。走了七八里路，猛听得呜呜号角之声大起，跟着尘头飞扬，两列马队散了开来，一队往北，一队往南的疾驰。

萧峰微微一惊，道："不好，是契丹人的骑兵！"阿紫道："是你的自己人啊，真是好得很，有什么不好？"萧峰道："我又不识得他们，还是回去罢。"勒转马头，便从原路回转，没走出几步，便听得鼓声蓬蓬，又有几队契丹骑兵冲了上来。萧峰寻思："四下里又不见有敌人，这些人是在操练阵法吗？"

只听得喊声大起："射鹿啊，射鹿啊！"西面、北面、南面，都是一片叫嚷射鹿之声。萧峰道："他们是在围猎，这声势可真不小。"当下将阿紫抱上马背，勒定了马，站在东首眺望。

只见契丹骑兵都身披锦袍，内衬铁甲。锦袍各色，一队红、一队绿、一队黄、一队紫，旗帜和锦袍一色，来回驰骤，兵强马健，煞是壮观。萧峰和阿紫看得暗暗喝采。众兵各依军令纵横进退，挺着长矛驱赶麋鹿，见到萧峰和阿紫二人，也只略加一瞥，不再理会。四队骑兵分从四面围拢，将数十头大鹿围在中间。偶然有一头鹿从行列的空隙中逸出，便有一小队出来追赶，兜个圈子，又将鹿儿逼了回去。

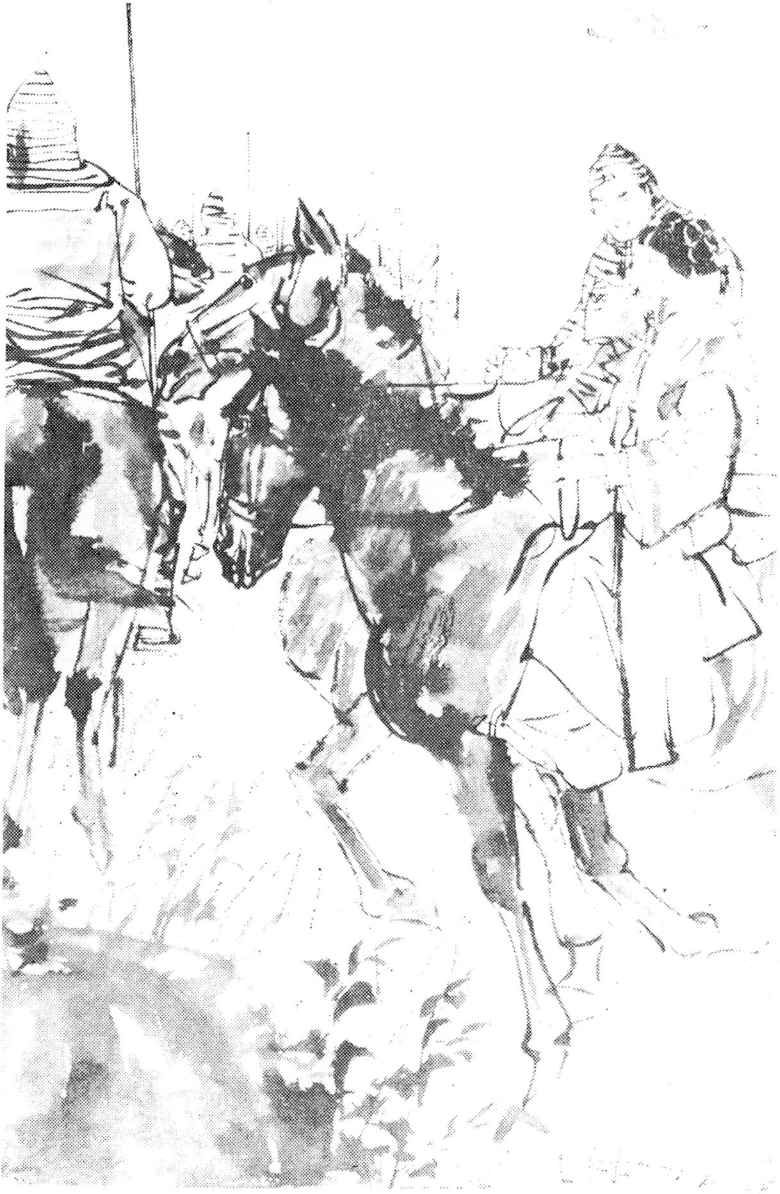

两人在马上并肩而行,一眼望将出去,大草原上旌旗招展,长长的队伍直伸展到天际,不见尽头,前后左右,尽是卫士部属。

二十七

金戈荡寇鏖兵

萧峰正观看间,忽听得有人大声叫道:"那边是萧大爷罢?"萧峰心想:"谁认得我了?"转过头来,只见青袍队中驰出一骑,直奔而来,正是几个月前耶律基派来送礼的那个队长室里。

他驰到萧峰之前十余丈处,便翻身下马,快步上前,右膝下跪,说道:"我家主人便在前面不远。主人常常说起萧大爷,想念得紧。今日什么好风吹得萧大爷来?快请去和主人相会。"萧峰听说耶律基便在近处,也甚欢喜,说道:"我只是随意漫游,没想到我义兄便在左近,那再好也没有了。好,请你领路,我去和他相会。"

室里撮唇作哨,两名骑兵乘马奔来。室里道:"快去禀报,说长白山的萧大爷来啦!"两名骑兵躬身接令,飞驰而去。余人继续射鹿,室里却率领了一队青袍骑兵,拥卫在萧峰和阿紫身后,径向西行。

当耶律基送来大批金银牛羊之时,萧峰便知他必是契丹的大贵人,此刻见了这等声势,料想这位义兄多半还是辽国的什么将军还是大官。

草原中游骑来去,络绎不绝,个个都衣甲鲜明。室里道:"萧大爷今日来得真巧,明日一早,咱们这里有一场好热闹看。"萧峰向阿紫瞧了一眼，见她脸有喜色，便问："什么热闹？"室里道："明日是演武日。永昌、太和两宫卫军统领出缺。咱们契丹官兵各显武艺，且看哪一个运气好，夺得统领。"

萧峰一听到比武，自然而然的眉飞色舞，神采昂扬，笑道："那真来得巧了，正好见识见识契丹人的武艺。"阿紫笑道："队长，你明儿大显身手，恭喜你夺个统领做做。"室里一伸舌头，道："小人哪有这大胆子？"阿紫笑道："夺个统领，又有什么了不起啦？只要我姊夫肯教你三两手功夫，只怕你便能夺得了统领。"室里喜道："萧大爷肯指点小人，当真求之不得。至于统领什么的，小人没这个福份，却也不想。"

一行人谈谈说说，行了十数里，只见前面一队骑兵急驰而来。室里道："是大帐皮室军的飞熊队到了。"那队官兵都穿熊皮衣帽，黑熊皮外袍，白熊皮高帽，模样甚是威武。这队兵行到近处，齐声吆喝，同时下马，分立两旁，说道："恭迎萧大爷！"萧峰道："不敢！不敢！"举手行礼，纵马行前，飞熊军跟随其后。

行了十数里，又是一队身穿虎皮衣、虎皮帽的飞虎兵前来迎接。萧峰心道："我那耶律哥哥不知做什么大官，竟有这等排场。"只是室里不说，而上次相遇之时，耶律基又坚决不肯吐露身份，萧峰也就不问。

行到傍晚，来到一处大帐，一队身穿豹皮衣帽的飞豹队迎接萧峰和阿紫进了中央大帐。萧峰只道一进帐中，便可与耶律基相见，岂知帐中毡毯器物甚是华丽，矮几上放满了菜肴果物，帐中却无主人。飞豹队队长道："主人请萧大爷在此安宿一宵，来日相见。"萧峰也不多问，坐到几边，端起酒碗便喝。四名军士斟酒割肉，恭谨服侍。

次晨起身又行，这一日向西走了二百余里，傍晚又在一处大帐中宿歇。

到得第三日中午，室里道："过了前面那个山坡，咱们便到了。"萧峰见这座大山气象宏伟，一条大河哗哗水响，从山坡旁奔流而南。一行人转过山坡，眼前旌旗招展，一片大草原上密密层层的到处都是营帐，成千成万骑兵步卒，围住了中间一大片空地。护送萧峰的飞熊、飞虎、飞豹各队官兵取出号角，呜呜呜的吹了起来。

突然间鼓声大作，蓬蓬蓬号炮山响，空地上众官兵向左右分开，一匹高大神骏的黄马冲了出来，马背上一条虬髯大汉，正是耶律基。他乘马驰向萧峰，大叫："萧兄弟，想煞哥哥了！"萧峰纵马迎将上去，两人同时跃下马背，四手交握，均是不胜之喜。

只听得四周众军士齐声呐喊："万岁！万岁！万岁！"

萧峰大吃一惊："怎地众军士竟呼万岁！"游目四顾，但见军官士卒个个躬身，抽刀拄地，耶律基携着他手站在中间，东西顾盼，神情甚是得意。萧峰愕然道："哥哥，你……你是……"耶律基哈哈大笑，道："倘若你早知我是大辽国当今皇帝，只怕便不肯和我结义为兄弟了。萧兄弟，我真名字乃耶律洪基。你活命之恩，我永志不忘。"

萧峰虽然豁达豪迈，但生平从未见过皇帝，今日见了这等排场，不禁有些窘迫，说道："小人不知陛下，多有冒犯，罪该万死！"说着便即跪下。他是契丹子民，见了本国皇帝，该当跪拜。

耶律洪基忙伸手扶起，笑道："不知者不罪，兄弟，你我是金兰兄弟，今日只叙义气，明日再行君臣之礼不迟。"他左手一挥，队伍中奏起鼓乐，欢迎嘉宾。耶律洪基携着萧峰之手，同入大帐。

辽国皇帝所居营帐乃数层牛皮所制，飞彩绘金，灿烂辉煌，称为皮室大帐。耶律洪基居中坐了，命萧峰坐在横首，不多时随驾文武百官进来参见，北院大王、北院枢密使、于越、南院知枢密使事、皮室大将军、小将军、马军指挥使、步军指挥使等等，萧峰一时之间也记不清这许多。

当晚帐中大开筵席，契丹人尊重女子，阿紫也得在皮室大帐中与宴。酒如池、肉如山，阿紫瞧得兴高采烈，眉花眼笑。

酒到酣处，十余名契丹武士在皇帝面前扑击为戏，各人赤裸了上身，擒攀摔跌，激烈搏斗。萧峰见这些契丹武士身手矫健，膂力雄强，举手投足之间另有一套武功，变化巧妙虽不及中原武士，但直进直击，如用之于战阵群斗，似较中原武术更易见效。

辽国文武官员一个个上来向萧峰敬酒。萧峰来者不拒，酒到杯干，喝到后来，已喝了三百余杯，仍是神色自若，众人无不骇然。

耶律洪基向来自负勇力，这次为萧峰所擒，通国皆知，他有意要萧峰显示超人之能，以掩他被擒的羞辱，没想到萧峰不用在次日比武大会上大显身手，此刻一露酒量，便已压倒群雄，人人敬服。耶律洪基大喜，说道："兄弟，你是我辽国的第一位英雄好汉！"

阿紫忽然插口道："不，他是第二！"耶律洪基笑道："小姑娘，他怎么是第二？那么第一位英雄是谁？"阿紫道："第一位英雄好汉，自然是你陛下了。我姊夫本事虽大，却要顺从于你，不敢违背，你不是第一吗？"她是星宿老人门人，精通谄谀之术，说这句话只是牛刀小试而已。

耶律洪基呵呵大笑，说道："说得好，说得好。萧兄弟，我要封你一个大大的官爵，让我来想一想，封什么才好？"这时他酒已喝得有八九成了，伸手指在额上弹了几弹。萧峰忙道："不，不，小人性子粗疏，难享富贵，向来漫游四方，来去不定，确是不愿为官。"耶律洪基笑道："行啊，我封你一个只须喝酒、不用做事的大官……"一句话没说完，忽听得远处呜呜呜的传来一阵尖锐急促的号角之声。

一众辽人本来都席地而坐，饮酒吃肉，一听到这号角声，蓦然间轰的一声，同时站起身来，脸上均有惊惶之色。那号角声来得好快，初听到时还在十余里外，第二次响时已近了数里，第三次声响又近了数里。萧峰心道："天下再快的快马，第一等的轻身功夫，也决计不能如此迅捷。是了，想必是预先布置了传递军情急讯的传信站，一听到号角之声，便传到下一站来。"只听得号角声飞传而来，一传到皮室大帐之外，便倏然而止。数百座营帐中的官兵本来欢呼纵饮，乱成一团，这时突然间尽皆鸦雀无声。

耶律洪基神色镇定，慢慢举起金杯，喝干了酒，说道："上京有叛徒作乱，咱们这就回去，拔营！"

行军大将军当即转身出营发令，但听得一句"拔营"的号令变成十句，十句变成百句，百句变成千句，声音越来越大，却是严整有序，毫无惊慌杂乱。萧峰寻思："我大辽立国垂二百年，国威震于天下，此刻虽有内乱，却无纷扰，可见历世辽主统军有方。"

但听马蹄声响，前锋斥堠兵首先驰了出去，跟着左右先锋队启行，前军、左军、右军，一队队的向南开拔回京。

耶律洪基携着萧峰的手，道："咱们瞧瞧去。"二人走出帐来，但见黑夜之中，每一面军旗上都点着一盏灯笼，红、黄、蓝、白各色闪烁照耀，十余万大军南行，惟闻马嘶蹄声，竟听不到一句人声。萧峰大为叹服，心道："治军如此，天下有谁能敌？那日皇上孤身逞勇出猎，致为我所擒。倘若大军继来，女真人虽然勇悍，终究寡不敌众。"

他二人一离大帐，众护卫立即拔营，片刻间收拾得干干净净，行李辎重都装上了驼马大车。中军元帅发出号令，中军便即启行。北院大王、于越、太师、太傅等随侍在耶律洪基前后，众人脸色郑重，却是一声不作。京中乱讯虽已传出，到底乱首是谁，乱况如何，一时却也不易明白。

大队人马向南行了三日，晚上扎营之后，第一名报子驰马奔到，向耶律洪基禀报："南院大王作乱，占据皇宫，自皇太后、皇后以下，王子、公主以及百官家属，均已被捕。"

耶律洪基大吃一惊，不由得脸色大变。

辽国军国重事，由南北两院分理。此番北院大王随侍皇帝出猎，南院大王留守上京。南院大王耶律涅鲁古，爵封楚王，本人倒也罢了，他父亲耶律重元，乃当今皇太叔，官封天下兵马大元帅，却是非同小可。

耶律洪基的祖父耶律隆绪，辽史称为圣宗。圣宗长子宗真，次子重元。宗真性格慈和宽厚，重元则极为勇武，颇有兵略。圣宗逝世时，遗命传位于长子宗真，但圣宗的皇后却喜爱次子，阴谋立重元为帝。辽国向例，皇太后权力极重，其时宗真的皇位固有不保之势，性命也已危殆，但重元反将母亲的计谋告知兄长，使皇太后的密图无法得逞。宗真对这兄弟自是十分感激，立他为皇太弟，那是说日后传位于他，以酬恩德。

耶律宗真辽史称为兴宗，但他逝世之后，皇位却并不传给皇太弟重元，仍是传给自己的儿子洪基。

耶律洪基接位后，心中过意不去，封重元为皇太叔，显示他仍是大辽国皇储，再加封天下兵马大元帅，上朝免拜不名，赐金券誓书，四顶帽，二色袍，尊宠之隆，当朝第一；又封他儿子涅鲁古为楚王，执掌南院军政要务，称为南院大王。

当年耶律重元明明可做皇帝，却让给兄长，可见他既重义气，又甚恬退。耶律洪基出外围猎，将京中军国重务都交给了皇太叔，丝毫不加疑心。这时讯息传来，谋反的居然是南院大王耶律涅鲁古，耶律洪基自是又惊又忧，素知涅鲁古性子阴狠，处事极为辣手，他既举事谋反，他父亲决无袖手之理。

北院大王奏道："陛下且宽圣虑，想皇太叔见事明白，必不容他逆子造反犯上，说不定此刻已引兵平乱。"耶律洪基道："但愿

· 1006 ·

如此。"

众人食过晚饭，第二批报子赶到禀报："南院大王立皇太叔为帝，已诏告天下。"以下的话他不敢明言，将新皇帝的诏书双手奉上。洪基接过一看，见诏书上直斥耶律洪基为篡位伪帝，说先帝立耶律重元为皇太弟，二十四年之中天下皆知，一旦驾崩，耶律洪基篡改先帝遗诏，窃据大宝，中外共愤，现皇太弟正位为君，并督率天下军马，申讨逆伪云云。

耶律洪基大怒之下，将诏书掷入火中，烧成了灰烬，心下甚是忧急，寻思："这道伪诏说得振振有词，辽国军民看后，恐不免人心浮动。皇太叔官居天下兵马大元帅，手绾兵符，可调兵马八十余万，何况尚有他儿子楚王南院所辖兵马。我这里随驾的只不过十余万人，寡不敌众，如何是好？"这一晚翻来覆去，无法安寝。

萧峰听说辽帝要封他为官，本想带了阿紫，黑夜中不辞而别，但此刻见义兄面临危难，倒不便就此一走了之，好歹也要替他出番力气，不枉了结义一场。当晚他在营外闲步，只听得众官兵悄悄议论，均说父母妻子俱在上京，这一来都给皇太叔拘留了，只怕性命不保。有的思及家人，突然号哭。哭声感染人心，营中其余官兵处境相同，纷纷哭了起来。统兵将官虽极力喝阻，斩了几名哭得特别响亮的为徇，却也无法阻止得住。

耶律洪基听得哭声震天，知是军心涣散之兆，更是烦恼。

次日一早，探子来报，皇太叔与楚王率领兵马五十余万，北来犯驾。洪基寻思："今日之事，有进无退，纵然兵败，也只有决一死战。"当即召集百官商议。群臣对耶律洪基都极为忠心，愿决死战，但均以军心为忧。

洪基传下号令："众官兵出力平逆讨贼，靖难之后，升官以外，再加重赏。"披起黄金甲胄，亲率三军，向皇太叔的军马迎去逆击。众官兵见皇上亲临前敌，登时勇气大振，三呼万岁，誓死效

·1007·

忠。十余万兵马分成前军、左军、右军、中军四部,兵甲锵锵,向南挺进,另有小队游骑,散在两翼。

萧峰挽弓提矛,随在洪基身后,作了他的亲身卫护。室里带领一队飞熊兵保护阿紫,居于后军。萧峰见耶律洪基眉头深锁,知他对这场战事殊无把握。

行到中午,忽听得前面号角声吹起。中军将军发令:"下马!"众骑兵跳下马背,手牵马缰而行,只有耶律洪基和各大臣仍骑在马上。

萧峰不解众骑兵何以下马,颇感疑惑。耶律洪基笑道:"兄弟,你久在中原,不懂契丹人行军打仗的法子罢?"萧峰道:"正要请陛下指点。"洪基笑道:"嘿嘿,我这个陛下,不知能不能做到今日太阳下山。你我兄弟相称,何必又叫陛下?"萧峰听他笑声中颇有苦涩之意,说道:"两军未交,陛下不必忧心。"洪基道:"平原之上交锋,最要紧的是马力,人力尚在其次。"萧峰登时省悟,道:"啊,是了!骑兵下马是为了免得坐骑疲劳。"洪基点了点头,说道:"养足马力,临敌时冲锋陷阵,便可一往无前。契丹人东征西讨,百战百胜,这是一个很要紧的秘诀。"

他说到这里,前面远处尘头大起,扬起十余丈高,宛似黄云铺地涌来。洪基马鞭一指,说道:"皇太叔和楚王都久经战阵,是我辽国的骁将,何以驱兵急来,不养马力?嗯,他们有恃无恐,自信已操必胜之算。"话犹未毕,只听得左军和右军同时响起了号角。萧峰极目遥望,见敌方东面另有两支军马,西面亦另有两支军马,那是以五敌一之势。

耶律洪基脸上变色,向中军将军道:"结阵立寨!"中军将军应道:"是!"纵马出去,传下号令,登时前军和左军、右军都转了回来,一众军士将皮室大帐的支柱用大铁锤钉入地下,张开皮帐,四周树起鹿角,片刻之间,便在草原上结成了一个极大的木城,前后左右,各有骑兵驻守,数万名弓箭手隐身大木之后,将弓弦都绞紧了,只待发箭。

萧峰皱起了眉头,心道:"这一场大战打下来,不论谁胜谁败,我契丹同族都非横尸遍野不可。最好当然是义兄得胜,倘若不幸败了,我当设法将义兄和阿紫救到安全之地。他这皇帝呢,做不做也就罢了。"

辽帝营寨结好不久,叛军前锋已到,却不上前挑战,遥遥站在强弓硬弩射不到处。但听得鼓角之声不绝,一队队叛军围了上来,四面八方的结成了阵势。萧峰一眼望将出去,但见遍野敌军,望不到尽头,寻思:"义兄兵势远所不及,寡不敌众,只怕非输不可。白天不易突围逃走,只须支持到黑夜,我便能设法救他。"但见营寨大木的影子短短的映在地下,烈日当空,正是过午不久。

只听得呀呀呀数声,一群大雁列队飞过天空。耶律洪基仰首凝视半晌,苦笑道:"这当儿除非化身为雁,否则是插翅难飞了。"北院大王和中军将军相顾变色,知道皇帝见了叛军军容,已有怯意。

敌阵中鼓声擂起,数百面皮鼓蓬蓬大响。中军将军大声叫道:"击鼓!"御营中数百面皮鼓也蓬蓬响起。蓦地里对面军中鼓声一止,数万名骑兵喊声震动天地,挺矛直冲过来。

眼见敌军前锋冲近,中军将军令旗向下一挥,御营中鼓声立止,数万枝羽箭同时射了出去,敌军前锋纷纷倒地。但敌军前仆后继,蜂涌而上,前面跌倒的军马便成为后军的挡箭垛子。敌军步兵弓箭手以盾牌护身,抢上前来,向御营放箭。

耶律洪基初时颇为惊惧,一到接战,登时勇气倍增,站在高处,手持长刀,发令指挥。御营将士见皇上亲身督战,大呼:"万岁!万岁!万岁!"敌军听到"万岁"之声,抬头见到耶律洪基黄袍金甲,站在御营中的高台之上,在他积威之下,不由得踟蹰不前。洪基见到良机,大呼:"左军骑兵包抄,冲啊!"

·1009·

左军由北院枢密使率领,听到皇上号令,三万骑兵便从侧包抄过去。叛军一犹豫间,御营军马已然冲到。叛军登时阵脚大乱,纷纷后退。御营中鼓声雷震,叛军接战片时,便即败退。御营军马向前追杀,气势锋锐。

萧峰大喜,叫道:"大哥,这一回咱们大胜了!"耶律洪基下得台来,跨上战马,领军应援。忽听得号角响起,叛军主力开到,叛军前锋返身又斗,霎时间羽箭长矛在天空中飞舞来去,杀声震天,血肉横飞。萧峰只看得暗暗心惊:"这般恶斗,我生平从未见过。一个人任你武功天下无敌,到了这千军万马之中,却也全无用处,最多也不过自保性命而已。这等大军交战,武林中的群殴比武与之相较,那是不可同日而语了。"

忽听得叛军阵后锣声大响,鸣金收兵。叛军骑兵退了下去,箭如雨发,射住了阵脚。中军将军和北院枢密使率军连冲三次,都冲不乱对方阵势,反而被射死了数千军士。耶律洪基道:"士卒死伤太多,暂且收兵。"当下御营中也鸣金收兵。

叛军派出两队骑兵冲来袭击,中军早已有备,佯作败退,两翼一合围,将两队叛军的三千名官兵尽数围歼当地,余下数百人下马投降。洪基左手一挥,御营军士长矛挥去,将这数百人都戳死了。这一场恶斗历时不到一个时辰,却杀得惨烈异常。

双方主力各自退出数十丈,中间空地上铺满了尸首,伤者呻吟哀号,惨不忍闻。只见两边阵中各出一队三百人的黑衣兵士,御营的头戴黄帽,敌军的头戴白帽,前往中间地带检视伤者。萧峰只道这些人是将伤者抬回救治,哪知这些黑衣官兵拔出长刀,将对方的伤兵一一砍死。伤者尽数砍死后,六百人齐声呐喊,相互斗了起来。

六百名黑衣军个个武功不弱,长刀闪烁,奋勇恶斗,过不多时,便有二百余人被砍倒在地。御营的黄帽黑衣兵武功较强,被砍死的只有数十人,当即成了两三人合斗一人的局面,这一来,胜负之数更是分明。又斗片刻,变成三四人合斗一人。但双方官兵只呐喊助威,叛军数十万人袖手旁观,并不增兵出来救援。终于叛军三百名白帽黑衣兵一一就歼,御营黑衣军约有二百名回阵。萧峰心道:"想来辽人规矩如此。"这一番清理战场的恶斗,规模虽大不如前,惊心动魄之处却犹有过之。

洪基高举长刀,大声道:"叛军虽众,却无斗志。再接一仗,他们便要败逃了!"

御营官兵齐呼:"万岁,万岁,万岁!"

忽听得叛军阵中吹起号角,五骑马缓缓出来,居中一人双手捧着一张羊皮,朗声念了起来,念的正是皇太叔颁布的诏书:"耶律洪基篡位,乃是伪君,现下皇太叔正位,凡我辽国忠诚官兵,须当即日回京归服,一律官升三级。"御营中十余名箭手放箭,飕飕声响,向那人射去。那人身旁四人举起盾牌相护。那人继续念诵,突然间五匹马均被射倒,五人躲在盾牌之后,终于念完皇太叔的"诏书",转身退回。

北院大王见属下官兵听到伪诏后意有所动,喝道:"出去回骂!"三十名官兵上前十余丈。二十名士兵手举盾牌保护,此外十名乃是"骂手",声大喉粗,口齿便给,第一名"骂手"骂了起来,什么"叛国奸贼,死无葬身之地"等等,跟着第二名"骂手"又骂,骂到后来,尽是诸般污言秽语。萧峰对契丹语言所知有限,这些"骂手"的言辞他大都不懂,只见耶律洪基连连点头,意甚嘉许,想来这些"骂手"骂得着实精采。

萧峰向敌阵中望去,见远处黄盖大纛掩映之下,有两人各乘骏马,手持马鞭指指点点。一人全身黄袍,头戴冲天冠,颔下灰白长须,另一人身披黄金甲胄,面容瘦削,神情剽悍。萧峰寻思:"瞧这模样,这两人便是皇太叔和楚王父子了。"

· 1011 ·

忽然间十名"骂手"低声商议了一会，一齐放大喉咙，大揭皇太叔和楚王的阴事。那皇太叔似乎立身甚正，无甚可骂之处，十个人所骂的，主要都针对于楚王，说他奸淫父亲的妃子，仗着父亲的权势为非作歹。这些话显是在挑拨他父子感情，十个人齐声而喊，叫骂的言语字字相同，声传数里，数十万军士中听清楚的着实不少。

那楚王鞭子一挥，叛军齐声大噪，大都是啊啊乱叫，喧哗呼喊，登时便将十个人的骂声淹没了。

乱了一阵，敌军忽然分开，推出数十辆车子，来到御营之前，车子一停，随车的军士从车中拉出数十个女子来，有的白发婆婆，有的方当妙龄，衣饰都十分华贵。这些女子一走出车子，双方骂声登时止歇。

耶律洪基大叫："娘啊，娘啊！儿子捉住叛徒，碎尸万段，替你老人家出气。"

那白发老妇便是当今皇太后、耶律洪基的母亲萧太后，其余的是皇后萧后、众嫔妃和众公主。皇太叔和楚王乘洪基出外围猎时作乱，围住禁宫，将皇太后等都擒了来。

皇太后朗声道："陛下勿以老妇和妻儿为念，奋力荡寇杀贼！"数十名军士拔出长刀，架在众后妃颈中。年轻的嫔妃登时惊惶哭喊。

耶律洪基大怒，喝道："将哭喊的女人都射死了！"只听得飕飕声响，十余枝羽箭射了出去，哭叫呼喊的妃子纷纷中箭而死。

皇后叫道："陛下射得好，射得好！祖宗的基业，决计不能毁在奸贼手中。"

楚王见皇太后和皇后都如此倔强，此举非但不能胁迫洪基，反而动摇了己方军心，发令："押了这些女人上车，退下。"众军士将皇太后、皇后等又押入车中。推入阵后。楚王下令："押敌军家属上阵！"

· 1012 ·

猛听得呼呼呼竹哨吹起,声音苍凉,军马向两旁分开,铁链声呛啷啷不绝,一排排男女老幼从阵后牵了出来。霎时间两阵中哭声震天。原来这些人都是御营官兵的家属。御营官兵是辽帝亲军,耶律洪基特加优遇,准许家属在上京居住,一来使亲军感激,有事之时可出死力,二来也是监视之意,使这一支精锐之师出征时不敢稍起反心,哪知道这次出猎,竟然变起肘腋之间。御营官兵的家属不下二十余万,解到阵前的不过两三万人,其中有许多是胡乱捉来而捉错了的,一时也分辨不出,但见拖儿带女,乱成一团。

楚王麾下一名将军纵马出阵,高声叫道:"御营众官兵听者:尔等家小,都已被收,投降的和家属团聚,升官三级,另有赏金。若不投降,新皇有旨,所有家属一齐杀了。"契丹人向来残忍好杀,说是"一齐杀了",决非恐吓之词,当真是要一齐杀了的。御营中有些官兵已认出了自己亲人,"爹爹,妈妈,孩子,夫君,妻啊!"两阵中呼唤之声,响成一片。

叛军中鼓声响起,二千名刀斧手大步而出,手中大刀精光闪亮。鼓声一停,二千柄大刀便举了起来,对准众家属的头。那将军叫道:"向新皇投降,重重有赏,若不投降,众家属一齐杀了!"他左手一挥,鼓声又起。

御营众将士知道他左手再是一挥,鼓声停止,这二千柄明晃晃的大刀便砍了下去。这些亲军对耶律洪基向来忠心,皇太叔和楚王以"升官"和"重赏"相招,那是难以引诱,但这时眼见自己的父母子女引颈待戮,如何不惊?

鼓声隆隆不绝,御营亲军的官兵的心也是怦怦急跳。突然之间,御营中有人叫道:"妈妈,妈妈,不能杀了我妈妈!"投下长矛,向敌阵前的一个老妇奔去。

跟着飕的一箭从御营中射出,正中这人的后心。这人一时未死,兀自向他母亲爬去。只听得"爹娘、孩儿"叫声不绝,御营中数百人纷纷奔出。耶律洪基的亲信将军拔剑乱斩,却哪里止得住?这数百人一奔出,跟着便是数千。数千人之后,哗啦啦一阵大乱,十五万亲军之中,倒奔去了六七万人。

耶律洪基长叹一声,知道大势已去,乘着亲军和家属抱头相认,乱成一团,将叛军从中隔开了,便即下令:"向西北苍茫山退军。"中军将军悄悄传下号令,余下未降的尚有八万余人,后军转作前军,向西北方驰去。

楚王急命骑兵追赶,但战场上塞满了老弱妇孺,骑兵不能奔驰,待得推开众人,耶律洪基已率领御营亲军去得远了。

八万多名亲军赶到苍茫山脚下,已是黄昏,众军士又饥又累,在山坡上赶造营寨,居高临下,以作守御之计。安营甫定,还未造饭,楚王已亲率精锐赶到山下,立即向山坡冲锋。御营军士箭石如雨,将叛军击退。楚军见仰攻不利,当即收兵,在山下安营。

这日晚间,耶律洪基站在山崖之旁,向南眺望,但见叛军营中营火有如繁星,远处有三条火龙蜿蜒而至,却是叛军的后续部队前来参与围攻。洪基心下黯然,正待入帐,北院枢密使前来奏告:"臣属下的一万五千兵马,冲下山去投了叛逆。臣治军无方,罪该万死。"耶律洪基挥了挥手,摇头道:"这也怪你不得,下去休息罢!"

他转过头来,见萧峰望着远处出神,说道:"一到天明,叛军就会大举来攻,我辈尽成俘虏矣。我是国君,不能受辱于叛徒,当自刎以报社稷。兄弟,你乘夜自行冲了出去罢。你武艺高强,叛军须拦你不住。"说到这里,神色凄然,又道:"我本想大大赐你一场富贵,岂知做哥哥的自身难保,反而累了你啦。"

萧峰道:"大哥,大丈夫能屈能伸,今日战阵不利,我保你退了出去,招集旧部,徐图再举。"

洪基摇头道："我连老母妻子都不能保，哪里还说得上什么大丈夫？契丹人眼中，胜者英雄，败者叛逆。我一败涂地，岂能再兴？你自己去罢！"

萧峰知他所说的乃是实情，慨然道："既然如此，那我便陪着哥哥，明日与叛寇决一死战。你我义结金兰，你是皇帝也好，是百姓也好，萧某都当你是义兄。兄长有难，做兄弟的自当和你同生共死，岂有自行逃走之理？"

耶律洪基热泪盈眶，握住他双手，说道："好兄弟，多谢你了。"

萧峰回到帐中，见阿紫蜷卧在帐幕一角，睁着一双圆圆的大眼，兀自未睡。阿紫问道："姊夫，你怪我不怪？"萧峰奇道："怪你什么？"阿紫道："都是我不好，若不是我定要到大草原中来游玩，也不会累得你困在这里。姊夫，咱们要死在这里了，是不是？"

帐外火把的红光映在她脸上，苍白之色中泛起一片晕红，更显得娇小稚弱。萧峰心中大起怜意，柔声道："我怎会怪你？若不是我打伤了你，咱们就不会到这种地方来。"阿紫微微一笑，说道："若不是我向你发射毒针，你就不会打伤我。"

萧峰伸出大手，抚摸她头发。阿紫重伤之余，头发脱落了大半，又黄又稀。萧峰轻叹一声，说道："你年纪轻轻，却跟着我受苦。"阿紫道："姊夫，我本来不明白，姊姊为什么这样喜欢你，后来我才懂了。"

萧峰心想："你姊姊待我深情无限，你这小姑娘懂得什么。其实，阿朱为什么会爱上我这粗鲁汉子，连我自己也不明白，你又怎能知道？"想到此处，凄然摇头。

阿紫侧过头来，说道："姊夫，你猜到了没有，为什么那天我向你发射毒针？我不是要射死你，我只是要你动弹不得，让我来服侍你。"萧峰奇道："那有什么好？"阿紫微笑道："你动弹不得，就永远不能离开我了。否则的话，你心中瞧我不起，随时就抛开我，不理睬我。"

萧峰听她说的虽是孩子话，却也知道不是随口胡说，不禁暗暗心惊，寻思："反正明天大家都死，安慰她几句也就是了。"说道："你这真是孩子想法，你真的喜欢跟着我，尽管跟我说就是，我也不会不允。"

阿紫眼中突然发出明亮的光采，喜道："姊夫，我伤好了之后，仍要跟着你，永远不回到星宿派师父那里去了。你可别抛开我不理。"

萧峰知道她在星宿派所闯的祸实在不小，料想她确是不敢回去，笑道："你是星宿派的大师姊传人，你不回去，群龙无首，那便如何是好？"阿紫格格一笑，道："让他们去乱成一团好了。我才不理呢。"

萧峰拉上毛毡，盖到她颈下，替她轻轻拢好了，展开毛毡，自行在营帐的另一角睡下。帐外火光时明时灭，闪烁不定，但听得哭声隐隐，知是御营官兵思念家人，大家均知明晨这一仗性命难保，只是各人忠于皇上，不肯背叛。

次晨萧峰一早便醒了，嘱咐室里队长备好马匹，照料阿紫，自己结束停当，吃了一斤羊肉，喝了三斤酒，走到山边。其时四下里尚一片黑暗，过不多时，东方曙光初现，御营中号角呜呜吹起，但听得铿铿锵锵，兵甲军刃相撞之声不绝于耳。营中一队队兵马开出，于各处冲要之处守御。萧峰居高临下的望将出去，只见东、南、东南方三面人头涌涌，尽是叛军。一阵白雾罩着远处，军阵不见尽头。

霎时间太阳于草原边上露出一弧，金光万道，射入白雾之中，浓雾渐消，显出雾中也都是军马。蓦地里鼓声大起，敌阵中两队黄旗军驰了出来，跟着皇太叔和楚王乘马驰到山下，举起马鞭，向山上指点商议。

耶律洪基领着侍卫站在山边，见到这等情景，怒从心起，从侍卫手下接过弓箭，弯弓搭箭，一箭向楚王射去。从山上望将下去，似乎相隔不远，其实相距尚有数箭之地，这一箭没到半途，便力尽跌落。

楚王哈哈大笑，大声叫道："洪基，你篡了我爹爹之位，做了这许多时候的伪君，也该让位了。你快快投诚，我爹爹便饶你一死，还假仁义的封你为皇太侄如何？哈哈哈！"这几句话，显然讽刺洪基封耶律重元为皇太叔乃是假仁假义。

洪基大怒，骂道："无耻叛贼，还在逞这口舌之利。"

北院枢密使叫道："主辱臣死！主上待我等恩重如山，今日正是我等报主之时。"率领了三千名亲兵，齐声发喊，从山上冲了下去。这三千人都是契丹部中的勇士，此番抱了必死之心，无不以一当十，大喊冲杀，登时将敌军冲退里许。但楚王令旗挥处，数万军马围了上来，刀矛齐施，只听得喊声震动天地，血肉横飞。三千人越战越少，斗到后来，尽数死节。北院枢密使力杀数人，自刎而死。洪基、众将军大臣和萧峰等在山峰上看得明白，却无力相救，心感北院枢密使的忠义，尽皆垂泪。

楚王又驰到山边，笑道："洪基，到底降不降？你这一点儿军马，还济得甚事？你手下这些人都是大辽勇士，又何必要他们陪你送命？是男儿汉大丈夫，爽爽快快，降就降，战就战，倘若自知气数已尽，不如自刎以谢天下，也免得多伤士卒。"

耶律洪基长叹一声，虎目含泪，擎刀在手，说道："这锦绣江山，便让了你父子罢。你说得不错，咱们叔侄兄弟，骨肉相残，何必多伤契丹勇士的性命。"说着举起刀来，便往颈上勒去。

萧峰猿臂伸出，将他刀子夺过，说道："大哥，是英雄好汉，便当死于战场，如何能自尽而死？"

洪基叹道："兄弟，这许多将士跟随我日久，我反正是死，不忍他们尽都跟着我送了性命。"

楚王大声叫道："洪基，你还不自刎，更待何时？"手中马鞭直指其面，嚣张已极。

萧峰见他越走越近，心念一动，低声道："大哥，你跟他信口敷衍，我悄悄掩近身去，射他一箭。"

洪基知他了得，喜道："如此甚好，若能先将他射死，我死也瞑目。"当即提高嗓子，叫道："楚王，我待你父子不薄，你父亲要做皇帝，也无不可，何必杀伤本国这许多军士百姓，害得我辽国大伤元气？"

萧峰执了一张硬弓，十枝狼牙长箭，牵过一匹骏马，慢慢拉到山边，一矮身，转到马腹之下，身藏马下，双足钩住马背，足尖一踢，那马便冲了下去。山下叛军见一匹空马奔将下来，马背上并无骑者，只道是军马断缰奔逸，这是十分寻常之事，谁也没加留神。但不久叛军军士便见到马腹之下有人，登时大呼起来。

萧峰以足尖踢马，纵马向楚王直冲过去，眼见离他约有二百步之遥，在马腹之下拉开强弓，飕的一箭，向他射去。楚王身旁卫士举起盾牌，将箭挡开。萧峰纵马急驰，连珠箭发，一箭将那卫士射倒，第二箭直射楚王胸膛。

楚王眼明手快，马鞭挥出，往箭上击来。这以鞭击箭之术，原是楚王的拿手本领，却不知射这一箭之人不但臂力雄强，而且箭上附有内劲，马鞭虽击到了箭杆，却只将羽箭拨得准头稍歪，噗的一声，插入他的左肩。楚王叫声："啊哟！"痛得伏在鞍上。

萧峰羽箭又到，这一次相距更近，一箭从他左胁穿进，透胸而过。楚王身子一晃，从马背上溜了下来。

萧峰一举成功，心想："我何不乘机更去射死了皇太叔！"

楚王中箭堕马，敌阵中人人大呼，几百枝羽箭都向萧峰所藏身的马匹射到，霎时之间，那马中了二百多枝羽箭，变成了一匹刺猬马。

萧峰在地下几个打滚，溜到了一名军官的坐骑之下，展开小巧绵软功夫，随即从这匹马腹底下钻到那一匹马之下，一个打滚，又钻到另一匹马底下。众官兵无法放箭，纷纷以长矛来刺。但萧峰东一钻，西一滚，尽是在马肚子底下做功夫。敌军官兵乱成一团，数千人马你推我挤，自相践踏，却哪里刺得着他？

萧峰所使的，只不过是中原武林中平平无奇的地堂功夫。不论是地堂拳、地堂刀，还是地堂剑，都是在地下翻滚腾挪，俟机攻敌下盘。这时他用于战阵，眼明手快，躲过了千百只马蹄的践踏。他看准皇太叔的所在，直滚过去，飕飕飕三箭，向皇太叔射去。

皇太叔的卫士先前见楚王中箭，已然有备，三十余人各举盾牌，密密层层的挡在皇太叔身前，只听得铮铮铮三响，三枝箭都在盾牌上撞了下来，萧峰所携的十枝箭射出了七枝，只剩下三枝，眼见敌人三十几面盾牌相互掩护，这三枝箭便要射死三名卫士也难，更不用说射皇太叔了。这时他已深入敌阵，身后数千军士挺矛追来，面前更是千军万马，实已陷入了绝境。当日他独斗中原群雄，对方只不过数百人，已然凶险之极，幸得有人相救，方能脱身，今日困于数十万人的重围之中，却如何逃命？

这当儿情急拼命，蓦地里一声大吼，纵身而起，呼的一声，从那三十几面盾牌之上纵跃而过，落在皇太叔马前。皇太叔大吃一惊，举起马鞭往他脸上击落。萧峰斜身跃起，落上皇太叔的马鞍，左手抓住他后心，将他高高举起，叫道："你要死还是要活？快叫众人放下兵刃！"皇太叔吓得呆了，对他的话一个字也没听见。

这时叛军中的扰攘之声更是震耳欲聋，成千成万的官兵弯弓搭箭，对准了萧峰，但皇太叔被他擒在手中，谁也不敢轻举妄动。

萧峰气运丹田，叫道："皇太叔有令，众三军放下兵刃，听宣圣旨。皇帝宽洪大量，赦免全体官兵，谁都不加追究。"这几句话盖过了十余万人的喧哗纷扰，声闻数里，令得山前山后十余万官兵至少有半数人听得清清楚楚。

萧峰有过丐帮帮众背叛自己的经历，明白叛众心思，一处逆境之后，最要紧的是企图免罪，只须对方保证不念旧恶，决不追究，叛军自然斗志消失。此刻叛军势大，耶律洪基身边不过七八万余人马，众寡悬殊，决不是叛军之敌，其时局面紧急，不及向洪基请旨，便说了这几句话，好令叛军安心。

这几句话朗朗传出，众叛军的喧哗声登时静了下来，你看看我，我看看你，人人均是惶惑无主。

萧峰情知此刻局势极是危险，叛军中只须有人呼叫不服，数十万没头苍蝇般的叛军立时就会酿成巨变，当真片刻也延缓不得，又大声叫道："皇帝有旨：众叛军中官兵不论官职大小，一概无罪，皇帝开恩，决不追究。军官士兵各就原职，大家快快放下兵刃！"

一片寂静之中，忽然呛啷啷、呛啷啷几声响，有几人掷下了手中长矛。这掷下兵刃的声音互相感染，霎时之间，呛啷啷之声大作，倒有一半人掷下兵刃，余下的兀自踌躇不决。

萧峰左臂将皇太叔身子高高举起，纵马缓缓上山，众叛军谁也不敢拦阻，他马头到处，前面便让出一条路来。

萧峰骑马来到山腰，御营中两队兵马下来迎接，山峰上奏起鼓乐。

萧峰道："皇太叔，你快快下令，叫部属放下兵刃投降，便可饶你性命。"

皇太叔颤声道："你担保饶我性命？"

萧峰向山下望去，只见无数叛军手中还是执着弓箭长矛，军心未定,危险未过,寻思:"眼下是安定军心为第一要务。皇太叔一人的生死何足道哉,只须派人严加监守,谅他以后再也不能为非作歹。"便道:"你戴罪立功,眼下是唯一的良机。陛下知道都是你儿子不好,决可赦你的性命。"

皇太叔原无争夺帝位的念头,都是因他儿子楚王野心勃勃而起祸,这时他身落人手,但求免于一死,便道:"好,我依你之言便了!"

萧峰让他安坐马鞍,朗声说道:"众三军听者,皇太叔有言吩咐。"

皇太叔大声道:"楚王挑动祸乱,现已伏法。皇上宽洪大量,饶了大家的罪过。各人快快放下兵刃,向皇上请罪。"

皇太叔既这么说,众叛军群龙无首,虽有凶鸷倔强之徒,也已不敢再行违抗,但听得呛啷啷之声响成一片,众叛军都投下了兵刃。

萧峰押着皇太叔上得苍茫山来。耶律洪基喜不自胜,如在梦中,抢到萧峰身边,握着他的双手,说道:"兄弟,兄弟,哥哥这江山,以后和你共享之。"说到这里,心神激荡,不由得流下泪来。

皇太叔跪伏在地,说道:"乱臣向陛下请罪,求陛下哀怜。"

耶律洪基此时心境好极,向萧峰道:"兄弟,你说该当如何?"萧峰道:"叛军人多势众,须当安定军心,求陛下赦免皇太叔死罪,好让大家放心。"

耶律洪基笑道:"很好,很好,一切依你,一切依你。"转头向北院大王道:"你传下圣旨,封萧峰为楚王,官居南院大王,督率叛军,回归上京。"

萧峰吃了一惊,他杀楚王,擒皇太叔,全是为了要救义兄之命,决无贪图爵禄之意,耶律洪基封他这样的大官,倒令他手足无措,一时说不出话来。北院大王向萧峰拱手道:"恭喜,恭喜!楚王的爵位向来不封外姓,萧大王快向皇上谢恩。"萧峰向洪基道:

"哥哥,今日之事,全仗你洪福齐天,众官兵对你输心归诚,叛乱方得平定,做兄弟的只不过出一点蛮力,实在算不得什么功劳。何况兄弟不会做官,也不愿做官,请哥哥收回成命。"

耶律洪基哈哈大笑,伸右手揽着他肩头,说道:"这楚王之封、南院大王的官位,在我辽国已是最高的爵禄,兄弟倘若还嫌不够,一定不肯臣服于我,做哥哥的除了以皇位相让,更无别法了。"

萧峰吃了一惊,心想:"哥哥大喜之余,说话有些忘形了,眼下乱成一团,一切事情须当明快果决,不能有丝毫犹豫,以防更起祸变。"只得屈膝跪下,说道:"臣萧峰领旨,多谢万岁恩典。"耶律洪基笑着双手扶起。萧峰道:"臣不敢违旨,只得领受官爵。只是草野鄙人,不明朝廷法度,若有差失,尚请原宥。"

耶律洪基伸手在他肩头拍了几下,笑道:"决无干系!"转头向左军将军耶律莫哥道:"耶律莫哥,我命你为南院枢密使,佐辅萧大王,勾当军国重事。"耶律莫哥大喜,忙跪下谢恩,又向萧峰参拜,道:"参见大王!"洪基道:"莫哥,你禀受萧大王号令,督率叛军回归上京。咱们向皇太后请安去。"

当下山峰上奏起鼓乐,耶律洪基一行向山下走去。叛军的领兵将军已将皇太后、皇后等请出,恭恭敬敬的在营中安置。耶律洪基进得帐去,母子夫妻相见,死里逃生,恍如隔世,自是人人称赞萧峰的大功。

耶律莫哥先行,引导萧峰去和南院诸部属相见。适才萧峰在千军万马中一进一出,勇不可当,众人均是亲见。南院诸属官军虽然均是楚王的旧部,但一来萧峰神威凛凛,各人心中害怕,不敢不服,又都敬他英雄了得;二来楚王平素脾气暴躁,无恩于人;三来自己作乱犯上,心下都好生惶恐,是以萧峰一到军中,众叛军肃然敬服,齐听号令。

萧峰说道："皇上已赦免各人从逆谋叛之罪，此后大伙儿应该痛改前非，再也不可稍起贰心。"

一名白须将军上前说道："禀告大王，皇太叔和世子扣押我等家属，胁迫我等附逆，我等若有不从，世子便将我等家属斩首，事出无奈，还祈大王奏明万岁。"

萧峰点头道："既是如此，以往之事，那也不用说了。"转头向耶律莫哥道："众军就地休息，饱餐之后，拔营回京。"

当下南院中部属一个个依着官职大小，上来参见。萧峰虽然从来没做过官，但他久为丐帮帮主，统率群豪，自有一番威严。带领丐帮豪杰和契丹大豪，其间也无甚差别。只是辽军中另有一套规矩，萧峰一面小心在意，一面由耶律莫哥分派处理，一切均是井井有条。

萧峰带领大军出发不久，皇太后和皇后分别派了使者，到军中赐给袍带金银。萧峰谢恩甫毕，室里护着阿紫到了。她身披锦衣，骑着骏马，说道均是皇太后所赐。萧峰见她小小的身体裹在宽大的锦袍之中，一张小脸倒被衣领遮去了一半，不禁好笑。

阿紫没亲眼见到萧峰射杀楚王、生擒皇太叔，只是从室里等人口中转述而知。大凡述说往事，总不免加油添酱，将萧峰的功绩，更是说得神乎其神，加了三分。阿紫一见到他，便埋怨道："姊夫，你立了这样的大功，怎么事先也不跟我说一声，否则我站在山边，亲眼瞧着你杀进杀出，岂不开心？倒让我白担了半天心事。"萧峰道："这是侥幸立下的功劳，事先我怎么知道？你一见面便来说孩子话。"阿紫道："姊夫，你过来。"

萧峰走近她身边，见她苍白的脸上发着兴奋的红光，经她身上的锦绣衣裳一衬，倒像是个玩偶娃娃一般，又是滑稽，又是可爱，忍不住哈哈大笑起来。

·1023·

阿紫脸有愠色，嗔道："我跟你说正经话，你却哈哈大笑，有什么好笑？"萧峰笑道："我见你穿着这样的衣服，像是个玩偶娃娃一般，很是有趣。"阿紫嗔道："你老是当我小孩子，却来取笑于我。"萧峰笑道："不是，不是！阿紫，这一次我只道咱二人都要死于非命了，哪知竟能死里逃生，我自然欢喜。什么南院大王、楚王的封爵，我才不放在心上，能够活着不死，那就好得很了。"

阿紫道："姊夫，你也怕死么？"萧峰一怔，点头道："遇到危险之时，自然怕死。"阿紫道："我只道你是英雄好汉，不怕死的。你既然怕死，众叛军千千万万，你怎么胆敢冲将过去？"萧峰道："这叫做置之死地而后生。我倘若不冲，就非死不可。那也说不上什么勇敢不勇敢，只不过是困兽犹斗而已。咱们围住了一头大熊、一只老虎，它逃不出去，自然会拼命的乱咬乱扑。"阿紫嫣然一笑，道："你将自己比作畜生了。"

这时两人乘在马上，并肩而行，一眼望将出去，大草原上旌旗招展，长长的队伍行列直伸展到天际，不见尽头，前后左右，尽是卫士部属。

阿紫很是欢喜，说道："那日你帮我夺得了星宿派传人之位，我想星宿派中二代弟子、三代弟子数百人之众，除了师父一人之外，算我最大，心里十分得意。可是比之你统率千军万马，那是全比不上了。姊夫，丐帮不要你做帮主，哼，小小一个丐帮，有什么希罕？你带领人马，去将他们都杀了。"

萧峰连连摇头，道："孩子话！我是契丹人，丐帮不要我做帮主，道理也是对的。丐帮中人都是我的旧部朋友，怎么能将他们杀了？"

阿紫道："他们逐你出帮，对你不好，自然要将他们杀了。姊夫，难道他们还是你的朋友么？"

萧峰一时难以回答，只摇了摇头，想起在聚贤庄上和众旧友断义绝交,豪气登消。

阿紫又问:"如果他们听说你做了辽国的南院大王,忽然懊悔起来,又接你去做丐帮帮主,你又去也不去?"萧峰微微一笑,道:"天下焉有是理?大宋的英雄好汉,都当契丹人是万恶不赦的奸徒,我在辽国官越做得大,他们越恨我。"阿紫道:"呸!有什么希罕?他们恨你,咱们也恨他们。"

萧峰极目南望,但见天地相接处远山重叠,心想:"过了这些山岭,那便是中原了。"他虽是契丹人,但自幼在中原长大,内心实是爱大宋极深而爱辽国极浅,如果丐帮让他做一名无职份、无名份的光袋弟子,只怕比之在辽国做什么南院大王更为心安理得。

阿紫又道:"姊夫,我说皇上真聪明,封你做南院大王。以后辽国跟人打仗,你领兵出征,那当然百战百胜。你只要冲进敌阵,将对方的元帅一打死,敌军大伙儿就抛下刀枪,跪下投降,这仗不就胜了么?"

萧峰微笑道:"皇太叔的部下都是辽国官兵,向来听皇上号令的,因此楚王一死,皇太叔被擒,大家便投降了。如果两国交兵,那便大大不同了。杀了元帅,有副元帅,杀了大将军,有偏将军,人人死战到底。我单枪匹马,那是全然的无能为力。"

阿紫点头道:"嗯,原来如此。姊夫,你说冲进敌阵,射杀楚王,生擒皇太叔,还不算勇敢,那么你一生真正最勇敢的事是什么?说给我听,好不好?"

萧峰向来不喜述说自己得意的武勇事迹,从前在丐帮之时,出马诛杀大奸大恶,不论如何激战恶斗,回到本帮后只轻描淡写的说一句:"已将某某人杀了。"至于种种惊险艰难的经过,不论旁人如何探询,他是决计不说的,这时听阿紫问起,心想这一生身经百战,临敌时从不退缩,勇敢之事,当真说不胜说,便道:"我和人相斗,大都是被迫而为,既不得不斗,也就说不上什么勇敢。"

阿紫道："我却知道。你生平最勇敢的，是聚贤庄一场恶斗。"

萧峰一怔，问道："你怎么知道？"

阿紫道："那日在小镜湖畔，你走了之后，爹爹、妈妈，还有爹爹手下的那些人，大家谈起你来，对你的武功都佩服得了不得，然而说你单身赴聚贤庄英雄大会，独斗群雄，只不过为了医治一个少女之伤。这个少女，自然是我姊姊了。他们那时不知阿朱是爹爹妈妈的亲生女儿，说你对义父义母和受业恩师十分狠毒，对女人偏偏情长；忘恩负义，残忍好色，是个不近人情的坏蛋。"说到这里，格格的笑了起来。

萧峰喃喃的道："嘿，'忘恩负义！残忍好色！'中原英雄好汉，给萧峰的是这八个字评语。"

阿紫安慰他道："你也不用气恼。我妈妈却大大赞你呢，说一个男人只要情长，就是好人，别的干什么都不打紧。她说我爹爹也是忘恩负义，残忍好色，只不过他是对情人好色负义，对女儿残忍无情，说什么也不及你。我在一旁拍手赞成。"萧峰苦笑摇头。

大军行了数日，来到上京。京中留守的百官和百姓早已得到讯息，远远迎接出来。萧峰帅字旗到处，众百姓烧香跪拜，称颂不已。他一举敉平这场大祸变，使无数辽国军士得全性命，上京的百姓有一小半倒是御营亲军的家属，自是对他感激无尽。萧峰按辔徐行，众百姓大叫："多谢南院大王救命！""老天爷保佑南院大王长命百岁，大富大贵！"

萧峰听着这一片称颂之声，见众百姓大都眼中含泪，感激之情，确是出于至诚，寻思："一人身居高位，一举一动便关连万千百姓的祸福，我去射杀楚王之时，只是逞一时刚勇，既救义兄，复救自己，想不到对众百姓却有这大的好处。唉，在中原时我一意求好，偏偏怨谤丛集，成为江湖上第一大奸大恶之徒。来到北国，无意之间却成为众百姓的救星。是非善恶，也实在难说得很。"

又想："此处是我父母之邦，当年我爹爹、妈妈必曾常在这条大路上来去。唉，我既不知爹娘的形貌，他们当年如何在此并骑驰马，更加无法想像。"

上京是辽国京都。其时辽国是天下第一大国，比大宋强盛得多。但契丹人以游牧为生，居无定所，上京城中民居、店铺，粗鄙简陋，比之中原却大为不如。

南院属官将萧峰迎入楚王府，府第宏大，屋内陈设也异常富丽堂皇。萧峰一生贫困，哪里住过这等府第？进去走了一遭，便觉十分不惯，命部属在军营中竖立两个营帐，他与阿紫分居一个，起居简朴，一如往昔。

第三日上，耶律洪基和皇太后、皇后、嫔妃、公主等回驾上京，萧峰率领百官接驾。朝中接连忙乱了数日。先是庆贺平难，论功行赏，抚恤北院枢密使等死难官兵的家属。皇太叔自觉无颜，已在途中自尽而死。洪基倒也信守诺言，对附逆的官兵一概不加追究，只诛杀了楚王属下二十余名创议为叛的首恶。皇宫中大开筵席，犒劳出力的将士，接连大宴三日。萧峰自是成了席上的第一位英雄。耶律洪基、皇太后、皇后、众嫔妃、公主的赏赐，以及文武百官的馈赠，当真堆积如山。

犒赏已毕，萧峰到南院视事。辽国数十个部族的族长一一前来参见，什么乌隗部、伯德部、北克部、南克部、室韦部、梅古悉部、五国部、乌古拉部，一时也记之不尽。跟着是皇帝所部大帐皮室军军官，皇后所部属珊军军官，弘宁宫、长宁宫、永兴宫、积庆宫、延昌宫等各宫卫的军官纷纷前来参见。辽国的属国共五十九国，计有吐谷浑、突厥、党项、沙陀、波斯、大食、回鹘、吐蕃、高昌、高丽、于阗、敦煌等等。各国有使臣在上京的，得知萧峰用事，掌握军国重权，都来赠送珍异器玩，讨好结纳。萧峰每日会晤

·1027·

宾客，接见部属，眼中所见，尽是金银珍宝，耳中所闻，无非谄谀称颂，不由得甚是厌烦。

如此忙了一月有余，耶律洪基在便殿召见，说道："兄弟，你的职份是南院大王，须当坐镇南京，俟机进讨中原。做哥哥的虽不愿你远离，但为了建立千秋万世的奇功，你还是早日领兵南下罢！"

萧峰听得皇上命他领兵南征，心中一惊，道："陛下，南征乃是大事，非同小可。萧峰一勇之夫，军略实非所长。"

耶律洪基笑道："我国新经祸变，须当休养士卒。大宋现下太后当朝，重用司马光，朝政修明，无隙可乘，咱们原不是要在这时候南征。兄弟，你到得南京，时时刻刻将吞并南朝这件事放在心头。咱们须得待衅而动，看到南朝有什么内变，那就大兵南下。要是他内部好好地，辽国派兵攻打，这就用力大而收效少了。"

萧峰应道："是，原该如此。"洪基道："可是咱们怎知南朝是否内政修明，百姓是否人心归附？"萧峰道："要请陛下指点。"洪基哈哈大笑，道："自古以来，都是一般，多用金银财帛去收买奸细间谍啊。南人贪财，卑鄙无耻之徒甚多，你命南院枢密使不惜财宝，多多收买便是。"

萧峰答应了，辞出宫来，心下烦恼。他自来所结交的都是英雄豪杰，尽管江湖上暗中陷害、埋伏下毒等等诡计也见得多了，但均是爽爽快快杀人放火的勾当，从未用过金银去收买旁人。何况他虽是辽人，自幼却在南朝长大，皇帝要他以吞灭宋朝为务，心下极不愿意，寻思："哥哥封我为南院大王，总是一片好意，我倘若此刻便即辞官，未免辜负他一番盛情，有伤兄弟义气。待我到得南京，做他一年半载，再行请辞便了。那时他如果不准，我挂冠封印，一溜了之，谅他也奈何我不得。"当下率领部属，携同阿紫来到南京。

辽时南京，便是今日的北京，当时称为燕京，又称幽都，为幽州之都。后晋石敬瑭自立称帝，得辽国全力扶持，石敬瑭便割燕云十六州以为酬谢。燕云十六州为幽、蓟、涿、顺、檀、瀛、莫、新、妫、儒、武、蔚、云、应、寰、朔，均是冀北、晋北要地。自从割予辽国之后，后晋、后周、宋朝三朝历年与之争夺，始终无法收回。燕云十六州占据形胜，辽国驻以重兵，每次向南用兵，长驱而下，一片平阳之上，大宋无险可守。宋辽交兵百余年，宋朝难得一胜，兵甲不如固是主因，而辽国居高临下以控制战场，亦占到了极大的便宜。

萧峰进得城来，见南京城街道宽阔，市肆繁华，远胜上京，来来往往的都是南朝百姓，所听到的也尽是中原言语，恍如回到了中土一般。萧峰和阿紫都很喜欢，次日轻车简从，在市街各处游观。

燕京城方三十六里，共有八门。东是安东门、迎春门；南是开阳门、丹凤门；西是显西门、清晋门；北是通天门、拱辰门。两道北门所以称为通天、拱辰，意思是说臣服于此，听从来自北面的皇帝圣旨。南院大王的王府在城之西南。萧峰和阿紫游得半日，但见坊市、廨舍、寺观、官衙，密布四城，一时观之不尽。

这时萧峰官居南院大王，燕云十六州固然属他管辖，便西京道大同府一带、中京道大定府一带，也俱奉他号令。威望既重，就不便再在小小营帐中居住，只得搬进了王府。他视事数日，便觉头昏脑胀，深以为苦，见南院枢密使耶律莫哥精明强干，熟习政务，便将一应事务都交了给他。

然而做大官究竟也有好处，王府中贵重的补品药物不计其数，阿紫直可拿来当饭吃。如此调补，她内伤终于日痊一日，到得初冬，已自可以行走了。她在燕京城内游了多遍，跟着又由室里随侍，城外十里之内也都游遍了。

这一日大雪初晴，阿紫穿了一身貂裘，来到萧峰所居的宣教殿，说道："姊夫，我在城里闷死啦，你陪我打猎去。"

萧峰久居宫殿，也自烦闷，听她这么说，心下甚喜，当即命部属备马出猎。他不喜大举打围，只带了数名随从服侍阿紫，又恐百姓大惊小怪，当下换了寻常军士所穿的羊皮袍子，带一张弓、一袋箭，跨了匹骏马，便和阿紫出清晋门向西驰去。

一行人离城十余里，只打到几只小兔子。萧峰道："咱们到南边试试。"勒转马头，折而向南，又行出二十余里，只见一只獐子斜刺里奔出来。阿紫从随从手里接过弓箭，一拉弓弦，岂知臂上全无力气，这张弓竟拉不开。萧峰左手从她身后环过去，抓住弓身，右手握着她小手拉开了弓弦，一放手，飕的一声，羽箭射出，獐子应声而倒。众随从欢呼起来。

萧峰放开了手，向阿紫微笑而视，只见她眼中泪水盈盈，奇道："怎么啦？不喜欢我帮你射野兽么？"阿紫泪水从面颊上流下，说道："我……我成了个废人啦，连这样一张轻弓也……也拉不开。"萧峰慰道："别这么性急，慢慢的自会回复力气。要是将来真的不好，我传你修习内功之法，定能增加力气。"阿紫破涕为笑，道："你说过的话，可不许不算，一定要教我内功。"萧峰道："好，好，一定教你。"

说话之间，忽听得南边马蹄声响，一大队人马从雪地中驰来。萧峰向蹄声来处遥望，见这队人都是辽国官兵，却不打旗帜。众官兵喧哗歌号，甚是欢忭，马后缚着许多俘虏，似是打了胜仗回来一般。萧峰寻思："咱们并没有跟人打仗啊，这些人从哪里交了锋来？"见一行官兵偏东回城，便向随从道："你去问问，是哪一队人，干什么来了？"

那随从应道："是！"跟着道："是咱们兄弟打草谷回来啦。"纵马向官兵队奔去。

他驰到近处，说了几句话。众官兵听说南院大王在此，大声欢呼，一齐跃下马来，牵缰在手，快步走到萧峰身前，躬身行礼，齐

· 1030 ·

声道："大王千岁！"

萧峰举手还礼，道："罢了！"见这队官兵约有八百余人，马背上放满了衣帛器物，牵着的俘虏也有七八百人，大都是年轻女子，也有些少年男子，穿的都是宋人装束，个个哭哭啼啼。

那队长道："今日轮到我们那黑拉笃队出来打草谷，托大王的福，收成着实不错。"回头喝道："大伙儿把最美貌的少年女子，最好的金银财宝，统通都献了出来，请大王千岁拣用。"众官兵齐声应道："是！"将二十多个少女推到萧峰马前，又有许多金银饰物之属，纷纷堆在一张毛毡上。众官兵望着萧峰，目光中流露出崇敬企盼之色，显觉南院大王若肯收用他们夺来的女子玉帛，实是莫大荣耀。

当日萧峰在雁门关外，曾见到大宋官兵俘虏契丹子民，这次又见到契丹官兵俘虏大宋子民，被俘者的凄惨神情，实一般无异。他在辽国多时，已约略知道辽国的军情。辽国朝廷对军队不供粮秣，也无饷银，官兵一应所需，都是向敌人抢夺而来，每日派出部队去向大宋、西夏、女真、高丽各邻国的百姓抢劫，名之为"打草谷"，其实与强盗无异。宋朝官兵便也向辽人"打草谷"，以资报复。是以边界百姓，困苦异常，每日里提心吊胆，朝不保夕。萧峰一直觉得这种法子残忍无道，只是自己并没打算长久做官，向耶律洪基敷衍得一阵，便要辞官隐居，因此于任何军国大事，均没提出什么主张，这时亲眼见到众俘虏的惨状，不禁恻然，问队长道："在哪里打来的……打来的草谷？"

那队长恭恭敬敬的道："禀告大王，是在涿州境外大宋地界打的草谷。自从大王来后，属下不敢再在本州就近收取粮草。"

萧峰心道："听他的话，从前他们便在本州劫掠宋人。"向马前的一个少女用汉语问道："你是哪里人？"那少女当即跪下，哭道："小女子是张家村人氏，求大王开恩，放小女子回家，与父母

· 1031 ·

团聚。"萧峰抬头向旁人瞧去。数百名俘虏都跪了下来,人丛中却有一个少年直立不跪。

这少年约莫十六七岁年纪,脸型瘦长,下巴尖削,神色闪烁不定,萧峰便问:"少年,你家住在哪里?"那少年道:"我有一件秘密大事,要面禀于你。"萧峰道:"好,你过来说。"那少年双手被粗绳缚着,道:"请你远离部属,此事不能让旁人听见。"萧峰好奇心起,寻思:"这样一个少年,能知道什么机密大事?是了,他从南边来,或许有什么大宋的军情可说。"他是宋人,向契丹禀告机密,便是无耻汉奸,心中瞧他不起,不过他既说有重大机密,听一听也是无妨,于是纵马行出十余丈,招手道:"你过来!"

那少年跟了过去,举起双手,道:"请你割断我手上绳索,我怀中有物呈上。"萧峰拔出腰刀,直劈下去,这一刀劈下去的势道,直要将他身子劈为两半,但落刀部位准极,只割断了缚住他双手的绳子。那少年吃了一惊,退出两步,向萧峰呆呆凝视。萧峰微微一笑,还刀入鞘,问道:"什么东西?"

那少年探手入怀,摸了一物在手,说道:"你一看便知。"说着走向萧峰马前。萧峰伸手去接。

突然之间,那少年将手中之物猛往萧峰脸上掷来。萧峰马鞭一挥,将那物击落,白粉飞溅,却是个小小布袋。那小袋掉在地下,白粉溅在袋周,原来是个生石灰包。这是江湖上下三滥盗贼所用的卑鄙无耻之物,若给掷在脸上,生石灰末入眼,双目便瞎。

萧峰哼了一声,心想:"这少年大胆,原来不是汉奸。"点头道:"你叫什么名字?为何起心害我?"那少年嘴唇紧紧闭住,并不答话。萧峰和颜悦色的道:"你好好说来,我可饶你性命。"那少年道:"我为父母报仇不成,更有什么话说。"萧峰道:"你父母是谁?难道是我害死的么?"

那少年走上两步,满脸悲愤之色,指着萧峰大声道:"乔峰!

你害死我爹爹、妈妈,害死我伯父,我……我恨不得食你之肉,将你抽筋剥皮,碎尸万段!"

萧峰听他叫的是自己旧日名字"乔峰",又说害死了他父母和伯父,定是从前在中原所结下的仇家,问道:"你伯父是谁?父亲是谁?"

那少年道:"反正我不想活了,也要叫你知道,我聚贤庄游家的男儿,并非贪生怕死之辈。"

萧峰"哦"了一声,道:"原来你是游氏双雄的子侄,令尊是游驹游二爷吗?"顿了一顿,又道:"当日我在贵庄受中原群雄围攻,被迫应战,事出无奈。令尊和令伯父均是自刎而死。"说到这里,摇了摇头,说道:"唉,自刎还是被杀,原无分别。当日我夺了你伯父和爹爹的兵刃,以至逼得他们自刎。你叫什么名字?"

那少年挺了挺身子,大声道:"我叫游坦之。我不用你来杀,我会学伯父和爹爹的好榜样!"说着右手伸入裤筒,摸出一柄短刀,便往自己胸口插落。萧峰马鞭挥出,卷住短刀,夺过了刀子。游坦之大怒,骂道:"我要自刎也不许吗?你这该死的辽狗,忒也狠毒!"

这时阿紫已纵马来到萧峰身边,喝道:"你这小鬼,胆敢出口伤人?你想死么?嘿嘿,可没这么容易!"游坦之突然见到这样一个清秀美丽的姑娘,一呆之下,说不出话来。阿紫道:"小鬼,做瞎子的滋味挺美,待会你就知道了。"转头向萧峰道:"姊夫,这小子歹毒得紧,想用石灰包害你,咱们便用这石灰包先废了他一双招子再说。"

萧峰摇摇头,向领兵的队长道:"今日打草谷得来的宋人,都给了我成不成?"那队长不胜之喜,道:"大王赏脸,多谢大王的恩典。"萧峰道:"凡是献了俘虏给我的官兵,回头都到王府去领赏。"众官兵都欢欢喜喜的道:"咱们诚心献给大王,不用领赏

·1033·

了。"萧峰道:"你们将俘虏留下,先回城去罢,各人记着前来领赏。"众官兵躬身道谢。那队长道:"这儿野兽不多,大王要拿这些宋猪当活靶么?从前楚王就喜欢这一套。只可惜我们今日抓的多是娘们,逃不快。下次给大王多抓些精壮的宋猪来。"说着行了一礼,领兵去了。

"要拿这些宋猪当活靶"这几句话钻入耳中,萧峰心头不禁一震,眼前似乎便见到了楚王当年的残暴举动:几百个宋人像野兽一般在雪地上号叫奔逃,契丹贵人哈哈大笑,弯弓搭箭,一个个的射死。有些宋人逃得远了,契丹人骑马呼啸,自后赶去,就像射鹿射狐一般,终于还是一一射死。这种惨事,契丹人随口说来,丝毫不以为异,过去自必习以为常。放眼向那群俘虏瞧去,只见人人脸如土色,在寒风中不住颤抖。这些边民有的懂得契丹话,早就听过"射活靶"的事,这时更加吓得魂不附体。

萧峰悠悠一声长叹,向南边重重叠叠的云山望去,寻思:"若不是有人揭露我的身世之谜,我直至今日,还道自己是大宋百姓。我和这些人说一样的话,吃一样的饭,又有什么分别?为什么大家好好的都是人,却要强分为契丹、大宋、女真、高丽?你到我境内来打草谷,我到你境内去杀人放火?你骂我辽狗,我骂你宋猪?"一时之间,思涌如潮。

眼见出来打草谷的官兵已去得不见人影,向众难民道:"今日放你们回去,大家快快走罢!"众俘虏还道萧峰要令他们逃走,然后发箭射杀,都迟疑不动。萧峰又道:"你们回去之后,最好远离边界,免得又被人打草谷捉来。我救得你们一次,可救不得第二次。"

众难民这才信是真,欢声雷动,一齐跪下磕头,说道:"大王恩德如山,小民回家去供奉你的长生禄位。"他们早知宋民被辽兵打草谷俘去之后,除非是富庶人家,才能以金帛赎回,否则人人死于辽地，尸骨不得还乡。宋辽连年交锋，有钱人家早就逃到了内地。这些被俘的边民皆是穷人，哪有什么金帛前来取赎？早知自己命运已是牛马不如，这位辽国大王竟肯放他们回家，当真喜出望外。

萧峰见众难民满脸喜色，相互扶持南行，寻思："我契丹人将他们捉了来，再放他们回去，使他们一路上担惊受怕，又吃了许多苦头，于他们又有什么恩德？"

眼见众难民渐行渐远，那游坦之仍是直挺挺的站着，便道："你怎么不走啊？你回归中原，有盘缠没有？"说着伸手入怀，想取些金银给他，但身边没带钱财，一摸之下，随手取了个油布小包出来。他心中一酸，小包中包的是一部梵文《易筋经》，当日阿朱从少林寺中盗了出来，强要自己收着，如今人亡经在，如何不悲？随手将小包放回怀中，说道："我今日出来打猎，没带钱财，你若无钱使用，可跟我到城里去取。"

游坦之大声道："姓乔的，你要杀便杀，要剐便剐，何必用这些诡计来戏辱于我？姓游的就是穷死，也岂能使你的一文钱？"

萧峰一想不错，自己是他的杀父仇人，这种不共戴天的深仇无可化解，多说也是无用，便道："我不杀你！你要报仇，随时来找我便了。"

阿紫忙道："姊夫，放他不得！这小子报仇不使正当功夫，尽使卑鄙下流手段。斩草除根，免留后患。"

萧峰摇头道："江湖上处处荆棘，步步凶险，我也这么走着过来了。谅这少年也伤不了我。我当日激得他伯父与父亲自刎，实是出于无心，但这笔血债总是我欠的，何必又害游氏双雄的子侄？"说到这里，只感意兴索然，又道："咱们回去罢，今天没什么猎可打。"

阿紫嘟起小嘴，道："我心中想得好好的，要拿这小子来折磨一番，可多有趣！你偏要放走他，我回去城里，又有什么可玩的?"但终于不敢违拗萧峰的话,掉转马头,和萧峰并辔回去,行出数丈,回头说:"小子,你去练一百年功夫,再来找我姊夫报仇!"说着嫣然一笑,扬鞭疾驰而去。

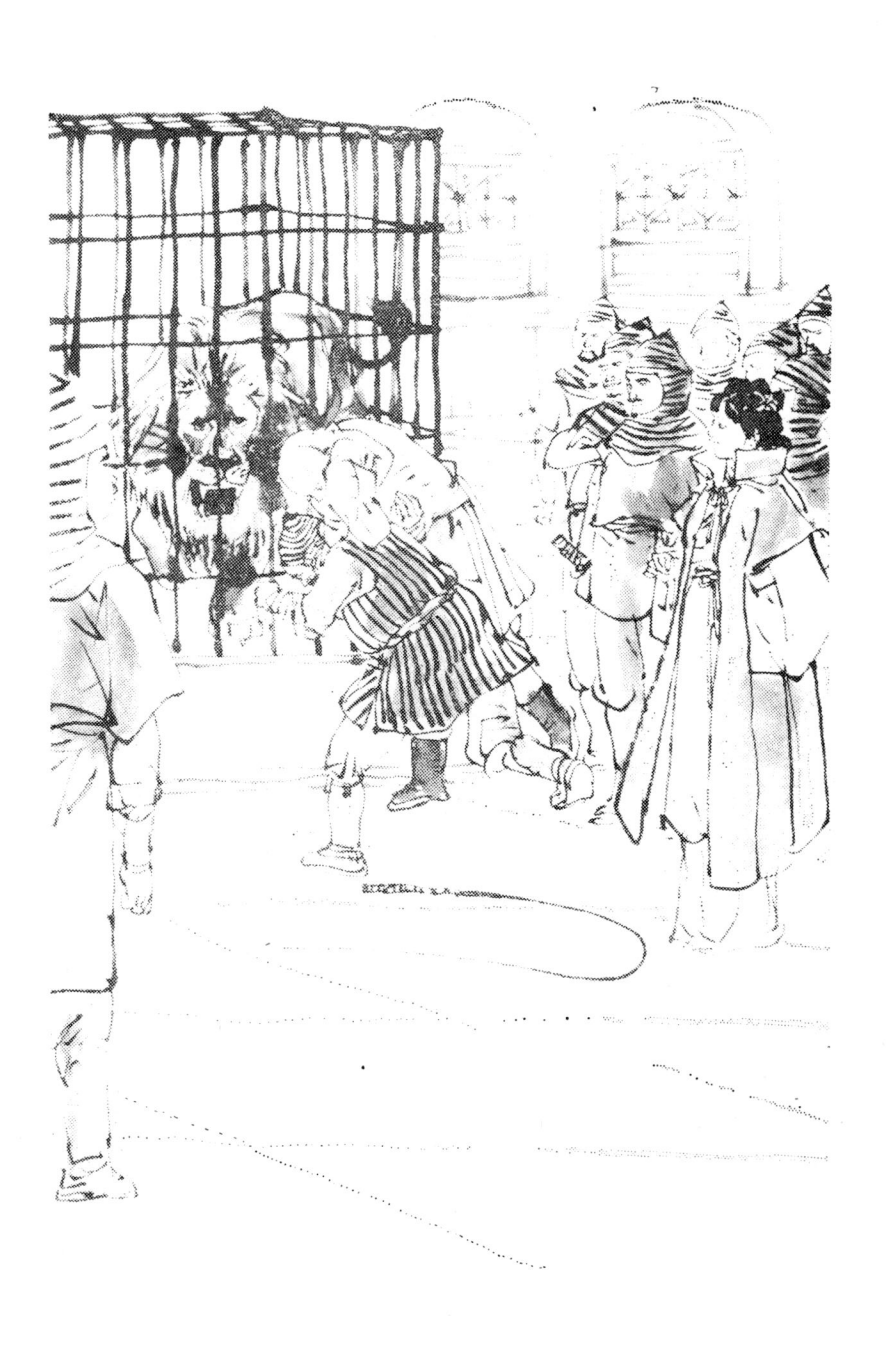

游坦之突然伸出手臂,抓住了驯狮人的后颈,用力一推,将他的脑袋塞入了狮笼。

二十八
草木残生颁铸铁

游坦之见萧峰等一行直向北去，始终不再回转，才知自己是不会死了，寻思："这奸贼为什么不杀我？哼，他压根儿便瞧我不起，觉得杀了我污手。他……他在辽国做了什么大王，我今后报仇，可更加难了。但总算找到了这奸贼的所在。"

俯身拾起了石灰包，又去寻找给萧峰用马鞭夺去后掷开的短刀，忽见左首草丛中有个油布小包，正是萧峰从怀中摸出来又放回的，当即拾起，打开油布，见里面是一本书，随手一翻，每一页上都写满了弯弯曲曲的文字，没一个识得。原来萧峰睹物思人，怔忡不定，将这本《易筋经》放回怀中之时，没放得稳妥，乘在马上略一颠动，便摔入草丛之中，竟没发觉。

游坦之心想："这多半是契丹文字。这本书那奸贼随身携带，于他定是大有用处。我偏不还他，叫他为难一下，也是好的。"隐隐感到一丝复仇的快意，将书本包回油布，放入怀中，径向南行。

他自幼便跟父亲学武，苦于身体瘦弱，膂力不强，与游氏双雄刚猛的外家武功路子全然不合，学了三年武功，进展极微，浑不似名家子弟。他学到十二岁上，游驹灰了心，和哥哥游骥商量。两人均道："我游家子弟出了这般三脚猫的把式，岂不让人笑歪了嘴巴？何况别人一听他是聚贤庄游氏双雄子侄，不动手则已，一出手便用全力,第一招便送了他的小命。还是要他乖乖的学文,以保性命为是。"于是游坦之到十二岁以上,便不再学武,游驹请了一个宿儒教他读书。

但他读书也不肯用心,老是胡思乱想。老师说道:"子曰,学而时习之,不亦说乎?"他便道:"那也要看学什么而定,爹爹教我打拳,我学而时习之,也不快活。"老师怒道:"孔夫子说的是圣贤学问,经世大业,哪里是什么打拳弄枪之事?"游坦之道:"好,你说我伯父、爹爹打拳弄枪不好,我告诉爹爹去。"总之将老师气走了为止。如此不断将老师气走,游驹也不知打了他几十顿,但这人越打越执拗顽皮。游驹见儿子不肖,顽劣难教,无可如何,长叹之余,也只好放任不理。是以游坦之今年一十八岁,虽然出自名门,却是文既不识,武又不会。待得伯父和父亲自刎身亡,母亲撞柱殉夫,他孤苦伶仃,到处游荡,心中所思的,便是要找乔峰报仇。

那日聚贤庄大战,他躲在照壁后观战,对乔峰的相貌形状瞧得清清楚楚,听说他是契丹人,便浑浑噩噩的向北而来,在江湖上见到一个小毛贼投掷石灰包伤了敌人双眼,觉得这法子倒好,便学样做了一个,放在身边。他在边界乱闯乱走,给契丹兵出来打草谷时捉了去,居然遇到萧峰,石灰包也居然投掷出手,也可说凑巧之极了。

他心下思量:"眼下最要紧的是走得越远越好,别让他捉我回去。我想法去捉一条毒蛇或是一条大蜈蚣,去偷偷放在他床上,他睡进被窝,便一口咬死了他。那个小姑娘……那个小姑娘,唉,她……她这样好看!"

一想到阿紫的形貌,胸口莫名其妙的一热,跟着脸上也热烘烘地,只想:"不知什么时候,能再见到这脸色苍白、纤弱秀美的小姑娘。"

他低了头大步而行,不多时便越过了那群乔峰放回的难民。有人好心叫他结伴同行,他也不加理睬,只自顾自的行走。走出十余里,肚中饿得咕咕直叫,东张西望的想找些什么吃的,草原中除了枯草和白雪,什么都没有,心想:"倘若我是一头牛、一头羊,那就好了,吃草喝雪,快活得很。嗯,倘若我是一头小羊,人家将我爹爹、妈妈这两头老羊牵去宰来吃了,我报仇不报?父母之仇不共戴天,当然要报啊。可是怎样报法?用两只角去撞那宰杀我父母的人么?人家养了牛羊,本来就是宰来吃的,说得上什么报不报仇?"

他胡思乱想,信步而行,忽听得马蹄声响,雪地中三名契丹骑兵纵马驰来,一见到他,便欢声大呼。一名契丹兵挥出一个绳圈,刷的一声,套在他颈中,一拉之下,便即收紧。游坦之忙伸手去拉。那契丹兵一声呼啸,猛地里纵马奔跑。游坦之立足不定,一交摔倒,被那兵拖了出去。游坦之惨叫几声,随即喉头绳索收紧,再也叫不出来了。

那契丹兵怕扼死了他,当即勒定马步。游坦之从地下挣扎着爬起,拉松喉头的绳圈。那契丹兵用力一扯,游坦之一个踉跄,险些摔倒。三名契丹兵都哈哈大笑起来。那拉着绳圈的契丹兵大声向游坦之说了几句话。游坦之不懂契丹言语,摇了摇头。那契丹兵手一挥,纵马便行,但这一次不是急奔。游坦之生怕又被勒住喉咙,透不过气来,只得走两步、跑三步的跟随。

他见三名契丹骑兵径向北行,心下害怕:"乔峰这厮嘴里说得好听,说是放了我,一转头却又命部属来捉了我去。这次给他抓了去,哪里还有命在?"他离家北行之时,心中念念不忘的只是报仇,浑不知天高地厚,陡然间见到萧峰,父母惨死时的情状涌上心头,一鼓作气,便想用石灰包迷瞎他眼睛,再扑上去拔短刀刺死了他。但一击不中,锐气尽失,只想逃得性命,却又给契丹兵拿了去。

初时他给契丹兵出来打草谷时擒去,杂在妇女群中,女人行走

·1041·

不快，他脚步尽跟得上，也没吃到多少苦头，只是被俘时背上挨了一刀背。此刻却大不相同，跌跌撞撞的连奔带走，气喘吁吁，走不上几十步便摔一交，每一交跌将下去，绳索定在后颈中擦上一条血痕。那契丹骑兵绝不停留，毫不顾他死活，将他直拖入南京城中。进城之时，游坦之已全身是血，只盼快快死去，免得受这许多苦楚。

三名契丹兵在城中又行了好几里地，将他拉入了一座大屋。游坦之见地下铺的都是青石板，柱粗门高，也不知是什么所在。在门口停不到一盏茶时分，拉着他的契丹兵骑马走入一个大院子中，突然一声呼啸，双腿一夹，那马发蹄便奔。游坦之哪料得到，这兵到了院子之中突然会纵马快奔，跨得三步，登时俯身跌倒。

那契丹兵连声呼啸，拖着游坦之在院子中转了三个圈子，催马越驰越快，旁观的数十名官兵大声吆喝助威。游坦之心道："原来他要将我在地下拖死！"额角、四肢、身体和地下的青石相撞，没一处地方不痛。

众契丹兵哄笑声中，夹着一声清脆的女子笑声。游坦之昏昏沉沉之中，隐隐听得那女子笑道："哈哈，这人鸢子只怕放不起来！"游坦之心道："什么是人鸢子？"

便在此时，只觉后颈中一紧，身子腾空而起，登即明白，这契丹兵纵马疾驰，竟将他拉得飞了起来，当作纸鸢般玩耍。

他全身凌空，后颈痛得失去了知觉，口鼻被风灌满，难以呼吸，但听那女子拍手笑道："好极，好极，果真放起了人鸢子！"游坦之向声音来处瞧去，只见拍手欢笑的正是那个身穿紫衣的美貌少女。他乍见之下，胸口剧震，也不知是喜是悲，身子在空中飘飘荡荡，实在也无法思想。

那美貌少女正是阿紫。她见萧峰释放游坦之，心中不喜，骑马行出一程，便故意落后，嘱咐随从悄悄去捕了游坦之回来，但不可令萧大王知晓。众随从知道萧大王对她十分宠爱，当下欣然应命，假意整理马肚带，停在山坡之后，待萧峰一行人走远，再转头来捉游坦之。阿紫回归南京，便到远离萧峰居处的佑圣宫来等候。待得游坦之捉到，她询问契丹人有何新鲜有趣的拷打折磨罪人之法。有人说起"放人鸢"。这法儿大投阿紫之所好，她下令立即施行，居然将游坦之"放"了起来。

阿紫看得有趣，连声叫好，说道："让我来放！"纵上那兵所乘的马鞍，接过绳索，道："你下去！"

那兵一跃下马，任由阿紫放那"人鸢"。阿紫拉着绳索，纵马走了一圈，大声欢笑，连叫："有趣，有趣！"但她重伤初愈，手上终究乏力，手腕一软，绳索下垂，砰的一声，游坦之重重摔将下来，跌在青石板上，额角撞正阶石的尖角，登时破了一洞，血如泉涌。阿紫甚是扫兴，恼道："这笨小子重得要命！"

游坦之痛得几乎要晕了过去，听她还在怪自己身子太重，要想辩解几句，却已痛得说不出话来。一名契丹兵走将过来，解开他颈中绳圈，另一名契丹兵撕下他身上衣襟，胡乱给他裹了伤口，鲜血不断从伤口中渗出，却哪里止得住？

阿紫道："行啦，行啦！咱们再玩，再放他上去，越高越好。"游坦之不懂她说的契丹语，但见她指手划脚，指着头顶，料知不是好事。

果然一名契丹兵提起绳索，从他腋下穿了过去，在他身上绕了一周，免得扣住脖子勒死了，喝一声："起！"催马急驰，将游坦之在地下拖了几圈，又将他"放"了起来。那契丹兵手中绳索渐放渐长，游坦之的身子也渐渐飘高。

那契丹兵陡然间松手，呼的一声，游坦之猛地如离弦之箭，向上飞起。阿紫和众官兵大声喝采。游坦之身不由主向天飞去，心中只道："这番死了也！"

·1043·

待得上升之力耗尽,他头下脚上的直冲下来,眼见脑袋便要撞到青石板上,四名契丹官兵同时挥出绳圈,套住了他腰,向着四方一扯。游坦之立时便晕了过去,但四股力道已将他身子僵在半空,脑袋离地约有三尺。这一下实是险到极处,四人中只要有一人的绳圈出手稍迟,力道不匀,游坦之非撞得脑浆迸裂不可。一众契丹兵往日常以宋人如此戏耍,俘虏被放人鸢,十个中倒有八九个撞死。就是在草原的软地上,这么高俯冲下来,纵使不撞破脑袋,那也折断头颈,一般的送了性命。

喝采声中,四名契丹兵将游坦之放了下来。阿紫取出银两,一干官兵每人赏了五两。众兵大声道谢,问道:"姑娘还想玩什么玩意儿?"

阿紫见游坦之昏了过去,也不知是死是活,她适才放"人鸢"之时,使力过度,胸口隐隐作痛,无力再玩,便道:"玩得够了。这小子若是没死,明天带来见我,我再想法儿消遣他。这人想暗算萧大王,可不能让他死得太过容易。"众官兵齐声答应,将满身是血的游坦之架了出去。

游坦之醒过来时,一阵霉臭之气直冲鼻端,睁开眼来,一团漆黑,什么也瞧不见,他第一个念头是:"不知我死了没有?"随即觉得全身无处不痛,喉头干渴难当。他嘶哑着声音叫道:"水!水!"却又有谁理会?

他叫了几声,迷迷糊糊的睡着了,忽然见到伯父、父亲和乔峰大战,杀得血流遍地,又见母亲将自己搂在怀里,柔声安慰,叫自己别怕。跟着眼前出现了阿紫那张秀丽的脸庞,明亮的双眼中现出异样光芒。这张脸忽然缩小,变成个三角形的蛇头,伸出血红的长舌,露出獠牙向他咬来。游坦之拼命挣扎,偏就丝毫动弹不得,那条蛇一口口的咬他,手上、腿上、颈中,无处不咬,额角上尤其咬得厉害。他看见自己的肉被一块块的咬下来,只想大叫,却叫不出半点声音……

如此翻腾了一夜，醒着的时候受折磨，在睡梦之中，一般的痛苦。

次日两名契丹兵押着他又去见阿紫，他身上高烧兀自未退，只跨出一步，便向前跌了下去。两名契丹兵忙分别拉住了他左臂右臂，大声斥骂，拖着他走进了一间大屋。游坦之心想："他们把我拉到哪里去？是拖出去杀头么？"头脑昏昏沉沉的，也难以思索，但觉经过了两处长廊，来到一处厅堂之外。两名契丹兵在门外禀告了几句，里面一个女子应了一声，厅门推开，契丹兵将他拥了进去。

游坦之抬起头来，只见厅上铺着一张花纹斑斓的极大地毯，地毯尽头的锦垫上坐着一个美丽少女，正是阿紫。她赤着双脚，踏在地毯之上。游坦之一见到她一双雪白晶莹的小脚，当真是如玉之润，如缎之柔，一颗心登时猛烈的跳了起来，双眼牢牢的钉住她一对脚，见到她脚背的肉色便如透明一般，隐隐映出几条青筋，真想伸手去抚摸几下。两个契丹兵放开了他。游坦之摇晃了几下，终于勉强站定。他目光始终没离开阿紫的脚，见她十个脚趾的趾甲都作淡红色，像十片小小的花瓣。

阿紫眼中瞧出来，却是个满身血污的丑陋少年，面肉扭曲，下颚前伸，眼光中却喷射出贪婪的火焰。她登时想起了一头受伤的饿狼。在星宿海时，她和两个师兄出去打猎，她一箭射中了一头饿狼，但没能将狼射死。那狼受了重伤，恶狠狠的瞪着自己，眼神便如游坦之这般，那狼只想扑上来咬死自己，虽然纵跃不起，仍是露出白森森的獠牙，呜呜怒噪。阿紫喜欢看这野性的眼色，爱听那狼凶暴而无可奈何的噪叫，只是游坦之太软弱，一点也不反抗，实在太不够味。昨天他向萧峰投掷石灰包，不肯跪拜，说话倔强得很，不肯要萧峰的钱，阿紫很是欢喜，心想这是一头凶猛厉害的野兽。

她要折磨他,刺得他遍体鳞伤,要他身上每受一处伤,便向自己狠狠的咬上一口,当然,这一口决不能让他咬中了。但将他擒了来放"人鸢",这头野兽竟没反抗,死样活气的,那可太不好玩。她微皱眉头,寻思:"想个什么新鲜法儿来折磨他才好玩?"

突然之间,游坦之喉头发出"荷荷"两声,也不知从哪里来的一股力道,犹如一头豹子般向阿紫迅捷异常的扑了过去,抱着她的小腿,低头便去吻她双足脚背。阿紫大吃一惊,尖声叫了起来。两名契丹兵和在阿紫身旁服侍的四个婢女齐声呼斥,抢上前去拉开。

但他双手牢牢抱着,死也不肯放手。契丹兵一拉之下,便将阿紫也从锦垫上扯了下来,一交坐在地毯上。两名契丹兵又惊又怒,不敢再拉,一个用力打他背心,另一个打他右脸。游坦之伤口肿了,高烧未退,神智不清,早如疯了一般,对眼前的情景遭遇全是一片茫然。他紧紧抱着阿紫小腿,不住吻着她的脚。

阿紫觉到他炎热而干燥的嘴唇在吻着自己的脚,心中害怕,却也有些麻麻痒痒的奇异感觉,突然间尖叫起来:"啊哟!他咬住了我的脚趾头。"忙对两名契丹兵道:"你们快走开,这人发了疯,啊哟,别让他咬断了我的脚趾。"游坦之轻轻咬着她的脚趾,阿紫虽然不痛,却怕他突然使劲咬了下去,惶急之下,知道不能用强,生怕契丹兵若再使力殴打,他便不顾性命的乱咬了。

两名契丹兵无法可施,只得放开了手。阿紫叫道:"快别咬,我饶你不死,哎唷,放了你便是。"游坦之这时心神狂乱,哪去理会她说些什么?一名契丹兵按住腰刀,只想突然拔刀出鞘,一刀从他后颈劈下,割下他的脑袋,只是他抱着阿紫的小腿,这一刀劈下,只怕伤着了阿紫,迟疑不发。

阿紫又道:"喂!你又不是野兽,咬人干什么?快放开嘴,我叫人给你治伤,放你回中原。"游坦之仍是不理,但牙齿并不用力,也没咬痛了她,一双手在她脚背上轻轻爱抚,心中飘飘荡荡地，好似又做了人鸢，升入了云端之中。

一名契丹兵灵机一动，抓住了游坦之的咽喉。游坦之喉头被扼，不由自主的张开了口。阿紫急忙缩腿，将脚趾从他口中抽了出来，站起了身，生怕他发狂再咬，双脚缩到了锦垫之后。两名契丹兵抓住游坦之，一拳拳往他胸口殴击。打到十来拳时，他哇哇两声，喷出了几口鲜血，将一条鲜艳的地毯也沾污了。

阿紫道："住手，别打啦！"经过了适才这一场惊险，觉得这小子倒也古怪有趣，不想一时便弄死了他。契丹兵停手不打。阿紫盘膝坐在锦垫上，将一双赤足坐在臀下，心中盘算："想些什么法子来折磨他才好？"

阿紫一抬头，见游坦之目不转瞬的瞧着自己，便问："你瞧着我干什么？"游坦之早将生死置之度外，便道："你生得好看，我就看着你！"阿紫脸上一红，心道："这小子好大胆，竟敢对我说这等轻薄言语。"

可是她一生之中，从来没一个年青男子当面赞她好看。在星宿派学艺之时，众师兄都当她是个精灵顽皮的小女孩；跟着萧峰在一起时，他不是怕她捣蛋，便是担心她突然死去，从来没留神她生得美貌，还是难看。游坦之这么直言称赞，显是语出衷诚，她心中自不免暗暗欢喜，寻思："我留他在身边，拿他来消遣消遣，倒也很好。只是姊夫说过要放了他，倘若知道我又抓了他来，必定生气。瞒得过他今日，须瞒不过明日。要姊夫始终不知，有什么法子？不许旁人跟他说，那是办得到的，但若姊夫忽然进来，瞧见了他，那便如何？"

她沉吟片刻，蓦地想到："阿朱最会装扮，扮了我爹爹，姊夫就认她不出。我将这小子改头换面，姊夫也就认不得了。可是他若非自愿，我跟他化装之后，他又立即洗去化装，回复本来面目，岂不是无用？"

她一双弯弯的眉毛向眉心皱聚,登时便有了主意,拍手笑道:"好主意,好主意!便是这么办!"向那两个兵士说了一阵。两个兵士有些地方不明白,再行请示。阿紫详加解释,命侍女取出五十两银子交给他们。两名契丹兵接过,躬身行礼,架了游坦之退出厅去。

游坦之叫道:"我要看她,我要看这个狠心的美丽小姑娘。"契丹兵和一众侍女不懂汉语,也不知他叫喊些什么。

阿紫笑咪咪的瞧着他背影,想着自己的聪明主意,越想越得意。

游坦之又被架回地牢,抛在干草堆上。到得傍晚,有人送了一碗羊肉、几块面饼来。游坦之高烧不退,大声胡言乱语,那人吓得放下食物,立时退开。游坦之连饥饿也不知道,始终没去吃羊肉面饼。

这天晚上,忽然走了三名契丹人进来。游坦之神智迷糊,但见这三人神色奇特,显然不怀好意,隐隐约约的也知不是好事,挣扎着要站起,又想爬出去逃走。两个契丹人上来将他按住,翻过他身子,使他脸孔朝天。游坦之乱骂:"狗契丹人,不得好死,大爷将你们千刀万剐。"突然之间,第三名契丹人双手捧着白白的一团东西,像是棉花,又像白雪,用力按到了他脸上。游坦之只觉得脸上又湿又凉,脑子清醒了一阵,可是气却透不过来了,心道:"原来他们封住我七窍,要闷死我!"

但这猜想跟着便知不对,口鼻上给人戳了几下,便可呼吸,眼睛却睁不开来,只觉脸上湿腻腻地,有人在他脸上到处按捏,便如是贴了一层湿面,或是黏了一片软泥。游坦之迷迷糊糊的只想:"这些恶贼不知要用什么古怪法儿害死我?"

过了一会,脸上那层软泥被人轻轻揭去,游坦之睁开眼来,见一个湿面粉印成的脸孔模型,正在离开自己的脸。那契丹人小心翼翼的双手捧着，唯恐弄坏了。游坦之又骂："臭辽狗，叫你个个死无葬身之地。"三个契丹人也不理他，拿了那片湿面，径自去了。

游坦之突然想起："是了，他们在我脸上涂了毒药，过不多久，我便满脸溃烂，脱去皮肉，变成个鬼怪……"他越想越怕，寻思："与其受他们折磨至死，不如自己撞死了！"当即将脑袋往墙上撞去，砰砰砰的撞了三下。狱卒听得声响，冲了进来，缚住了他手脚。游坦之本已撞得半死，只好听由摆布。

过得数日，他脸上却并不疼痛，更无溃烂，但他死意已决，肚中虽饿，却不去动狱卒送来的食物。

到得第四日上，那三名契丹人又走进地牢，将他架了出去。游坦之在凄苦之中登时生出了甜意，心想阿紫又召他去侮辱拷打，身上虽多受苦楚，却可再见到她秀丽的容颜，脸上不禁带了一丝苦涩的笑容。

三个契丹人带着他走过几条小巷，走进一间黑沉沉的大石屋。只见熊熊火炭照着石屋半边，一个肌肉虬结的铁匠赤裸着上身，站在一座大铁砧旁，拿着一件黑黝黝的物事，正自仔细察看。三名契丹人将游坦之推到那铁匠身前，两人分执他双手，另一人揪住了他后心。那铁匠侧过头来，瞧瞧他脸，又瞧瞧手中的物事，似在互相比较。

游坦之向他手中的物事望去，见是个镔铁所打的面具，上面穿了口鼻双眼四个窟窿。他正自寻思："做这东西干什么？"那铁匠拿起面具，往他脸上罩来。游坦之自然而然将头往后一仰，但后脑立即被人推住，无法退缩，铁面具便罩到了他脸上。他只感脸上一阵冰冷，肌肤和铁相贴，说也奇怪，这面具和他眼目口鼻的形状处处吻合，竟像是定制的一般。

游坦之只奇怪得片刻，立时明白了究竟，蓦地里背上一阵凉气直透下来："啊哟，这面具正是给我定制的。那日他们用湿面贴在

· 1049 ·

我的脸上,便是做这面具的模型了。他们仔细做这铁面具,有何用意?莫非……莫非……"他心中已猜到了这些契丹人恶毒的用意,只是到底为了什么,却是不知,他不敢再想下去,拼命挣扎退缩。

那铁匠将面具从他脸上取了下来,点了点头,脸上神色似乎颇感满意,取过一把大铁钳钳住面具,放入火炉中烧得红了,右手提起铁锤,铮铮铮的打了起来。他将面具打了一阵,便伸手摸摸游坦之的颧骨和额头,修正面具上的不甚吻合之处。

游坦之大叫:"天杀的辽狗,你们干这等伤天害理的恶事,这么凶残恶辣,老天爷降下祸患,叫你们个个不得好死!叫你们的牛马倒毙,婴儿夭亡!"他破口大骂,那些契丹人一句不懂。那铁匠突然回过头来,恶狠狠的瞪视,举起烧得通红的铁钳,向他双眼戳将过来。游坦之只吓得尖声大叫。

那铁匠只是吓他一吓,哈哈大笑,缩回铁钳,又取过一块弧形铁块,往游坦之后脑上试去。待修得合式了,那铁匠将面具和那半圆铁罩都在炉中烧得通红,高声说了几句。三个契丹人将游坦之抬起,横搁在一张桌上,让他脑袋伸在桌缘之外。又有两个契丹人过来相助,用力拉着他头发,使他脑袋不能摇动,五个人按手揿脚,游坦之哪里还能动得半分?

那铁匠钳起烧红的面具,停了一阵,待其稍凉,大喝一声,便罩到游坦之脸上,白烟冒起,焦臭四散,游坦之大叫一声,便晕了过去。五名契丹人将他身子翻转,那铁匠钳起另一半铁罩,安上他后脑,两个半圆形的铁罩镶成了一个铁球,罩在他头上。铁罩甚热,一碰到肌肤,便烧得血肉模糊。那铁匠是燕京城中的第一铁工巧手,铁罩的两个半球合在一起,镶得丝丝入扣。

如身入地狱,经历万丈烈焰的烧炙,游坦之也不知过了多少时候,这才悠悠醒转,但觉得脸上与后脑都剧痛难当,终于忍耐不住,又晕了过去。如此三次晕去,三次醒转,他大声叫嚷,只听得

·1050·

声音嘶哑已极，不似人声。

他躺着一动不动，也不思想，咬牙强忍颜面和脑袋的痛楚。过得两个多时辰，终于抬起手来，往脸上一摸，触手冰冷坚硬，证实所猜想的一点不错，那张铁面具已套在头上。愤激之下用力撕扳，但面具已镶焊牢固，却如何扳得它动？绝望之余，忍不住放声大哭。

总算他年纪轻，虽然受此大苦，居然挨了下来，并不便死，过得几天，伤口慢慢愈合，痛楚渐减，也知道了饥饿。闻到羊肉和面饼的香味，抵不住引诱，拿来便吃。这时他已将头上的铁罩摸得清楚，知道这只镔铁罩子将自己脑袋密密封住，决计无法脱出，起初几日怒发如狂，后来终于平静了下来，心下琢磨："乔峰这狗贼在我脸上套一只铁罩子，究竟有什么用意？"

他只道这一切全是出于萧峰的命令，自然无论如何也猜想不出，阿紫所以要罩住他的脸孔，正是要瞒过萧峰。

这一切功夫，都是室里队长在阿紫授意之下干的。

阿紫每日向室里查问，游坦之戴上铁面具后动静如何，初时担心他因此死了，未免兴味索然，后来知道他已不会死，心下甚喜。这一日得知萧峰要往南郊阅兵，便命室里将游坦之召到"端福宫"来。耶律洪基为了使萧峰喜欢，已封阿紫为"端福郡主"，这座端福宫是赐给她居住的。

阿紫一见到游坦之的模样，忍不住一股欢喜之情从心底直冒上来，心想："我这法儿管用。这小子戴上了这么一个面具，姊夫便和他相对而立，也决计认他不出。"游坦之再向前走得几步，阿紫拍手叫好，说道："室里，这面具做得很好，你再拿五十两银子，去赏给铁匠！"室里道："是！多谢郡主！"

游坦之从面具的两个眼孔中望出来，见到阿紫喜容满脸，娇憨无限，又听到她清脆悦耳的话声，不禁呆呆的瞧着她。

·1051·

阿紫见他脸上戴了面具，神情诡异，但目不转睛瞧着自己的情状，仍然看得出来，便问："傻小子，你瞧着我干什么？"游坦之道："我……我……不知道。你……你很好看。"阿紫微笑道："你戴了这面具，舒不舒服？"游坦之悻悻的道："你想舒不舒服？"阿紫格格一笑，道："我想不出。"见他面具上开的嘴孔只是窄窄的一条缝，勉强能喝汤吃饭，若要吃肉，须得用手撕碎，方能塞入，再要咬自己的脚趾，便不能了，笑道："我叫你戴上这面具，便永远不能再咬我。"

游坦之心中一喜，说道："姑娘是叫我……叫我……常常在你身边服侍么？"阿紫道："呸！你这个小子是个大坏蛋。在我身边，你时时会想法子害我，如何容得？"游坦之道："我……我……我决计不会害姑娘。我的仇人只是乔峰。"阿紫道："你想害我姊夫？岂不是跟害我一样？那有什么分别？"游坦之听了这句话，胸口斗地一酸，无言可答。

阿紫笑道："你想害我姊夫，那才叫做难于登天。傻小子，你想不想死？"游坦之道："我自然不想死。不过现在头上套了这个劳什子，给整治得人不像人，鬼不像鬼，跟死了也没多大分别。"阿紫道："你如果宁可死了，那也好，我便遂了你的心愿，不过我不会让你干干脆脆的死了。我先砍了你的左手。"转头向站在身边伺候的室里道："室里，你拉他出去，先将他左手砍了下来！"室里应道："是！"伸手便去拉他手臂。

游坦之大惊，叫道："不，不！姑娘，我不想死，你……你……你别砍我的手。"阿紫淡淡一笑，道："我说过了的话，很难不算，除非……除非……你跪下磕头。"

游坦之微一迟疑间，室里已拉着他退了两步。游坦之不敢再延，双膝一软，便即跪倒，一头叩了下去，铁罩撞上青砖，发出当的一声响。阿紫格格娇笑，说道："磕头的声音这么好听，我可从

·1052·

来没听见过，你再多磕几个听听。"

游坦之是聚贤庄的小庄主，虽然学文不就，学武不成，庄上人人都知他是个没出息的少年，但游骥有子早丧，游驹也只他这么一个宝贝儿子，少庄主一呼百诺，从小养尊处优，几时受过这等折辱？他初见萧峰时，尚有一股宁死不屈的傲气，这几日来心灵和肉体上都受到极厉害的创伤，满腔少年人的豪气，已消散得无影无踪，听阿紫这么说，当即连连磕头，当当直响，这位仙子般的姑娘居然称赞自己磕头好听，心中隐隐觉得欢喜。

阿紫嫣然一笑，道："很好，以后你听我话，没半点违拗，那也罢了，否则我便随时砍下你的手臂，记不记得？"游坦之道："是，是！"阿紫道："我给你戴上这个铁罩，你可懂得是什么缘故？"游坦之道："我就是不明白。"阿紫道："你这人真笨死了，我救了你性命，你还不知道谢我。萧大王要将你砍成肉酱，你也不知道么？"游坦之道："他是我杀父仇人，自是容我不得。"阿紫道："他假装放你，又叫人捉你回来，命人将你砍成肉酱。我见你这小子不算太坏，杀了可惜，因此瞒着他将你藏了起来。可是萧大王如果撞到了你，你还有命么？连我也担代了好大的干系。"

游坦之恍然大悟，说道："啊，原来姑娘铸了这个铁面给我戴，是为我好，救了我的性命。我……我好生感激，真的……我好生感激。"

阿紫作弄了他，更骗得他衷心感激，甚是得意，微笑道："所以啊，下次你要是见到萧大王，千万不可说话，以免给他听出声音。他倘若认出是你，哼，哼！这么一拉，将你的左臂拉了下来，再这么一扯，将你的右臂撕了下来。室里，你去给他换一身契丹人的衣衫，将他身上洗一洗，满身血腥气的，难闻死了。"室里答应，带着他出去。

过不多时，室里又带着游坦之进来，已给他换上契丹人的衣衫。室里为了讨阿紫欢喜，故意将他打扮得花花绿绿，不男不女，像个小丑模样。

阿紫抿嘴笑道："我给你起个名字，叫做……叫做铁丑。以后我叫铁丑，你便得答应。铁丑！"游坦之忙应道："是！"

阿紫很是欢喜，突然想起一事，道："室里！西域大食国送来了一头狮子，是不是？你叫驯狮人带狮子来，再召十几个卫士来。"室里答应出去传令。

十六名手执长矛的卫士走进殿来，躬身向阿紫行礼，随即回身，十六柄长矛的矛头指而向外，保卫着她。不多时听得殿外几声狮吼，八名壮汉抬着一个大铁笼走进来。笼中一只雄狮盘旋走动，黄毛长鬃，爪牙锐利，神情威武。驯狮人手执皮鞭，领先而行。

阿紫见这头雄狮凶猛可怖，心下甚喜，道："铁丑，你嘴里虽说得好听，也不知是真是假。现下我要试你一件事，瞧你听不听我的话。"游坦之应道："是！"他一见到狮子，便暗自嘀咕，不知有何用意，听她这么说，更是心中怦怦乱跳。阿紫道："不知道你头上的铁套子坚不坚固，你把头伸到铁笼中，让狮子咬几口，瞧它能不能将铁套子咬烂了。"

游坦之大吃一惊，道："这个……这个是不能试的。倘若咬烂了，我的脑袋……"阿紫道："你这人有什么用？这样一点小事也害怕，男子汉大丈夫，应当视死如归才是。而且我看多半是咬不烂的。"游坦之道："姑娘，这件事可不是玩的，就算咬不烂，这畜生把铁罩咬扁了，我的头……"阿紫格格一笑，道："最多你的头也不过是扁了。你这小子真麻烦，你本来的长相也没什么美，脑袋扁了，套在罩子之内，人家也瞧你不见，还管他什么好看不好看。"游坦之急道："我不是贪图好看……"阿紫脸一沉，道："你不听话，好，现下试了出来啦，你存心骗我，将你整个人塞进笼去，喂狮子吃了罢！"用契丹话吩咐室里。室里应道："是！"

便来拉游坦之的手臂。

游坦之心想:"身子一入狮笼,哪里还有命在,还不如听姑娘的话,将铁脑袋去试试运气罢!"便叫道:"别拉,别拉!姑娘,我听话啦!"

阿紫笑道:"这才乖呢!我跟你说,下次我叫你做什么,立刻便做,推三阻四的,惹姑娘生气。室里,你抽他三十鞭。"

室里应道:"是!"从驯狮人手中接过皮鞭,刷的一声,便抽在游坦之背上。游坦之吃痛,"啊"的一声大叫出来。

阿紫道:"铁丑,我跟你说,我叫人打你,是瞧得起你。你这么大叫,是不喜欢我打你吗?"游坦之道:"我喜欢,多谢姑娘恩典!"阿紫道:"好,打罢!"室里刷刷刷连抽十鞭,游坦之咬紧牙关,半声不哼,总算他头上戴着铁罩,鞭子避开了他的脑袋,胸背吃到皮鞭,总还可以忍耐。

阿紫听他无声抵受,又觉无味了,道:"铁丑,你说喜欢我叫人打你,是不是?"游坦之道:"是!"阿紫道:"你这话是真是假?是不是胡诌骗我?"游坦之道:"是真的,不敢欺骗姑娘。"阿紫道:"你既喜欢,为什么不笑?为什么不说打得痛快?"游坦之给她折磨得胆战心惊,连愤怒也都忘记了,只得说道:"姑娘待我很好,叫人打我,很是痛快。"阿紫道:"这才像话,咱们试试!"

拍的一声,又是一鞭,游坦之忙道:"多谢姑娘救命之恩,这一鞭打得好!"转瞬间抽了二十余鞭,与先前的鞭打加起来,早已超过三十鞭了。阿紫挥了挥手,说道:"今天就这么算了。你将脑袋探到笼子里去。"

游坦之全身骨痛欲裂,蹒跚着走到笼边,一咬牙,便将脑袋从铁栅间探了进去。

那雄狮乍见他如此上来挑衅,吓了一跳,退开两步,朝着他的

· 1055 ·

铁头端相了半响，又退后两步，口中荷荷的发威。

阿紫叫道："叫狮子咬啊，它怎么不咬？"那驯狮人叱喝了几声，狮子得到号令，一扑上前，张开大口，便咬在游坦之头上。但听得滋滋声响，狮牙磨擦铁罩。游坦之早闭上了双眼，只觉得一股热气从铁罩的眼孔、鼻孔、嘴孔中传进来，知道自己脑袋已在狮口之中，跟着后脑和前额一阵剧痛。套上铁罩之时，他头脸到处给烧红了的铁罩烧炙损伤，过得几日后慢慢结疤愈合，狮子这么一咬，所有的创口一齐破裂。

雄狮用力咬了几下，咬不进去，牙齿反而撞得甚痛，发起威来，右爪伸出，抓到游坦之肩上。游坦之肩头剧痛，"啊"的一声大叫起来。狮子突觉口中有物发出巨响，吃了一惊，张口放开了他脑袋，退在铁笼一角。

那驯狮人大声叱喝，叫狮子再向游坦之咬去。游坦之大怒，突然伸出手臂，抓住了驯狮人的后颈，用力一推，将他的脑袋也塞入铁笼之中。驯狮人高声大叫。

阿紫拍手嘻笑，道："很好，很好！谁也别理会，让他们两人拼个你死我活。"

众契丹兵本要上来拉开游坦之的手，听阿紫这么说，便都站定不动。

驯狮人用力挣扎。游坦之野性发作，说什么也不放开他。驯狮人只有求助于雄狮，大叫："咬，用力咬他！"狮子听到催促之声，一声大吼，扑了上来，这畜生只知道主人叫它用力去咬，却不知咬什么，两排白森森的利齿合了拢来，喀喇一声，将驯狮人的脑袋咬去了半边，满地都是脑浆鲜血。

阿紫笑道："铁丑赢了！"命士兵将驯狮人的尸首和狮笼抬出去，对游坦之道："这就对了！你能逗我喜欢，我要赏你。赏些什么好呢？"她以手支颐，侧头思索。

游坦之道:"姑娘,我不要你赏赐,只求你一件事。"阿紫道:"求什么?"游坦之道:"求你许我陪在你身边,做你的奴仆。"阿紫道:"做我奴仆?为什么?有什么好?嗯,我知道啦,你想等萧大王来看我时,乘机下手害他,为你父母报仇。"游坦之道:"不!不!决计不是。"阿紫道:"难道你不想报仇吗?"游坦之道:"不是不想。只是一来报不了,二来不能将姑娘牵连在内。"

阿紫道:"那么你为什么喜欢做我奴仆?"游坦之道:"姑娘是天仙下凡,天下第一美人,我……我……想天天见到你。"

这话无礼已极,以他此时处境,也实是大胆之极。但阿紫听在耳里,甚是受用。她年纪尚幼,容貌虽然秀美,身形却未长成,更兼重伤之余,憔悴黄瘦,说到"天下第一美人"六字,那真是差之远矣,听到有人对自己容貌如此倾倒,却也不免开心。

她正要答允游坦之的请求,忽听得宫卫报道:"大王驾到!"阿紫向游坦之横了一眼,低声问道:"萧大王要来啦,你怕不怕?"游坦之怕得要命,硬着头皮颤声道:"不怕!"

殿门大开,萧峰轻裘缓带,走了进来。他一进殿门,便见到地上一滩鲜血,又见游坦之头戴铁罩,模样十分奇特,向阿紫笑道:"今天你气色很好啊,又在玩什么新花样了?这人头上搅了些什么古怪?"阿紫笑道:"这是西域高昌国进贡的铁头人,名叫铁丑,连狮子也咬不破他的铁头,你瞧,这是狮子的牙齿印。"萧峰看那铁罩,果见猛兽的牙印宛然。阿紫又道:"姊夫,你有没本事将他的铁套子除了下来?"

游坦之一听,只吓得魂飞魄散。他曾亲眼见到萧峰力斗中原群雄时的神勇,双拳打将出去,将伯父和父亲手中的钢盾也震得脱手,要除下自己头上铁罩,可说轻而易举。当铁罩镶到他头上之时,他懊丧欲绝,这时却又盼望铁罩永远留在自己头上,不让萧峰见到自己的真面目。

萧峰伸出手指，在他铁罩上轻轻弹了几下，发出铮铮之声，笑道："这铁罩甚是牢固，打造得又很精细，毁了岂不可惜！"

阿紫道："高昌国的使者说道，这个铁头人生来青面獠牙，三分像人，七分像鬼，见到他的人无不惊避，因此他父母打造了一个铁面给他戴着，免他惊吓旁人。姊夫，我很想瞧瞧他的本来面目，到底怎样的可怕。"

游坦之吓得全身发颤，牙齿相击，格格有声。

萧峰看出他恐惧异常，道："这人怕得厉害，何必去揭开他的铁面？这人既是自小戴惯了铁面，倘若强行除去，只怕令他日后难以过活。"

阿紫拍手道："那才好玩啊。我见到乌龟，总是爱捉了来，将硬壳剥去，瞧它没了壳还活不活。"

萧峰不禁皱眉，想像没壳乌龟的模样，甚觉残忍，说道："阿紫，你为什么老是喜欢干这等害得人不死不活的事？"

阿紫哼了一声，道："你又不喜欢我啦！我当然没阿朱那么好，要是我像阿朱一样，你怎么会连接几天不来睬我。"萧峰道："做了这劳什子的什么南院大王，每日里忙得不可开交。但我不是每天总来陪你一阵么？"阿紫道："陪我一阵，哼，陪我一阵！我就是不喜欢你这么'陪我一阵'的敷衍了事。倘若我是阿朱，你一定老是陪在我身旁，不会走开，不会什么'一阵''半阵'的！"

萧峰听她的话确也是实情，无言可答，只得嘿嘿一笑，道："姊夫是大人，没兴致陪你孩子玩，你找些年轻女伴来陪你说笑解闷罢！"阿紫气忿忿的道："孩子，孩子……我才不是孩子呢。你没兴致陪我玩，却又干什么来了？"萧峰道："我来瞧瞧你身子好些没有？今天吃了熊胆么？"

阿紫提起凳上的锦垫，重重往地下一摔，一脚踢开，说道："我心里不快活，每天便吃一百副熊胆，身子也好不了。"

萧峰见她使小性儿发脾气，若是阿朱，自会设法哄她转嗔为喜，但对这个刁蛮恶毒的姑娘忍不住生出厌恶之情，只道："你休息一会儿！"站起身来，径自走了。

阿紫瞧着他的背影，怔怔的只是想哭，一瞥眼见到游坦之，满腔怒火，登时便要发泄在他身上，叫道："室里，再抽他三十鞭！"室里应道："是！"拿起了鞭子。

游坦之大声道："姑娘，我又犯了什么错啦？"阿紫不答，挥手道："快打！"室里刷的一鞭，打了下去。游坦之道："姑娘，到底我犯了什么错，让我知道，免得下次再犯。"室里刷的一鞭，刷的又是一鞭。

阿紫道："我要打便打，你就不该问什么罪名，难道打错了你？你问自己犯了什么错，正因为你问，这才要打！"

游坦之道："是你先打我，我才问的。我还没问，你就叫人打我了。"刷的一鞭，刷刷刷又是三鞭。

阿紫笑道："我料到你会问，因此叫人先打你。你果然要问，那不是我料事如神么？这证明你对我不够死心塌地。姑娘忽然想到要打人，你倘若忠心，须得自告奋勇，自动献身就打才是。偏偏啰里啰唆的心中不服。好罢，你不喜欢给我打，不打你就是了。"

游坦之听到"不打你就是了"这六个字，心中一凛，全身寒毛都竖了起来，知道阿紫若不打他，必定会另外想出比鞭打惨酷十倍的刑罚来，不如乖乖的挨上三十鞭，忙道："是小人错了！姑娘打我是大恩大德，对小人身子有益，请姑娘多多鞭打，打得越多越好。"

阿紫嫣然一笑，道："总算你还聪明。我可不给人取巧，你说打得越多越好，以为我一高兴，便饶了你么？"游坦之道："不是的，小人不敢向姑娘取巧。"阿紫道："你说打得越多越好，那是你衷心所愿的了？"游坦之道："是，是小人衷心所愿。"阿紫

·1059·

道:"既然如此,我就成全你。室里,打足一百鞭,他喜欢多挨鞭子。"

游坦之吓了一跳,心想:"这一百鞭打了下来,还有命么?"但事已如此,自己就算坚说不愿,人家要打便打,抗辩有何用处,只得默不作声。

阿紫道:"你为什么不说话?是心中不服么?我叫人打你,你觉得不公道么?"游坦之道:"小人心悦诚服,知道姑娘鞭打小人,出于成全小人的好心。"阿紫道:"那么刚才你为什么不说话?"游坦之无言可答,怔了一怔,道:"这个……这个……小人心想姑娘待我这般恩德如山,小人心中感激,什么话也说不出来,只想将来不知如何报答姑娘才是。"

阿紫道:"好啊!你说如何报答于我。我一鞭鞭打你,你将这一鞭鞭的仇恨,都记在心中。"游坦之连连摇头,道:"不,不!不是。我说的报答,是真正的报答。小人一心想要为姑娘粉身碎骨,赴汤蹈火。"

阿紫道:"好,那就打罢!"室里应道:"是!"拍的一声,皮鞭抽了下去。

打到五十余鞭时,游坦之痛得头脑也麻木了,双膝发软,慢慢跪了下来。阿紫笑吟吟的看着,只等他出声求饶。只要他求一句饶,她便又找到了口实,可以再加他五十鞭。哪知道游坦之这时迷迷糊糊,已然人事不知,只是低声呻吟,居然并不求饶。打到七十余鞭时,他已昏晕过去。室里毫不容情,还是整整将这一百鞭打完,这才罢手。

阿紫见游坦之奄奄一息,死多活少,不禁扫兴。想到萧峰对自己那股爱理不理的神情,心中百般的郁闷难宣,说道:"抬了下去罢!这个人不好玩!室里,还有什么别的新鲜玩意儿没有?"

这一场鞭打,游坦之足足养了一个月伤,这才痊愈。契丹人见阿紫已忘了他,不再找他来折磨,便将他编入一众宋人的俘虏里,叫他做诸般粗重下贱功夫,掏粪坑、洗羊栏、拾牛粪、硝羊皮,什么活儿都干。

游坦之头上戴了铁罩,人人都拿他取笑侮辱,连汉人同胞也当他怪物一般。游坦之逆来顺受,便如变成了哑巴。旁人打他骂他,他也从不抗拒。只是见到有人乘马驰过,便抬起头来瞧上一眼,心中记挂着的只是一件事:"什么时候,姑娘再叫我去鞭打?"他只盼望能见到阿紫,便是挨受鞭笞之苦,也是心所甘愿,心里从来没有要逃走的念头。

如此过了两个多月,天气渐暖,这一日游坦之随着众人,在南京城外搬土运砖,加厚南京南门旁的城墙。忽听得蹄声得得,几乘马从南门中出来,一个清脆的声音笑道:"啊哟,这铁丑还没死啊!我还道他早死了呢!铁丑,你过来!"正是阿紫的声音。

游坦之日思夜想,盼望的就是这一刻辰光,听得阿紫叫他,一双脚却如钉在地上一般,竟然不能移动,只觉一颗心怦怦大跳,手掌心都是汗水。

阿紫又叫道:"铁丑,该死的!我叫你过来,你没听见么?"游坦之才应道:"是,姑娘!"转身向她马前走去,忍不住抬起头来瞧了她一眼。相隔四月,阿紫脸色红润,更增俏丽,游坦之心中怦的一跳,脚下一绊,合扑摔了一交,众人哄笑声中,急忙爬起,不敢再看她,慌慌张张的走到她身前。

阿紫心情甚好,笑道:"铁丑,你怎么没死?"游坦之道:"我说要……要报答姑娘的恩典,还没报答,可不能便死。"阿紫更是喜欢,格格娇笑两声,道:"我正要找一个忠心不二的奴才去做一件事,只怕契丹人粗手粗脚的误事,你还没死,那好得很。你跟我来!"游坦之应道:"是!"跟在她马后。

·1061·

阿紫挥手命室里和另外三名契丹卫士回去，不必跟随。室里知她不论说了什么，旁人决无劝谏余地，好在这铁面人猥葸懦弱，随着她决无害处，便道："请姑娘早回！"四人跃下马来，在城门边等候。

阿紫纵马慢慢前行，走出了七八里地，越走越荒凉，转入了一处阴森森的山谷之中，地下都是陈年腐草败叶烂成的软泥。再行里许，山路崎岖，阿紫不能乘马了，便跃下马来，命游坦之牵着马，又走了一程。眼见四下里阴沉沉地，寒风从一条窄窄的山谷通道中刮进来，吹得二人肌肤隐隐生疼。

阿紫道："好了，便在这里！"命游坦之将马缰系在树上，说道："你今天瞧见的事，不得向旁人泄露半点，以后也不许向我提起，记得么？"

游坦之道："是，是！"心中喜悦若狂，阿紫居然只要他一人随从，来到如此隐僻的地方，就算让她狠狠鞭打一顿，那也是甘之如饴。

阿紫伸手入怀，取了一只深黄色的小木鼎出来，放在地下，说道："待会有什么古怪虫豸出现，你不许大惊小怪，千万不能出声。"游坦之应道："是！"

阿紫又从怀中取出一个小小的布包，打了开来，里面是几块黄色、黑色、紫色、红色的香料。她从每一块香料上捏了少许，放入鼎中，用火刀、火石打着了火，烧了起来，然后合上鼎盖，道："咱们到那边树下守着。"

阿紫在树下坐定，游坦之不敢坐在她身边，隔着丈许，坐在她下风处一块石头上。寒风刮来，风中带着她身上淡淡香气，游坦之不由得意乱情迷，只觉一生中能有如此一刻，这些日子中虽受种种苦楚荼毒，却也不枉了。他只盼阿紫永远在这大树下坐着，他自己能永远的这般陪着她。

正自醺醺的如有醉意，忽听得草丛中瑟瑟声响，绿草中红艳艳地一物晃动，却是一条大蜈蚣，全身闪光，头上凸起一个小瘤，与寻常蜈蚣大不相同。

那蜈蚣闻到木鼎中发出的香气，径自游向木鼎，从鼎下的孔中钻了进去，便不再出来。阿紫从怀中取出一块厚厚的锦缎，蹑手蹑足的走近木鼎，将锦缎罩在鼎上，把木鼎裹得紧紧地，生怕蜈蚣钻了出来，然后放入系在马颈旁的革囊之中，笑道："走罢！"牵着马便行。

游坦之跟在她身后，寻思："她这口小木鼎古怪得紧，但多半还是因烧起香料，才引得这条大蜈蚣到来。不知这条大蜈蚣有什么好玩，姑娘巴巴的到这山谷中来捉？"

阿紫回到端福宫中，吩咐侍卫在殿旁小房中给游坦之安排个住处。游坦之大喜，知道从此可以常与阿紫相见。

果然第二天一早，阿紫便将游坦之传去，领他来到偏殿之中，亲自关上了殿门，殿中便只他二人。阿紫走向西首一只瓦瓮，揭开瓮盖，笑道："你瞧，是不是很雄壮？"游坦之向瓮边一看，只见昨日捕来的那条大蜈蚣正在迅速游动。

阿紫取过预备在旁的一只大公鸡，拔出短刀，斩去公鸡的尖嘴和脚爪，投入瓦瓮。那条大蜈蚣跃上鸡头，吮吸鸡血，不久大公鸡便中毒而死。蜈蚣身子渐渐肿大，红头更是如欲滴出血来。阿紫满脸喜悦之情，低声道："成啦，成啦！这一门功夫可练得成功了！"

游坦之心道："原来你捉了蜈蚣，要来练一门功夫。这叫蜈蚣功吗？"

如此喂了七日，每日让蜈蚣吮吸一只大公鸡的血。到第八日上，阿紫又将游坦之叫进殿去，笑咪咪的道："铁丑，我待你怎样？"游坦之道："姑娘待我恩重如山。"阿紫道："你说过要为我粉身碎骨，赴汤蹈火，那是真的，还是假话？"游坦之道："小人不敢欺骗姑娘。姑娘但有所命，小人决不推辞。"阿紫道："那好得很啊。我跟你说，我要练一门功夫，须得有人相助才行。你肯不肯助我练功？倘若练成了，我定然重重有赏。"游坦之道："小人当然听姑娘吩咐，也不用什么赏赐。"阿紫道："那好得很，咱们这就练了。"

她盘膝坐好，双手互搓，闭目运气，过了一会，道："你伸手到瓦瓮中去，这蜈蚣必定咬你，你千万不可动弹，要让他吸你的血液，吸得越多越好。"

游坦之七日来每天见这条大蜈蚣吮吸鸡血，只吮得几口，一只鲜龙活跳的大公鸡便即毙命，可见这蜈蚣毒不可当，听阿紫这么说，不由得迟疑不答。阿紫脸色一沉，问道："怎么啦，你不愿意吗？"游坦之道："不是不愿，只不过……只不过……"阿紫道："怎么？只不过蜈蚣毒性厉害，你怕死是不是？你是人，还是公鸡？"游坦之道："我不是公鸡。"阿紫道："是啊，公鸡给蜈蚣吸了血会死，你又不是公鸡，怎么会死？你说过愿意为我赴汤蹈火，粉身碎骨，蜈蚣吸你一点血玩玩，你会粉身碎骨么？"

游坦之无言可答，抬起头来向阿紫瞧去，只见她红红的樱唇下垂，颇有轻蔑之意，登时意乱情迷，就如着了魔一般，说道："好，遵从姑娘吩咐便是。"咬紧了牙齿，闭上眼睛，右手慢慢伸入瓦瓮。

他手指一伸入瓮中，中指指尖上便如针刺般剧痛。他忍不住将手一缩。阿紫叫道："别动，别动！"游坦之强自忍住，睁开眼来，只见那条蜈蚣正咬住了自己的中指，果然便在吸血。游坦之全身发毛，只想提起来往地下一甩，一脚踏了下去，但他虽不和阿紫相对，却感觉到她锐利的目光射在自己背上，如同两把利剑般要作势刺下，怎敢稍有动弹？

好在蜈蚣吸血，并不甚痛，但见那蜈蚣渐渐肿大起来，但自己的中指上却也隐隐罩上了一层深紫之色。紫色由浅而深，慢慢转成深黑，再过一会，黑色自指而掌，更自掌沿手臂上升。游坦之这时已将性命甩了出去，反而处之坦然，嘴角边也微微露出笑容，只是这笑容套在铁罩之下，阿紫看不到而已。

阿紫双目凝视在蜈蚣身上，全神贯注，毫不怠忽。终于那蜈蚣放开了游坦之的手指，伏在瓮底不动了。阿紫叫道："你轻轻将蜈蚣放入小木鼎中，小心些，可别弄伤了它。"

游坦之依言抄起蜈蚣，放入锦凳前的小木鼎中。阿紫盖上了鼎盖，过得片刻，木鼎的孔中有一滴滴黑血滴了下来。

阿紫脸现喜色，忙伸掌将血液接住，盘膝运功，将血液都吸入掌内。游坦之心道："这是我的血液，却到了她身体之中。原来她是在练蜈蚣毒掌。"

过了好一会，木鼎再无黑色滴下，阿紫揭起鼎盖，见蜈蚣已然僵毙。

阿紫双掌一搓，瞧自己手掌时，但见两只手掌如白玉无瑕，更无半点血污，知道从师父那里偷听来的练功之法确是半点不错，心下甚喜，捧起了木鼎，将死蜈蚣倒在地下，匆匆走出殿去，一眼也没向游坦之瞧，似乎此人便如那条死蜈蚣一般，再也没什么用处了。

游坦之怅望着阿紫的背影，直到她影踪不见，解开衣衫看时，只见黑气已蔓延至腋窝，同时一条手臂也麻痒起来，霎时之间，便如千万只跳蚤在同时咬啮一般。

他纵声大叫，跳起身来，伸手去搔，一搔之下，更加痒得厉害，好似骨髓中、心肺中都有虫子爬了进去，蠕蠕而动。痛可忍而痒不可耐，他跳上跳下，高声大叫，将铁头在墙上用力碰撞，当当声响，只盼自己即时晕了过去，失却知觉，免受这般难熬的奇痒。

又撞得几撞，拍的一声，怀中掉出一件物事，一个油布包跌散了，露出一本黄皮书来，正是那日他拾到的那本梵文经书。这时剧痒之下，也顾不得去拾，但见那书从中翻开。游坦之全身说不出的难熬，滚倒在地，乱擦乱撞。过得一会，俯伏着只是喘息，泪水、鼻涕、口涎都从铁罩的嘴缝中流出来，滴在梵文经书上。昏昏沉沉中也不知过了多少时候，书页上已浸满了涕泪唾液，无意中一瞥，忽见书页上的弯弯曲曲文字之间，竟出现一个僧人的图形。这僧人姿式极是奇特，脑袋从胯下穿过，伸了出来，双手抓着两只脚。

他也没心绪去留神书上的古怪姿势，只觉痒得几乎气也透不过来了，扑在地下，乱撕身上衣衫，将上衣和裤子撕得片片粉碎，把肌肤往地面上猛力磨擦，擦得片刻，皮肤中便渗出血来。他乱滚乱擦，突然间一不小心，脑袋竟从双腿之间穿了过去。他头上套了铁罩，急切间缩不回来，伸手想去相助，右手自然而然的抓住了右脚。

这时他已累得筋疲力尽，一时无法动弹，只得暂时住手，喘过一口气来，无意之中，只见那本书摊在眼前，书中所绘的那个枯瘦僧人，姿势竟然便与自己目前有点儿相似，心下又是惊异，又觉有些好笑，更奇怪的是，做了这个姿式后，身上麻痒之感虽一般无二，透气却顺畅得多了，当下也不急于要将脑袋从胯下钻出来，便这么伏在地下，索性依照图中僧人的姿式，连左手也去握住了左脚，下颚碰在地下。这么一来，姿式已与图中的僧人一般无二，透气更加舒服了。

如此伏着，双眼与那书更是接近，再向那僧人看去时，见他身旁写着两个极大的黄字，弯弯曲曲的形状诡异，笔划中却有许多极小的红色箭头。游坦之这般伏着，甚是疲累，当即放手站起。只一站起，立时又痒得透不过气来，忙又将脑袋从双腿间钻过去，双手握足，下颚抵地。只做了这古怪姿式，透气便即顺畅。

他不敢再动，过了好一会，觉得无聊起来，便去看那图中僧人，又去看他身旁的两个怪字。看着怪字中的那些小箭头，心中自然而然的随着箭头所指的笔划存想,只觉右臂上的奇痒似乎化作一线暖气,自喉头而胸腹,绕了几个弯,自双肩而头顶,慢慢的消失。

看着怪字中的小箭头,接连这么想了几次,每次都有一条暖气通入脑中,而臂上的奇痒便稍有减轻。他惊奇之下,也不暇去想其中原因,只这般照做,做到三十余次时,臂上已仅余微痒,再做十余次,手指、手掌、手臂各处已全无异感。

他将脑袋从胯下钻了出来,伸掌一看,手上的黑气竟已全部退尽,他欣喜之下,突然惊呼:"啊哟,不好!蜈蚣的剧毒都给我搬运入脑了!"但这时奇痒既止,便算有什么后患,也顾不得许多了,又想:"这本书上本来明明没有图画,怎地忽然多了个古怪的和尚出来?我无意之间,居然做出跟这和尚一般的姿式来?这和尚定是菩萨,来救我性命的。"当下跪倒在地,恭恭敬敬的向图中怪僧磕头,铁罩撞地,当当有声。

他自不知书中图形,是用天竺一种药草浸水绘成,湿时方显,干即隐没,是以阿朱与萧峰都没见到。其实图中姿式与运功线路,其旁均有梵字解明,少林上代高僧识得梵文,虽不知图形秘奥,仍能依文字指点而练成易筋经神功。游坦之奇痒难当之时,涕泪横流,恰好落在书页之上,显出了图形。那是练功时化解外来魔头的一门妙法,乃天竺国古代高人所创的瑜伽秘术。他突然做出这个姿式来,也非偶然巧合,食噎则咳,饱极则呕,原是人之天性。他在奇痒难当之时,以头抵地,本是出乎自然,不足为异,只是他涕泪刚好流上书页,那倒确是巧合了。他呆了一阵,疲累已极,便躺在地下睡着了。

第二日早上刚起身,阿紫匆匆走进殿来,一见到他赤身露体的古怪模样,"啊"的一声叫了出来,说道:"怎么你还没死?"游坦之一惊,说道:"小人……小人还没死!"暗暗神伤:"原来她只道我已早死了。"

阿紫道："你没死那也好！快穿好衣服，跟我再出去捉毒虫。"游坦之道："是！"等阿紫出殿，去向契丹兵另讨一身衣服。契丹兵见郡主对他青眼有加，便检了一身干净衣服给他换上。

阿紫带了游坦之来到荒僻之处，仍以神木王鼎诱捕毒虫，以鸡血养过，再吮吸游坦之身上血液，然后用以练功。第二次吸血的是一只青色蜘蛛，第三次则是一只大蝎子。游坦之每次依照书上图形，化解虫毒。

阿紫当年在星宿海偷看师父练此神功，每次都见到有一具尸首，均是本门弟子奉师命去掳掠来的附近乡民，料来游坦之中毒后必死无疑，但见他居然不死，不禁暗暗称异。

如此不断捕虫练功，三个月下来，南京城外周围十余里中毒物越来越少，被香气引来的毒虫大都细小孱弱，不中阿紫之意。两人出去捕虫时，便离城渐远。

这一日来到城西三十余里之外，木鼎中烧起香料，直等了一个多时辰，才听得草丛中瑟瑟声响，有什么蛇虫过来。阿紫叫道："伏低！"游坦之便即伏下身来，只听得响声大作，颇异寻常。

异声中夹杂着一股中人欲呕的腥臭，游坦之屏息不动，只见长草分开，一条白身黑章的大蟒蛇蜿蜒游至。蟒头作三角形，头顶上高高生了一个凹凹凸凸的肉瘤。北方蛇虫本少，这蟒蛇如此异状，更是从所未见。蟒蛇游到木鼎之旁，绕鼎团团转动，这蟒身长二丈，粗逾手臂，如何钻得进木鼎之中？但闻到香料及木鼎的气息，一颗巨头不住用力去撞那鼎。

阿紫没想到竟会招来这样一件庞然大物，甚是骇异，一时没了主意，悄悄爬到游坦之身边，低声道："怎么办？要是蟒蛇将木鼎撞坏了，岂不糟糕？"

游坦之乍听到她如此软语商量的口吻，当真是受宠若惊，登时勇气大增，说道："不要紧，我去将蛇赶开！"站起身来，大踏步走向蟒蛇。那蛇听到声息，立时盘曲成团，昂起了头，伸出血红的舌头，嘶嘶作声，只待扑出。游坦之见了这等威势，倒也不敢贸然上前。

便在此时，忽觉得一阵寒风袭体，只见西北角上一条火线烧了过来，顷刻间便烧到了面前。一到近处，看得清楚，原来不是火线，却是草丛中有什么东西爬过来，青草遇到，立变枯焦，同时寒气越来越盛。他退后了几步，只见草丛枯焦的黄线移向木鼎，却是一条蚕虫。

这蚕虫纯白如玉，微带青色，比寻常蚕儿大了一倍有余，便似一条蚯蚓，身子透明直如水晶。那蟒蛇本来气势汹汹，这时却似乎怕得要命，尽力将一颗三角大头缩到身子下面藏了起来。那水晶蚕儿迅速异常的爬上蟒蛇身子，一路向上爬行，便如一条炽热的炭火一般，在蟒蛇的脊梁上烧出了一条焦线，爬到蛇头之时，蟒蛇的长身从中裂而为二。那蚕儿钻入蟒蛇头旁的毒囊，吮吸毒液，顷刻间身子便胀大了不少，远远瞧去，就像是一个水晶瓶中装满了青紫色的汁液。

阿紫又惊又喜，低声道："这条蚕儿如此厉害，看来是毒物中的大王了。"游坦之却暗自忧急："如此剧毒的蚕虫倘若来吸我的血，这一次可性命难保了。"

那蚕儿绕着木鼎游了一圈，向鼎上爬去，所经之处，鼎上也刻下了一条焦痕。蚕儿似通灵一般，在鼎上爬了一圈，似知倘若钻入鼎中，有死无生，竟不似其余毒物一般钻入鼎中，又从鼎上爬了下来，向西北而去。

阿紫又兴奋又焦急，叫道："快追，快追！"取出锦缎罩在鼎上，抱起木鼎，向蚕儿追了下去。游坦之跟随其后，沿着焦痕追赶。这蚕儿虽是小虫，竟然爬行如风，一霎眼间便爬出了数丈，好在所过之处有焦痕留下，不致失了踪迹。

两人片刻间追出了三四里地,忽听得前面水声淙淙,来到一条溪旁。焦痕到了溪边,便即消失,再看对岸,也无蚕虫爬行过的痕迹,显然蚕儿掉入了溪水,给冲下去了。阿紫顿足埋怨:"你也不追得快些,这时候却又到哪里找去?我不管,你非给我捉回来不可!"游坦之心下惶惑,东找西寻,却哪里寻得着?

两人寻了一个多时辰,天色暗了下来,阿紫既感疲倦,又没了耐心,怒道:"说什么也得给我捉了来,否则不用再来见我。"说着转身回去,径自回城。

游坦之好生焦急,只得沿溪向下游寻去,寻出七八里地,暮色苍茫之中,突然在对岸草丛中又见到了焦线。游坦之大喜,冲口而出的叫道:"姑娘,姑娘,我找到了!"但阿紫早已去远。

游坦之涉水而过,循着焦线追去。只见焦线直通向前面山坳。他鼓气疾奔,山头尽处,赫然是一座构筑宏伟的大庙。

他快步奔近,见庙前匾额写着"敕建悯忠寺"五个大字。当下不暇细看庙宇,顺着焦线追去。那焦线绕过庙旁,通向庙后。但听得庙中钟磬木鱼及诵经之声此起彼伏,群僧正做功课。他头上戴了铁罩,自惭形秽,深恐给寺僧见到,于是沿着墙脚悄悄而行,见焦线通过了一大片泥地,来到一座菜园之中。

他心下甚喜,料想菜园中不会有什么人,只盼蚕儿在吃菜,便可将之捉了来,走到菜园的篱笆之外,听得园中有人在大声叱骂,他立即停步。

只听那人骂道:"你怎地如此不守规矩,一个人偷偷出去玩耍?害得老子担心了半天,生怕你从此不回来了。老子从昆仑山巅万里迢迢的将你带来,你太也不知好歹,不懂老子对待你一片苦心。这样下去,你还有什么出息,将来自毁前途,谁也不会来可怜你。"那人语音中虽甚恼怒,却颇有期望怜惜之意,似是父兄教诲顽劣的子弟。

游坦之寻思:"他说什么从昆仑山巅万里迢迢的将他带来,多半是师父或是长辈,不是父亲。"悄悄掩到篱笆之旁,只见说话的人却是个和尚。这和尚肥胖已极,身材却又极矮,宛然是个大肉球,手指地下,兀自申斥不休。游坦之向地下一望,又惊又喜,那矮胖和尚所申斥的,正是那条透明的大蚕。

这矮胖和尚的长相已是甚奇,而他居然以这等口吻向那条蚕儿说话,更是匪夷所思。那蚕儿在地下急速游动,似要逃走一般。只是一碰到一道无形的墙壁,便即转头。游坦之凝神看去,见地下画着一个黄色圆圈,那蚕儿左冲右突,始终无法越出圈子,当即省悟:"这圆圈是用药物画的,这药物是那蚕儿的克星。"

那矮胖和尚骂了一阵,从怀中掏出一物,大啃起来,却是个煮熟了的羊头,他吃得津津有味,从柱上摘下一个葫芦,拔开塞子,仰起脖子,咕噜噜的喝个不休。

游坦之闻到酒香,知道葫芦里装的是酒,心想:"原来是个酒肉和尚。看来这条蚕儿是他所养,而且他极之宝爱,却怎么去盗了来?"

正寻思间,忽听得菜园彼端有人叫道:"慧净,慧净!"那矮胖和尚一听,吃了一惊,忙将羊头和酒葫芦在稻草堆中一塞。只听那人又叫:"慧净,慧净,你不去做晚课,躲到哪里去啦?"那矮胖和尚抢起脚边的一柄锄头,手忙脚乱的便在菜畦里锄菜,应道:"我在锄菜哪。"那人走了过来,是个中年和尚,冷冰冰的道:"晨课晚课,人人要做!什么时候不好锄菜,却在晚课时分来锄?快去,快去!做完晚课,再来锄菜好了。在悯忠寺挂单,就得守悯忠寺的规矩。难道你少林寺就没庙规家法吗?"那名叫慧净的矮胖和尚应道:"是!"放下锄头,跟着他去了,不敢回头瞧那蚕儿,似是生怕给那中年和尚发觉。

游坦之心道:"这矮胖和尚原来是少林寺的。少林和尚个个身有武功，我偷他蚕儿，可得加倍小心。"等二人走远，听四下静悄悄地，便从篱笆中钻了进去，只见那蚕儿兀自在黄圈中迅速游走，心想："却如何捉它？"呆了半晌，想起了一个法子，从草堆中摸了那葫芦出来，摇了一摇，还有半葫芦酒，他喝了几口，将残酒倒入了菜畦，将葫芦口慢慢移向黄线绘成的圆圈。葫芦口一伸入圈内，那蚕儿嗤的一声，便钻入葫芦。游坦之大喜，忙将木塞塞住葫芦口子，双手捧了葫芦，钻出篱笆，三脚两步的自原路逃回。

离悯忠寺不过数十丈，便觉葫芦冷得出奇，直比冰块更冷，他将葫芦从右手交到左手，又从左手交到右手，当真奇寒彻骨，实在拿捏不住。无法可施，将葫芦顶在头上，这一来可更加不得了，冷气传到铁罩之上，只冻得他脑袋疼痛难当，似乎全身的血液都要结成了冰。他情急智生，解下腰带，缚在葫芦腰里，提在手中，腰带不会传冷，方能提着。但冷气还是从葫芦上冒出来，片刻之间，葫芦外便结了一层白霜。

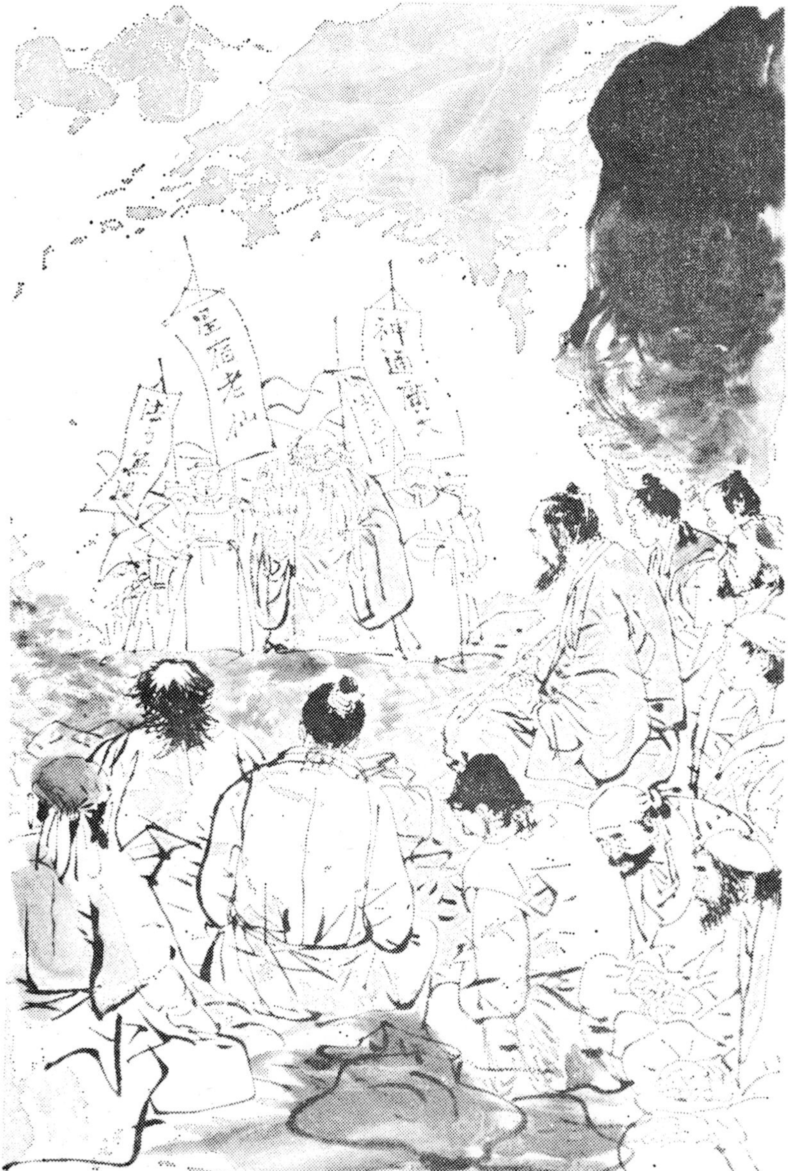
星宿老仙
神通廣大

只见二十余人有的拿着锣鼓乐器,有的手执长幡锦旗。丝竹锣鼓声中,一个白须老翁缓步而出。

二十九

虫豸凝寒掌作冰

　　游坦之提了葫芦，快步而行，回到南京，向阿紫禀报，说已将冰蚕捉到。

　　阿紫大喜，忙命他将蚕儿养在瓦瓮之中。其时正当七月盛暑，天气本来甚为炎热，哪知道这冰蚕一养入偏殿，殿中便越来越冷，过不多时，连殿中茶壶、茶碗内的茶水也都结成了冰。这一晚游坦之在被窝中瑟瑟发抖，冻得无法入睡，心下只想："这条蚕儿之怪，真是天下少有。倘若姑娘要它来吮我的血，就算不毒死，也冻死了我。"

　　阿紫接连捉了好几条毒蛇、毒虫来和之相斗，都是给冰蚕在身旁绕了一个圈子，便即冻毙僵死，给冰蚕吸干了汁液。接连十余日中，没一条毒虫能够抵挡。这日阿紫来到偏殿，说道："铁丑，今日咱们要杀这冰蚕了，你伸手到瓦瓮中，让蚕儿吸血罢！"

　　游坦之这些日子中白天担忧，晚间发梦，所怕的便是这一刻辰光，到头来这位姑娘毫不容情，终于要他和冰蚕同作牺牲，心下黯然，向阿紫凝望半晌，不言不动。

　　阿紫只想："我无意中得到这件异宝，所练成的毒掌功夫，只怕比师父还要厉害。"说道："你伸手入瓮罢！"游坦之泪水涔涔而下，跪下磕头，说道："姑娘，你练成毒掌之后，别忘了为你而死的小人。我姓游,名坦之,可不是什么铁丑。"阿紫微微一笑,说道:"好,你叫游坦之,我记着就是,你对我很忠心,很好,是个挺忠心的奴才!"

游坦之听了她这几句称赞,大感安慰,又磕了两个头,说道:"多谢姑娘!"但终不愿就此束手待毙,当下双足一挺,倒转身子,脑袋从胯下钻出,左手抓足,右手伸入瓮中,心中便想着书中裸僧身旁两个怪字中的小箭头。突然食指尖上微微一痒,一股寒气犹似冰箭,循着手臂,迅速无伦的射入胸膛,游坦之心中只记着小箭头所指的方向,那道寒气果真顺着心中所想的脉络,自指而臂,又自胸腹而至头顶,细线所到之处,奇寒彻骨。

阿紫见他做了这个古怪姿势,大感好笑,过了良久,见他仍是这般倒立,不禁诧异起来,走近身去看时,只见那条冰蚕咬住了他食指。冰蚕身子透明如水晶,看得见一条血线从冰蚕之口流入,经过蚕身左侧,兜了个圈子,又从右侧注向口中,流回游坦之的食指。

又过一阵,见游坦之的铁头上、衣服上、手脚上,都布上一层薄薄的白霜,阿紫心想:"这奴才是死了,否则活人身上有热气,怎能结霜?"但见冰蚕体内仍有血液流转,显然吮血未毕。突然之间,冰蚕身上忽有丝丝热气冒出。

阿紫正惊奇间,嗒的一声轻响,冰蚕从游坦之手指上掉了下来。她手中早已拿着一根木棍,用力捣下去。她本想冰蚕甚为灵异,这一棍未必捣得它死,哪知它跌入瓮中之后,肚腹朝天,呆呆蠢蠢的一时翻不转身。阿紫一棍舂下,登时捣得稀烂。

阿紫大喜,忙伸手入瓮,将冰蚕的浆液血水塞在双掌掌心,闭目行功,将浆血都吸入掌内。她一次又一次的涂浆运功,直至瓮底的浆血吸得干干净净,这才罢手。

她累了半天,一个欠伸,站起身来,只见游坦之仍是脑袋钻在双腿之间的倒竖,全身雪白,结满了冰霜。她甚是骇异,伸手去摸他身子，触手奇寒，衣衫也都已冰得僵硬。她又是惊讶，又是好笑，传进室里，命他将游坦之拖出去葬了。

室里带了几名契丹兵，将游坦之的尸身放入马车，拖到城外。阿紫既没吩咐好好安葬，室里也懒得费心挖坑埋葬，见道旁有条小溪，将尸体丢入溪中，便即回城。

室里这么一偷懒，却救了游坦之的性命。原来游坦之手指一被冰蚕咬住，当即以《易筋经》中运功之法，化解毒气，血液被冰蚕吸入体内后，又回入他手指血管，将这剧毒无比的冰蚕精华吸进了体内。阿紫再吸取冰蚕的浆血，却已全无效用，只白辛苦了一场。倘若游坦之已练会《易筋经》的全部行功法诀，自能将冰蚕的毒质逐步消解，但他只学会一项法门，入而不出。这冰蚕奇毒乃是第一阴寒之质，登时便将他冻僵了。

要是室里将他埋入土中，即使数百年后，也未必便化，势必成为一具僵尸。这时他身入溪水，缓缓流下，十余里后，小溪转弯，身子给溪旁的芦苇拦住了。过不多时，身旁的溪水都结成了冰，成为一具水晶棺材。溪水不断冲激洗刷，将他体内寒气一点一滴的刷去，终于他身外的冰块慢慢融化。

幸而他头戴铁罩，铁质热得快，也冷得快，是以铁罩内外的凝冰最先融化。他给溪水冲得咳嗽了一阵，脑子清醒，便从溪中爬了上来，全身玎玎珰珰的兀自留存着不少冰块。身子初化为冰之时，并非全无知觉，只是结在冰中，无法动弹而已。后来终于冻得昏迷了过去，此刻死里逃生，宛如做了一场大梦。

他坐在溪边，想起自己对阿紫忠心耿耿，甘愿以身去喂毒虫，助她练功，但自己身死之后，阿紫竟连叹息也无一声。他从冰中望出来，眼见她笑逐颜开的取出冰蚕浆血，涂在掌上练功，只是侧头瞧着自己，但觉自己死得有趣，颇为奇怪，绝无半分惋惜之情。

他又想:"冰蚕具此剧毒,抵得过千百种毒虫毒蛇,姑娘吸入掌中之后,她毒掌当然是练成了。我若回去见她……"突然之间,身子一颤,打了个寒噤,心道:"她一见到我,定是拿我来试她的毒掌。倘若毒掌练成,自然一掌将我打死了。倘若还没练成,又会叫我去捉毒蛇毒虫,直到她毒掌练成、能将我一掌打死为止。左右是个死,我又回去做什么?"

他站起身来,跳跃几下,抖去身上的冰块,寻思:"却到哪里去好?"

找乔峰报杀父之仇,那是想也不敢再想了。一时拿不定主意,只在旷野、荒山之中信步游荡,摘拾野果,捕捉禽鸟小兽为食。到第二日傍晚,百无聊赖之际,便取出那本梵文《易筋经》来,想学着图中裸僧的姿式照做。

那书在溪水中浸湿了,兀自未干,他小心翼翼的翻动,惟恐弄破了书页,却见每一页上忽然都显出一个怪僧的图形,姿式各不相同。他凝思良久,终于明白,书中图形遇湿即显,倒不是菩萨现身救命,于是便照第一页中图形,依式而为,更依循怪字中的红色小箭头心中存想,隐隐觉得有一条极冷的冰线,在四肢百骸中行走,便如那条冰蚕复活了,在身体内爬行一般。他害怕起来,急忙站直,体内冰蚕便即消失。

此后两个时辰之中,他只是想:"钻进了我体内的冰蚕不知走了没有?"可是触不到、摸不着,无影无踪,终于忍耐不住,又做起古怪姿式来,依着怪字中的红色小箭头存想,过不多时,果然那条冰蚕又在身体内爬行起来。他大叫一声,心中不再存想,冰蚕便即不知去向,若再想念,冰蚕便又爬行。

冰蚕每爬行一会,全身便说不出的舒服畅快。书中裸僧姿势甚多,怪字中的小箭头也是盘旋曲折,变化繁复。他依循不同姿式呼召冰蚕,体内忽凉忽暖,各有不同的舒泰。

如此过得数月，捕捉禽兽之际渐觉手足轻灵，纵跃之远，奔跑之速，更远非以前所能。

一日晚间，一头饿狼出来觅食，向他扑将过来。游坦之大惊，待欲发足奔逃，饿狼的利爪已搭上肩头，露出尖齿，向他咽喉咬来。他惊惶之下，随手一掌，打在饿狼头顶。那饿狼打了个滚，扭曲了几下，就此不动了。游坦之转身逃了数丈，见那狼始终不动，心下大奇，拾起块石头投去，石中狼身，那狼仍是不动。他惊喜之下，蹑足过去一看，那狼竟已死了。他万万想不到自己这么随手一掌，竟能有如此厉害，将手掌翻来覆去的细看，也不见有何异状，情不自禁的叫道："冰蚕的鬼魂真灵！"

他只当冰蚕死后鬼魂钻入他体内，以致显此大能，却不知那纯系易筋经之功，再加那冰蚕是世上罕有剧毒之物，这股剧毒的阴寒被他吸入体内，以《易筋经》所载的上乘内功修习，内力中便附有极凌厉的阴劲。

这《易筋经》实是武学中至高无上的宝典，只是修习的法门甚为不易，须得勘破"我相、人相"，心中不存修习武功之念。但修习此上乘武学之僧侣，必定勇猛精进，以期有成，哪一个不想尽快从修习中得到好处？要"心无所住"，当真是千难万难。少林寺过去数百年来，修习易筋经的高僧着实不少，但穷年累月的用功，往往一无所得，于是众僧以为此经并无灵效，当日被阿朱偷盗了去，寺中众高僧虽然恚怒，却也不当一件大事。一百多年前，少林寺有个和尚，自幼出家，心智鲁钝，疯疯颠颠。他师父苦习易筋经不成，怒而坐化。这疯僧在师父遗体旁拾起经书，嘻嘻哈哈的练了起来，居然成为一代高手。但他武功何以如此高强，直到圆寂归西，始终说不出一个所以然来，旁人也均不知是易筋经之功。这时游坦之无心习功，只是呼召体内的冰蚕来去出没，而求好玩嬉戏，不知不觉间功力日进，正是走上了当年疯僧的老路。

此后数日中接连打死了几头野兽，自知掌力甚强，胆子也渐渐大了起来，不断的向南而行，他生怕只消有一日不去呼召冰蚕的鬼魂，"蚕鬼"便会离己而去，因此每日呼召，不敢间断。那"蚕鬼"倒也招之即来，极是灵异。

游坦之渐行渐南，这一日已到了中州河南地界。他自知铁头骇人，白天只在荒野山洞树林中歇宿，一到天黑，才出来到人家去偷食。其时他身手已敏捷异常，始终没给人发觉。

这一日他在路边一座小破庙中睡觉，忽听得脚步声响，有三人走进庙来。

他忙躲在神龛之后，不敢和人朝相。只听那三人走上殿来，就地坐倒，唏哩呼噜的吃起东西来。三人东拉西扯的说了些江湖上的闲事，忽然一人问道："你说乔峰那厮到底躲到了哪里，怎地一年多来，始终听不到他半点讯息？"

游坦之一听得"乔峰"两字，心中一凛，登时留上了神。只听另一人道："这厮作恶多端，做了缩头乌龟啦，只怕再也找他不到了。"先一人道："那也未必。他是待机而动，只等有人落了单，他就这么干一下子。你倒算算看，聚贤庄大战之后，他又杀了多少人？徐长老、谭公谭婆夫妇、赵钱孙、泰山铁面判官单老英雄全家、天台山智光老和尚、丐帮的马夫人、白世镜长老，唉，当真数也数不清了。"

游坦之听到"聚贤庄大战"五字之后，心中酸痛，那人以后的话就没怎么听进耳去，过了一会，听得一个苍老的声音道："乔帮主一向仁义待人，想不到……唉……想不到，这真是劫数使然。咱们走罢。"说着站起身来。

另一人道："老汪，你说本帮要推新帮主，到底会推谁？"那苍老的声音道："我不知道！推来推去，已推了一年多，总是推不出一个全帮上下都佩服的英雄好汉，唉，大伙儿走着瞧罢。"另一人道:"我知道你的心思,总是盼乔峰那厮再来做咱们帮主。你乘早别发这清秋大梦罢,这话传到了全舵主耳中,只怕你性命有点儿难保。"那老汪急了,说道:"小毕,这话可是你说的,我几时说过盼望乔帮主再来当咱们帮主?"小毕冷笑道:"你口口声声还是乔帮主长、乔帮主短的,那还不是一心只盼乔峰那厮来当帮主?"老汪怒道:"你再胡说八道,瞧我不揍死你这小杂种。"第三人劝道:"好啦,好啦,大家好兄弟,别为这事吵闹,快去罢,可别迟到了。乔峰怎么又能来当咱们帮主?他是契丹狗种,大伙儿一见到,就得跟他拼个你死我活。再说,大伙儿就算请他来当帮主,他又肯当吗?"老汪叹了口气,道:"那也说得是。"说着三人走出庙去。

游坦之心想:"丐帮要找乔峰,到处找不到,他们又怎知这厮在辽国做了南院大王啦。我这就跟他们说去。丐帮人多势众,再约上一批中原好汉,或许便能杀得了这恶贼。我跟他们一起去杀乔峰。"想起到南京就可见到阿紫,胸口登时便热烘烘地。

当下蹑足从庙中出来,眼见三名丐帮弟子沿着山路径向西行,便悄悄跟随在后。这时暮色已深,荒山无人,走出数里后,来到一个山坳,远远望见山谷中生着一个大火堆,游坦之寻思:"我这铁头甚奇,他们见到了定要大惊小怪,且躲在草丛中听听再说。"钻入长草丛中,慢慢向火堆爬近。爬几丈,停一停,渐渐爬近,但听得人声嘈杂,聚在火堆旁的人数着实不少。游坦之这些时候来苦受折磨,再也不敢粗心大意,越近火堆,爬得越慢,爬到一块大岩石之后,离火堆约有数丈,便不敢再行向前,伏低了身子倾听。

火堆旁众人一个个站起来说话。游坦之听了一会,听出是丐帮大智分舵的帮众在此聚会,商议在日后丐帮大会之中,大智分舵要推选何人出任帮主。有人主张推宋长老,有人主张推吴长老。另有一人道:"说到智勇双全,该推本帮的全舵主,只可惜全舵主那日给乔峰那厮假公济私，革退出帮，回归本帮的事还没办妥。"又有一人道："乔峰的奸谋，是我们全舵主首先奋勇揭开的，全舵主有大功于本帮，归帮的事易办得很。大会一开，咱们先办全舵主归帮的事，再提出全舵主那日所立的大功来，然后推他为帮主。"

一个清朗的声音说道："本人归帮的事，那是顺理成章的。但众位兄弟要推我为帮主，这件事却不能提，否则的话，别人还道兄弟揭发乔峰那厮的奸谋，乃是出于私心。"一人大声道："全舵主，有道是当仁不让。我瞧本帮那几位长老，武功虽然了得，但说到智谋，没一个及得上你。我们对付乔峰那厮，是斗智不斗力之事，全舵主……"那全舵主道："施兄弟，我还未正式归帮，这'全舵主'三字，也是叫不得的。"

围在火堆旁的二百余名乞丐纷纷说道："宋长老吩咐了的，请你暂时仍任本舵舵主，这'全舵主'三字，为什么叫不得？""将来你做上了帮主，那也不会希罕这'舵主'的职位了。""全舵主就算暂且不当帮主，至少也得升为长老，只盼那时候仍然兼领本舵。""对了，就算全舵主当上了帮主，也仍然可兼做咱们大智分舵的舵主啊。"

正说得热闹，一名帮众从山坳口快步走来，朗言说道："启禀舵主，大理国段王子前来拜访。"全舵主全冠清当即站起，说道："大理国段王子？本帮跟大理国素来不打什么交道啊。"大声道："众位兄弟，大理段家是著名的武林世家，段王子亲自过访，大伙儿一齐迎接。"当即率领帮众，迎到山坳口。

只见一位青年公子笑吟吟的站在当地，身后带着七八名从人。那青年公子正是段誉。两人拱手见礼，却是素识，当日在无锡杏子林中曾经会过。全冠清当时不知段誉的身份来历，此刻想起，那日自己给乔峰驱逐出帮的丑态，都给段誉瞧在眼里，不禁微感尴尬，但随即宁定，抱拳说道："不知段王子过访，未克远迎，尚请恕罪。"

段誉笑道:"好说,好说。晚生奉家父之命,有一件事要奉告贵帮,却是打扰了。"

两人说了几句客套话。段誉引见了随同前来的古笃诚、傅思归、朱丹臣三人。全冠清请段誉到火堆之前的一块岩石上坐下,帮众献上酒来。

段誉接过喝了,说道:"数月之前,家父在中州信阳贵帮故马副帮主府上,遇上一件奇事,亲眼见到贵帮白世镜长老逝世的经过。此事与贵帮干系固然重大,也牵涉到中原武林旁的英雄,一直想奉告贵帮的首脑人物。只是家父受了些伤,将养至今始愈,而贵帮诸位长老行踪无定,未能遇上,家父修下的一通书信,始终无法奉上。数日前得悉贵舵要在此聚会,这才命晚生赶来。"说着从袖中抽出一封书信,站起身来,递了过去。

全冠清也即站起,双手接过,说道:"有劳段公子亲身送信,段王爷眷爱之情,敝帮上下,尽感大德。"见那信密密固封,封皮上写着:"丐帮诸位长老亲启"八个大字,心想自己不便拆阅,又道:"敝帮不久将开大会,诸位长老均将与会,在下自当将段王爷的大函奉交诸位长老。"段誉道:"如此有劳了,晚生告辞。"

全冠清连忙称谢,送了出去,说道:"敝帮白长老和马夫人不幸遭奸贼乔峰毒手,当日段王爷目睹这件惨事吗?"段誉摇头道:"白长老和马夫人不是乔大哥害死的,杀害马副帮主的也另有其人。家父这通书信之中,写得明明白白,将来全舵主阅信之后,自知详情。"心想:"这件事情说来话长,你这厮不是好人,不必跟你多说。料你也不敢隐没我爹爹这封信。"向全冠清一抱拳,说道:"后会有期,不劳远送了。"

他转身走到山坳口,迎面见两名丐帮帮众陪着两条汉子过来。那两名汉子互相使个眼色,走上几步,向段誉躬身行礼,呈上

·1083·

一张大红名帖。

段誉接过一看，见帖上写着四行字道：

"苏星河奉请天下精通棋艺才俊，于二月初八日驾临河南擂鼓山天聋地哑谷一叙。"

段誉素喜弈棋，见到这四行字，精神一振，喜道："那好得很啊，晚生若无俗务羁身，届时必到。但不知两位何以得知晚生能棋？"那两名汉子脸露喜色，口中咿咿哑哑，大打手势，原来两人都是哑巴。段誉看不懂他二人的手势，微微一笑，问朱丹臣道："擂鼓山此去不远罢？"将那帖子交给他。

朱丹臣接过一看，先向那两名汉子抱拳道："大理国镇南王世子段公子，多多拜上聪辩先生，先此致谢，届时自当奉访。"指指段誉，做了几个手势，表示允来赴会。

两名汉子躬身向段誉行礼，随即又取出一张名帖，呈给全冠清。

全冠清接过看了，恭恭敬敬的交还，摇手说道："丐帮大智分舵暂领舵主之职全冠清，拜上擂鼓山聪辩先生，全某棋艺低劣，贻笑大方，不敢赴会，请聪辩先生见谅。"两名汉子躬身行礼，又向段誉行了一礼，转身而去。

朱丹臣这才回答段誉："擂鼓山在嵩县之南，屈原冈的东北，此去并不甚远。"

段誉与全冠清别过，出山坳而去，问朱丹臣道："那聪辩先生苏星河是什么人？是中原的棋国手吗？"朱丹臣道："聪辩先生，就是聋哑先生。"

段誉"啊"了一声，"聋哑先生"的名字，他在大理时曾听伯父与父亲说起过，知道是中原武林的一位高手耆宿，又聋又哑，但据说武功甚高，伯父提到他时，语气中颇为敬重。朱丹臣又道："聋哑先生身有残疾，却偏偏要自称'聪辩先生'，想来是自以为

'心聪'、'笔辩',胜过常人的'耳聪'、'舌辩'。"段誉点头道:"那也有理。"走出几步后,长长叹了口气。

他听朱丹臣说聋哑先生的"心聪"、"笔辩",胜于常人的"耳聪"、"舌辩",不禁想到王语嫣的"口述武功"胜过常人的"拳脚兵刃"。

他在无锡和阿朱救出丐帮人众后,不久包不同、风波恶二人赶来和王语嫣等会合。他五人便要北上去寻慕容公子。段誉自然想跟随前去。风波恶感念他口吸蝎毒之德,甚表欢迎。包不同言语之中却极不客气,怪责段誉不该乔装慕容公子,败坏他的令名,说到后来,竟露出"你不快滚,我便要打"之意,而王语嫣只是絮絮和风波恶商量到何处去寻表哥,对段誉处境之窘迫竟是视而不见。

段誉无可奈何,只得与王语嫣分手,却也径向北行,心想:"你们要去河南寻慕容复,我正好也要去河南。河南中州可不是你慕容家的,你慕容复和包不同去得,我段誉难道便去不得?倘若在道上碰巧再跟你们相会,那是天意,你包三先生可不能怪我。"

但上天显然并无要他与王语嫣立时便再邂逅相逢之意。这些时月之中,段誉在河南到处游荡,名为游山玩水,实则是东张西望,只盼能见到王语嫣的一缕秀发、一片衣角,至于好山好水,却半分也没有入目。

一日,段誉在洛阳白马寺中,与方丈谈论《阿含经》,研讨佛说"转轮圣王有七宝"的故事。段誉于"不长不短、不黑不白、冬则身暖、夏则身凉"的玉女宝大感兴味。方丈和尚连连摇头,说道:"段居士,这是我佛的譬喻,何况佛说七宝皆属无常……"正说到这里,忽有三人来到寺中,却是傅思归、古笃诚、朱丹臣。

原来段正淳离了信阳马家后,又与阮星竹相聚,另行觅地养伤,想到萧峰被丐帮冤枉害死马大元,不可不为他辩白,于是写了一通书信,命傅思归等三人送去丐帮。

傅思归等来到洛阳，在丐帮总舵中见不到丐帮的首脑人物，得知大智分舵在附近聚会，便欲将信送去，却在酒楼中听到有人说起一位公子发呆的趣事，形貌举止与段誉颇为相似，问明那公子的去向，便寻到白马寺来。

四人相见，甚是欢喜。段誉道："我陪你们去送了信，你们快带我去拜见父王。"他得知父亲便在河南，自是急欲相见，但这些日子来听不到王语嫣的丝毫讯息，日夜挂心，只盼在丐帮大智分舵这等江湖人物聚会之处，又得见到王语嫣的玉容仙颜，却终于所望落空。

朱丹臣见他长吁短叹，还道他是记挂木婉清，此事无可劝慰，心想最好是引他分心，说道："那聪辩先生广发帖子，请人去下棋，棋力想必极高。公子爷去见过镇南王后，不妨去跟这聪辩先生下几局。"

段誉点头道："是啊，枰上黑白，可遣烦忧。只是她虽然熟知天下各门各派的武功，胸中甲兵，包罗万有，却不会下棋。聪辩先生这个棋会，她是不会去的了。"

朱丹臣莫名其妙，不知他说的是谁，这一路上老是见他心不在焉，前言不对后语，倒也见得惯了，听得多了，当下也不询问。

一行人纵马向西北方而行。段誉在马上忽而眉头深锁，忽尔点头微笑，喃喃自语："佛经有云：'当思美女，身藏脓血，百年之后，化为白骨。'话虽不错，但她就算百年之后化为白骨，那也是美得不得了的白骨啊。"正自想像王语嫣身内骨骼是何等模样，忽听得身后马蹄声响，两乘马疾奔而来。马鞍上各伏着一人，黑暗之中也看不清是何等样人。

这两匹马似乎不受羁勒，直冲向段誉一行人。傅思归和古笃诚分别伸手，拉住了一匹奔马的缰绳，只见马背上的乘者一动不动。傅思归微微一惊，凑近去看时，见那人原来是聋哑先生的使者，脸上似笑非笑,却早已死了。还在片刻之前,这人曾递了一张请帖给段誉,怎么好端端地便死了?另一个也是聋哑先生的使者,也是这般面露诡异笑容而死。傅思归等一见,便知两人是身中剧毒而毙命,勒马退开两步,不敢去碰两具尸体。

段誉怒道:"丐帮这姓全的舵主好生歹毒,为何对人下此毒手?我跟他理论去。"兜转马头,便要回去质问全冠清。

前面黑暗中突然有人发话道:"你这小子不知天高地厚,普天下除了星宿老仙的门下,又有谁能有这等杀人于无形的能耐?聋哑老儿乖乖的躲起来做缩头乌龟,那便罢了,倘若出来现世,星宿老仙决计放他不过。喂,小子,这不干你事,赶快给我走罢。"

朱丹臣低声道:"公子,这是星宿派的人物,跟咱们不相干,走罢。"

段誉寻不着王语嫣,早已百无聊赖,聋哑老人这两个使者若有性命危险,他必定奋勇上前相救,此刻既已死了,也就不想多惹事端,叹了口气,说道:"单是聋哑,那也不够。须得当初便眼睛瞎了,鼻子闻不到香气,心中不能转念头,那才能解脱烦恼。"

他说的是,既然见到了王语嫣,她的声音笑貌、一举一动,便即深印在心,纵然又聋又哑,相思之念也已不可断绝。不料对面那人哈哈大笑,鼓掌叫道:"对,对!你说得有理,该当去戳瞎了他眼睛,割了他的鼻子,再打得他心中连念头也不会转才是。"

段誉叹道:"外力摧残,那是没有用的。须得自己修行,'不住色生心,不住声香味触法生心,应生无所住心',可是若能'离一切相',那已是大菩萨了。我辈凡夫俗子,如何能有此修为?'怨憎会,爱别离,求不得,五阴炽盛',此人生大苦也。"

游坦之伏在岩石后的草丛之中,见段誉等一行来了又去,随即听到前面有人呼喝之声,便在此时,两名丐帮弟子快步奔来,向全冠清低声道："全舵主，那两个哑巴不知怎样给人打死了，下手的人自称是星宿派什么'星宿老仙'的手下。"

全冠清吃了一惊，脸色登时变了。他素闻星宿海星宿老怪之名，此人擅使剧毒，武功亦是奇高，寻思："他的门人杀了聋哑老人的使者，此事不跟咱们相干，别去招惹的为是。"便道："知道了，他们鬼打鬼，别去理会。"

突然之间，身前有人发话道："你这家伙胡言乱语，既知我是星宿老仙门下，怎地还胆敢骂我为鬼？你活得不耐烦了。"全冠清一惊，情不自禁的退了一步，火光下只见一人直挺挺的站在面前，乃是自己手下一名帮众，再凝神看时，此人似笑非笑，模样诡异，身后似乎另行站得有人，喝道："阁下是谁，装神弄鬼，干什么来了？"

那丐帮弟子身后之人阴森森的道："好大胆！你又说一个'鬼'字！老子是星宿老仙的门下。星宿老仙驾临中原，眼下要用二十条毒蛇，一百条毒虫。你们丐帮中毒蛇毒虫向来齐备，快快献上。星宿老仙瞧在你们恭顺拥戴的份上，便放过你们这群穷叫化儿。否则的话，哼哼，这人便是榜样。"

砰的一声，眼前那丐帮弟子突然飞身而起，摔在火堆之旁，一动不动，原来早已死去。这丐帮弟子一飞开，露出一个身穿葛衫的矮子，不知他于何时欺近，杀死了这丐帮弟子，躲在他的身后。

全冠清又惊又怒，霎时之间，心中转过了好几个念头："星宿老怪找到了丐帮头上，眼前之事，若不屈服，便得一拚。此事虽然凶险，但若我凭他一言威吓，便即献上毒蛇毒虫，帮中兄弟从此便再也瞧我不起。我想做丐帮帮主固然无望，连在帮中立足也不可得。好在星宿老怪并未亲来，谅这家伙孤身一人，也不用惧他。"当即笑吟吟的道："原来是星宿派的仁兄到了，阁下高姓大名？"

那矮子道："我法名叫做天狼子。你快快把毒蛇毒虫预备好

·1088·

罢。"

全冠清笑道:"阁下要毒蛇毒虫,那是小事一桩,不必挂怀。"顺手从地下提起一只布袋,说道:"这里有几条蛇儿,阁下请看,星宿老仙可合用吗?"

那矮子天狼子听得全冠清口称"星宿老仙",心下已自喜了,又见他神态恭顺,心想:"说什么丐帮是中原第一大帮,一听到我师父老人家的名头,立时吓得骨头也酥了。我拿了这些毒蛇毒虫去,师父必定十分欢喜,夸奖我办事得力。说来说去,还是仗了师父他老人家的威名。"当即伸头向袋口中张去。

斗然间眼前一黑,这只布袋已罩到了头上,天狼子大惊之下,急忙挥掌拍出,却拍了个空,便在此时,脸颊、额头、后颈同时微微一痛,已被袋中的毒物咬中。天狼子不及去扯落头上的布袋,狠狠拍出两掌,拔步狂奔。他头上套了布袋,目不见物,双掌使劲乱拍,只觉头脸各处又接连被咬,惶急之际,只是发足疾奔,蓦地里脚下踏了个空,骨碌碌的从陡坡上滚了下去,扑通一声,掉入了山坡下的一条河中,顺流而去。

全冠清本想杀了他灭口,哪知竟会给他逃走,虽然他头脸为毒蝎所螫,又摔入河中,多半性命难保,但想星宿派擅使毒物,说不定他有解毒之法,在星宿海居住,料来也识水性,倘若此人不死,星宿派得到讯息,必定大举前来报复。沉吟片刻,说道:"咱们布巨蟒阵,跟星宿老怪一拼。难道乔峰一走,咱们丐帮便不能自立,从此听由旁人欺凌吗?星宿派擅使剧毒,咱们不能跟他们动兵刃拳脚,须得以毒攻毒。"

群丐轰然称是,当即四下散开,在火堆外数丈处布成阵势,各人盘膝坐下。

游坦之见全冠清用布袋打走了天狼子,心想:"这人的布袋之中原来装有毒物，他们这许多布袋，都装了毒蛇毒虫吗？叫化子会捉蛇捉虫，原不希奇。我倘若能将这些布袋去偷了来，去送给阿紫姑娘，她定然欢喜得紧。"

眼见群丐坐下后便即默不作声，每人身旁都有几只布袋，有些袋子极大，其中有物蠕蠕而动，游坦之只看得心中发毛。这时四下里寂静无声，自己倘若爬开，势必被群丐发觉，心想："他们若把袋子套在我头上，我有铁罩护头，倒也不怕，但若将我身子塞在大袋之中，跟那些蛇虫放在一起，那可糟了。"

过了好几个时辰，始终并无动静，又过一会，天色渐渐亮了，跟着太阳出来，照得满山遍野一片明亮。枝头鸟声喧鸣之中，忽听得全冠清低声叫道："来了，大家小心！"他盘膝坐在阵外一块岩石之旁，身旁却无布袋，手中握着一枝铁笛。

只听得西北方丝竹之声隐隐响起，一群人缓步过来，丝竹中夹着钟鼓之声，倒也悠扬动听。游坦之心道："是娶新娘子吗？"

乐声渐近，来到十丈开外便即停住，有几人齐声说道："星宿老仙法驾降临中原，丐帮弟子，快快上来跪接！"话声一停，咚咚咚咚的擂起鼓来。擂鼓三通，镗的一下锣声，鼓声止歇，数十人齐声说道："恭请星宿老仙弘施大法，降服丐帮幺魔小丑！"

游坦之心道："这倒像是道士做法事。"悄悄从岩石后探出半个头张望，只见西北角上二十余人一字排开，有的拿着锣鼓乐器，有的手执长幡锦旗，红红绿绿的甚为悦目，远远望去，幡旗上绣着"星宿老仙"、"神通广大"、"法力无边"、"威震天下"等等字样。丝竹锣鼓声中，一个老翁缓步而出，他身后数十人列成两排，和他相距数丈，跟随在后。

那老翁手中摇着一柄鹅毛扇，阳光照在脸上，但见他脸色红润，满头白发，颏下三尺银髯，童颜鹤发，当真便如图画中的神仙人物一般。那老翁走到群丐约莫三丈之处便站定了不动，忽地撮唇力吹，发出几下尖锐之极的声音，羽扇一拨，将口哨之声送了出去，坐在地下的群丐登时便有四人仰天摔倒。

游坦之大吃一惊："这星宿老仙果然法力厉害。"

那老翁脸露微笑，"滋"的一声叫，羽扇挥动，便有一名乞丐应声而倒。那老翁的口哨声似是一种无形有质的厉害暗器，片刻之间，丐帮阵中又倒了六七人。

只听得老翁身后的众人颂声大作："师父功力，震烁古今！这些叫化儿和咱们作对，那真叫做萤火虫与日月争光！""螳臂挡车，自不量力，可笑啊可笑！""师父你老人家谈笑之间，便将一干幺魔小丑置之死地，如此摧枯拉朽般大获全胜，徒儿不但见所未见，直是闻所未闻。""这是天下从所未有的丰功伟绩，若不是师父老人家露了这一手，中原武人还不知世上有这等功夫。"一片歌功颂德之声，洋洋盈耳，丝竹箫管也跟着吹奏。

忽听得嘘溜溜一声响，全冠清铁笛就口，吹了起来。游坦之心道："他吹笛干什么？帮着为星宿老仙捧场吗？"忽听地下簌簌有声，大布袋中游出几条五彩斑斓的大蛇，笔直向那老翁游去。老翁身旁一群弟子惊叫起来："有蛇，有毒蛇！""啊哟，不好，来了这许多毒蛇！""师父，这些毒蛇似是冲着咱们而来。"只见群丐布袋中纷纷游出毒蛇，有大有小，昂首吐舌，冲向那老翁和群弟子。众人更是七张八嘴的乱叫乱嚷。

星宿派众弟子提起钢杖，纷纷向蜿蜒而来的毒蛇砸去，只有那老翁神色自若，仍是撮唇作哨，挥扇攻敌。全冠清笛声不歇，群丐也跟着呐喊助威。

群蛇越来越多，片刻之间，这一干人身旁竟聚集了数百条，其中有五六条乃是大蟒。几条巨蟒游将近去，转过尾巴，登时卷住了两人，跟着又有两人被卷。星宿派群弟子若要拔足奔逃，群蛇自是追赶不上，但师尊正在迎敌，群弟子一步也不敢离开，只是舞动兵刃，乱砸乱斩，被他们打死的毒蛇少说已有八九十条，但被毒蛇咬伤的也已有七八人。那些巨蟒更是厉害，皮粗肉厚，被钢杖砸中了行若无事，身子一卷到人，越收越紧，再也不放。铁笛声中，从布袋中游出的巨蟒渐增，一共已有二十七八条。

那老翁见情势不对，想要退开，去攻击全冠清，两条小蛇猛地跃起，向他脸上咬去。他大声怒斥："好大胆！"羽扇挥动，劲风扑出，将两条小蛇击落，突觉一件软物卷向足踝。他知道不妙，飞身而起。只听得嘘溜溜一响笛声，四条蟒蛇同时挥起长尾，向他卷了过来。那老翁身在半空，砰砰击出两掌，将前面和左边的两条蟒蛇击开，身形一晃，已落在两丈之外。便在此时，第三条、第四条巨蟒的长尾同时攻到。他情急之下，运劲又是一掌击出，掌风到处，登时将一条巨蟒的脑袋打得稀烂。

蛇群如潮涌至。那老翁又劈死了三条巨蟒，但腰间和右腿却已被两条巨蟒缠住。他运起内力，大喝一声，伸指抓破了缠在腰间巨蟒的肚腹，只溅得满身都是鲜血。岂知蛇性最长，此蟒肚子虽穿，一时却不便死，吃痛之下，更猛力缠紧，只箍得那老翁腰骨几欲折断。他用力挣了两挣，跟着又有两条巨蟒甩了上来，在他身上绕了数匝，连他手臂也绕在其中，令他再也没法抗拒。游坦之在草丛中见到这般惊心动魄的情景，几乎连气也透不过来。

全冠清心下大喜，见一众敌人个个被巨蟒缠住，除了呻吟怒骂，再无反抗的能为，便不再吹笛，走上前去，笑吟吟的道："星宿老怪，你星宿派和我丐帮素来河水不犯井水，好端端地干么惹到我们头上来？现今又怎么说？"

这个童颜鹤发的老翁，正是中原武林人士对之深恶痛绝的星宿老怪丁春秋。他因星宿派三宝之一的神木王鼎给女弟子阿紫盗去，连派数批弟子出去追捕，甚至连大弟子摘星子也遣了出去，但一次次飞鸽传书报来,均是十分不利。最后听说阿紫倚丐帮帮主乔峰为靠山,将摘星子伤得半死不活,丁春秋又惊又怒,知道丐帮是中原武林第一大帮,实非易与,又听到聋哑老人近年来在江湖上出头露面,颇有作为,这心腹大患不除,总是放心不下,夺回王鼎之后,正好乘此了结昔年的一桩大事,于是尽率派中弟子,亲自东来。

他所练的那门"化功大法",经常要将毒蛇毒虫的毒质涂在手掌之上,吸入体内,若是七日不涂,不但功力减退,而且体内蕴积了数十年的毒质不得新毒克制,不免渐渐发作,为祸之烈,实是难以形容。那神木王鼎天生有一股特异气息,再在鼎中燃烧香料,片刻间便能诱引毒虫到来,方圆十里之内,什么毒虫也抵不住这香气的吸引。丁春秋有了这奇鼎在手,捕捉毒虫不费吹灰之力,"化功大法"自是越练越深,越练越精。当年丁春秋有一名得意弟子,得他传授,修习化功大法,颇有成就,岂知后来自恃能耐,对他居然不甚恭顺。丁春秋将他制住后,也不加以刀杖刑罚,只是将他囚禁在一间石屋之中,令他无法捕捉虫豸加毒,结果体内毒素发作,难熬难当,忍不住将自己全身肌肉一片片的撕落,呻吟呼号,四十余日方死。星宿老怪得意之余,心下也颇为戒惧,而化功大法也不再传授任何门人。因此摘星子等人都是不会,阿紫想得此神功,非暗中偷学、盗鼎出走不可。

阿紫工于心计,在师父刚补完毒那天辞师东行,待得星宿老怪发觉神木王鼎被盗,已在七天之后,阿紫早已去得远了。她走的多是偏僻小路,追拿她的众师兄武功虽比她为高,智计却远所不及,给她虚张声势、声东击西的连使几个诡计,一一都撇了开去。

星宿老怪所居之地是阴暗潮湿的深谷,毒蛇毒虫繁殖甚富,神木王鼎虽失,要捉些毒虫来加毒,倒也不是难事,但寻常毒虫易捉,要像从前这般,每次捕到的都是希奇古怪、珍异厉害的剧毒虫豸,却是可遇不可求了。更有一件令他担心之事,只怕中原的高手识破了王鼎的来历，谁都会立即将之毁去，是以一日不追回，一日便不能安心。

他在陕西境内和一众弟子相遇。大弟子摘星子幸而尚保全一条性命，却已武功全失，被众弟子一路上殴打侮辱，虐待得人不像人，二弟子狮鼻人狮吼子暂时接领了大师兄的职位。众弟子见到师父亲自出马，又惊又怕，均想师命不能完成，这场责罚定是难当之极，幸好星宿老怪正在用人之际，将责罚暂且寄下，要各人戴罪立功。

众人一路上打探丐帮的消息。一来各人生具异相，言语行动无不令人厌憎，谁也不愿以消息相告；二来萧峰到了辽国，官居南院大王，武林中真还少有人知，是以竟然打听不到半点确讯，连丐帮的总舵移到何处也查究不到。

这一日天狼子无意中听到丐帮大智分舵聚会的讯息，为要立功，竟迫不及待的孤身闯了来，中了全冠清的暗算。总算他体内本来蕴有毒质，蝎子毒他不死，逃得性命后急忙禀告师父。丁春秋当即赶来，不料空具一身剧毒和深湛武功，竟致巨蟒缠身，动弹不得。

丁春秋不答全冠清的问话，冷冷的道："你们丐帮中有个人名叫乔峰，他在哪里？快叫他来见我。"全冠清心中一动，问道："阁下要见乔峰，为了何事？"丁春秋傲然道："星宿老仙问你的话，你怎地不答？却来向我问长问短。乔峰呢？"

全冠清见他身子被巨蟒缠住，早已失了抗拒之力，说话却仍这般傲慢，如此悍恶之人，当真天下少有，便道："星宿老怪天下皆闻，哪知道不过是徒负虚名，连几条小小蛇儿也对付不了。今日对不起，我们可要为天下除一大害了。"

丁春秋微微一笑，说道："老夫不慎，折在你这些冷血畜生手下，今日魂归西方极乐，也是命该如此……"

他话未说完，一个被巨蟒缠住了的星宿弟子忽然叫道："丐帮的大英雄，请你放了我出来，会有大大的好处。我师父诡计甚多，你防不胜防。你一个不小心，便着了他的道儿。"全冠清冷冷的道："放了你有什么好处？"那人道："我星宿派共有三件宝物，叫做星宿三宝。只有星宿老怪和我知道收藏的所在。你饶了我性命，待你杀了这星宿老怪之后，我自然取出献上。倘若你将我杀了，这星宿三宝你就永远得不到了。"

另一名星宿弟子大叫："大英雄，大英雄，你莫上他的当！星宿三宝之中，有一宝早给人盗去了。你还是放我的好。只有我才对你忠心，决不骗你。"

霎时之间，星宿派群弟子纷纷叫嚷起来："丐帮的大英雄，你饶我性命最好，他们都不会对你忠心，只有我死心塌地，为你效劳。""大英雄，星宿派本门功夫，我所知最多，我定会一古脑儿的都说了出来，决不会有半点藏私。""本派人众来到中原，实有重大图谋，主要便是为了对付你们丐帮。众位大英雄，你们想不想知道详情？""咱们在星宿海之旁藏得有无数金银财宝，我知道每一处藏宝的所在。我带你们去挖掘出来，丐帮的英雄好汉从此不必再讨饭了。"这些人七张八嘴，献媚和效忠之言有若潮涌，有的动之以利，有的企图引起对方好奇之心，有的更是公然撒谎，荒诞不经。有些弟子已被毒蛇咬伤，或已给巨蟒缠得奄奄一息的，也均唯恐落后，上气不接下气的争相求饶。

群丐万想不到星宿派弟子竟如此没骨气，既是鄙视，又感好奇，纷纷走近倾听。全冠清冷冷的道："你们对自己师父也不忠心，又怎能对素无渊源的外人忠心？岂不可笑？"

一名星宿弟子道："不同，不同，大大的不同。星宿老怪本领低微，我跟了他有什么出息？对他忠心有何好处？丐帮的大英雄武功威震天下，又有驱蛇制敌的大法术，岂是星宿老怪所能比拟？""是啊，丐帮收容了星宿派的众弟子，西域和中原群雄震动,谁不佩服丐帮英雄了得？""'英雄'二字,不足以称众位高人侠士,须得称'大侠'、'圣人'、'世人救星'才是！""我能言善道,今后去周游四方,为众位宣扬德威,丐帮大侠的名望就天下无不知闻了。""呸,丐帮大侠的名头早已天下皆知,何必要你去多说？""'圣人'、'世人救星'的称号,是小人第一个说出来的。他们拾我牙慧,毫无功劳。"

一名丐帮的五袋弟子皱眉道:"你们这批卑鄙小人,叫叫嚷嚷的令人生厌。星宿老怪,你怎地如此没出息,尽收些无耻之徒做弟子？我先送了你的终,再叫这些家伙一个个追随于你,老子今日要大开杀戒了！"说着呼的一掌,便向丁春秋击去。

这一掌势挟疾风,劲道甚是刚猛,正中丁春秋胸口。哪知丁春秋浑若无事,那乞丐却双膝一软,倒在地下,蜷成一团,微微抽搐了两下,便一动不动了。群丐大惊,齐叫:"怎么啦？"便有两名乞丐伸手去拉他起身。这两人一碰到他身子,便摇晃几下,倒了下去。旁边三名丐帮弟子自然而然的出手相扶,但一碰到这二人,便也跌倒。其余帮众无不惊得呆了,不敢再伸手去碰跌倒的同伴。

全冠清喝道:"这老儿身上有毒,大家不可碰他身子。放暗器！"

八九名四五袋弟子同时掏出暗器,钢镖、飞刀、袖箭、飞蝗石,纷纷向丁春秋射去。丁春秋一声大喝,脑袋急转,满头白发甩了出去,便似一条短短的软鞭,将十来件暗器反击出来。但听得"啊哟"、"啊哟"连声,六七名丐帮帮众被暗器击中。这些暗器也非尽数击中要害,有的擦破一些皮肉,但几名乞丐立时软瘫而死。

全冠清大叫:"退开,退开！"突然呼的一声,一枝钢镖激射而至,却是丁春秋将头发裹住了钢镖,运劲向他射来。全冠清忙挥手中铁笛格打,当的一声,将钢镖击得远远飞了出去。他想这星宿老怪果然厉害,只有驱蟒制其死命,当即将铁笛凑到口边,待要吹奏,蓦地里嘴上一麻,登时头晕目眩,心知不妙,急忙抛下铁笛,便已咕咚一声,仰天摔倒。

群丐大惊,当即有两人抢上扶起。全冠清迷迷糊糊的叫道:"我……我中了毒,大……大伙儿……快……快……去……"群丐早已吓得魂飞魄散,拥着他飞也似的急奔而逃,于满地尸骸、布袋、毒蛇,再也不敢理会。

游坦之蹲在草丛之中,惊疑无已,不敢稍动。四下里一片寂静,十余名乞丐都缩成了一个圆球,便如是一只只遇到了敌人的刺猬,显然均已毙命。

那些巨蟒不经全冠清再以笛声相催,不会伤人,只是紧紧缠住了丁春秋师徒。星宿派众人谁都不敢挣扎动弹,惟恐激起蛇儿的凶性,随口咬将下来。

这么静了片刻,有人首先说道:"师父,你老人家神功独步天下,谈笑之间,随手便将这批万恶不赦的叫化儿杀得落荒而逃……"他话未说完,另一名弟子抢着说道:"师父,你莫听他放屁,刚才说那些叫化儿是'大侠'、'圣人'的就是他。"又有一名弟子道:"咱们追随师父这许多年,岂不知师父有通天彻地之能?刚才跟那些叫化儿胡说八道,全是骗骗他们的,好让他们不防,以便师父施展无边法力。"

忽然有人放声大哭,说道:"师父,师父!弟子该死,弟子胡涂,为了贪生怕死,竟向敌人投降,此时悔之莫及,宁愿死在毒蟒的口下,再也不敢向师父求饶了。"

群弟子登时省悟:师父最不喜欢旁人文过饰非,只有痛斥自己胡涂该死,将各种各样的罪名乱加在自己头上,或许方能得到师父开恩饶恕。一霎时间,人人抢着大骂自己,说自己如何居心不良,如何罪该万死。只将草丛中的游坦之听得头昏脑胀,莫名其妙。

· 1097 ·

丁春秋暗运劲力，想将缠在身上的三条巨蟒崩断。但巨蟒身子可伸可缩。丁春秋运力崩动，蟒身只略加延伸，并不会断。丁春秋遍体是毒，衣服头发上也凝聚剧毒。群丐向他击打或发射暗器，尽皆沾毒。但巨蟒皮坚厚韧滑，毒素难以侵入。只听得群弟子还在唠叨不停，丁春秋怒道："有谁想得出驱蛇之法，我就饶了他性命。难道你们还不知道我的脾气？有谁对我有用，我便不加诛杀。你们老是胡说八道，更有何用？"

此言一出，群弟子登时静了下来。过了一会，有人说道："只要有人拿个火把，向这些蟒蛇身上烧去，这些畜生便逃之夭夭了。"丁春秋骂道："放你娘的臭屁！这里旷野之地，前不把村，后不把店，有谁经过？就算有乡民路过，他们见到这许多毒蛇，吓得逃走也来不及，哪里还肯拿火把来烧？"跟着别的弟子又乱出主意，但每一个主意都是不着边际，各人所以不停说话，只不过向师父拼命讨好，显得自己确是遵从师命而在努力思索而已。

这样过了良久，有一名弟子给一条巨蟒缠得实在喘不过气来了，昏乱中张口向蟒蛇身上咬去。那蟒蛇吃痛，张口向他咽喉反咬，那弟子惨呼一声，登时毙命。

丁春秋越来越焦急，倘若被敌人所困，这许久之间，他定能下毒行诡，设法脱身，偏偏这些蛇儿无知无识，再巧妙的计策也使不到它们身上，只怕这些巨蟒肚饿起来，一口将自己吞了下去。

他担心的事果真便即出现，一条巨蟒久久不闻笛声，肚中却已饿得厉害，张开大口，咬住了所缠住的一名星宿弟子。那弟子大叫："师父救我，师父救我！"两条腿已被那巨蟒吞入了口中。他身子不住的给吸入巨蟒腹中，嘴中兀自惨叫。蟒蛇的牙齿形作倒钩，那星宿派弟子腿脚先入蛇口，慢慢的给吞至腰间，又吞至胸口，他一时未死，高声惨呼，震动旷野。

众人均知自己转眼间便要步他后尘，无不吓得心胆俱裂。有一人见星宿老怪也是束手无策，不禁恼恨起来，开口痛骂，说都是受他牵累，自己好端端的在星宿海旁牧羊为生，却被他威胁利诱，逼入门下，今日惨死于毒蛇之口，到了阴间，定要向阎罗王狠狠告他一状。

这人开端一骂，其余众弟子也都纷纷喝骂起来。各人平素受尽星宿老怪的荼毒虐待，无不怀恨在心，只是敢怒而不敢言而已，今日反正是同归于尽，痛骂一番，也好稍泄胸中的怒气。一人大骂之际，身子动得厉害，激怒了缠住了他的巨蟒，一口便咬住了他的肩头，那人大叫："啊哟，啊哟！救命，救命！"

游坦之见这一干人个个给蟒蛇缠住了不得脱身，心中已无所顾忌，从草丛中站起身来，眼见此处不是善地，便欲及早离去。

星宿派众人斗然间见到他头戴铁罩的怪状，都是一惊，随即有人想起，惟他可以救命，叫道："大英雄、大侠士，请你拾些枯草，点燃了火，赶走这些蟒蛇，我立即送你……送你一千两银子。"又一人道："一千两不够，至少也送一万两！"另一人道："这位先生是仁人义士，良心最好不过，必定行侠仗义，何况点火烧蛇，没有丝毫危险。"顷刻之间颂声大作，而所许的重酬，也于转瞬间加到了一百万两黄金。

这些人骂人的本领固是一等，而谄谀称颂之才，更是久经历练。游坦之一生之中，几曾听人叫过自己为"大英雄"、"大侠士"、"仁人义士"、"当世无双的好汉"？给他们这般捧上了天去，只觉全身轻飘飘地，宛然便颇有"大英雄"、"大侠士"的气概，一百万两黄金倒也不在意下，只是阿紫姑娘不能亲耳听到众人对自己的称颂，实是莫大憾事。

当下检拾枯草，从身边摸出火折点燃了，但见到这许许多多形相凶恶的巨蟒，究竟十分害怕，心想莫要惹怒了这些大蛇，连自己也缠在其内，寻思片刻，先检拾枯枝，烧起了一堆熊熊大火，挡在自己身前，然后拾起一根着了火的枯枝，向离自己最近的一条大蛇投去。他躲在火堆之后，转身蓄势，若是这大蛇向自己窜来，那便立时飞奔逃命，什么"大英雄"、"大侠士"，那也只好暂且不做了。

蟒蛇果然甚是怕火，见火焰烧向身旁，立即松开缠着的众人，游入草丛之中。游坦之见火攻有效，在星宿派诸人欢呼声中，将一根根着了火的枯枝向蛇群中投去。群蛇登时纷纷逃窜，连长达数丈的巨蟒也抵受不住火焰攻逼，松开身子，蜿蜒游走。片刻之间，数百条巨蟒和毒蛇逃得干干净净。

星宿派诸弟子大声颂扬："师父明见万里，神机妙算，果然是火攻的方法最为灵验。""师父洪福齐天，逢凶化吉！""全仗师父指挥若定，救了我等的蚁命！"一片颂扬之声，全是归功于星宿老怪，对游坦之放火驱蛇的功劳竟半句不提。

游坦之怔怔的站在当地，颇感奇怪，寻思："片刻之前你们还在大骂师父，这时却又大赞起师父来，而我这'大英雄'、'大侠士'却又变成了'这小子'，那是什么缘故？"

丁春秋招了招手，道："铁头小子，你过来，你叫什么名字？"游坦之受人欺辱惯了，见对方无礼，也不以为忤，道："我叫游坦之。"说着便向前走了几步。丁春秋道："这些叫化子死了没有？你去摸摸他们的鼻息，是否还有呼吸。"

游坦之应道："是。"俯身伸手去探一名乞丐的鼻息，只觉着手冰凉，那人早已死去多时。他又试另一名乞丐，也是呼吸早停，说道："都死啦，没了气息。"只见星宿派弟子脸上都是一片幸灾乐祸的嘲弄之色。他不明所以，又重复了一句："都死啦，没了气息。"却见众人脸上戏侮的神色渐渐隐去，慢慢变成了诧异，更逐渐变为惊讶。

丁春秋道："你每个叫化儿都去试探一下，看尚有哪一个能救。"游坦之道："是。"将十来个丐帮弟子都试过了，摇头道："个个都死了。老先生功力实在厉害。"丁春秋冷笑道："你抗毒的功夫，却也厉害得很啊。"游坦之奇道："我……什么……抗毒的功夫？"

他大感不解，不明白丁春秋这话是什么意思，更没想到自己每去探一个乞丐的鼻息，便是到鬼门关去走了一遭，十多名乞丐试将下来，已经历了十来次生死大险。他自然不知，星宿老怪被巨蟒缠身，无法得脱，全仗他这小子相救，江湖上传了出去，不免面目无光，因此巨蟒离去之后，立时便起意杀他灭口。不料游坦之经过这几个月来的修习不辍，冰蚕的奇毒已与他体质融合无间，丁春秋沾在群丐身上的毒质再也害他不得。

丁春秋寻思："瞧他手上肌肤和说话声音，年纪甚轻，不会有什么真实本领，多半是身上藏得有专克毒物的雄黄珠、辟邪奇香之类宝物，又或是预先服了灵验的解药，这才不受奇毒之侵。"便道："游兄弟，你过来，我有话说。"

游坦之虽见他说得诚恳，但亲眼看到他连杀群丐的残忍狠辣，又听到他师徒间一会儿谄谀，一会儿辱骂，觉得这种人极难对付，还是敬而远之为妙，便道："小人身有要事，不能奉陪，告退了。"说着抱拳唱喏，转身便走。

他只走出几步，突觉身旁一阵微风掠过，两只手腕上一紧，已被人抓住。游坦之抬头一看，见抓住他的是星宿弟子中的一名大汉。他不知对方有何用意，只见他满脸狞笑，显非好事，心下一惊，叫道："快放我！"用力一挣。

只听得头顶呼的一声风响，一个庞大的身躯从背后跃过他头顶，砰的一声，重重撞在对面山壁之上，登时头骨粉碎，一个头颅变成了泥浆相似。

游坦之见这人一撞的力道竟这般猛烈,实是难以相信,一愕之下,才看清楚便是抓住自己的那个大汉,更是奇怪:"这人好端端地,怎么突然撞山自尽?莫非发了疯?"他决计想不到自己一挣之下,一股猛劲将那大汉甩出去撞在山上。

星宿派群弟子都是"啊"的一声,骇然变色。

丁春秋见他摔死自己弟子这一下手法毛手毛脚,并非上乘功夫,只是膂力异常了得,心想此人天赋神力,武功却是平平,当下身形一晃,伸掌按上了他的铁头。游坦之猝不及防,登时被压得跪倒在地,身子一挺,待要重行站直,头上便如顶了一座万斤石山一般,再也动不得,当即哀求:"老先生饶命。"

丁春秋听他出言求饶,更是放心,问道:"你师父是谁?你好大胆子,怎地杀了我的弟子?"游坦之道:"我……我没有师父。我决不敢杀死老先生的弟子。"

丁春秋心想不必跟他多言,毙了灭口便是,当下手掌一松,待游坦之站起身来,挥掌向他胸口拍去。游坦之大惊,忙伸右手,推开来掌。丁春秋这一掌去势甚缓,游坦之右掌格出时,正好和他掌心相对。丁春秋正要他如此,掌中所蓄毒质随着内劲直送过去,这正是他成名数十年的"化功大法",中掌者或沾剧毒,或内力于顷刻间化尽,或当场立毙,或哀号数月方死,全由施法者随心所欲。丁春秋生平曾以此杀人无数。武林中听到"化功大法"四字,既厌恶恨憎,复心惊肉跳。段誉的"北冥神功"吸人内力以为己有,与"化功大法"以剧毒化人内功不同,但身受者内力迅速消失,却无二致,是以往往给人误认。丁春秋见这铁头小子连触十余名乞丐居然并不中毒,当即施展出看家本领来。

两人双掌相交,游坦之身子一晃,腾腾腾接连退出六七步,要想拿桩站定,终于还是一交坐倒,但对方这一推余力未尽,游坦之臀部一着地,背脊又即着地,铁头又即着地,接连倒翻了三个筋斗,这才止住,忙不住磕头,叫道:"老先生饶命,老先生饶命。"

丁春秋和他手掌相交,只觉他内力既强,劲道阴寒,怪异之极,而且蕴有剧毒,虽然给自己摔得狼狈万分,但以内力和毒劲的比拼而论,并未处于下风,何必大叫饶命?难道是故意调侃自己不成?走上几步,问道:"你要我饶命,出自真心,还是假意?"

游坦之只是磕头,说道:"小人一片诚心,但求老先生饶了小人性命。"

丁春秋寻思:"此人不知用什么法子,遇到了什么机缘,体内积蓄的毒质竟比我还多,实是一件奇宝。我须收罗此人,探听到他练功的法门,再吸取他身上的毒质,然后将之处死。倘若轻轻易易的把他杀了,岂不可惜?"伸掌又按住他铁头,潜运内力,说道:"除非你拜我为师,否则的话,为什么要饶你性命?"

游坦之只觉头上铁罩如被火炙,烧得他整个头脸发烫,心下害怕之极。他自从苦受阿紫折磨之后,早已一切逆来顺受,什么是非善恶之分、刚强骨气之念,早已忘得一干二净,但求保住性命,忙道:"师父,弟子游坦之愿归入师父门下,请师父收容。"

丁春秋大喜,肃然道:"你想拜我为师,也无不可。但本门规矩甚多,你都能遵守么?为师的如有所命,你诚心诚意的服从,决不违抗么?"游坦之道:"弟子愿遵守规矩,服从师命。"丁春秋道:"为师的便要取你性命,你也甘心就死么?"游坦之道:"这个……这个……"丁春秋道:"你想一想明白,甘心便甘心,不甘心便说不甘心。"

游坦之心道:"你要取我性命,当然是不甘心的。倘若非如此不可,那时逃得了便逃,逃不了的话,就算不甘心,也是无法可施。"便道:"弟子甘心为师父而死。"丁春秋哈哈大笑,道:"很好,很好。你将一生经历,细细说给我听。"

游坦之不愿向他详述身世以及这些日子来的诸般遭遇,但说自

·1103·

己是个农家子弟，被辽人打草谷掳去，给头上戴了铁罩。丁春秋问他身上毒质的来历，游坦之只得吐露如何见到冰蚕和慧净和尚，如何偷到冰蚕，谎说不小心给葫芦中的冰蚕咬到了手指，以致全身冻僵，冰蚕也就死了，至于阿紫修练毒掌等情，全都略过不提。丁春秋细细盘问他冰蚕的模样和情状，脸上不自禁的露出十分艳羡之色。游坦之寻思："我若说起那本浸水有图的怪书，他定会抢了去不还。"丁春秋一再问他练过什么古怪功夫，他始终坚不吐实。

丁春秋原本不知易筋经的功夫，见他武功十分差劲，只道他练成阴寒内劲，纯系冰蚕的神效，心中不住的咒骂："这样的神物，竟被这小子鬼使神差的吸入了体内，真是可惜。"凝思半晌，问道："那个捉到冰蚕的胖和尚，你说听到人家叫他慧净？是少林寺的和尚，在南京悯忠寺挂单？"游坦之道："正是。"

丁春秋道："这慧净和尚说这冰蚕得自昆仑山之巅。很好，那边既出过一条，当然也有两条、三条。只是昆仑山方圆数千里，若无熟识路途之人指引，这冰蚕倒也不易捕捉。"他亲身体验到了冰蚕的灵效，觉得比之神木王鼎更是宝贵得多，心想首要之事，倒是要拿到慧净，叫他带路，到昆仑山捉冰蚕去。这和尚是少林僧，本来颇为棘手，幸好是在南京，那便易办得多。当下命游坦之行过拜师入门之礼。

星宿派众门人见师父对他另眼相看，马屁、高帽，自是随口大量奉送。适才众弟子大骂师父、叛逆投敌，丁春秋此刻用人之际，假装已全盘忘记，这等事在他原是意料之中，倒也并不怎么生气。

一行人折而向东北行。游坦之跟在丁春秋之后，见他大袖飘飘，步履轻便，有若神仙，油然而生敬仰之心："我拜了这样一位了不起的师父，真是前生修来的福份。"

星宿派众人行了三日，这日午后，一行人在大路一座凉亭中喝水休息，忽听得身后马蹄声响，四骑马从来路疾驰而来。

四乘马奔近凉亭，当先一匹马上的乘客叫道："大哥、二哥，亭子里有水，咱们喝上几碗，让坐骑歇歇力。"说着跳下马来，走进凉亭，余下三人也即下马。这四人见到丁春秋等一行，微微颔头为礼，走到清水缸边，端起瓦碗，在缸中舀水喝。

游坦之见当先那人一身黑衣，身形瘦小，留两撇鼠须，神色间甚是剽悍。第二人身穿土黄色袍子，也是瘦骨棱棱，但身材却高，双眉斜垂，满脸病容，大有戾色。第三人穿枣红色长袍，身形魁梧，方面大耳，颏下厚厚一部花白胡子，是个富商豪绅模样。最后一人身穿铁青色儒生衣巾，五十上下年纪，眯着一双眼睛，便似读书过多，损坏了目力一般，他却不去喝水，提起酒葫芦自行喝酒。

便在这时，对面路上一个僧人大踏步走来，来到凉亭之外，双手合什，恭恭敬敬的道："众位施主，小僧行道渴了，要在亭中歇歇，喝一碗水。"那黑衣汉子笑道："师父忒也多礼，大家都是过路人，这凉亭又不是我们起的，进来喝水罢。"那僧人道："阿弥陀佛，多谢了。"走进亭来。

这僧人二十五六岁年纪，浓眉大眼，一个大大的鼻子扁平下塌，容貌颇为丑陋，僧袍上打了许多补钉，却甚是干净。他等那三人喝罢，这才走近清水缸，用瓦碗舀了一碗水，双手捧住，双目低垂，恭恭敬敬的说偈道："佛观一钵水，八万四千虫，若不持此咒，如食众生肉。"念咒道："唵缚悉波罗摩尼莎诃。"念罢，端起碗来，就口喝水。

那黑衣人看得奇怪，问道："小师父，你叽哩咕噜的念什么咒？"那僧人道："小僧念的是饮水咒。佛说每一碗水中，有八万四千条小虫，出家人戒杀，因此要念了饮水咒，这才喝得。"黑衣人哈哈大笑，说道："这水干净得很，一条虫子也没有，小师父真会说笑。"那僧人道："施主有所不知。我辈凡夫看来，水中自然无虫,但我佛以天眼看水,却看到水中小虫成千成万。"黑衣人笑问:"你念了饮水咒之后,将八万四千条小虫喝入肚中,那些小虫便不死了?"那僧人踌躇道:"这……这个……师父倒没教过。多半小虫便不死了。"

那黄衣人插口道:"非也,非也!小虫还是要死的,只不过小师父念咒之后,八万四千条小虫通统往生西天极乐世界,小师父喝一碗水,超度了八万四千名众生。功德无量,功德无量!"

那僧人不知他所说是真是假,双手捧着那碗水呆呆出神,喃喃的道:"一举超度八万四千条性命?小僧万万没这么大的法力。"

黄衣人走到他身边,从他手中接过瓦碗,向碗中瞪目凝视,数道:"一、二、三、四、五、六……一千、两千、一万、两万……非也,非也!小师父,这碗中共有八万三千九百九十九条小虫,你数多了一条。"

那僧人道:"南无阿弥陀佛。施主说笑了,施主也是凡夫,怎能有天眼的神通?"黄衣人道:"那么你有没有天眼的神通?"那僧人道:"小僧自然没有。"黄衣人道:"非也,非也!我瞧你有天眼通,否则的话,怎地你只瞧了我一眼,便知我是凡夫俗子,不是菩萨下凡?"那僧人向他左看右看,满脸迷惘之色。

那身穿枣红袍子的大汉走过去接过水碗,交回在那僧人手中,笑道:"师父请喝水罢!我这个把弟跟你开玩笑,当不得真。"那僧人接过水碗,恭恭敬敬的道:"多谢,多谢。"心中拿不定主意,却不便喝。那大汉道:"我瞧小师父步履矫健,身有武功,请教上下如何称呼,在哪一处宝刹出家?"

那僧人将水碗放在水缸盖上,微微躬身,说道:"小僧虚竹,在少林寺出家。"

那黑衣汉子叫道:"妙极,妙极!原来你是少林寺的高手,来,来,来!你我比划比划!"虚竹连连摇手,说道:"小僧武功

·1106·

低微,如何敢和施主动手?"黑衣人笑道:"好几天没打架了,手痒得很。咱们过过招,又不是真打,怕什么?"虚竹退了两步,说道:"小僧虽曾练了几年功夫,只是为健身之用,打架是打不来的。"黑衣人道:"少林寺和尚个个武功高强。初学武功的和尚,便不准踏出山门一步。小师父既然下得山来,定是一流好手。来,来!咱们说好只拆一百招,谁输谁赢,毫不相干。"

虚竹又退了两步,说道:"施主有所不知,小僧此番下山,并不是武功已窥门径,只因寺中广遣弟子各处送信,人手不足,才命小僧勉强凑数。小僧本来携有十张英雄帖,师父吩咐,送完了这十张帖子,立即回山,千万不可跟人动武,现下已送了四张,还有六张在身。施主武功了得,就请收了这张英雄帖罢。"说着从怀中取出一个油布包袱,打了开来,拿出一张大红帖子,恭恭敬敬的递过,说道:"请教施主高姓大名,小僧回寺好禀告师父。"

那黑衣汉子却不接帖子,说道:"你又没跟我打过,怎知我是英雄狗熊?咱们先拆上几招,我打得赢你,才有脸收英雄帖啊。"说着踏上两步,左拳虚晃,右拳便向虚竹打去,拳头将到虚竹面门,立即收转,叫道:"快还手!"

那魁梧汉子听虚竹说到"英雄帖"三字,便即留上了神,说道:"四弟,且不忙比武,瞧瞧英雄帖上写的是什么。"从虚竹手中接过帖子,见帖上写道:

"少林寺住持玄慈,合什恭请天下英雄,于九月初九重阳佳节,驾临嵩山少林寺随喜,广结善缘,并睹姑苏慕容氏'以彼之道,还施彼身'之风范。"

那大汉"啊"的一声,将帖子交给了身旁的儒生,向虚竹道:"少林派召开英雄大会,原来是要跟姑苏慕容氏为难……"那黑衣汉子叫道:"妙极,妙极。我叫一阵风风波恶,正是姑苏慕容氏的手下。少林派要跟姑苏慕容氏为难,也不用开什么英雄大会了,我此刻来领教少林派高手的身手便是。"

虚竹又退了两步，左脚已踏在凉亭之外，说道："原来是风施主。我师父说道，敝寺恭请姑苏慕容施主驾临敝寺，决不是胆敢得罪。只是江湖上纷纷传言，武林中近年来有不少英雄好汉，丧生在姑苏慕容氏'以彼之道，还施彼身'的神功之下。小僧的师伯祖玄悲大师在大理国身戒寺圆寂，不知跟姑苏慕容氏有没有干系，敝派自方丈大师以下，个个都是心有所疑，因此上……"

那黑衣汉子抢着道："这件事吗，跟我们姑苏慕容氏本来半点干系也没有，不过我这么说，谅来你必定不信。既然说不明白，只好手底下见真章。这样罢，咱两个今日先打一架，好比做戏之前先打一场锣鼓，说话本之前先说一段'得胜头回'，热闹热闹。到了九月初九重阳，风某再到少林寺来，从下面打起，一个个挨次打将上来便是，痛快，痛快！只不过最多打得十七八个，风某就遍体鳞伤，再也打不动了，要跟玄慈老方丈交手，那是万万没有机缘的。可惜，可惜！"说着磨拳擦掌，便要上前动手。

那魁梧汉子道："四弟，且慢，说明白了再打不迟。"

那黄衣人道："非也，非也。说明白之后，便不用打了。四弟，良机莫失，要打架，便不能说明白。"

那魁梧汉子不去睬他，向虚竹道："在下邓百川，这位是我二弟公冶乾。"说着向那儒生一指，又指着那黄衣人道："这位是我三弟包不同，我们都是姑苏慕容公子的手下。"

虚竹逐一向四人合什行礼，口称："邓施主，公施主……"包不同插口道："非也，非也。我二哥复姓公冶，你叫他公施主，那就错之极矣。"虚竹忙道："得罪，得罪！小僧毫无学问，公冶施主莫怪。包施主……"包不同又插口道："你又错了。我虽然姓包，但生平对和尚尼姑是向来不布施的，因此决不能称我包施主。"虚竹道："是，是。包三爷，风四爷。"包不同道："你又错了。我风四弟待会跟你打架，不管谁输谁赢，你多了一番阅历，武功必有长进，他可不是向你布施了吗？"虚竹道："是，是。风施主，不过小僧打架是决计不打的。出家人修行为本，学武为末，武功长不长进，也没多大干系。"

风波恶叹道："你对武学瞧得这么轻，武功多半稀松平常，这场架也不必打了。"说着连连摇头，意兴索然。虚竹如释重负，脸现喜色，说道："是，是。"

邓百川道："虚竹师父，这张英雄帖，我们代我家公子收下了。我家公子于数月之前，便曾来贵寺拜访，难道他还没来过吗？"

虚竹道："没有来过。方丈大师只盼慕容公子过访，但久候不至，曾两次派人去贵府拜访，却听说慕容老施主已然归西，少施主出门去了。方丈大师这次又请达摩院首座前往苏州尊府送信，生怕慕容少施主仍然不在家，只得再在江湖上广撒英雄帖邀请，失礼之处，请四位代为向慕容公子说明。明年慕容施主驾临敝寺，方丈大师还要亲自谢罪。"

邓百川道："小师父不必客气。会期还有大半年，届时我家公子必来贵寺，拜见方丈大师。"虚竹合什躬身，说道："慕容公子和各位驾临少林寺，我们方丈大师十分欢迎。'拜见'两字，万万不敢当。"

风波恶见他迂腐腾腾，全无半分武林中人的豪爽慷慨，和尚虽是和尚，却全然不像名闻天下的"少林和尚"，心下好生不耐，当下不再去理他，转头向丁春秋等一行打量。见星宿派群弟子手执兵刃，显是武林中人，该可从这些人中找几个对手来打上一架。

游坦之自见风波恶等四人走入凉亭，便即缩在师父身后。丁春秋身材高大，遮住了他，邓百川等四人没见到他的铁头怪相。风波恶见丁春秋童颜鹤发，仙风道骨，一副世外高人的模样，心中隐隐生出敬仰之意，倒也不敢贸然上前挑战，说道："这位老前辈请了，请问高姓大名。"丁春秋微微一笑，说道："我姓丁。"

便在此时，忽听得虚竹"啊"的一声，叫道："师叔祖，你老人家也来了。"风波恶回过头来，只见大道上来了七八个和尚，当先是两个老僧，其后两个和尚抬着一副担架，躺得有人。虚竹快步走出亭去，向两个老僧行礼，禀告邓百川一行的来历。

右侧那老僧点点头，走进亭来，向邓百川等四人问讯为礼，说道："老衲玄难。"指着另一个老僧道："这位是我师弟玄痛，有幸得见姑苏慕容庄上的四位大贤。"

邓百川等久闻玄难之名，见他满脸皱纹，双目神光湛然，忙即还礼。风波恶道："大师父是少林寺达摩院首座，久仰神功了得，今日正好领教。"

玄难微微一笑，说道："老衲和玄痛师弟奉方丈法谕，前往江南燕子坞慕容施主府上，恭呈请帖，这是敝寺第三次派人前往燕子坞。却在这里与四位邂逅相逢，缘法不浅。"说着从怀中取出一张大红帖子来。

邓百川双手接过，见封套上写着"恭呈姑苏燕子坞慕容施主"十一个大字，料想帖子上的字句必与虚竹送那张帖子相同，说道："两位大师父是少林高僧大德，望重武林，竟致亲劳大驾，前往敝庄，姑苏慕容氏面子委实不小。适才这位虚竹小师父送出英雄帖，我们已收到了，自当尽快禀告敝上。九月初九重阳佳节，敝上慕容公子定能上贵寺拜佛，亲向少林诸位高僧致谢，并在天下英雄之前，说明其中种种误会。"

玄难心道："你说'种种误会'，难道玄悲师兄不是你们慕容氏害死的？"忽听得身后有人叫道："啊，师父，就是他。"玄难侧过头来，只见一个奇形怪状之人手指担架，在一个白发老翁耳边低声说话。

游坦之在丁春秋耳边说的是："担架中那个胖和尚，便是捉到冰蚕的，不知怎地给少林派抬了来。"

丁春秋听得这胖和尚便是冰蚕的原主，不胜之喜，低声问道："你没弄错吗？"游坦之道："不会，他叫做慧净。师父你瞧，他圆鼓鼓的肚子高高凸了起来。"丁春秋见慧净的大肚子比十月怀胎的女子还大，心想这般大肚子和尚，不论是谁见过一眼之后，确是永远不会弄错，向玄难道："大师父，这个慧净和尚，是我的朋友，他生了病吗？"

玄难合什道："施主高姓大名，不知如何识得老衲的师侄？"

丁春秋心道："这慧净跟少林寺的和尚在一起了，可多了些麻烦。幸好在道上遇到，拦住劫夺，比之到少林寺去擒拿，却又容易得多。"想到冰蚕的灵异神效，不由得胸口发热，说道："在下丁春秋。"

"丁春秋"三字一出口，玄难、玄痛、邓百川、公冶乾、包不同、风波恶六人不约而同"啊"的一声，脸上都是微微变色。星宿老怪丁春秋恶名播于天下，谁也想不到竟是个这般气度雍容、风采俨然的人物，更想不到突然会在此处相逢。六人心中立时大起戒备之意。

玄难在刹那之间，便即宁定，说道："原来是星宿海丁老先生，久仰大名，当真是如雷贯耳。"什么"有幸相逢"的客套话便不说了，心想："谁遇上了你，那是前世不修。"

丁春秋道："不敢，少林达摩院首座'袖里乾坤'驰名天下，老夫也是久仰的了。这位慧净师父，我正在到处找他，在这里遇上，那真是好极了，好极了。"

玄难微微皱眉，说道："说来惭愧，老衲这个慧净师侄，只因敝寺失于教诲，多犯清规戒律，一年多前擅自出寺，做下了不少恶事。敝寺方丈师兄派人到处寻访，好容易才将他找到，追回寺去。丁老先生曾见过他吗？"丁春秋道："原来他不是生病，是给你们

· 1111 ·

打伤了，伤得可厉害吗？"玄难不答，隔了一会，才道："他不奉方丈法谕，反而出手伤人。"心想："他跟你这等邪魔外道结交，又是多破了一条大戒。"

丁春秋道："我在昆仑山中，花了好大力气，才捉到一条冰蚕，那是十分有用的东西，却给你这慧净师侄偷了去。我万里迢迢的从星宿海来到中原，便是要取回冰蚕……"

他话未说完，慧净已叫了起来："我的冰蚕呢？喂，你见到我的冰蚕吗？这冰蚕是我辛辛苦苦从昆仑山中找到的……你……你偷了我的吗？"

自从游坦之现身呼叫，风波恶的眼光便在他铁面具上骨溜溜的转个不停，对玄难、丁春秋、慧净和尚三人的对答全然没听在耳里。他绕着游坦之转了几个圈，见那面具造得甚是密合，焊在头上除不下来，很想伸手去敲敲，又看了一会，说道："喂，朋友，你好！"

游坦之道："我……我好！"他见到风波恶精力弥漫、跃跃欲动的模样，心下害怕。风波恶道："朋友，你这个面具，到底是怎么搅的？姓风的走遍天下，可从没见过你这样的脸面。"游坦之甚是羞惭，低下头去，说道："是，我……我是身不由主……没有法子。"

风波恶听他说得可怜，怒问："哪一个如此恶作剧？姓风的倒要会会。"说着斜眼向丁春秋睨去，只道是这老者所做的好事。游坦之忙道："不……不是我师父。"风波恶道："好端端一个人，套在这样一只生铁面具之中，有什么意思？来，我来给你除去了。"说着从靴筒里抽出一柄匕首，青光闪闪，显然锋锐之极，便要替他将那面具除去。

游坦之知道面具已和他脸孔及后脑血肉相关，硬要除下，大有性命之虞，忙道："不，不，使不得！"风波恶道："你不用害怕，我这把匕首削铁如泥，我给你削去铁套，决计伤不到皮肉。"游坦之叫道："不，不成的。"风波恶道："你是怕那个给你戴铁帽子的人，是不是？下次见到他，就说是我一阵风硬给你除的，你身不由主，叫这恶人来找我好了。"说着抓住了他左腕。

游坦之见到他手中匕首寒光凛然，心下大骇，叫道："师父，师父！"回头向丁春秋求助。丁春秋站在担架之旁，正兴味盎然的瞧着慧净，对他的呼叫之声充耳不闻。风波恶提起匕首，便往铁面具上削去。游坦之惶急之下，右掌用力挥出，要想推开对方，拍的一声，正中风波恶的左肩。

风波恶全神贯注的要给他削去铁帽，生怕落手稍有不准，割破了他的头脸，哪防到他竟会突然出掌。这一掌来势劲力大得异乎寻常，风波恶一声闷哼，便向前跌了下去。他左手在地下一撑，一挺便跳了起来，哇的一声，吐出了一口鲜血。

邓百川、公冶乾、包不同三人见游坦之陡施毒手，把弟吃了个大亏，都是大吃一惊，见风波恶脸色惨白，三人更是担心。公冶乾一搭他的腕脉，只觉脉搏跳动急躁频疾，隐隐有中毒之象，他指着游坦之骂道："好小子，星宿老怪的门人，以怨报德，一出手便以歹毒手段伤人。"忙从怀中取出个小瓶，拔开瓶塞，倒出一颗解毒药塞入风波恶的口中。

邓百川和包不同两人身形晃处，拦在丁春秋和游坦之的身前。包不同左手暗运潜力，五指成爪，便要向游坦之胸口抓去。邓百川道："三弟住手！"包不同蓄势不发，转眼瞧着大哥。邓百川道："咱们姑苏慕容氏跟星宿派无怨无仇，四弟一番好意，要替他除去面具，何以星宿派出手伤人？倒要请丁老先生指教。"

丁春秋见这个新收的门人只一掌，便击倒了姑苏慕容氏手下的一名好手，星宿派大显威风，暗暗得意，而对冰蚕的神效更是艳羡，微微一笑，说道："这位风四爷好勇斗狠，可当真爱管闲事哪。我星宿派门人头上爱戴铜帽铁帽,不知碍着姑苏慕容氏什么事了?"

这时公冶乾已扶着风波恶坐在地下,只见他全身发颤,牙关相击,格格直响,便似身入冰窖一般,过得片刻,嘴唇也紫了,脸色渐渐由白而青。公冶乾的解毒丸极具灵效,但风波恶服了下去,便如石沉大海,直是无影无踪。

公冶乾惶急之下,伸手探他呼吸,突然间一股冷风吸向掌心,透骨生寒。公冶乾急忙缩手,叫道:"不好,怎地冷得如此厉害?"心想口中喷出来的一口气都如此寒冷,那么他身上所中的寒毒更是非同小可,情势如此危急,已不及分说是非,转身向丁春秋道:"我把弟中了你弟子的毒手,请赐解药。"

风波恶所中之毒,乃是游坦之以易筋经内功逼出来的冰蚕剧毒,别说丁春秋无此解药,就是能解,他也如何肯给?他抬起头来,仰天大笑,叫道:"啊乌陆鲁共!啊乌陆鲁共!"袍袖一拂,卷起一股疾风。星宿派众弟子突然一齐奔出凉亭,疾驰而去。

邓百川等与少林僧众都觉这股疾风刺眼难当,泪水滚滚而下,睁不开眼睛,暗叫:"不好!"知他袍袖中藏有毒粉,这么衣袖一拂,便散了出来。邓百川、公冶乾、包不同三人不约而同的挡在风波恶身前,只怕对方更下毒手。玄难闭目推出一掌,正好击在凉亭的柱上,柱子立断,半边凉亭便即倾塌,哗喇喇声响,屋瓦泥沙倾泻了下来。众人待得睁眼,丁春秋和游坦之已不知去向。

几名少林僧叫道:"慧净呢?慧净呢?"原来在这混乱之间,慧净已给丁春秋掳了去,一副担架罩在一名少林僧的头上。玄痛怒叫:"追!"飞身追出亭去。邓百川与包不同跟着追出。玄难左手一挥,带同众弟子赶去应援。

公冶乾留在坍了半边的凉亭中照料风波恶,兀自眼目刺痛,流泪不止。只见风波恶额头不住渗出冷汗,顷刻间便凝结成霜。正惶急间，只听得脚步声响，公冶乾抬头一看，见邓百川抱着包不同，快步回来。公冶乾大吃一惊，叫道："大哥，三弟也受了伤？"邓百川道："又中了那铁头人的毒手。"跟着玄难率领少林群僧也回入凉亭。玄痛伏在虚竹背上，冷得牙关只是格格打战。玄难和邓百川、公冶乾面面相觑。

邓百川道："那铁头人和三弟对了一掌，跟着又和玄痛大师对了一掌。想不到……想不到星宿派的寒毒掌竟如此厉害。"

玄难从怀里取出一只小木盒，说道："敝派的'六阳正气丹'颇有克治寒毒之功。"打开盒盖，取出三颗殷红如血的丹药，将两颗交给邓百川，第三颗给玄痛服下。

过得一顿饭时分，玄痛等三人寒战渐止。包不同破口大骂："这铁头人，他……他妈的，那是什么掌力？"邓百川劝道："三弟，慢慢骂人不迟，你且坐下行功。"包不同道："非也，非也！此刻不骂，等到一命呜呼之后，便骂不成了。"邓百川微笑道："不必担心，死不了！"说着伸掌贴在他后心"至阳穴"上，以内力助他驱除寒毒。公冶乾和玄难也分别以内力助风波恶、玄痛驱毒。

玄难、玄痛二人内力深厚，过了一会，玄痛吁了口长气，说道："好啦！"站起身来，又道："好厉害！"玄难有心要去助包不同、风波恶驱毒，只是对方并未出言相求，自己毛遂自荐，未免有瞧不起对方内功之嫌，武林中于这种事情颇有犯忌。

突然之间，玄痛身子晃了两晃，牙关又格格响了起来，当即坐倒行功，说道："师……师兄，这寒……寒毒甚……甚是古怪……"玄难忙又运功相助。三人不断行功，身上的寒毒只好得片刻，跟着便又发作，直折腾到傍晚，每人均已服了三颗"六阳正气丹"，寒气竟没驱除半点。玄难所带的十颗丹药已只剩下一颗，当下一分为三，分给三人服用。包不同坚不肯服，说道："只怕就再服上一百颗，也……也未必……"

· 1115 ·

玄难束手无策，说道："包施主之言不错，这'六阳正气丹'药不对症，咱们的内功也对付不了这门阴毒。老衲心想，只有去请薛神医医治，四位意下如何？"邓百川喜道："素闻薛神医号称'阎王敌'，任何难症，都是着手回春。大师可知这位神医住在何处？"玄难道："薛神医家住洛阳之西的柳宗镇，此去也不甚远。他跟老衲曾有数面之缘，若去求治，谅来不会见拒。"又道："姑苏慕容氏名满天下，薛神医素来仰慕，得有机缘跟四位英雄交个朋友，他必大为欣慰。"

包不同道："非也，非也。薛神医见我等上门，大为欣慰只怕不见得。不过武林中人人讨厌我家公子的'以彼之道，还施彼身'，只有薛神医却是不怕。日后他有什么三……三长两短，只要去求我家公子'以彼之道，还施彼身'，他……他的……老命就有救了。"

众人大笑声中，当即出亭。来到前面市镇，雇了三辆大车，让三个伤者躺着休养。邓百川取出银两，买了几匹马让少林僧乘骑。

一行人行得两三个时辰，便须停下来助玄痛等三人抗御寒毒。到得后来，玄难便也不再避嫌，以少林神功相助包不同和风波恶。此去柳宗镇虽只数百里，但山道崎岖，途中又多耽搁，直到第四日傍晚方到。薛神医家居柳宗镇北三十余里的深山之中，幸好他当日在聚贤庄中曾对玄难详细说过路径。众人没费多大力气觅路，便到了薛家门前。

玄难见小河边耸立着白墙黑瓦数间大屋，门前好大一片药圃，便知是薛神医的居处。他纵马近前，望见屋门前挂着两盏白纸大灯笼，微觉惊讶："薛家也有治不好的病人么？"再向前驰了数丈，见门楣上钉着几条麻布，门旁插着一面招魂的纸幡，果真是家有丧事。只见纸灯笼上扁扁的两行黑字："薛公慕华之丧，享年五十五岁。"玄难大吃一惊:"薛神医不能自医,竟尔逝世,那可糟糕之极。"想到故人长逝,从此幽冥异途,心下又不禁伤感。

跟着邓百川和公冶乾也已策马到来,两人齐声叫道:"啊哟!"

猛听得门内哭声响起,乃是妇人之声:"老爷啊,你医术如神,哪想得到突然会患了急症,撇下我们去了。老爷啊,你虽然号称'阎王敌',可是到头来终于敌不过阎罗王,只怕你到了阴世,阎罗王跟你算这旧帐,还要大吃苦头啊。"

不久三辆大车和六名少林僧先后到达。邓百川跳下马来,朗声说道:"少林寺玄难大师率同友辈,有事特来相求薛神医。"他话声响若洪钟,门内哭声登止。

过了一会,走出一个老人来,作佣仆打扮,脸上眼泪纵横,兀自抽抽噎噎的哭得十分伤心,捶胸说道:"老爷是昨天下午故世的,你们……你们见他不到了。"

玄难合什问道:"薛先生患什么病逝世?"那老仆泣道:"也不知是什么病,突然之间便咽了气。老爷身子素来清健,年纪又不老,真正料想不到。他老人家给别人治病,药到病除,可是……可是他自己……"玄难又问:"薛先生家中还有些什么人?"那老仆道:"没有了,什么人都没有了。"公冶乾和邓百川对望了一眼,均觉那老仆说这两句话时,语气有点儿言不由衷,何况刚才还听到妇人的哭声。玄难叹道:"生死有命,既是如此,待我们到老友灵前一拜。"那老仆道:"这个……这个……是,是。"引着众人,走进大门。

公冶乾落后一步,低声向邓百川道:"大哥,我瞧这中间似有蹊跷,这老仆很有点儿鬼鬼祟祟。"邓百川点了点头,随着那老仆来到灵堂。

灵堂陈设简陋,诸物均不齐备,灵牌上写着"薛公慕华之灵位",几个字挺拔有力,显是饱学之士的手迹,决非那老仆所能写

·1117·

得出。公冶乾看在眼里,也不说话。各人在灵位前行过了礼。公冶乾一转头,见天井中竹竿上晒着十几件衣衫,有妇人的衫子,更有几件男童女童的小衣服,心想:"薛神医明明有家眷,怎地那老仆说什么人都没有了?"

玄难道:"我们远道赶来,求薛先生治病,没想到薛先生竟已仙逝,令人好生神伤。天色向晚,今夜要在府上借宿一宵。"那老仆大有难色,道:"这个……这个……嗯,好罢!诸位请在厅上坐一坐,小人去安排做饭。"玄难道:"管家不必太过费心,粗饭素菜,这就是了。"那老仆道:"是,是!诸位请坐一坐。"引着众人来到外边厅上,转身入内。

过了良久,那老仆始终不来献茶。玄难心道:"这老仆新遭主丧,难免神魂颠倒。唉,玄痛师弟身中寒毒,却不知如何是好?"众人等了几有半个时辰,那老仆始终影踪不见。包不同焦躁起来,说道:"我去找口水喝。"虚竹道:"包先生,你请坐着休息。我去帮那老人家烧水。"起身走向内堂。公冶乾要察看薛家动静,道:"我陪你去。"

两人向后面走去。薛家房子着实不小,前后共有五进,但里里外外,竟一个人影也无。两人找到了厨房之中,连那老仆也已不知去向。

公冶乾知道有异,快步回到厅上,说道:"这屋中情形不对,那薛神医只怕是假死。"玄难站起身来,奇道:"怎么?"公冶乾道:"大师,我想去瞧瞧那口棺木。"奔入灵堂,伸手要去抬那棺材,突然心念一动,缩回双手,从天井中竹竿上取下一件长衣,垫在手上。风波恶道:"怕棺上有毒?"公冶乾道:"人心叵测,不可不防。"运劲一提棺木,只觉十分沉重,里面装的决计不是死人,说道:"薛神医果然是假死。"

风波恶拔出单刀,道:"撬开棺盖来瞧瞧。"公冶乾道:"此人号称神医，定然擅用毒药，四弟，可要小心了。"风波恶道："我理会得。"将单刀刀尖插入棺盖缝中，向上扳动，只听得轧轧声响，棺盖慢慢掀起。风波恶闭住呼吸，生怕棺中飘出毒粉。

包不同纵到天井之中，抓起在桂树下啄食虫豸的两只母鸡，回入灵堂，一扬手，将两只母鸡掷出，横掠棺材而过。两只母鸡咯咯大叫，落在灵座之前，又向天井奔出，但只走得几步，突然间翻过身子，双脚伸了几下，便即不动而毙。这时廊下一阵寒风吹过，两只死鸡身上的羽毛纷纷飞落，随风而舞。众人一见，无不骇然。两只母鸡刚中毒而死，身上羽毛便即脱落，可见毒性之烈。一时谁也不敢走近棺旁。

玄难道："邓施主，那是什么缘故？薛神医真是诈死不成？"说着纵身而起，左手攀在横梁之上，向棺中遥望，只见棺中装满了石块，石块中放着一只大碗，碗中盛满了清水。这碗清水，自然便是毒药了。玄难摇了摇头，飘身而下，说道："薛施主就算不肯治伤，也用不着布置下这等毒辣的机关，来陷害咱们。少林派和他无怨无仇，这等作为，不太无理么？难道……难道……"他连说了两次"难道"，住口不言了，心中所想的是："难道他和姑苏慕容氏有甚深仇大怨不成？"

包不同道："你不用胡乱猜想，慕容公子和薛神医从来不识，更无怨仇。倘若有什么梁子，我们身上所受的痛楚便再强十倍，也决不会低声下气的来向仇人求治。你当姓包的、姓风的是这等脓包货色么？"玄难合什道："包施主说的是，是老僧胡猜的不对了。"他是有道高僧，心中既曾如此想过，虽然口里并未说出，却也自承其非。

邓百川道："此处毒气极盛，不宜多耽，咱们到前厅坐地。"当下众人来到前厅，各抒己见，都猜不透薛神医装假死而布下陷阱的原因。包不同道："这薛神医如此可恶，咱们一把火将他的鬼窝儿烧了。"邓百川道："使不得,说什么薛先生总是少林派的朋友,冲着玄难大师的金面,可不能胡来。"

这时天色已然全黑,厅上也不掌灯,各人又饥又渴,却均不敢动用宅子中的一茶一水。玄难道："咱们还是出去,到左近农家去讨茶做饭。邓施主以为怎样?"邓百川道："是。不过三十里地之内,最好别饮水吃东西。这位薛先生极工心计,决不会只布置一口棺材就此了事,众位大师倘若受了牵累,我们可万分过意不去了。"他和公冶乾等虽不明真正原委,但料想慕容家"以彼之道,还施彼身"的名头太大,江湖上结下了许多没来由的冤家,多半是薛神医有什么亲友被害,将这笔帐记在姑苏慕容氏的头上了。

众人站起身来,走向大门,突然之间,西北角天上亮光一闪,跟着一条红色火焰散了开来,随即变成了绿色,犹如满天花雨,纷纷堕下,瑰丽变幻,好看之极。风波恶道："咦,是谁在放烟花?"这时既非元宵,亦不是中秋,怎地会有人放烟花?过不多时,又有一个橙黄色的烟花升空,便如千百个流星,相互撞击。

公冶乾心念一动,说道："这不是烟花,是敌人大举来袭的讯号。"风波恶大叫："妙极,妙极!打他个痛快!"

邓百川道："三弟、四弟,你们到厅里耽着,我挡前,二弟挡后。玄难大师,此事跟少林派显然并不相干,请众位作壁上观便了,只须两不相助,慕容氏便深感大德。"

玄难道："邓施主说哪里话来?来袭的敌人若与诸位另有仇怨,这中间的是非曲直,我们也得秉公论断,不能让他们乘人之危,倚多取胜。倘若是薛神医一伙,这些人暗布陷阱,横加毒害,你我敌忾同仇,岂有袖手旁观之理?众比丘,预备迎敌!"慧方、虚竹等少林僧齐声答应。玄痛道："邓施主,我和你两位师弟同病相怜,自当携手抗敌。"

说话之间,又有两个烟花冲天而起,这次却更加近了。再隔一会,又出现了两个烟花,前后共放了六个烟花。每个烟花的颜色形状各不相同,有的似是一枝大笔,有的四四方方,像是一只棋盘,有的似是柄斧头,有的却似是一朵极大的牡丹。此后天空便一片漆黑。

玄难发下号令,命六名少林弟子守在屋子四周。但过了良久,不听到有敌人的动静。

各人屏息凝神,又过了一顿饭时分,忽听得东边有个女子的声音唱道:"柳叶双眉久不描,残妆和泪污红绡。长门自是无梳洗,何必珍珠慰寂寥?"歌声柔媚婉转,幽婉凄切。

那声音唱完一曲,立时转作男声,说道:"啊哟卿家,寡人久未见你,甚是思念,这才赐卿一斛珍珠,卿家收下了罢。"那人说完,又转女声道:"陛下有杨妃为伴,连早朝也废了,几时又将我这薄命女子放在心上,喂呀……"说到这里,竟哭了起来。

虚竹等少林僧不熟世务,不知那人忽男忽女,在捣什么鬼,只是听得心下不胜凄楚。邓百川等却知那人在扮演唐明皇和梅妃的故事,忽而串梅妃,忽而串唐明皇,声音口吻,唯肖唯妙,在这当口忽然来了这样一个伶人,人人心下嘀咕,不知此人是何用意。

只听那人又道:"妃子不必啼哭,快快摆设酒宴,妃子吹笛,寡人为你亲唱一曲,以解妃子烦恼。"那人跟着转作女声,说道:"贱妾日夕以眼泪洗面,只盼再见君王一面,今日得见,贱妾死也瞑目了,喂呀……呃,呃……"

包不同大声叫道:"孤王安禄山是也!兀那唐皇李隆基,你这胡涂皇帝,快快把杨玉环交了出来!"

外面那人哭声立止,"啊"的一声呼叫,似乎大吃一惊。

顷刻之间,四下里又是万籁无声。

·1121·

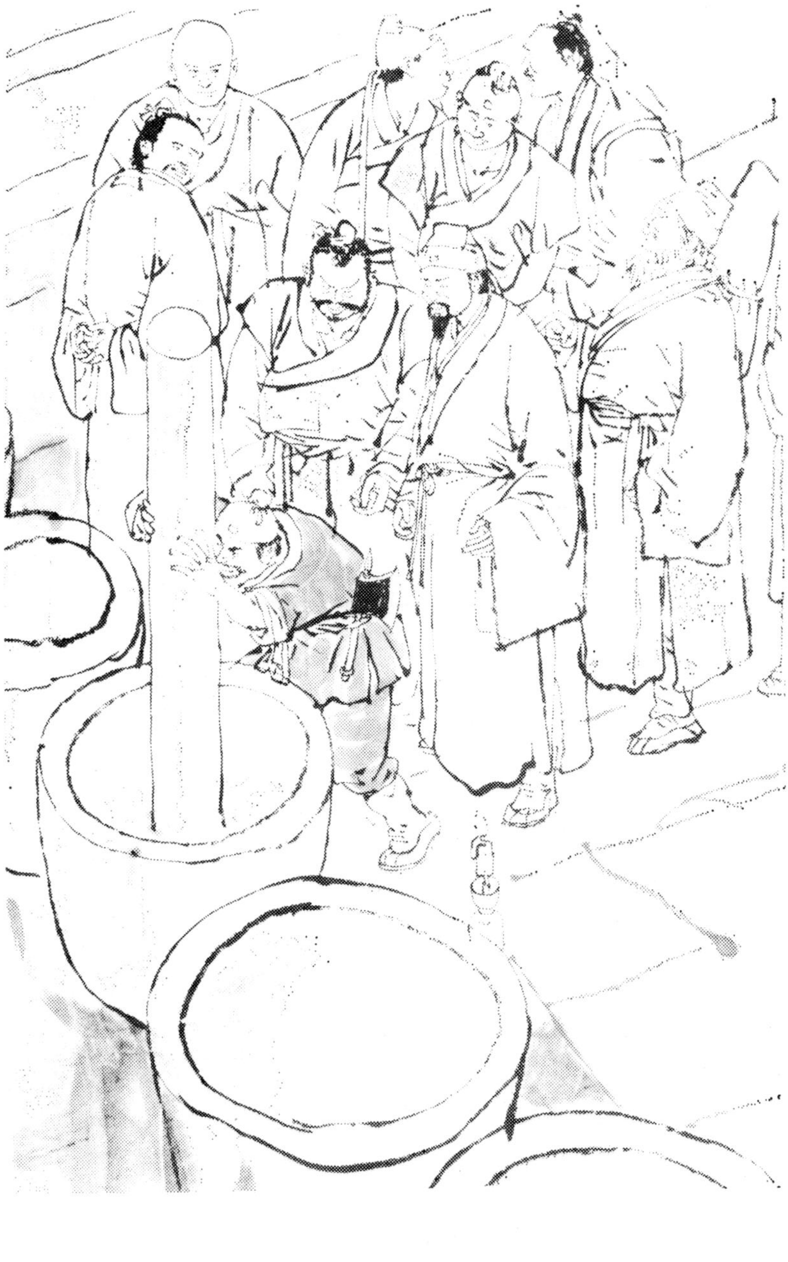

短斧客捧了几把干糠和泥土放入石臼，提起一个大石杵，向臼中捣落，砰的一下，砰的又是一下。

三十

挥洒缚豪英

过了一会，各人突然闻到一阵淡淡的花香。玄难叫道："敌人放毒，快闭住了气，闻解药。"但过了一会，不觉有异，反觉头脑清爽，似乎花香中并无毒质。

外面那人说道："七姊，是你到了么？五哥屋中有个怪人，居然自称安禄山。"一个女子声音道："只大哥还没到。二哥、三哥、四哥、六哥、八弟，大家一齐现身罢！"

她一句话甫毕，大门外突然大放光明，一团奇异的亮光裹着五男一女。光亮中一个黑须老者大声道："老五，还不给我快滚出来。"他右手中拿着方方的一块木板。那女子是个中年美妇。其余四人中两个是儒生打扮，一人似是个木匠，手持短斧，背负长锯。另一个却青面獠牙，红发绿须，形状可怕之极，直是个妖怪，身穿一件亮光闪闪的锦袍。

邓百川一凝神间，已看出这人是脸上用油彩绘了脸谱，并非真的生有异相，他扮得便如戏台上唱戏的伶人一般，适才既扮唐明皇又扮梅妃的，自然便是此君了，当下朗声道："诸位尊姓大名，在下姑苏慕容氏门下邓百川。"

对方还没答话，大厅中一团黑影扑出，刀光闪闪，向那戏子连砍七刀，正是一阵风风波恶。那戏子猝不及防，东躲西避，情势甚是狠狠。却听他唱道："力拔山兮气盖世，时不利兮骓不逝，骓不逝兮可……"但风波恶攻势太急，他第三句没唱完，便唱不下去了。

那黑须老者骂道："你这汉子忒也无理，一上来便狂砍乱斩，吃我一招'大铁网'！"手中方板一晃，便向风波恶头顶砸到。

风波恶心下嘀咕："我生平大小数百战，倒没见过用这样一块方板做兵刃的。"单刀疾落，便往板上斩去。铮的一声响，一刀斩在板缘之上，那板纹丝不动，原来这块方板形似木板，却是钢铁，只是外面漆上了木纹而已。风波恶立时收刀，又待再发，不料手臂回缩，单刀竟尔收不回来，却是给钢板牢牢的吸住了。风波恶大惊，运劲一夺，这才使单刀与钢板分离，喝道："邪门之至！你这块铁板是吸铁石做的么？"

那人笑道："不敢，不敢！这是老夫的吃饭家伙。"风波恶一瞥之下，见那板上纵一道、横一道的画着许多直线，显然便是一块下围棋用的棋盘，说道："希奇古怪，我跟你斗斗！"进刀如风，越打越快，只是刀身却不敢再和对方的吸铁石棋盘相碰。

那戏子喘了口气，粗声唱道："骓不逝兮可奈何，虞兮虞兮奈若何？"忽然转作女子声音，娇娇滴滴的说道："大王不必烦恼，今日垓下之战虽然不利，贱妾跟着大王，杀出重围便了。"

包不同喝道："直娘贼的楚霸王和虞姬，快快自刎，我乃韩信是也。"纵身伸掌，向那戏子肩头抓去。那戏子沉肩躲过，唱道："大风起兮云飞扬，安得……啊唷，我汉高祖杀了你韩信。"左手在腰间一掏，抖出一条软鞭，刷的一声，向包不同抽去。

玄难见这几人斗得甚是儿戏，但双方武功均甚了得，却不知对方来历，眉头微皱，喝道："诸位暂且罢手，先把话说明白了。"

但要风波恶罢手不斗，实是千难万难，他自知身受寒毒之后，体力远不如平时，而且寒毒随时会发，甚是危险，一柄单刀使得犹如泼风相似，要及早胜过了对方。

四个人酣战声中,大厅中又出来一人,呛啷啷一声响,两柄戒刀相碰,威风凛凛,却是玄痛。他大声说道:"你们这批下毒害人的奸徒,老和尚今日大开杀戒了。"他连日苦受寒毒的折磨,无气可出,这时更不多问,双刀便向那两个儒生砍去。一个儒生闪身避过,另一个探手入怀,摸出一枝判官笔模样的兵刃,施展小巧功夫,和玄痛斗了起来。

另一个儒生摇头晃脑的说道:"奇哉怪也!出家人竟也有这么大的火气,却不知出于何典?"伸手到怀中一摸,奇道:"咦,哪里去了?"左边袋中摸摸,右边袋里掏掏,抖抖袖子,拍拍胸口,说什么也找不到。

虚竹好奇心起,问道:"施主,你找什么?"那儒生道:"这位大和尚武功甚高,我兄弟斗他不过,我要取出兵刃,来个以二敌一之势,咦,奇怪,奇怪!我的兵刃却放到哪里去了?"敲敲自己额头,用心思索。虚竹忍不住噗哧一笑,心想:"上阵要打架,却忘记兵器放在哪里,倒也有趣。"又问:"施主,你用的是什么兵刃?"

那儒生道:"君子先礼后兵,我的第一件兵刃是一部书。"虚竹道:"什么书?是武功秘诀么?"那儒生道:"不是,不是。那是一部《论语》。我要以圣人之言来感化对方。"

包不同插口道:"你是读书人,连《论语》也背不出,还读什么书?"那儒生道:"老兄只知其一,不知其二。说到《论语》、《孟子》、《春秋》、《诗经》,我自然读得滚瓜烂熟,但对方是佛门弟子,只读佛经,儒家之书未必读过,我背了出来,他若不知,岂不是无用?定要翻出原书来给他看了,他无可抵赖,难以强辩,这才收效。常言道得好,这叫做'有书为证'。"一面说,一面仍在身上各处东掏西摸。

包不同叫道:"小师父,快打他!"虚竹道:"待这位施主找到兵器，再动手不迟。"那儒生道："宋楚战于泓，楚人渡河未济，行列未成，正可击之，而宋襄公曰：'击之非君子'。小师父此心，宋襄之仁也。"

那工匠模样的人见玄痛一对戒刀上下翻飞，招数凌厉之极，再拆数招，只怕那使判官笔的书生便有性命之忧，当即挥斧而前，待要助战。公冶乾呼的一掌，向他拍了过去。公冶乾模样斯文，掌力可着实雄浑，有"江南第二"之称，当日他与萧峰比酒比掌力，虽然输了，萧峰对他却也好生敬重，可见内力造诣大是不凡。那工匠侧身避过，横斧斫来。

那儒生仍然没找到他那部《论语》，却见同伴的一枝判官笔招法散乱，抵挡不住玄痛的双刀，便向玄痛道："喂，大和尚。子曰：'君子无终食之间违仁，造次必于是，颠沛必于是。'你出手想杀了我的四弟，那便不仁了。颜渊问仁，子曰：'克己复礼为仁。一日克己复礼，天下归仁焉。'夫子又曰：'非礼勿视，非礼勿听，非礼勿言，非礼勿动。'你乱挥双刀，狠霸霸的只想杀人，这等行动，毫不'克己'，那是'非礼'之至了。"

虚竹低声问身旁的少林僧慧方道："师叔，这人是不是装傻？"慧方摇头道："我也不知道。这次出寺，师父吩咐大家小心，江湖上人心诡诈，什么鬼花样都干得出来。"

那书呆子又向玄痛道："大和尚。子曰：'仁者必有勇，勇者不必有仁。'你勇则勇矣，却未必有仁，算不得是真正的君子。子曰：'己所不欲，勿施于人'。人家倘若将你杀了，你当然是很不愿意的了。你自己既不愿死，却怎么去杀人呢？"

玄痛和那书生跳荡前后，挥刀急斗，这书呆子随着玄痛忽东忽西，时左时右，始终不离他三尺之外，不住劝告，武功显然不弱。玄痛暗自警惕："这家伙如此胡言乱语，显是要我分心，一找到我招式中的破绽，立时便乘虚而入。此人武功尚在这个使判官笔的人之上，倒是不可不防。"这么一来，他以六分精神去防备书呆，只以四分功夫攻击使判官笔的书生。那书生情势登时好转。

又拆十余招，玄痛焦躁起来，喝道："走开！"倒转戒刀，挺刀柄向那书呆胸口撞去。那书呆闪身让开，说道："我见大师武功高强，我和四弟二人以二敌一，也未必斗你得过，是以良言相劝于你，还是两下罢战的为是。子曰：'参乎！吾道一以贯之。'曾子曰：'夫子之道，忠恕而已矣。'咱们做人，这'恕道'总是要守的，不可太也横蛮。"

玄痛大怒，刷的一刀，横砍过去，骂道："什么忠恕之道？仁义道德？你们怎么在棺材里放毒药害人？老衲倘若一个不小心，这时早已圆寂归西了，还亏你说什么'己所不欲，勿施于人'？你想不想中毒而死啊？"

那书呆子退开两步，说道："奇哉！奇哉！谁在棺材中放毒药了？夫棺材者，盛死尸之物也。子曰：'鲤也死，有棺而无椁。'棺材中放毒药，岂不是连死尸也毒死了？啊哟，不对，死人是早就死了的。"

包不同插口道："非也，非也。你们的棺材里却不放死尸而放毒药，只是想毒死我们这些活人。"那书呆子摇头晃脑的道："阁下以小人之心，而度君子之腹矣。此处既无棺材，更无毒药。"

包不同道："子曰：'唯女子与小人为难养也。'你是小人。"指着对面那中年美妇道："她是女子。你们两个，果然难养得很。孔夫子的话，有错的吗？"那书呆子一怔，说道："'王顾左右而言他。'你这句话，我便置之不理，不加答覆了。"

这书呆与包不同一加对答，玄痛少了顾碍，双刀又使得紧了，那使判官笔的书生登时大见吃紧。那书呆晃身欺近玄痛身边，说道："子曰：'人而不仁，如礼何？人而不仁，如乐何？'大和尚'人而不仁'，当真差劲之至了。"

·1129·

玄痛怒道："我是释家，你这腐儒讲什么诗书礼乐，人而不仁，根本打不动我的心。"

那书呆伸起手指，连敲自己额头，说道："是极，是极！我这人可说是读书而呆矣，真正是书呆子矣。大和尚明明是佛门子弟，我跟你说孔孟的仁义道德，自然格格不入焉。"

风波恶久斗那使铁制棋盘之人，难以获胜，时刻稍久，小腹中隐隐感到寒毒侵袭。包不同和那戏子相斗，察觉对方武功也不甚高，只是招数变化极繁，一时扮演西施，吐言莺声呖呖，而且蹙眉捧心，莲步姗姗，宛然是个绝代佳人的神态，顷刻之间，却又扮演起诗酒风流的李太白来，醉态可掬，脚步东倒西歪。妙在他扮演各式人物，均有一套武功与之配合，手中软鞭或作美人之长袖，或为文士之采笔，倒令包不同啼笑皆非，一时也奈何他不得。

那书呆自怨自艾了一阵，突然长声吟道："既已舍染乐，心得善摄不？若得不驰散，深入实相不？"玄难与玄痛都是一惊："这书呆子当真渊博，连东晋高僧鸠摩罗什的偈句也背得出。"只听他继续吟道："毕竟空相中，其心无所乐。若悦禅智慧，是法性无照。虚诳等无实，亦非停心处。大和尚，下面两句是什么？我倒忘记了。"玄痛道："仁者所得法，幸愿示其要。"

那书呆哈哈大笑，道："照也！照也！你佛家大师，岂不也说'仁者'？天下的道理，都是一样的。我劝你还是回头是岸，放下屠刀罢！"

玄痛心中一惊，陡然间大彻大悟，说道："善哉！善哉！南无阿弥陀佛，南无阿弥陀佛。"呛啷啷两声响，两柄戒刀掷在地下，盘膝而坐，脸露微笑，闭目不语。

那书生和他斗得甚酣，突然间见到他这等模样，倒吃了一惊，手中判官笔并不攻上。

虚竹叫道："师叔祖，寒毒又发了吗？"伸手待要相扶，玄难

·1130·

喝道："别动！"一探玄痛的鼻息，只觉呼吸已停，竟尔圆寂了。玄难双手合什，念起"往生咒"来。众少林僧见玄痛圆寂，齐声大哭，抄起禅杖戒刀，要和两个书生拼命。玄难说道："住手！玄痛师弟参悟真如，往生极乐，乃是成了正果，尔辈须得欢喜才是。"

正自激斗的众人突然见此变故，一齐罢手跃开。

那书呆大叫："老五，薛五弟，快快出来，有人给我一句话激死了，快出来救命！你这他妈的薛神医再不出来救命，那可乖乖不得了啊！"邓百川道："薛神医不在家中，这位先生……"那书呆仍是放开了嗓门，慌慌张张的大叫："薛慕华，薛老五，阎王敌，薛神医，快快滚出来救人哪！你三哥激死了人，人家可要跟咱们过不去啦。"

包不同怒道："你害死了人，还在假惺惺的装腔作势。"呼的一掌，向他拍了过去，左手跟着从右掌掌底穿出，一招"老龙探珠"，径自抓他的胡子。那书呆闪身避过。风波恶、公冶乾等斗得兴起，不愿便此停手，又打了起来。

邓百川喝道："躺下了！"左手探出，一把抓住了那戏子的后心。邓百川在姑苏燕子坞慕容氏属下位居首座，武功精熟，内力雄浑，江湖上虽无赫赫威名，但凡是识得他的，无不敬重。他出手将那戏子抓住，顺手便往地下一掷。那戏子身手十分矫捷，左肩一着地，身子便转了半个圆圈，右腿横扫，向邓百川腿上踢来。这一下来势奇快，邓百川身形肥壮，转动殊不便捷，眼见难以闪避，当即气沉下盘，硬生生受了他这一腿。只听得喀喇一声，两腿中已有一条腿骨折断。

那戏子接连几个打滚，滚出数丈之外，喝道："我骂你毛延寿这奸贼，戕害忠良，啊哟哟，我的腿啊！"原来腿上两股劲力相交，那戏子抵敌不过，腿骨折断。

那中年美妇一直斯斯文文的站在一旁，这时见那戏子断腿，其余几个同伴也被攻逼得险象环生,说道:"你们这些人是何道理,霸占在我五哥的宅子之中,一上来不问情由,便出手伤人?"她虽是向对方质问,但语气仍是温柔斯文。

那戏子躺在地下,仰天见到悬在大门口的两盏灯笼,大惊叫道:"什么?什么?'薛公慕华之丧',我五哥呜呼哀哉了么?"

那使棋盘的、两个书生、使斧头的工匠、美妇人一齐顺着他手指瞧去,都见到了灯笼。两盏灯笼中烛火早熄,黑沉沉的悬着,众人一上来便即大斗,谁也没去留意,直到那戏子摔倒在地,这才抬头瞧见。

那戏子放声大哭,唱道:"唉,唉,我的好哥哥啊,我和你桃园结义,古城相会,你过五关,斩六将,何等威风……"起初唱的是"哭关羽"戏文,到后来真情激动,唱得不成腔调。其余五人纷纷叫嚷:"是谁杀害了五弟?""五哥啊,五哥啊,哪一个天杀的凶手害了你?""今日非跟你们拼个你死我活不可。"

玄难和邓百川对瞧了一眼,均想:"这些人似乎都是薛神医的结义兄弟。"邓百川道:"我们有同伴受伤,前来请薛神医救治,哪知……"那妇人道:"哪知他不肯医治,你们便将他杀了,是不是?"邓百川道:"不……"下面那个"是"字还没出口,只见那中年美妇袍袖一拂,蓦地里鼻中闻到一阵浓香,登时头脑晕眩,足下便似腾云驾雾,站立不定。那美妇叫道:"倒也,倒也!"

邓百川大怒,喝道:"好妖妇!"运力于掌,呼的一掌拍了出去。那美妇眼见邓百川身子摇摇晃晃,已是着了道儿,不料他竟尚能出掌,待要斜身闪避,已自不及,但觉一股猛力排山倒海般推了过来,气息登时窒住,身不由主的向外直摔出去。喀喇喇几声响,胸口已断了几根肋骨,身子尚未着地,已晕了过去。邓百川只觉眼前漆黑一团,也已摔倒。

双方各自倒了一人,余下的纷纷出手。玄难寻思:"这件事中间必有重大蹊跷,只有先将对方尽数擒住,才免得双方更有伤亡。"说道:"取禅杖来!"慧镜转身端起倚在门边的禅杖,递向玄难。那使判官笔的书生飞身扑到,右手判官笔点向慧镜胸口。玄难左手一掌拍出,手掌未到,掌力已及他后心,那书生应掌而倒。玄难一声长笑,绰杖在手,横跨两步,挥杖便向那使棋盘的人砸去。

那人见来势威猛,禅杖未到,杖风已将自己周身罩住,当下运劲于臂,双手挺起棋盘往上硬挡,当的一声大响,火星四溅。那人只觉手臂酸麻,双手虎口迸裂。玄难禅杖一举,连那棋盘一起提了起来。那棋盘磁性极强,往昔专吸敌人兵刃,今日敌强我弱,反给玄难的禅杖吸了去。玄难的禅杖跟着便向那人头顶砸落。那人叫道:"这一下'镇神头'又兼'倚盖',我可抵挡不了啦!"向前疾窜。

玄难倒曳禅杖,喝道:"书呆子,给我躺下了!"横杖扫将过去,威势殊不可当。那书呆道:"夫子,圣之时者也!风行草偃,伏倒便伏倒,有何不可?"几句话没说完,早已伏倒在地。几名少林僧跳将上去,将他按住。

少林寺达摩院首座果然不同凡响,只一出手,便将对方三名高手打倒。

那使斧头的双斗包不同和风波恶,左支右绌,堪堪要败。那使棋盘的人道:"罢了,罢了!六弟,咱们中局认输,这局棋不必再下了。大和尚,我只问你,我们五弟到底犯了你们什么,你们要将他害死?"玄难道:"焉有此事……"

话未说完,忽听得铮铮两声琴响,远远的传了过来。这两下琴音一传入耳鼓,众人登时一颗心剧烈的跳了两下。玄难一愕之际,只听得那琴声又铮铮的响了两下。这时琴声更近,各人心跳更是厉害。风波恶只觉心中一阵烦恶,右手一松,当的一声,单刀掉在地下。若不是包不同急忙出掌相护,敌人一斧砍来,已劈中他的肩头。那书呆子叫道:"大哥快来,大哥快来!乖乖不得了!你怎么慢吞吞的还弹什么鬼琴?子曰:'君命召,不俟驾行矣!'"

琴声连响,一个老者大袖飘飘,缓步走了出来,高额凸颧,容貌奇古,笑咪咪的脸色极为和蔼,手中抱着一具瑶琴。

那书呆子等一伙人齐叫:"大哥!"那人走近前来,向玄难抱拳道:"是哪一位少林高僧在此?小老儿多有失礼。"玄难合什道:"老衲玄难。"那人道:"呵呵,是玄难师兄。贵派的玄苦大师,是大师父的师兄弟罢?小老儿曾与他有数面之缘,相谈极是投机,他近来身子想必清健。"玄难黯然道:"玄苦师兄不幸遭逆徒暗算,已圆寂归西。"

那人木然半晌,突然间向上一跃,高达丈余,身子尚未落地,只听得半空中他已大放悲声,哭了起来。玄难和公冶乾等都吃了一惊,没想到此人这么一大把年纪,哭泣起来却如小孩一般。他双足一着地,立即坐倒,用力拉扯胡子,两只脚的脚跟如擂鼓般不住击打地面,哭道:"玄苦,你怎么不知会我一声,就此死了?这不是岂有此理么?我这一曲《梵音普安奏》,许多人听过都不懂其中道理,你却说此曲之中,大含禅意,听了一遍,又是一遍。你这个玄难师弟,未必有你这么悟性,我若弹给他听,多半是要对牛弹琴、牛不入耳了!唉!唉!我好命苦啊!"

玄难初时听他痛哭,心想他是个至性之人,悲伤玄苦师兄之死,忍不住大恸,但越听越不对,原来他是哀悼世上少了个知音人,哭到后来,竟说对自己弹琴乃是"对牛弹琴"。他是有德高僧,也不生气,只微微一笑,心道:"这群人个个疯疯颠颠。这人的性子脾气,与他的一批把弟臭味相投,这真叫做物以类聚了。"

只听那人又哭道:"玄苦啊玄苦,我为了报答知己,苦心孤诣的又替你创了一首新曲,叫做《一苇吟》,颂扬你们少林寺始祖达摩老祖一苇渡江的伟绩。你怎么也不听了?"忽然转头向玄难道:

"玄苦师兄的坟墓在哪里？你快快带我去，快，快！越快越好。我到他坟上弹奏这首新曲，说不定能令他听得心旷神怡，活了转来。"

玄难道："施主不可胡言乱语，我师兄圆寂之后，早就火化成灰了。"

那人一呆，忽地跃起，说道："那很好，你将他的骨灰给我，我用牛皮胶把他骨灰调开了，黏在我瑶琴之下，从此每弹一曲，他都能听见。你说妙是不妙？哈哈，哈哈，我这主意可好？"他越说越高兴，不由得拍手大笑，蓦地见那美妇人倒在一旁，惊道："咦，七妹，怎么了？是谁伤了你？"

玄难道："这中间有点误会，咱们正待分说明白。"那人道："什么误会？是谁误会了？总而言之，伤害七妹的就不是好人。啊哟，八弟也受了伤，伤害八弟的也不是好人。哪几个不是好人？自己报上名来，自报公议，这可没得说的。"

那戏子叫道："大哥，他们打死了五哥，你快快为五哥报仇雪恨。"那弹琴老者脸色大变，叫道："岂有此理！老五是阎王敌，阎罗王怎能奈何得了他？"玄难道："薛神医是装假死，棺材里只有毒药，没有死尸。"弹琴老者等人尽皆大喜，纷纷询问："老五为什么装假死？""死尸到哪里去了？""他没有死，怎么会有死尸？"

忽然间远处有个细细的声音飘将过来："薛慕华、薛慕华，你师叔老人家到了，快快出来迎接。"这声音若断若续，相距甚远，但入耳清晰，显是呼叫之人内功深厚，非同小可。

那戏子、书呆、工匠等不约而同的齐声惊呼。那弹琴老者叫道："大祸临头，大祸临头！"东张西望，神色极是惊惧，说道："来不及逃走啦！快，快，大家都进屋去。"

包不同大声道："什么大祸临头？天塌下来么？"那老者颤声道："快，快进去！天塌下来倒不打紧，这个……"包不同道：

·1135·

"你老先生尽管请便，我可不进去。"

那老者右手突然伸出，一把抓住了包不同胸口穴道。这一下出手实在太快，包不同猝不及防，已然被制，身子被对方一提，双足离地，不由自主的被他提着奔进大门。

玄难和公冶乾都是大为讶异，正要开口说话，那使棋盘的低声道："大师父，大家快快进屋，有一个厉害之极的大魔头转眼便到。"玄难一身神功，在武林中罕有对手，怕什么大魔头、小魔头？问道："哪一个大魔头？乔峰么？"那人摇头道："不是，不是，比乔峰可厉害狠毒得多了。是星宿老怪。"玄难微微一哂，道："是星宿老怪，那真再好不过，老衲正要找他。"那人道："你大师父武功高强，自然不怕。不过这里人人都给他整死，只你一个人活着，倒也慈悲得紧。"

他这几句是讥讽之言，可是却真灵验，玄难一怔，便道："好，大家进去！"

便在这时，那弹琴老者已放下包不同，又从门内奔了出来，连声催促："快，快！还等什么？"风波恶喝问："我三哥呢？"那老者左手反手一掌，向他右颊横扫过去。风波恶体内寒毒已开始发作，正自难当，见他手掌打来，急忙低头避让。不料这老者左手一掌没使老了，突然间换力向下一沉，已抓住了风波恶的后颈，说道："快，快，快进去！"像提小鸡一般，又将他提了进去。

公冶乾见那老者似乎并无恶意，但两个把弟都是一招间便即被他制住，当即大声呼喝，抢上要待动手，但那老者身法如风，早已奔进大门。那书生抱起戏子、工匠扶着美妇，也都奔进屋去。

玄难心想今日之事，诡异多端，还是不可卤莽，出了乱子，说道："公冶施主，大家还是进去，从长计议的便是。"

当下虚竹和慧方抬起玄痛的尸身，公冶乾抱了邓百川，一齐进屋。

· 1136 ·

那弹琴老者又再出来催促,见众人已然入内,急忙关上大门,取过门闩来闩。那使棋盘的说道:"大哥,这大门还是大开的为是。这叫做实者虚之、虚者实之。叫他不敢贸然便闯进来。"那老者道:"是么?好,这便听你的。这……这行吗?"语音中全无自信之意。

玄难和公冶乾对望一眼,均想:"这老儿武功高强,何以临事如此慌张失措?这样一扇大门,连寻常盗贼也抵挡不住,何况是星宿老怪,关与不关,又有什么分别?看来这人在星宿老怪手下曾受过大大的挫折,变成了惊弓之鸟,一知他在附近,便即魂飞魄散了。"

那老者连声道:"六弟,你想个主意,快想个主意啊。"

玄难虽颇有涵养,但见他如此惶惧,也不禁心头火起,说道:"老丈,常言道:兵来将挡,水来土掩。这星宿老怪就算再厉害狠毒,咱们大伙儿联手御敌,也未必便输于他了,又何必这等……这等……嘿……这等小心谨慎。"这时厅上已点了烛火,他一瞥之下,那老者固然神色惶恐,那使棋盘的、书呆、工匠、使判官笔的诸人,也均有栗栗之意。玄难亲眼见到这些人武功颇为不弱,更兼疯疯颠颠,漫不在乎,似乎均是游戏人间的潇洒之士,突然之间却变成了心惊胆战、猥葸无用的懦夫,实是不可思议。

公冶乾见包不同和风波恶都好端端的坐在椅上,只是寒毒发作,不住颤抖,当下扶着邓百川也在一张椅中坐好,幸好他脉搏调匀,只如喝醉了酒一般昏昏大睡,绝无险象。

众人面面相觑,过了片刻,那使短斧的工匠从怀中取出一把曲尺,在厅角中量了量,摇摇头,拿起烛台,走向后厅。众人都跟了进去,但见他四下一打量,忽然纵身而起,在横梁上量了一下,又摇摇头,再向后面走去,到了薛神医的假棺木前,瞧了几眼,摇头道:"可惜,可惜!"弹琴老者道:"没用了么?"使短斧的道:"不成,师叔一定看得出来。"弹琴老者怒道:"你……你还叫他师叔?"短斧客摇了摇头,一言不发的又向后走去。

公冶乾心想:"此人除了摇头,似乎旁的什么也干不了。"

短斧客量量墙角,踏踏步数,屈指计算,宛然是个建造房屋的梓人,一路数着步子到了后园。他拿着烛台,凝思半晌,向廊下一排五只石臼走去,又想了一会,将烛台放在地下,走到左边第二只大石臼旁,捧了几把干糠和泥土放入臼中,提起旁边一个大石杵,向臼中捣了起来,砰的一下,砰的又是一下,石杵沉重,落下时甚是有力。

公冶乾轻叹一声,心道:"这次当真倒足了大霉,遇上了一群疯子,在这当口,他居然还有心情去舂米。倘若舂的是米,那也罢了,石臼中放的明明是谷糠和泥土,唉!"过了一会,包不同与风波恶身上寒毒暂歇,也奔到了后园。

砰,砰,砰!砰,砰,砰!舂米之声连续不绝。

包不同道:"老兄,你想舂了米来下锅煮饭么?你舂的可不是米啊。我瞧咱们还是耕起地来,撒上谷种,等得出了秧……"突然间花园中东南角七八丈处发出几下轧轧之声。声音轻微,但颇为特异。玄难、公冶乾等人向声音来处瞧去,只见当地并排种着四株桂树。

砰的一下,砰的一下,短斧客不停手的捣杵,说也奇怪,数丈外靠东第二株桂花树竟然枝叶摇晃,缓缓向外移动。又过片刻,众人都已瞧明,短斧客每捣一下,桂树便移动一寸半寸。弹琴老者一声欢呼,向那桂树奔了过去,低声道:"不错,不错!"众人跟着他奔去。只见桂树移开之处,露出一块大石板,石板上生着一个铁环挽手。

公冶乾又是惊佩,又是惭愧,说道:"这个地下机关安排得巧妙之极，当真匪夷所思。这位仁兄在顷刻之间，便发现了机括的所在，聪明才智，实不在建造机关者之下。"包不同道："非也，非也。你焉知这机关不是他自己建造的？"公冶乾笑道："我说他才智不在建造机关者之下，如果机关是他所建，他的才智自然不在他自己之下。"包不同道："非也，非也。不在其下，或在其上。他的才智又怎能在他自己之上？"

短斧客再捣了十余下，大石板已全部露出。弹琴老者握住铁环，向上一拉，却是纹丝不动，待要运力再拉，短斧客惊叫："大哥，住手！"纵身跃入了旁边一只石臼之中，拉开裤子，撒起尿来，叫道："大家快来，一齐撒尿！"弹琴老者一愕之下，忙放下铁环，霎时之间，使棋盘的、书呆子、使判官笔的，再加上弹琴老者和短斧客，齐向石臼中撒尿。

公冶乾等见到这五人发疯撒尿，尽皆笑不可仰，但顷刻之间，各人鼻中便闻到了一阵火药气味。那短斧客道："好了，没危险啦！"偏是那弹琴老者的一泡尿最长，撒之不休，口中喃喃自语："该死，该死，又给我坏了一个机关。六弟，若不是你见机得快，咱们都已给炸成肉浆了。"

公冶乾等心下凛然，均知在这片刻之间，实已去鬼门关走了一转，显然铁环之下连有火石、火刀、药线，一拉之下，点燃药线，预藏的火药便即爆炸，幸好短斧客极是机警，大伙撒尿，浸湿引线，大祸这才避过。

短斧客走到右首第一只石臼旁，运力将石臼向右转了三圈，抬头向天，口中低念口诀，默算半晌，将石臼再向左转了六个半圈子。只听得一阵轻微的轧轧之声过去，大石板向旁缩了进去，露出一个洞孔。这一次弹琴老者再也不敢鲁莽，向短斧客挥了挥手，要他领路。短斧客跪下地来，向左首第一只石臼察看。

忽然地底下有人骂道："星宿老怪，你奶奶的，你这贼王八！很好，很好！你终于找上我啦，算你厉害！你为非作歹，终须有日得到报应。来啊，来啊！进来杀我啊！"

书生、工匠、戏子等齐声欢呼："老五果然没死！"那弹琴老者叫道："五弟，是咱们全到了。"地底那声音一停，跟着叫道："真的是大哥么？"声音中满是喜悦之意。

嗤的一声响，洞孔中钻出一个人来，正是阎王敌薛神医。

他没料到除了弹琴老者等义兄弟外，尚有不少外人，不禁一怔，向玄难道："大师，你也来了！这几位都是朋友么？"

玄难微一迟疑，道："是，都是朋友。"本来少林寺认定玄悲大师是死于姑苏慕容氏之手，将慕容氏当作了大对头。但这次与邓百川等同来求医，道上邓百川、公冶乾力陈玄悲大师决非慕容公子所杀，玄难已然信了六七分，再加此次同遭危难，同舟共济，已认定这一伙人是朋友了。公冶乾听他如此说，向他点了点头。

薛神医道："都是朋友，那再好也没有了，请大家一起下去，玄难大师先请。"话虽如此，他仍然抢先走了下去。这等黑沉沉的地窖，显是十分凶险之地，江湖上人心诡秘难测，谁也信不过谁，自己先入，才是肃客之道。

薛神医进去后，玄难跟着走了下去，众人扶抱伤者，随后而入，连玄痛的尸身也抬了进去。薛神医扳动机括，大石板自行掩上，他再扳动机括，隐隐听得轧轧声响，众人料想移开的桂树又回上了石板。

里面是一条石砌的地道，各人须得弯腰而行，走了片刻，地道渐高，到了一条天然生成的隧道之中。又行十余丈，来到一个宽广的石洞。石洞一角的火炬旁坐着二十来人，男女老幼都有。这些人听得脚步声，一齐回过头来。

薛神医道："这些都是我家人，事情紧迫，也不叫他们来拜见了,失礼莫怪。大哥,二哥,你们怎么来的?"不等弹琴老者回答,便即察视各人伤势。第一个看的是玄痛,薛神医道:"这位大师悟道圆寂,可喜可贺。"看了看邓百川,微笑道:"我七妹的花粉只将人醉倒,再过片刻便醒,没毒的。"那中年美妇和戏子受的都是外伤,虽然不轻,在薛神医自是小事一件。他把过了包不同和风波恶的脉,闭目抬头,苦苦思索。

过了半晌,薛神医摇头道:"奇怪,奇怪!打伤这两位兄台的却是何人?"公冶乾道:"是个形貌十分古怪的少年。"薛神医摇头道:"少年?此人武功兼正邪两家之所长,内功深厚,少说也有三十年的修为,怎么还是个少年?"玄难道:"确是个少年,但掌力浑厚,我玄痛师弟和他对掌,也曾受他寒毒之伤。他是星宿老怪的弟子。"

薛神医惊道:"星宿老怪的弟子,竟也如此厉害?了不起,了不起!"摇头道:"惭愧,惭愧。这两位兄台的寒毒,在下实是无能为力。'神医'两字,今后是不敢称的了。"

忽听得一个洪亮的声音说道:"薛先生,既是如此,我们便当告辞。"说话的正是邓百川,他被花粉迷倒,适于此时醒转,听到了薛神医最后几句话。包不同道:"是啊,是啊!躲在这地底下干什么?大丈夫生死有命,岂能学那乌龟田鼠,藏在地底洞穴之中?"

薛神医冷笑道:"施主吹的好大气儿!你知外边是谁到了?"风波恶道:"你们怕星宿老怪,我可不怕。枉为你们武功高强,一听到星宿老怪的名字,竟然如此丧魂落魄。"那弹琴老者道:"你连我也打不过,星宿老怪却是我的师叔,你说他厉害不厉害?"

玄难岔开话题,说道:"老衲今日所见所闻,种种不明之处甚多,想要请教。"

薛神医道:"我们师兄弟八人,号称'函谷八友'。"指着那弹琴老者道:"这位是我们大师哥,我是老五。其余的事情,一则说来话长，一则也不足为外人道……"

正说到这里，忽听得一个细细的声音叫道："薛慕华，怎么不出来见我？"

这声音细若游丝，似乎只能隐约相闻，但洞中诸人个个听得十分清楚，这声音便像一条金属细线，穿过了十余丈厚的地面，又如是顺着那曲曲折折的地道进入各人耳鼓。

那弹琴老者"啊"的一声，跳起身来，颤声道："星……星宿老怪！"风波恶大声道："大哥，二哥，三哥，咱们出去决一死战。"弹琴老者道："使不得，万万使不得。你们这一出去，枉自送死，那也罢了！可是泄漏了这地下密室的所在，这里数十人的性命，全都送在你这一勇之夫的手里了。"包不同道："他的话声能传到地底，岂不知咱们便在此处？你甘愿装乌龟，他还是要揪你出去，要躲也是躲不过的。"那使判官笔的书生说道："一时三刻之间，他未必便能进来，还是大家想个善法的为是。"

那手持短斧、工匠一般的人一直默不作声，这时插口道："丁师叔本事虽高，但要识破这地道的机关，至少也得花上两个时辰。再要想出善法攻进来，又得再花上两个时辰。"弹琴老者道："好极！那么咱们还有四个时辰，尽可从长计议，是也不是？"短斧客道："四个半时辰。"弹琴老者道："怎么多了半个时辰？"短斧客道："这四个时辰之中，我能安排三个机关，再阻他半个时辰。"

弹琴老者道："很好！玄难大师，届时那大魔头一到，我们师兄弟八人决计难逃毒手。你们各位却是外人。那大魔头一上来专心对付我们这班师侄，各位颇有逃命的余裕。各位千万不可自逞英雄好汉，和他争斗。要知道，只要有谁在星宿老怪的手底逃得性命，已是了不起的英雄好汉。"

包不同道："好臭，好臭！"各人嗅了几下，没闻到臭气，向包不同瞧去的眼色中均带疑问之意。包不同指着弹琴客道："此人猛放狗屁，直是臭不可耐。"他适才一招之间便给这老儿制住，心下好生不愤，虽然其时适逢身上寒毒发作，手足无力，但也知自己武功远不及他，对手越强，他越是要骂。

那使棋盘的横了他一眼，道："你要逃脱我大师兄的掌底，已难办到，何况我师叔的武功又胜我大师兄十倍，到底是谁在放狗屁了？"包不同道："非也，非也！武功高强，跟放不放狗屁全不相干。武功高强，难道就不放狗屁？不放狗屁的，难道武功一定高强？孔夫子不会武功，莫非他老人家就专放狗屁……"

邓百川心想："这些人的话也非无理，包三弟跟他们胡扯争闹，徒然耗费时刻。"便道："诸位来历，在下尚未拜聆，适才多有误会，误伤了这位娘子，在下万分歉仄。今日既是同御妖邪，大家算得一家人了。待会强敌到来，我们姑苏慕容公子手下的部属虽然不肖，逃是决计不逃的，倘若当真抵敌不住，大家一齐毕命于此便了。"

玄难道："慧镜、虚竹，你们若有机会，务当设法脱逃，回到寺中，向方丈报讯。免得大家给妖人一网打尽，连讯息也传不出去。"六名少林僧合什说道："恭领法旨。"薛慕华和邓百川等听玄难如此说，已明白他是决意与众同生共死，而是否对付得了星宿老怪，心中也实在毫无把握。

弹琴老者一呆，忽然拍手笑道："大家都要死了。玄苦师兄此刻就算不死，以后也听不到我的无上妙曲《一苇吟》了，我又何必为他之死伤心难过？唉，唉！有人说我康广陵是个大大的傻子，我一直颇不服气。如此看来，纵非大傻，也是小傻了。"

包不同道："你是货真价实的大傻子，大笨蛋！"弹琴老者康广陵道："也不见得比你更傻！"包不同道："比我傻上十倍。"康广陵道："你比我傻一百倍。"包不同道："你比我傻一千倍。"康广陵道："你比我傻一万倍！"包不同道："你比我傻十万倍、百万倍、千万倍、万万倍！"

薛慕华道："二位半斤八两，谁也不比谁更傻。众位少林派师父，你们回到寺中，方丈大师问起前因后果，只怕你们答不上来。此事本来是敝派的门户之羞，原不足为外人道。但为了除灭这武林中的大患，若不是少林高僧主持大局，实难成功。在下须当为各位详告，只是敬盼各位除了向贵寺方丈禀告之外，不可向旁人泄漏。"

慧镜、虚竹等齐声道："薛神医所示的言语，小僧除了向本寺方丈禀告之外，决不敢向旁人泄漏半句。"

薛慕华向康广陵道："大师哥，这中间的缘由，小弟要说出来了。"

康广陵虽于诸师兄弟中居长，武功也远远高出侪辈，为人却十分幼稚，薛慕华如此问他一声，只不过在外人之前全他脸面而已。康广陵道："这可奇了，嘴巴生在你的头上，你要说便说，又问我干么？"

薛慕华道："玄难大师，邓师傅，我们的受业恩师，武林之中，人称聪辩先生……"

玄难和邓百川等都是一怔，齐道："什么？"聪辩先生便是聋哑老人。此人天聋地哑，偏偏取个外号叫做"聪辩先生"，他门中弟子个个给他刺聋耳朵、割断舌头，江湖上众所周知。可是康广陵这一群人却耳聪舌辩，那就大大的奇怪了。

薛慕华道："家师门下弟子人人既聋且哑，那是近几十年来的事。以前家师不是聋子，更非哑子，他是给师弟星宿老怪丁春秋激得变成聋子哑子的。"玄难等都是"哦"的一声。薛慕华道："我祖师一共收了两个弟子，大弟子姓苏，名讳上星下河，那便是家师，二弟子丁春秋。他二人的武功本在伯仲之间，但到得后来，却分了高下……"

包不同插口道："嘿嘿，定然是你师叔丁春秋胜过了你师父，那是不用说的。"薛慕华道："话也不是这么说。我祖师学究天人，胸中所学包罗万象……"包不同道："不见得啊不见得。"薛慕华已知此人专门和人抬杠，也不去理他，继续说道："初时我师父和丁春秋学的都是武功，但后来我师父却分了心，去学祖师爷弹琴音韵之学……"

包不同指着康广陵道："哈哈，你这弹琴的鬼门道，便是如此转学来的了。"

康广陵瞪眼道："我的本事若不是跟师父学的，难道是跟你学的？"

薛慕华道："倘若我师父只学一门弹琴，倒也没什么大碍，偏是祖师爷所学实在太广，琴棋书画，医卜星相，工艺杂学，贸迁种植，无一不会，无一不精。我师父起始学了一门弹琴，不久又去学弈，再学书法，又学绘画。各位请想，这些学问每一门都是大耗心血时日之事，那丁春秋初时假装每样也都跟着学学，学了十天半月，便说自己资质太笨，难以学会，只是专心于武功。如此十年八年的下来，他师兄弟二人的武功便大有高下了。"

玄难连连点头，道："单是弹琴或弈棋一项，便得耗了一个人大半生的精力，聪辩先生居然能专精数项，实所难能。那丁春秋专心一致，武功上胜过了师兄，也不算希奇。"

康广陵道："老五，还有更要紧的呢，你怎么不说？快说，快说。"

薛慕华道："那丁春秋专心武学，本来也是好事，可是……可是……唉……这件事说起来，于我师门实在太不光采。总而言之，丁春秋使了种种卑鄙手段，又不知从哪里学会了几门厉害之极的邪术，突然发难，将我祖师爷打得重伤。祖师爷究竟身负绝学，虽在猝不及防之时中了暗算，但仍能苦苦撑持，直至我师父赶到救援。

我师父的武功不及这恶贼,一场恶斗之后,我师父复又受伤,祖师爷则堕入了深谷,不知生死。我师父因杂学而耽误了武功,但这些杂学毕竟也不是全无用处。其时危难之际,我师父摆开五行八卦、奇门遁甲之术,扰乱丁春秋的耳目,与他僵持不下。

"丁春秋一时无法破阵杀我师父,再者,他知道本门有不少奥妙神功,祖师爷始终没传他师兄弟二人,料想祖师爷临死之时,必将这些神功秘笈的所在告知我师父,只能慢慢逼迫我师父吐露,于是和我师父约定,只要我师父从此不开口说一句话,便不来再找他的晦气。那时我师父门下,共有我们这八个不成材的弟子。我师父写下书函,将我们遣散,不再认为是弟子,从此果真装聋作哑,不言不听,再收的弟子,也均刺耳断舌,创下了'聋哑门'的名头。推想我师父之意,想是深悔当年分心去务杂学,以致武功上不及丁春秋,既聋且哑之后,各种杂学便不会去碰了。

"我们师兄弟八人,除了跟师父学武之外,每人还各学了一门杂学。那是在丁春秋叛师之前的事,其时家师还没深切体会到分心旁骛的大害,因此非但不加禁止,反而颇加奖饰,用心指点。康大师兄广陵,学的是奏琴。"

包不同道:"他这是'对己弹琴,己不入耳'。"

康广陵怒道:"你说我弹得不好?我这就弹给你听听。"说着便将瑶琴横放膝头。

薛慕华忙摇手阻止,指着那使棋盘的道:"范二师兄百龄,学的是围棋,当今天下,少有敌手。"

包不同向范百龄瞧了一眼,说道:"无怪你以棋盘作兵刃。只是棋盘以磁铁铸成,吸人兵器,未免取巧,不是正人君子之所为。"范百龄道:"弈棋之术,固有堂堂之阵,正正之师,但奇兵诡道,亦所不禁。"

薛慕华道:"我范二师哥的棋盘所以用磁铁铸成,原是为了钻研棋术之用。他不论是行走坐卧，突然想到一个棋势，便要用黑子白子布列一番。他的棋盘是磁铁所制，将铁铸的棋子放了上去，纵在车中马上，也不会移动倾跌。后来因势乘便，就将棋盘作了兵刃，棋子作了暗器，倒不是有意用磁铁之物来占人便宜。"

包不同心下称是，口中却道："理由欠通，大大的欠通。范老二如此武功，若是用一块木制棋盘，将铁棋子拍了上去，嵌入棋盘之中，那棋子难道还会掉将下来？"

薛慕华道："那究竟不如铁棋盘的方便了。我苟三师哥单名一个'读'字，性好读书，诸子百家，无所不窥，是一位极有学问的宿儒，诸位想必都已领教过了。"

包不同道："小人之儒，不足一哂。"苟读怒道："什么？你叫我是'小人之儒'，难道你便是'君子之儒'么？"包不同道："岂敢，岂敢！"

薛慕华知道他二人辩论起来，只怕三日三夜也没有完，忙打断话头，指着那使判官笔的书生道："这位是我四师哥，雅擅丹青，山水人物，翎毛花卉，并皆精巧。他姓吴，拜入师门之前，在大宋朝廷做过领军将军之职，因此大家便叫他吴领军。"

包不同道："只怕领军是专打败仗，绘画则人鬼不分。"吴领军道："倘若描绘阁下尊容，确是人鬼难分。"包不同哈哈大笑，说道："老兄几时有暇，以包老三的尊容作范本，绘上一幅'鬼趣图'，倒也极妙。"

薛慕华笑道："包兄英俊潇洒，何必过谦？在下排行第五，学的是一门医术，江湖上总算薄有微名，还没忘了我师父所授的功夫。"

包不同道："伤风咳嗽，勉强还可医治，一遇到在下的寒毒，那便束手无策了。这叫做大病治不了，小病医不死。嘿嘿，神医之称，果然是名不虚传。"

康广陵捋着长须，斜眼相睨，说道："你这位老兄性子古怪，倒是有点与众不同。"包不同道："哈哈，我姓包，名不同，当然是与众不同。"康广陵哈哈大笑，道："你当真姓包？当真名叫不同？"包不同道："这难道还有假的？嗯，这位专造机关的老兄，定然精于土木工艺之学，是鲁班先师的门下了？"

薛慕华道："正是，六师弟冯阿三，本来是木匠出身。他在投入师门之前，已是一位巧匠，后来再从家师学艺，更是巧上加巧。七师妹姓石，精于莳花，天下的奇花异卉，一经她的培植，无不欣欣向荣。"

邓百川道："石姑娘将我迷倒的药物，想必是取自花卉的粉末，并非毒药。"

那姓石的美妇人闺名叫做清露，微微一笑，道："适才多有得罪，邓老师恕罪则个。"邓百川道："在下鲁莽，出手太重了，姑娘海涵。"

薛慕华指着那一开口便唱戏的人道："八弟李傀儡，一生沉迷扮演戏文，疯疯颠颠，于这武学一道，不免疏忽了。唉，岂仅是他，我们同门八人，个个如此。其实我师父所传的武功，我一辈子已然修习不了，偏偏贪多务得，到处去学旁人的绝招，到头来……唉……"

李傀儡横卧地下，叫道："孤王乃李存勖是也，不爱江山爱做戏，嗳，好耍啊好耍！"

包不同道："孤王乃李嗣源是也，抢了你的江山，砍了你的脑袋。"

书呆苟读插口道："李存勖为手下伶人郭从谦所弑，并非死于李嗣源之手。"

包不同不熟史事，料知掉书包决计掉不过苟读，叫道："呀呀呸！吾乃郭从谦是也！啊哈，吾乃秦始皇是也，焚书坑儒，专坑小

·1148·

人之儒。"

薛慕华道："我师兄弟八人虽给逐出师门，却不敢忘了师父教诲的恩德，自己合称'函谷八友'，以纪念当年师父在函谷关边授艺之恩。旁人只道我们是臭味相投……"

包不同鼻子吸了几下，说道："好臭，好臭！"苟读道："易经系辞曰：'同心之言，其臭如兰。'臭即是香，老兄毫无学问。"包不同道："老兄之言，其香如屁！"

薛慕华微笑道："谁也不知我们原是同门的师兄弟。我们为提防那星宿老怪重来中原，给他一网打尽，是以每两年聚会一次，平时却散居各处。"

玄难、邓百川等听薛神医说罢他师兄弟八人的来历，心中疑团去了大半。

公冶乾问道："如此说来，薛先生假装逝世，在棺木中布下毒药，那是专为对付星宿老怪的了。薛先生又怎知他要来到此处？"

薛慕华道："两天之前，我正在家中闲坐，突然有四个人上门求医，其中一个是胖大和尚，胸前背后的肋骨折断了八根，那是少林派掌力所伤，早已接好了断骨，日后自愈，并无凶险。但他脏腑中隐伏寒毒，却跟外伤无关，若不医治，不久便即毒发身亡。"

玄难道："惭愧，惭愧！这是我少林门下的慧净和尚。这僧人不守清规，逃出寺去，胡作非为，敝寺派人拿回按戒律惩处，他反而先行出手伤人，给老衲的师侄们打伤了。原来他身上尚中寒毒，却跟我们无关。不知是谁送他来求治的？"

薛神医道："与他同来的另外一个病人，那可奇怪得很，头上戴了一个铁套……"

包不同和风波恶同时跳了起来，叫道："打伤我们的便是这铁头小子。"薛神医奇道："这少年竟有如此功力？可惜当时他来去匆匆,我竟没为他搭一搭脉,否则于他内力的情状必可知道一些端倪。"包不同问道:"这小子又生了什么怪病?"薛神医道:"他是想请我除去头上这个铁套,可是我一加检视,这铁套竟是生牢在他头上的,除不下来。"包不同道:"奇哉,奇哉!难道这铁套是他从娘胎中带将出来,从小便生在头上的么?"薛神医道:"那倒不是。这铁套安到他头上之时,乃是热的,熨得他皮开肉绽,待得血凝结疤,铁套便与他脸面后脑相连了。若要硬揭,势必将他眼皮、嘴巴、鼻子撕得不成样子。"包不同幸灾乐祸,冷笑道:"他既来求你揭去铁罩,便将他五官颜面尽皆撕烂,也怪不得你。"

薛神医道:"我正在思索是否能有什么方法,他的两个同伴忽然大声呼喝,命我快快动手。姓薛的生平有一桩坏脾气,人家要我治病,非好言相求不可,倘若对方恃势相压,薛某宁可死在刀剑之下,也决不以术医人。想当年聚贤庄英雄大会,那乔峰甘冒生死大险,送了一个小姑娘来求我医治。乔峰这厮横蛮悍恶无比,但既有求于我,言语中也不敢对我有丝毫失礼……"他说到这里,想起后来着了阿朱的道儿,被她点了穴道,剃了胡须,实是生平的奇耻大辱,便不再说下去了。

包不同道:"你吹什么大气?姓包的生平也有一桩坏脾气,人家若要给我治病,非好言相求不可,倘若对方恃势相压,包某宁可疾病缠身而死,也决不让人治病。"

康广陵哈哈大笑,说道:"你又是什么好宝贝了?人家硬要给你治病,还得苦苦向你哀求,除非……除非……"一时想不出"除非"什么来。

包不同道:"除非你是我的儿子。"康广陵一怔,心想这话倒也不错,倘若我的父亲生了病不肯看医生,我定要向他苦苦哀求了。他是个很讲道理之人,没想到包不同这话是讨他的便宜,便道:"是啊,我又不是你的儿子。"包不同道:"你是不是我儿子,只有你妈妈心里明白,你自己怎么知道?"康广陵一愕,又点头道:"话倒不错。"包不同哈哈一笑,心想:"此人是个大傻瓜,再讨他的便宜,胜之不武。"

公冶乾道:"薛先生,那二人既然言语无礼,你便拒加医治了。"

薛神医点头道:"正是。当时我便道:'在下技艺有限,对付不了,诸君另请高明。'那铁头人却对我甚是谦恭,说道:'薛先生,你的医道天下无双,江湖上人称"阎王敌",武林中谁不敬仰?小人对你向来敬重佩服,家父跟你老人家也是老朋友了,盼你慈悲为怀,救一救故人之子。'"

众人对这铁头人的来历甚为关注,六七个声音同时问了出来:"他父亲是谁?"

李傀儡忽道:"他是谁的儿子,只有他妈妈心里明白,他自己怎么知道?"学的是包不同的声口,当真唯妙唯肖。

包不同笑道:"妙极,你学我说话,全然一模一样,只怕不是学的,乃是我下的种。"

李傀儡道:"我乃华夏之祖,黄帝是也,举凡中国子民,皆是我的子孙。"他既爱扮古人,心中意想自己是什么人物,便是什么人物,包不同讨他的便宜,他也毫不在乎。

薛神医继续说道:"我听那铁头人自称是我的故人之子,当即问他父亲是谁。那人说道:'小人身遭不幸,辱没了先人,父亲的名字是不敢提了。但先父在世之日,确是先生的至交,此事千真万确,小人决计不敢拿先父来骗人。'我听他说得诚恳,决非虚言。只是在下交游颇广,朋友着实不少,听他说他父亲已然去世,一时之间,也猜想不出他父亲是谁。我想待得将他面具揭去之后,瞧他面貌,或能推想到他父亲是谁。

"只是要揭他这个铁罩,而令他颜面尽量少受损伤,却实非易事,正踌躇间,他的一个同伴说道:'师父的法旨,第一要紧是治好这慧净和尚之伤,那铁头人的铁罩揭是不揭,却不要紧。'我一听之下,心头便即火起,说道:'尊师是谁?他的法旨管得了你,可管不了我。'那人恶狠狠的道:'我师父的名头说将出来,只怕吓破了你的胆。他老人家叫你快快治好这胖和尚的伤,倘若迁延时刻,误了他老人家的事,叫你立时便见阎王。'

"我初时听他说话,心中极怒,听到后来,只觉他口音不纯,颇有些西域胡人的声口,细看他的相貌,也是鬈发深目,与我中华人氏大异,猛地里想起一个人来,问道:'你可是从星宿海来?'那人一听,立时脸上变色,道:'嘿,算你眼光厉害。不错,我是从星宿海来的。你既猜到了,快用心医治罢!'我听他果然自认是星宿老怪的弟子,寻思:'师门深仇,如何不报?'便装作惶恐之态,问道:'久慕星宿海丁老仙法术通玄,弟子钦仰无已,只是无缘拜见,不知老仙他老人家也到了中原么?'"

包不同道:"呸,呸,呸!你说星宿老怪也好,星宿老魔也好,怎么自甘堕落,称他做什么'老仙'!可耻啊,可耻!"邓百川道:"三弟,薛先生是故意用言语试探,岂是真心称他为'老仙'?"包不同道:"这个我自然知道!若要试探,大可称之为'老鬼'、'老妖'、'老贼',激得他的妖子贼孙暴跳如雷,也是一样的吐露真情。"

薛慕华道:"包先生的话也是有理。老夫不善作伪,口中称他一句'老仙',脸上却不自禁的露出了愤怒之色。那妖人甚是狡猾,一见之下,便即起疑,伸手向我脉门抓来,喝问:'你查问我师父行踪,有何用意?'我见事情败露,对付星宿老怪的门下,可丝毫不能容情,反手一指,便点了他的死穴。第二名妖人从怀中取出一柄喂毒匕首,向我插了过来。我手中没有兵刃,这妖人武功又着实了得,眼见危急,那铁头人忽地夹手夺了他的匕首,道:'师父叫咱们来求医，不是叫咱们来杀人。'那妖人怒道：'十二师弟给他杀死了，你没瞧见么？你……你……你竟敢袒护外人。'铁头人道：'你定要杀这位神医，便由得你，可是这胖和尚若不救治，性命难保。他不能指引路径，找寻冰蚕，师父唯你是问。'

"我乘着他们二人争辩，便即取兵刃在手。那妖人见不易杀我，又想铁头人之言也是有理，便道：'既是如此，你擒了这鬼医生，去见师父去。'铁头人道：'很好。'一伸手，将匕首插入了那人胸口，将他杀死了。"

众人都是"啊"的一声，甚为惊奇。包不同却道："那也没什么奇怪。这铁头人有求于你，便即下手杀死他的同门，向你卖好。"

薛慕华叹了口气，道："一时之间，我也分不出他的真意所在，不知他由于我是他父亲的朋友，还是为了要向我挟恩市惠。我正待询问，忽听得远处有一下啸声，那铁头人脸色一变，说道：'我师父在催我回去了。薛伯父，最好你将这胖和尚给治好了。师父心中一喜，或许不来计较这杀徒之仇。'我说：'星宿老妖跟我仇深似海，凡是跟他沾上半点干系的，我决计不治。你有本事，便杀了我。'那铁头人道：'薛伯父，我决不会得罪你。'他还待有所陈说，星宿老妖的啸声又作，他便带了胖和尚匆匆离去。

"星宿老贼既到中原，他两名弟子死在我家中，迟早会找上门来。那铁头人就算替我隐瞒，也瞒不了多久。是以我假装身死，在棺中暗藏剧毒，盼望引他上钩。我全家老幼则藏在这地洞之中。刚好诸位来到舍下，在下的一个老仆，人虽忠心，却是十分愚鲁，竟误认诸位便是我所惧怕的对头……"

包不同说道："啊哈，他当玄难大师是星宿老怪，我们这一伙人，都是星宿派的徒子徒孙。包某和几个同伴生得古怪，说是星宿派的妖魔，也还有几分相似，可是玄难大师高雅慈祥，道气盎然，将他误认为星宿老怪，不太也无礼么？"众人都笑了起来。

·1153·

薛慕华微笑道："是啊，这件事当真该打。也是事有凑巧，眼下正是我师兄弟八人每两年一次的聚会之期。那老仆眼见情势紧迫，不等我的嘱咐，便将向诸同门报讯的流星火炮点了起来。这流星火炮是我六师弟巧手所制，放上天空之后，光照数里，我同门八人，每人的流星各有不同。此事可说有幸有不幸。幸运的是，我函谷八友在危难之际得能相聚一堂，携手抗敌。但竟如此给星宿老怪一网打尽，也可说是不幸之极了。"

包不同道："星宿老怪本领就算厉害，也未必强得过少林高僧玄难大师。再加上我们这许多虾兵蟹将，在旁呐喊助威，拼命一战，鹿死谁手，尚未可知。又何必如此……如此……如此……"他说了三个"如此"，牙关格格相击，身上寒毒发作，再也说不下去。

李傀儡高声唱道："我乃刺秦皇之荆轲是也。风萧萧兮身上寒，壮士发抖兮口难开！"

突然间地下一条人影飞起，挺头向他胸口撞去。李傀儡"啊哟"一声，挥臂推开。那人抓住了他，厮打起来，正是一阵风风波恶。邓百川忙道："四弟，不可动粗。"伸手将风波恶拉开。

便在此时，一个细细的声音又传进山洞："苏星河的徒子徒孙，快快出来投降，或许还能保得性命，再迟片刻，可别怪我老人家不顾同门义气了。"

康广陵怒道："此人好不要脸，居然还说什么同门义气。"

冯阿三向薛慕华道："五哥，这个地洞，瞧那木纹石材，当是建于三百多年之前，不知是出于哪一派巧匠之手？"薛慕华道："这是我祖传的产业，世代相传，有这么一个避难的处所，何人所建，却是不知了。"

康广陵道："好啊，你有这样一个乌龟洞儿，居然从来不露半句口风。"薛慕华脸有惭色，道："大哥谅鉴。这种窝洞并不是什么光采物事，实是不值一提……"

一言未毕，忽然间砰的一声巨响，有如地震，洞中诸人都觉脚底地面摇动，站立不稳。冯阿三失色道："不好！丁老怪用炸药硬炸，转眼便要攻进来了！"

康广陵怒道："卑鄙之极，无耻之尤。我们祖师爷和师父都擅于土木之学，机关变化，乃是本门的看家本领。这星宿老怪不花心思破解机关，却用炸药蛮炸，如何还配称是本门弟子？"包不同冷冷的道："他杀师父、伤师兄，难道你还认他是本门师叔么？"康广陵道："这个……"

蓦地里轰的一声大响，山洞中尘土飞扬，迷得各人都睁不开眼来。洞中闭不通风，这一震之下，气流激荡，人人耳鼓发痛。

玄难道："与其任他炸破地洞，攻将进来，还不如咱们出去。"邓百川、公冶乾、包不同、风波恶四人齐声称是。

范百龄心想玄难是少林高僧，躲在地洞之中以避敌人，实是大损少林威名，反正生死在此一战，终究是躲不过了，便道："如此大伙儿一齐出去，跟这老怪一拼。"薛慕华道："玄难大师与这老怪无怨无仇，犯不着赶这趟混水，少林派诸位大师还是袖手旁观罢。"

玄难道："中原武林之事，少林派都要插手，各位恕罪。何况我玄痛师弟圆寂，起因于中了星宿派弟子毒手，少林派跟星宿老怪并非无怨无仇。"

冯阿三道："大师仗义相助，我们师兄弟十分感激。咱们还是从原路出去，好教那老怪大吃一惊。"众人都点头称是。

冯阿三道："薛五哥的家眷和包风二位，都可留在此间，谅那老怪未必会来搜索。"包不同向他横了一眼，道："还是你留着较好。"冯阿三忙道："在下决不敢小觑了两位，只是两位身受重伤，再要出手，不大方便。"包不同道："越伤得重，打起来越有劲。"范百龄等都摇了摇头，均觉此人当真不可理喻。当下冯阿三

· 1155 ·

扳动机括，快步抢了出去。

轧轧之声甫作，出口处只露出窄窄一条缝，冯阿三便掷出三个火炮，砰砰砰三声响，炸得白烟弥漫。三声炮响过去，石板移动后露出的缝口已可过人，冯阿三又是三个火炮掷出，跟着便窜了出去。

冯阿三双足尚未落地，白烟中一条黑影从身旁抢出，冲入外面的人丛之中，叫道："哪一个是星宿老怪，姓风的跟你会会。"正是一阵风风波恶。

他见面前有个身穿葛衣的汉子，喝道："吃我一拳！"砰的一拳，已打在那人胸口。那人是星宿派的第九弟子，身子一晃，风波恶第二拳又已击中他肩头。只听得劈劈拍拍之声不绝，风波恶出手快极，几乎每一拳每一掌都打在对方身上，只是他伤后无力，打不倒那星宿弟子。玄难、邓百川、康广陵、薛慕华等都从洞中窜了上来。

只见一个身形魁伟的老者站在西南角上，他身前左右，站着两排高矮不等的汉子，那铁头人赫然便在其中。康广陵叫道："丁老贼，你还没死吗？可还记得我么？"

那老者正是星宿老怪丁春秋，一眼之间，便已认清了对方诸人，手中羽扇挥了几挥，说道："慕华贤侄，你如能将那胖胖的少林僧医好，我可饶你不死，只是你须拜我为师，改投我星宿门下。"他一心一意只是要薛慕华治愈慧净，带他到昆仑山之巅去捕捉冰蚕。

薛慕华听他口气，竟将当前诸人全不放在眼里，似乎各人的生死存亡，全可由他随心所欲的处置。他深知这师叔的厉害，心下着实害怕，说道："丁老贼，这世上我只听一个人的话，唯有他老人家叫我救谁，我便救谁。你要杀我，原是易如反掌。可是要我治病救人，你非去求那位老人家不可。"

丁春秋冷冷的道:"你只听苏星河的话,是也不是?"

薛慕华道:"只有禽兽不如的恶棍,才敢起欺师灭祖之心。"他此言一出,康广陵、范百龄、李傀儡等齐声喝采。

丁春秋道:"很好,很好,你们都是苏星河的乖徒儿,可是苏星河却曾派人通知我,说道已将你们八人逐出门墙,不再算是他门下的弟子。难道姓苏的说话不算,仍是偷偷的留着这师徒名份么?"

范百龄道:"一日为师,终身如父。师父确是将我们八人逐出了门墙。这些年来,我们始终没能见到他老人家一面,上门拜谒,他老人家也是不见。可是我们敬爱师父之心,决不减了半分。姓丁的,我们八人所以变成孤魂野鬼,无师门可依,全是受你这老贼所赐。"

丁春秋微笑道:"此言甚是。苏星河是怕我向你们施展辣手,将你们一个个杀了。他将你们逐出门墙,意在保全你们这几条小命。他不舍得刺聋你们耳朵、割了你们舌头,对你们的情谊可深得很哪,哼,婆婆妈妈,能成什么大事?嘿嘿,很好,很好。你们自己说罢,到底苏星河还算不算是你们师父?"

康广陵等听他这么说,均知若不弃却"苏星河之弟子"的名份,丁春秋立时便下杀手,但师恩深重,岂可贪生怕死而背叛师门,八同门中除了石清露身受重伤,留在地洞中不出,其余七人齐声说道:"我们虽被师父逐出门墙,但师徒之份,自是终身不变。"

李傀儡突然大声道:"我乃星宿老怪的老母是也。我当年跟二郎神的哮天犬私通,生下你这小畜生。我打断你的狗腿!"他学着老妇人的口音,跟着汪汪汪三声狗叫。

康广陵、包不同等尽皆纵声狂笑。

丁春秋怒不可遏,眼中斗然间发出异样光芒,左手袍袖一拂,一点碧油油的磷火射向李傀儡身上,当真比流星还快。李傀儡一腿已断,一手撑着木棍行动不便,待要闪避,却哪里来得及,嗤的一声响,全身衣服着火。他急忙就地打滚,可是越滚磷火越旺。范百龄急从地下抓起泥沙,往他身上洒去。

丁春秋袍袖中接连飞出五点火星,分向康广陵等五人射去,便只饶过了薛慕华一人。康广陵双掌齐推,震开火星。玄难双掌摇动,劈开了两点火星。但冯阿三、范百龄二人却已身上着火。霎时之间,李傀儡等三人被烧得哇哇乱叫。

丁春秋的众弟子颂声大起:"师父略施小技,便烧得你们如烤猪一般,还不快快跪下投降!""师父有通天彻地之能,前无古人,后无来者,今日教你们中原猪狗们看看我星宿派的手段。""师父他老人家战无不胜,攻无不克,上下古今的英雄好汉,无不望风披靡!"

包不同大叫:"放屁!放屁!哎唷,我肉麻死了!丁老贼,你的脸皮真老!"

包不同语声未歇,两点火星已向他疾射过来。邓百川和公冶乾各出一掌,撞开了这两点火星,但两人同时胸口如同中了巨锤之击,两声闷哼,腾腾腾退出三步。原来丁春秋是以极强内力拂出火星,玄难内力与之相当,以掌力将火星撞开后不受损伤,邓百川和公冶乾便抵受不住。

玄难欺到李傀儡身前,拍出一掌,掌力平平从他身上拂过,嗤的一声响处,掌力将他衣衫撕裂,扯下了一大片来,正在烧炙他的磷火,也即被掌风扑熄。

一名星宿派弟子叫道:"这秃驴掌力还算不弱,及得上我师父的十分之一。"另一名弟子道:"呸,只及我师父的百分之一!"

玄难跟着反手拍出两掌,又扑熄了范百龄与冯阿三身上的磷火。其时邓百川、公冶乾、康广陵等已纵身齐上,向着星宿派众弟子攻去。

丁春秋一摸长须，说道："少林高僧，果真功力非凡，老夫今日来领教领教。"说着迈步而上，左掌轻飘飘的向玄难拍来。

玄难素知丁老怪周身剧毒，又擅"化功大法"，不敢稍有怠忽，猛地里双掌齐舞，立时向丁春秋连续击出一十八掌，这一十八掌连环而出，左掌尚未收转，右掌已然击出，快速无伦，令丁春秋绝无使毒的丝毫余暇。这少林派"快掌"果然威力极强，只逼得丁春秋不断倒退，玄难击出了一十八掌，丁春秋便退了一十八步。玄难一十八掌打完，双腿鸳鸯连环，又迅捷无比的踢出了三十六腿，腿影飘飘，直瞧不清他踢出的到底是左腿还是右腿。丁春秋展动身形，急速闪避，这三十六腿堪堪避过，却听得拍拍两声，肩头已中了两拳，原来玄难踢到最后两腿时，同时挥拳击出。丁春秋避过了脚踢，终于避不开拳打。丁春秋叫道："好厉害！"身子晃了两晃。

玄难只觉头脑一阵眩晕，登时恍恍惚惚的若有所失。他情知不妙，丁春秋衣衫上喂有剧毒，适才打他两拳，已中暗算，当即呼了一口气，体内真气流转，左手拳又向丁春秋打去。

丁春秋挥右掌挡住他拳头，跟着左掌猛力拍出。玄难中毒后转身不灵，难以闪避，只得挺右掌相抵。到此地步，已是高手比拼真力，玄难心下暗惊："我决不能跟他比拼内力！"但若拳上不使内力，对方内力震来，立时便是脏腑碎裂，明知已着了道儿，却不得不运内力抵挡。这一运劲，但觉内力源源不绝的向外飞散，再也凝聚不起。

不到一盏茶时分，丁春秋哈哈一笑，耸一耸肩，拍的一声，玄难扑在地下，全身虚脱。

丁春秋打倒了玄难，四下环顾，只见公冶乾和范百龄二人倒在地下发抖，是中了游坦之的寒毒掌，邓百川、薛慕华等兀自与众弟子恶斗，星宿派门下，也有七人或死或伤。

丁春秋一声长笑，大袖飞舞，扑向邓百川身后，和他对了一掌，回身一脚，将包不同踢倒。邓百川右掌和丁春秋相对，胸口登时便觉得空荡荡地，待要吸气凝神，丁春秋又是一掌拍到。邓百川无奈，只得又出掌相迎，手掌中微微一凉，全身已软绵绵的没了力气，眼中看出来迷迷糊糊的尽是白雾。一名星宿弟子走过来伸臂一撞，邓百川扑地倒了。

顷刻之间，慕容氏手下的部属，玄难所率领的少林诸僧，康广陵等函谷八友，被丁春秋和游坦之二人分别打倒。游坦之本来仅有浑厚内力，武艺平庸之极，但经丁春秋指点数日，已学会了七八招掌法，虽然以武功而论，与寻常武师仍差得甚远，但以之发挥体内所蕴积的冰蚕寒毒，却已威力非凡。公冶乾等出掌打在他身上，一击即中，但被他体内的寒毒反激，反而受伤，再被他加上一掌，那更是难以抵受。

这时只余下薛慕华一人未曾受伤，他冲击数次，星宿诸弟子都含笑相避，并不还击。

丁春秋笑道："薛贤侄，你武功比你的师兄弟高得多了，了不起！"

薛慕华见同门师兄弟一一倒地，只有自己安然无恙，当然是丁春秋手下留情之故。他长叹一声，说道："丁老贼，你那个胖和尚外伤易愈，内伤难治，已活不了几天啦，你想逼我治病救人，那是一百个休想！"

丁春秋招招手道："薛贤侄，你过来！"

薛慕华道："你要杀便杀，不论你说什么，我总是不听。"

李傀儡叫道："薛五哥大义凛然，你乃苏武是也，留胡十九年，不辱汉节。"

丁春秋微微一笑，走到薛慕华身前三步处立定，左掌轻轻搁在他肩头，微笑问道："薛贤侄，你习练武功，已有几年了？"薛慕华道："四十五年。"丁春秋道："这四十五载寒暑之功，可不容易哪。听说你以医术与人交换武学,各家各派的精妙招式,着实学得不少,是不是?"薛慕华道:"我学这些招式,原意是想杀了你,可是……可是不论什么精妙招式,遇上你的邪术,全然无用……唉!"说着摇头长叹。

丁春秋道:"不然!虽然内力为根本,招数为枝叶,根本若固,枝叶自茂,但招数亦非无用。你如投入我门下,我可传你天下无双的精妙内力,此后你纵横中原,易如反掌。"

薛慕华怒道:"我自有师父,要我薛慕华投入你门下,我还是一头撞死了的好。"

丁春秋微笑道:"真要一头撞死,那也得有力气才成啊。倘若你内力毁败,走一步路也难,还说什么一头撞死?四十五年的苦功,嘿嘿,可惜,可惜。"

薛慕华听得额头汗水涔涔而下,但觉他搭在自己肩头的手掌微微发热,显然他只须心念略动之间,化功大法使将出来,自己四十五载的勤修苦练之功,立即化为乌有,咬牙说道:"你能狠心伤害自己师父、师兄,再杀我们八人,又何足道哉?我四十五年苦功毁于一旦,当然可惜,但性命也不在了,还谈什么苦功不苦功?"

包不同喝采道:"这几句话有骨气。星宿派门下,怎能有如此英雄人物?"

丁春秋道:"薛贤侄,我暂且不杀你,只问你八句话:'你医不医那个胖和尚?'第一句你回答不医,我便杀了你大师兄康广陵。第二句你回答不医,我再杀你二师兄范百龄。你那会种花的师妹躲到哪里去了?我终究找得到她。第六句你回答不医,我去杀了你那个美貌师妹。第七句杀你八师弟李傀儡。到第八句问你,你仍是回答不医,那你猜我便如何?"

薛慕华听他说出如此惨酷的法子来,脸色灰白,颤声道:"那时你再杀我,也没什么大不了。反正我们八人一起死便是。"

丁春秋微笑道："我也不忙杀你，第八句问话你如果回答：'不医'，我要去杀一个自称为'聪辩先生'的苏星河。"

薛慕华大叫："丁老贼，你胆敢去碰我师父一根毫毛！"

丁春秋微笑道："为什么不敢？星宿老仙行事，向来独来独往，今天说过的话，明天便忘了。我虽答应过苏星河，只须他从此不开口说话，我便不杀他。可是你惹恼了我，徒儿的帐自然要算在师父头上，我爱去杀他，天下又有谁管得了我？"

薛慕华心中乱成一团，情知这老贼逼迫自己医治慧净，用意定然十分阴毒，自己如出手施治，便是助纣为虐，但如自己坚持不医慧净，七个师兄弟的性命固然不保，连师父聪辩先生也必死在他的手下。他沉吟半晌，道："好，我屈服于你，只是我医好这胖和尚后，你可不得再向这里众位朋友和我师父、师兄弟为难。"

丁春秋大喜，忙道："行，行，行！我答应饶他们的狗命便是。"

邓百川说道："大丈夫今日误中奸邪毒手，死则死耳，谁要你饶命？"他本来吐言声若洪钟，但此时真气耗散，言语虽仍慷慨激昂，话声却不免有气没力了。

包不同叫道："薛慕华，别上他的当，这狗贼自己刚才说过，他的话作不得数。"

薛慕华道："对，你说过的，'今天说过的话，明天便忘了。'"

丁春秋道："薛贤侄，我问你第一句话：'你医不医那个胖和尚？'"说着右足虚伸，足尖对准了康广陵的太阳穴，显然，只须薛慕华口中吐出"不医"两字，他右足踢出，立时便杀了康广陵。众人心中怦怦乱跳，只听得一个人大声叫道："不医！"

喝出"不医"这两字的，不是薛慕华，而是康广陵。

丁春秋冷笑道："你想我就此一脚送了你性命，可也没这么容易。"转头向薛慕华,问道:"你要不要假手于我,先杀了你大师哥?"

薛慕华叹道:"罢了!罢了!我答应你医治这个胖和尚便是。"

康广陵骂道:"薛老五,你便怎地没出息。这丁老贼是我师门的大仇人,你怎地贪生怕死,竟在他威逼之下屈服?"

薛慕华道:"他杀了我们师兄弟八人,那也没什么大不了!可是你难道没听见他说,这老贼还要去跟咱们师父为难?"

一想到师父的安危,康广陵等人都是无话可说。

包不同道:"胆……"他本想骂"胆小鬼",但只一个"胆"字出口,邓百川便伸手过去,按住了他口。包不同对这位大哥倒有五分敬畏,强忍怒气,缩回了骂人的言语。

薛慕华道:"姓丁的,我既屈从于你,替你医治那胖和尚,你对我的众位朋友可得客客气气。"丁春秋道:"一切依你便是。"

当下丁春秋命弟子将慧净抬了过来。薛慕华问慧净道:"你长年累月亲近厉害毒物,以致寒毒深入脏腑,那是什么毒物?"慧净道:"是昆仑山的冰蚕。"薛慕华摇了摇头,当下也不多问,先给他施过针灸,再取两粒大红药丸给他服下,然后替各人接骨的接骨,疗伤的疗伤,直忙到大天亮,这才就绪,受伤的诸人分别躺在床上或是门板上休息。薛家的家人做了面出来供众人食用。

丁春秋吃了两碗面,向薛慕华笑了笑,说道:"算你还识时务,没在这面中下毒。"薛慕华道:"说到用毒,天下未见得有更胜似你的。我虽有此心,却不敢班门弄斧。"

丁春秋哈哈一笑,道:"你叫家人出去,给我雇十辆驴车来。"薛慕华道:"要十辆驴车何用?"丁春秋双眼上翻,冷冷的道:"我的事,也用得着你管么?薛神医在这里人缘想必不差,要雇十辆驴车,不会是什么难事。"薛慕华无奈,只得吩咐家人出去雇车。

到得午间,十辆驴车先后雇到。丁春秋道:"将车夫都杀了!"薛慕华大吃一惊,道:"什么?"只见星宿派众弟子手掌起处,拍拍拍几声响过,十名车夫已然尸横就地。薛慕华怒道:"丁老贼!这些车夫什么地方得罪你啦?你……你……竟下如此毒手?"

丁春秋道:"星宿派要杀几个人,难道还要论什么是非,讲什么道理?你们这些人,个个给我走进大车里去。一个也别留下!薛贤侄,你有什么医书药材,随身带上一些,我可要烧你的屋了。"

薛慕华又是大吃一惊,但想此人无恶不作,多说也是白饶,各种医书他早已读得烂熟,不用再带,但许多精心炮制的丸散膏丹却是难得之物,当下口中咒骂不休,检拾药物。他收拾未毕,星宿派的诸弟子已在屋后放起火来。

少林僧中的慧镜、虚竹等六僧本来受了玄难之嘱,要逃回寺去报讯,岂知丁春秋布置严密,逃出不远,便都给抓了回来。少林寺玄难等七僧,姑苏慕容庄上邓百川等四人,函谷八友康广陵等八人,十九人中除了薛慕华一人周身无损之外,其余的或被化去内力,或为丁春秋掌力所伤,或中游坦之的冰蚕寒毒,或中星宿派弟子的剧毒,个个动弹不得。再加上薛慕华的家人,数十人分别给塞入十辆车之中。

星宿派众弟子有的做车夫,其余的骑马在旁押送。车上帷幕给拉下后用绳缚紧,车中全无光亮,更看不到外面情景。

玄难等心中都是存着同样的疑团:"这老贼要带我们到哪里去?"人人均知若是出口询问,徒受星宿派之辱,决计得不到回答,只得各自心道:"暂且忍耐,到时自知。"